ULLSTEIN

Das Buch

Esther ist anders als die anderen. Sie hat einen Mann – doch sie lebt nicht mit ihm zusammen. Sie hat zwei Töchter, die sie seit Jahren wie gleichwertige Partnerinnen behandelt; das gilt für Rechte wie Pflichten. Der Erfolg gibt Esther Recht – bis sich die sechzehnjährige Janina bis über beide Ohren in einen Jungen aus der Parallelklasse verliebt. Kai Weber kommt aus einer »Normalfamilie« und schafft es, Janina innerhalb kürzester Zeit mit einer Sehnsucht zu infizieren, die schlimmer ist als jeder Virus: Sie entwickelt eine fatale Vorliebe für spießige Rituale wie feste Essenszeiten oder Abende vor dem Fernseher! Und auch ihre zwei Jahre jüngere Schwester Ann-Katrin legt plötzlich ein seltsames Verhalten an den Tag ... Als es an die Urlaubsplanung geht, verliert Esther endgültig die Geduld. Ganz gewiss wird sie ihre Ferien nicht mit den Webers in einem Club auf Mallorca verbringen! Aber dann beschließt sie, sich dem Gegner zu stellen – und erlebt ihr blaues Wunder ...

Die Autorin

1950 geboren, war Britta Blum nach dem Studium der Germanistik Lehrerin und lebt heute mit ihren vier Söhnen in Köln. Mit ihren Romanen begeistert sie die Herzen Hunderttausender Leserinnen. Auch als Lea Wilde und Annegrit Arens ist sie erfolgreich.

In unserem Hause sind von Britta Blum bereits erschienen:

Familienleben auf Freiersfüßen
Susanna im Bade

Und von Annegrit Arens liegen vor:

Honig und Stachel
Seidenkatze mit Schlips und Kragen
Süße Zitronen

Britta Blum

Mit ohne Mann

Roman

Ullstein

Ullstein Taschenbuchverlag
Der Ullstein Taschenbuchverlag ist ein Unternehmen der
Econ Ullstein List Verlag GmbH & Co. KG, München
Originalausgabe
1. Auflage 2002

Lektorat: Elisabeth Seligmann
Umschlaggestaltung: Thomas Jarzina, Köln
Titelabbildung: zefa, Düsseldorf
Gesetzt aus der Sabon
Satz: hanseatenSatz-bremen, Bremen
Druck und Bindearbeiten: Clausen & Bosse, Leck
Printed in Germany
ISBN 3-548-25393-8

Inhaltsverzeichnis

Widmung

Es gibt Romane, die ich vorwiegend dem verdanke, was meine Lehrer einst durch die Bank meine »blühende Phantasie« nannten. Dafür habe ich mich nie bedankt, weil unter solch blühenden Textlandschaften des Öfteren »Thema verfehlt« und darunter eine jener Noten stand, die meine Eltern gewöhnlich veranlassten, wenigstens eine Woche lang jene Strenge hervorzukehren, die ich ihnen gerade mühsam abgewöhnt hatte.

Im Fall dieses Romans verhält es sich jedoch anders, hier konnte meine Phantasie auf reale Landschaften bevölkert mit sehr realen Menschen zurückgreifen, und obwohl mehrere davon mich während unseres (bislang ersten) All-inclusive-Aufenthalts auf Mallorca eindringlich davor gewarnt haben, etwas davon zu Papier zu bringen, handle ich dieser Warnung zuwider, weil ich sie als das durchschaue, was sie ist, nämlich falsche Scham.

Ihr braucht euch nicht zu schämen, wahrlich nicht!

Ihr, dazu gehören zuallererst mal meine Kids und deren erste zart knospende Neigungen zum anderen Geschlecht und all die Verwicklungen, die sich zwangsläufig ergeben, wenn über den Nachwuchs völlig unterschiedliche Familien zusammengeführt werden: Triviales (und vielleicht deshalb so herrliches) Pantoffelkino trifft »Mein Kind hat schon im Mutterleib nur Klassik gehört«, knuspriges Wienerschnitzel begegnet fettarmer Vegetarierkost ... kennen Sie so was?

Wie gesagt, mein Nachwuchs hat mir Augen und Ohren (und mehr) für Genüsse geöffnet, die ich nach fünfzehn Ehejahren mit Stumpf und Stil auszurotten beschloss, weil sie mich an meinen Ex und mein Scheitern als Ehefrau erinnerten (ein Fehler, wie ich nun zugeben muss).

Womit wir auch schon bei jenem wunderbaren Mann-Exemplar wären, das mir auf dem Umweg über unsere schnäbelnden Kids ebenfalls Appetit auf Pantoffelkino, Wienerschnitzel und vor allem Menschen, die sich nicht rund um die Uhr kasteien, gemacht hat. Ein Mann, der darüber hinaus die Größe besaß, mir (fast) zu widerstehen und sogar einem anderen Mann das »Feld« (sprich mich) nicht nur zu überlassen, sondern es diesem sogar näher zu bringen (was man natürlich auch als Angst vor der eigenen Courage interpretieren könnte, aber dazu mehr in diesem Roman).

Tja, bleibt mir nur noch der Dank an den »Titelgeber«, der bereit und fähig ist, tagtäglich mit mir und meiner Meute den Spagat zwischen »Normalfamilie« und »Single mit Anhang« zu üben, was ebenso viel Akrobatik wie Herz erfordert.

Okay, ich danke euch allen, und sollte einer von euch auf die Idee kommen, mich für meine Offenheit zu verfluchen, so denkt daran: Der nächste All-inclusive-Urlaub kommt bestimmt!!!

In Liebe!

Heiraten? Nein danke!

Als Esther ihre Wohnung betrat, war es erst kurz nach sechs. Ungewohnt früh für ihre Verhältnisse, die meisten ihrer Klienten bevorzugten späte Termine. Sie wollte schon nach Ann-Katrin und Janina rufen, als ihr einfiel, dass die beiden ausgerechnet heute auf einer Geburtstagsparty eingeladen waren. Es war noch nicht lange her, da hatten ihre Töchter und deren Freundinnen auf Geburtstagen Topfschlagen und Blinde Kuh gespielt, und Jungs wurden generell nicht eingeladen, weil sie durch die Bank als »doof« galten. Auch das hatte sich schlagartig geändert. Das Geburtstagskind hatte diesmal fast genauso viele Jungen wie Mädchen eingeladen, es sollte auch getanzt werden, seit Tagen wurde bei den Anchors über die richtige Musik und das passende Outfit diskutiert.

Ob Ann-Katrin sich wieder an ihrem Kleiderschrank bedient hatte, um erwachsener auszusehen? Es war nun mal nicht leicht für eine magere Vierzehnjährige, mit ihrer zwei Jahre älteren Schwester und den anderen schon weiter entwickelten Mädchen Schritt zu halten. Ein Glück, dachte Esther, dass meine Beiden sich trotzdem so gut verstehen und sogar zusammen eingeladen werden.

Sie schlüpfte aus ihren Pumps – schick, aber auf Dauer unbequem – und beschloss, sich einen gemütlichen Schmökerabend zu gönnen. Jede Menge Zeitungen und mindestens drei neue Bücher warteten auf sie, der Tag hatte manchmal einfach zu wenig Stunden. Sie kontrollierte rasch den Anrufbeantworter – nichts blinkte – und überlegte, ob sie das Abendessen heute einfach ausfallen lassen sollte. Es war sowieso nicht gesund, nach sechzehn Uhr noch zu essen, zumindest behaupteten das die Ernährungswissenschaftler. Vielleicht nur ein Obstteller?

Nachdem Esther ihre Straßenkleidung gegen einen Hausanzug aus goldgelber Seide ausgetauscht hatte – diese Farbe harmonierte perfekt mit ihrer Bettwäsche –, betrat sie die Küche. Sie hatte morgens noch selbst auf dem Markt eingekauft, im Geist stellte sie sich bereits eine appetitliche Auswahl von Früchten zusammen, als sie den großen Topf mitten auf dem Tisch entdeckte, dagegen lehnte ein Zettel, die Schrift war die ihrer langjährigen Haushaltshilfe, Gerda Kronen.

»Liebe Frau Anchor! Die Steckrüben und Kartoffeln sind ganz frisch und vom Hof meines Schwagers, die Wurst ist aus der eigenen Schlachterei, es war sowieso zu viel, deshalb habe ich Eintopf für Sie und die Mädels mitgekocht. Guten Appetit! Ihre Gerda K.«

Esther hob den Deckel ab, von der Innenseite tröpfelte es, der fettglänzende Inhalt war noch warm. Ein leicht erdiger Geruch drang ihr in die Nase und weckte vage Erinnerungen an ihre Kindheit, die sie bei den Großeltern auf dem Land verbracht hatte. Dort gab es ebenfalls Steckrüben und Saubohnen und diese dicken Würste, die wie eine Kreuzung aus Mettwurst und Blutwurst aussahen, zu essen. Sie schloss den Topf rasch wieder, schon seit Jahren aß sie keine Wurst mehr und so wenig Fett wie möglich. Gerda Kronen wusste das genau, andererseits meinte sie es bestimmt nur gut. Esther vergaß ihre ursprüngliche Absicht, sich mit Obst zu versorgen. Plötzlich hatte sie es sehr eilig, aus der Küche zu kommen. Sie nahm sich lediglich eine Flasche stilles Wasser und ein Glas mit ins Schlafzimmer.

Ein sehr warmer, femininer Raum, die Wände in zartgelber Wischtechnik, das Bett aus hellem Ahornholz, Tagesdecke und etliche Kissen in Ocker, Braun und Gold, an der Wand ein wunderschöner alter Intarsienspiegel, sonst gab es nur noch eine Sitzbank am Fußende und im Raum verteilt Kerzen in allen Größen und Formen. Esther liebte dieses weiche Licht. Der Reihe nach zündete sie zuerst die langen honigfarbenen Kerzen in den Kerzenständern aus getriebenem Silber, dann die dicken kurzen Stumpen und zuletzt die Teelichter in den Kelchen aus filigranem Glas an. Nachdem sie auch noch den CD-Player eingeschaltet hatte, machte sie es sich zwischen den Kissen gemütlich und schloss die Augen. Lesen konnte sie später immer noch.

Ehe sie es sich versah, war sie eingeschlafen. Seltsame Traumbilder umfingen sie, im Mittelpunkt standen diese schrecklich fettige Wurst und Joscha, ihr Geliebter. Es war abstrus, an den Haaren herbeigezogen, völlig hirnverbrannt, was diese Bilder ihr vorgaukelten. Ausgerechnet Joscha sollte sie zu etwas zwingen wollen, und dann auch noch zum Verzehr von Wurst. Komm, beiß rein! Versuch wenigstens mal! Wurst ist nicht gleich Wurst! Mit sanfter Gewalt näherte er die Wurst ihrem Gesicht, seine Fingerkuppen berührten ihre Lippen, teilten sie, der würzige Duft der Wurst und Joschas wohlvertrauter Geruch vermischten sich und bewirkten etwas in ihr, wovon sie nicht zu sagen wusste, was es war. Nur dass da plötzlich eine völlig verrückte Gier in ihr erwachte und sie zubiss, immer wieder, ohne Maß und Verstand ...

Als pünktlich um Viertel nach zehn Ann-Katrin und Janina in die Wohnung stürmten, lag Esther mit einer Wärmflasche auf dem Bauch und einer kühlenden Kompresse auf der Stirn im Bett. Restlos erschöpft von einer schier unglaublichen Orgie, die zuerst im Traum und dann in Echt stattgefunden hatte. Sie, die stets beherrschte und alles sorgsam abwägende Esther Anchor, hatte sich in der Küche über einen fettigen Eintopf und eine noch viel fettigere Wurst hergemacht. Lediglich Joscha war eine Traumgestalt geblieben. Eigentlich schade, dachte sie, als sie endlich wieder einschlief.

Am anderen Morgen wurde Esther von einem beharrlichen Klingeln geweckt. Schlaftrunken tastete sie nach dem Wecker. Es war erst sechs Uhr. Sie wollte sich schon auf die andere Seite drehen und weiterschlafen, als ihr wieder einfiel, dass sie heute bereits sehr früh einen Termin hatte. Beim Auslegen des Bettzeugs wenig später fand sie eine längst erkaltete Wärmflasche sowie eine weich gewordene Kältekompresse, die Ereignisse des Vorabends fielen ihr wieder ein. Am frühen Morgen und kurz vor dem Start in die Arbeit erschien ihr das, wovon diese beiden Gegenstände erzählten, völlig unwirklich. Sie schüttelte sich, räumte alles an seinen Platz zurück, ging unter die Dusche, zog sich an, legte ein leichtes Tages-Make-up auf und war innerhalb einer halben Stunde startklar. Perfektes Timing! Fehlten nur noch die Schuhe.

Sie überflog das Schuhregal. Gerade für eine Frau ist das richtige Paar Schuhe bekanntlich viel mehr als bloß eine Äußerlichkeit. Damit kann sie ihre Stimmung und das, was sie sich von einem Tag oder Abend erwartet, exakt auf den Punkt bringen. Zwischen einem klassischen Blockabsatz und hohen Stöckeln mit eingebautem Sexappeal liegen Welten, ganz wichtig ist auch die Farbe. Esther war an diesem Morgen nach einem satten Karminrot.

Wo verflixt waren ihre neuen roten Sneakers? Ob Ann-Katrin sie sich für die Party gestern Abend ausgeborgt und vergessen hatte, sie zurückzustellen? Esther klopfte kurz und öffnete dann die Tür zum Zimmer ihrer Jüngsten, von dem eine weitere Tür in Janinas Zimmer führte. Die beiden Mädchen kauerten einträchtig auf Ann-Katrins Bett und hörten Musik.

»Hallo, Mama! Wieso bist du denn schon auf?«

»Guten Morgen, meine beiden Hübschen!« Esthers Anrede traf ins Schwarze, wenngleich Ann-Katrin sich derzeit wegen ihrer Zahnklammer »potthässlich« fand und Janina wie die meisten Mädchen ihres Alters jammerte, sie sei »tierisch fett«. Beides würde über kurz oder lang kein Thema mehr sein, davon war Esther überzeugt. »Ich muss heute früher los«, fügte sie hinzu.

»Und wieso gerade heute?«, lispelte Ann-Katrin. Kurz nach dem Aufwachen machte ihr die Klammer am meisten Probleme.

»Schließlich haben wir noch Ferien«, ergänzte Janina leicht vorwurfsvoll. Es gab eine Absprache zwischen Esther und ihren Töchtern, dass während der Schulferien möglichst immer gemütlich zusammen gefrühstückt wurde. Esther seufzte theatralisch und verdrehte die Augen: »Ein Notfall!«

Janina kicherte. »Ein echter? Oder wieder einer, der seine Schnürsenkel mit einwichst und in der Aufsichtsratssitzung dran packt und kohlrabenschwarze Finger und deshalb die Krise kriegt?«

Esther schmunzelte. »Mit Schuhwichse hat unser neuer Klient wohl weniger Probleme.«

»Und was plagt ihn dann?«, fragte Ann-Katrin. Diesmal gut verständlich, sie hatte der Einfachheit halber rasch ihre Klammer aus dem Mund genommen.

»Wird nicht verraten, ihr Neugiernasen.«

»Bestimmt ist es jemand Prominentes, der nicht gesehen werden will, wie er sich bei dir reinschleicht«, vermutete Janina.

Esther hatte Mühe, ernst zu bleiben. Ihre Töchter warfen sich gegenseitig die Bälle zu, ihre Ausholtechnik war nicht von schlechten Eltern, und wenn direktes Fragen nicht weiterhalf, versuchten sie es halt hintenherum »mit dem Hühnerkläuchen«. Kaum weniger amüsant war die Vorstellung, der erste Klient an diesem Donnerstag könne angeschlichen kommen. Dazu war er viel zu steif und korrekt.

»Wir verarzten ihn vor Bürobeginn«, sagte Esther laut, »mehr bekommt ihr nicht aus mir heraus, und wenn ihr euch auf den Kopf stellt.«

»Wir?«

»Logisch! Geteiltes Leid ist halbes Leid.«

»Der arme Joscha!« Zweistimmig, leiser Spott klang mit. Die Mädchen beherrschten die Kunst der Ironie für ihr Alter schon erstaunlich gut und probierten sie vorzugsweise am Freund ihrer Mutter aus. Joscha verkraftete derlei im Gegensatz zu den meisten seiner Geschlechtsgenossen problemlos.

Esther grinste breit, dann ging sie zielstrebig auf Ann-Katrins Bett zu, unter dem etwas Rotes blitzte. Sie bückte sich, zog kommentarlos ihre Sneakers aus handschuhweichem rotem Leder hervor und schlüpfte hinein.

»Er wird's überleben!«, sagte sie laut.

»Aber nur, wenn er seine Socken findet.« Kichern begleitete diesen Satz.

Die beiden haben den Durchblick, dachte Esther im Hinausgehen, die lassen sich kein X für ein U vormachen. Stolz wallte in ihr auf, eine satte Zufriedenheit, die sogar das Knurren in ihrem Magen übertönte. Sie war auch stolz auf ihre gute Figur, schlank und durchtrainiert und nirgends Schwabbel oder ein Gramm zu viel, so was kommt nicht von ungefähr. Wenn sie jetzt etwas aß, musste sie sich später beim Drei-Mädel-Frühstück bremsen, das wollte sie nicht.

Die fünf Stockwerke nahm Esther im Laufschritt, unten angekommen, holte sie ihr Citybike aus dem Keller und radelte los. Ein kurzer Abstecher zum Obststand in der Nähe des Bahnhofs war noch drin. Dann Meeting Point »Anchor & Partner«, das waren knapp hundertzwanzig Quadratmeter in einem umgebauten Postamt, eine Adresse mit Flair, selbstverständlich gab es hier auch einen Aufzug. Esther benutzte ihn nie, der Aufzug diente dem Transport von Klienten und Wasserkästen. Sie war auch stolz darauf, dass unten am Eingang ihr Name auf dem dezenten weißen Schild mit der blauen Schrift stand. Esther Anchor, mit dem Partner war Joscha gemeint. Joscha Nideggen.

Joscha hatte sich sicherheitshalber zwei Wecker gestellt. Um sechs Uhr aufstehen, das war Mord. Andererseits handelte es sich um einen Klienten, der auf Empfehlung kam, und dieses Geschäft lebte nun mal von Empfehlungen. »Du kannst einen Termin nicht ablehnen, nur weil du deinen Hintern morgens nicht aus dem Bett bekommst«, hatte Esther bestimmt, und leicht bissig hinzugefügt: »Außerdem sind wir doch flexibel, oder?« Was war ihm anderes übrig geblieben als zuzustimmen?

Spaß machte es ihm trotzdem nicht, zu nachtschlafender Zeit durch seine Wohnung zu stolpern und bei jeder verfluchten Kiste anzuhalten und zu überlegen, ob hier seine Socken und dort seine Hemden drin waren. Es war einer der wenigen Momente, in denen er fast bedauerte, den üblichen Ordnungssystemen nach seiner Scheidung Adieu gesagt zu haben. Er klappte den schwarzen Lackkasten neben der Badewanne auf, fasste hinein, bekam Papier und etwas Wolliges zu fassen, beförderte beides ins Helle. Stanniol mit Überresten jener Schokolade, die er gestern beim Baden verdrückt hatte, das glänzende Papier klebte an einem Socken, der eindeutig nicht mehr taufrisch war. Naserümpfend ließ Joscha ihn wieder fallen, der Deckel knallte zu, ein Geräusch, das ihm durch und durch ging. Ohne Kaffee war er so früh einfach nicht zu gebrauchen. Mit Kaffee eigentlich auch nicht.

Er peilte die lediglich durch eine Bar abgetrennte Küche an, in der alles seinen festen Platz hatte. Daran konnte er schlecht etwas ändern, nur um seine maximale Flexibilität unter Beweis zu stellen. Die Einbauküche gehörte zur Ausstattung dieser Wohnung, inklusive Kaffeemaschine und sogar Eiscrusher, es war eine sehr komfortable Wohnung, seine asketische Möblierung tat dem keinen Abbruch. Im Gegenteil! Das war eben Purismus pur.

Purismus pur, wiederholte er zufrieden, während er Kaffeemehl und Wasser abmaß und die Maschine anstellte. PP, eine Alliteration, auch das hatte er behalten, schließlich war er nicht umsonst elf Jahre lang – oder sollte er nicht besser elf lange Jahre sagen? – Deutschlehrer gewesen. Pauker, wie Esther sich ausdrückte. Grässliche Vorstellung, jetzt noch immer irgendwelchen aufmüpfigen Kindern die Grundbegriffe der Mathematik und der eigenen Muttersprache einbläuen zu müssen. Dann müsste er jeden Morgen so früh aufstehen, eine solche Wohnung könnte er sich als Lehrer auch nicht leisten, noch viel weniger eine Frau wie Esther. Ich hätte dich nicht mit dem Hintern angeguckt, wenn du wirklich Pauker geblieben wärst. Originalton, ihre Ausdrucksweise war mitunter ausgesprochen plastisch, um nicht zu sagen direkt.

Hoffentlich überlebte ihr erster Klient an diesem Morgen das. Joscha glaubte den Mann förmlich vor sich zu sehen. Sehr akkurat, der Scheitel wie mit dem Lineal gezogen, die Krawatte machte ihrem Spitznamen »Würger« alle Ehre, und dann die Farben, das war wie ein trister Novembertag von der Stange. Brrr, so was schrie förmlich nach einem Kontrastprogramm. Er würde sein neues rotes Hemd anziehen. Falls er es fand. Natürlich fand er es, bislang hatte er noch alles gefunden. Er schnupperte, das würzige Aroma des Kaffees begann sich auszubreiten, seine Lebensgeister erwachten allmählich.

Noch mal von vorne! Er gönnte sich einen kräftigen Schluck Kaffee, diese Sorte war vorzüglich und erleichterte ihm die Konzentration. Er musste nur all seine Gedanken zusammenziehen und rekonstruieren, was er wann wohin getan hatte. Ein geniales Spiel, viel mehr als ein Spiel, auf diese Weise verwandelte sich die Erinnerung in eine klar strukturierte Landschaft. Je öfter er umräumte, umso perfekter wurde seine Trefferquote.

Mit halb geschlossenen Augen, einen Finger an seine nicht eben kleine, fast römische Nase gelegt, visualisierte er systematisch den Inhalt der in seiner Wohnung befindlichen Behältnisse. Er sondierte aus, witterte schon den Erfolg, der ihn den ganzen Tag als Aura begleiten würde – wer kann schon von sich behaupten, mit reiner Kopfarbeit ein weinrotes Hemd sowie ein Paar gleichfarbige Socken in vierundzwanzig identischen Lackkästen aufzuspüren? – als das Telefon anschlug.

Verärgert hob er ab. »Nideggen.«

»Auch Nideggen.«

»Ach du bist es.« Vielleicht sollte ich doch wieder meinen eigenen Namen annehmen, dachte Joscha gereizt.

Nach der Scheidung von Sabine hatte er ihren Nachnamen einzig und allein deshalb beibehalten, weil er besser als »Krämer« klang. Esther, die ihn im Scheidungsprozess vertreten hatte, war derselben Meinung gewesen: Nomen est omen! Im Grunde hatte sie nicht nur ihn, sondern auch Sabine bei Gericht vertreten, auf Esthers Anraten hin war es eine einvernehmliche Scheidung geworden. Sabine behielt den gesamten Hausrat, den sie auch mit in die Ehe eingebracht hatte, und ließ Joscha ihren Namen und die Vespa.

Die Scheidung lag bald vier Jahre zurück, seitdem verstand Sabine sich als seine »mütterliche Freundin« und rief ihn bei jeder passenden oder wie gerade jetzt unpassenden Gelegenheit an.

»Keine sehr nette Begrüßung, Joschilein!«

»Hör endlich auf, mich so zu nennen! Außerdem habe ich keine Zeit, absolut keine Zeit, und wenn ich nicht in spätestens zwanzig Minuten ...«, er brach mitten im Satz ab. Besser nicht zu viel preisgeben. Sabine hatte ihre Ausholtechnik im Lauf der Zeit perfektioniert und verstand es wie kaum eine andere, ihm selbst aus den harmlosesten Auskünften einen Strick zu drehen. Warum schickte er sie nicht endlich zum Teufel? Wenn er wenigstens schon seine Siebensachen zusammenhätte ...

»Was suchst du denn diesmal?«

»Mein neues Hemd und die passenden Socken.«

»Schwarz?«

»Weinrot.«

»Warst du nicht gerade auf dem Black-in-Black-Trip?«

»Man muss flexibel sein.«

»Also zur Abwechslung weinrot. Noch verpackt?«

Joscha nickte, was sie über irgendwelche geheimnisvollen Antennen mitzubekommen schien, auch wenn sie drei Stadtviertel voneinander trennten.

»Dann würde ich an deiner Stelle mal in der Kiste vor dem Klo nachsehen«, empfahl sie wie aus der Pistole geschossen.

»Blödsinn!« Es verstimmte ihn, dass sie so tat, als ob sein Reich ihr bestens vertraut wäre. Das war ganz gewiss nicht der Fall, insgesamt war Sabine höchstens ein Dutzend Mal bei ihm gewesen. Zwölf Mal zu oft, ergänzte er stumm und fragte: »Wie kommst du denn auf so einen fundamentalen Schwachsinn?«

»Weil du immer, wenn du vom Einkaufen kommst, erst

mal aufs Klo flitzt. Die Klos woanders sind dir ja alle nicht ganz geheuer, stimmt's? Und da liegt es doch nahe, dass du alles wie gewohnt in die nächstbeste Kiste gestopft hast.«

Exakt bei diesen Worten erstand vor Joschas Augen das Bild, wie er am letzten Freitag mit zwei Tragetaschen in die Wohnung und schnurstracks zur Toilette gestürmt war und quasi im Vorbeistürzen die besagte Kiste aufgerissen und seine Neuerwerbungen darin verstaut hatte, damit nichts die perfekte Ordnung störte.

Er hatte Esther erwartet, und sie verabscheute Chaos. Aus den erwarteten Liebeswonnen war dann allerdings nichts geworden, weil ein Klient Esther zwei VIP-Karten fürs Fußballspiel geschenkt hatte. Der 1. FC Köln hatte sich für das Heimspiel letzten Freitag die besten Torchancen ausgerechnet, aber trotzdem verloren. Wie Joscha ...

»Du könntest Recht haben«, räumte er ein.

»Ich habe meistens Recht«, konterte seine Exfrau.

Er protestierte, auch das war nichts Neues. Sabine schnitt ihm das Wort ab.

»War nicht böse gemeint, Joschilein. Willst du eigentlich gar nicht wissen, warum ich dich in aller Herrgottsfrühe aus den Federn jage?«

Joscha ersparte sich die Antwort. Aus langjähriger Erfahrung wusste er, dass Sabine sowieso keine Ruhe gab, bevor sie ihre News losgeworden war. Vielleicht wollte sie ihm ja mitteilen, dass sie nun doch der Versetzung – die mit einer Beförderung einherging – zustimmte, von der sie ihm vor ein paar Wochen erzählt hatte. Bitte ja!, flehte er stumm und klappte die besagte Kiste vor dem WC, die er inzwischen mit dem tragbaren Telefon am Ohr erreicht hatte, auf. Wie soeben von ihm visualisiert, fand er darin das noch originalverpackte Hemd nebst Strümpfen – Heureka!!! –, zog möglichst leise die Cellophanhülle ab und kämpfte gerade mit unzähligen Stecknadeln – warum nur muss jedes neue Hemd erst mal gekreuzigt werden? –, als sich ein Satz aus dem Redefluss seiner Exfrau herauslöste und ihn im gleichen Moment wie die vermaledeite Nadelspitze traf.

»Autsch! Verdammt!«

»Oh! Ist es dir nicht recht, wenn ich mit Axel verreise?«

»Ich habe mich gestochen. Was du mit deinem Zahnarzt machst, ist mir egal. Meinetwegen nimm auch noch deinen Frauenarzt und deinen Hautarzt mit.«

»Ich habe gar keinen Hautarzt«, erinnerte Sabine ihn und fügte mit einem kehligen und eindeutig anzüglichen Lachen in der Stimme hinzu: »Da verwechselst du wohl wieder was?«

»Falls du auf Esther und ihre Hautprobleme anspielst, das ist schon viel besser geworden.« Aus lauter Empörung über Sabines heimtückische Art knöpfte er sein Hemd falsch zu. Mist! Jetzt konnte er wieder von vorn anfangen, besonders bei neuen Hemden verabscheute er diese Prozedur zutiefst, die Knopflöcher waren immer irgendwie zu eng.

»Als ich sie neulich traf ...«, widersprach Sabine.

»... da hatten wir halt gerade einen extrem schwierigen Klienten, so was geht Esther eben unter die Haut. Sie ist nun mal sehr empfindsam und reagiert auf das winzigste Signal.« Ganz im Gegensatz zu dir, ergänzte er stumm und hoffte, dass Sabine den Wink verstand.

Gleichzeitig fragte er sich, warum er sich in ihrer Gegenwart – das galt auch für Telefonate mit ihr – automatisch wie der kleine Student fühlte, der er gewesen war, als er sie anlässlich der Organisation des Mensaballs vor bald achtzehn Jahren fragte, ob er bei ihr im Sekretariat Handzettel kopieren dürfe, weil der Kopierer im Studentenwerk wieder mal eine Macke hatte. Warum war er nicht woanders hingegangen? Beispielsweise in den nächstbesten Copy-Shop auf der Zülpicher oder Dürener Straße?

Allerdings wäre er dann wohl auch nie Esther begegnet ...

Er gab sich einen Ruck. Es brachte nichts, zurück zu schauen, man muss die Zukunft am Schlafittchen packen und formen. Seine Hände griffen nach den roten Socken, er winkelte ein Bein an, um den ersten überzuziehen, kippelte leicht, wiederholte die Prozedur auf der anderen Seite. Geschafft! Sabine redete immer noch.

»Der Wink mit dem Zaunpfahl ist angekommen.« Sie kicherte. Joscha fand es reichlich albern, wenn eine Frau von nunmehr einundfünfzig Jahren wie ein Schulmädchen kicherte. »Ich soll mal wieder die Klappe halten«, fuhr sie fort, »damit du nicht auch noch zu blühen beginnst. Also noch einmal, ich bin jetzt eine Woche lang mit Axel in Lugano, wenn es uns gefällt, verlängern wir eventuell, er hat sich vorsorglich gleich für zwei Wochen einen jungen Facharzt als Vertretung genommen. Wenn was ist, kannst du mich über Handy erreichen.«

»Was soll schon sein? Gute Reise! Und viel Vergnügen!« Energisch betätigte Joscha die Aus-Taste, warf einen Blick auf sein Handgelenk – allerhöchste Eisenbahn – und steuerte die Haustür an. Nur raus hier!

Der große Spiegel im Eingangsbereich stoppte ihn, außer den weinroten Socken zum gleichfarbigen Hemd trug er lediglich einen schwarzen Slip. Hose und Sakko hingen noch an der eingebauten Garderobe, die ihn beim Einzug davor bewahrt hatte, in Gewissenskonflikte zu geraten. Man kann einen Anzug nun mal nicht wie ein Hemd oder einen Pulli in einer Kiste zusammenfalten. Joscha zog die Hose vom Bügel, verfluchte nochmals herzhaft seine Exfrau und verscheuchte die Vorstellung, wie er demnächst Dr. Axel Sprengler in seinem weit geöffneten Mund hantieren ließ und dabei unweigerlich an andere Fingerspiele dachte, die der renommierte Zahnmediziner an Sabine absolvierte. Dann ohne Gummihandschuhe ...

Hoffentlich kommt Esther mit deinem Vorspiel klar!, hatte Sabine beim Verlassen des Gerichtsgebäudes süffisant gemeint, was ja wohl im Klartext hieß, dass sie auch in diesem Punkt nicht mit ihm als Ehemann zufrieden gewesen war. Joscha hatte so getan, als ob er nichts gehört hätte, verfolgt hatte ihn dieser Satz trotzdem, deshalb hatte er unmittelbar nach der Scheidung in zig Ratgeber rund um das Thema »Die Kunst der Stimulation« investiert. Mit Erfolg, davon war er überzeugt. Trotzdem schaffte Sabine es immer wieder, ihn zu irritieren.

Vorbei! Denk einfach nicht mehr dran! Merkst du nicht, wie sie ständig versucht, dich auf die Palme zu bringen? Wenn sie sonst nichts mehr fertig bringt, dann das! Typisch Frau in den Wechseljahren!

Joscha schloss seine Hose, schlüpfte ins Sakko, nur noch die Schuhe, fertig war er. Leider ein paar Minuten zu spät, dabei hatte er extra zwei Wecker gestellt, und von seinem Schokocroissant hatte er auch nur einen einzigen Bissen essen können. Mit knurrendem Magen arbeiten, einfach schrecklich, der blanke Horror! Und warum? Weil seine Exfrau ihm unbedingt auf die Nase binden musste, dass sie es jetzt mit ihrem gemeinsamen Zahnarzt trieb.

Warum wechselte er nicht einfach den Zahnarzt?

Das war's. Joscha beschloss, sich noch heute nach einem neuen Zahnarzt umzuhören.

Auch ohne auf die Uhr zu schauen, wusste Esther, dass sie gut in der Zeit lag. Auf ihren inneren Zeitmesser war Verlass, wie ein kurzer Kontrollblick bestätigte. Sie sicherte ihr Rad, nahm vorsichtig die beiden Obsttüten sowie eine lachsrote Rose aus dem Fahrradkorb und betrat das Bürogebäude. Die Putzfrau, die gerade das Foyer wischte, hielt in der Arbeit inne und begrüßte sie sichtlich erstaunt. Esther grüßte freundlich zurück, blieb aber nicht stehen, sondern nahm unverzüglich die Treppe in Angriff. Oben angekommen, versorgte sie als Erstes die einzelne Rose und stellte die Vase auf den kleinen Tisch unmittelbar im Eingangsbereich, der von zwei Besuchersesseln flankiert wurde. Es kam allerdings so gut wie nie vor, dass hier ein Klient saß und wartete, einfach weil ausschließlich nach festen Terminen gearbeitet wurde, die pünktlich begannen und ebenso pünktlich aufhörten. Verspätete sich ein Klient, ging das von seiner Zeit ab.

Genau genommen war die Beschaffung dieser Rose Joschas Sache, doch weil er ein ausgemachter Morgenmuffel war, hatte Esther heute lieber selbst vorgesorgt und kurz noch am Bahnhof angehalten, wo es rund um die Uhr Blumen zu kaufen gab. Die lachsrote Rose unterstrich die private Note. Wer ein kleines Vermögen in seine mentale Fitness investiert, darf erwarten, dass jedes Detail stimmt.

Esther hatte gerade den PC hochgefahren und die erste E-Mail abgerufen, als der Türgong ertönte. Ein Blick auf die Uhr zeigte ihr, dass bis zum Termin noch acht Minuten blieben. Ob Joscha seinen Schlüssel vergessen hatte? Sie drückte auf und behielt den Aufzug im Blick, doch dort tat sich nichts, dafür klangen nun Schritte im Treppenhaus auf. Ein Schritt wie der andere, wenig später wurde eine untersetzte Gestalt im dunklen Anzug sichtbar. Dieses Modell sah aus, als ob der Schneider den Träger für alle Gelegenheiten von der Abteilungsleiterkonferenz bis hin zur Bestattung eines verdienten Mitarbeiters hätte ausstaffieren wollen.

Na prima!, dachte Esther. Unser Klient kommt vor dem Coach!

Sie überspielte ihre Verärgerung mit einer besonders

herzlichen Begrüßung, welche auf den Ankömmling eine ungeahnt heftige Wirkung ausübte. Offenbar fühlte sich der Ärmste momentan wirklich von Gott und aller Welt im Stich gelassen.

»So nett hat schon tagelang niemand mehr mit mir geredet«, sagte er und begann auch schon aufzuzählen, was ihm allein in der letzten Woche an Lieblosigkeiten widerfahren war. Mit Abstand am häufigsten nannte er in diesem Kontext seine Ehefrau und seine Sekretärin, deren »Verrat« schien ihn noch mehr als die Umstrukturierung in der Chefetage zu treffen.

Wer ihn so lamentieren hörte, mochte kaum glauben, dass er zu den Topverdienern zählte und erst neulich bei einer Benefizveranstaltung groß in der Zeitung gestanden hatte. Seine Firma stellte den Hauptgewinn, das Foto zeigte ihn jovial lächelnd zwischen dem glücklichen Gewinner und der glänzenden Karosserie eines nagelneuen Fünfsitzers mit Klimaanlage und Sitzheizung. Inzwischen lächelte er nicht mehr, sondern bangte um seinen Job und seine Ehe und seinen Magen.

Während Ann-Katrin es sich weiter im Bett gemütlich machte und allenfalls mal den Arm ausstreckte, um die Weiterlauftaste zu drücken und einen Titel zu überspringen, der ihr weniger gut gefiel, absolvierte ihre ältere Schwester bereits wieder ihr morgendliches Trainingsprogramm. Seit über drei Monaten ging das schon so.

»Sieht lustig aus!«, kommentierte Ann-Katrin und stützte ihr spitzes Kinn auf die angewinkelten Arme, die dünn wie alles an ihr waren.

»Könnte dir auch nicht schaden«, keuchte Janina und hielt kurz inne. Sie hasste Liegestütz. Wenn man von Liegestützen ähnlich wie von Süßkram Pickel bekäme, wäre sie mittlerweile das reinste Pickelmonster. Pickel fand Janina noch ekelhafter als Liegestütze. Üblicherweise stellen Pickel sich um den vierzehnten Geburtstag herum ein, doch leider bekam Ann-Katrin trotz ihrer vierzehn Jahre und trotz ihrer Naschsucht noch immer keine Pickel.

»Wieso? Ich bin auch so dünn genug.« Zum Beweis reckte Ann-Katrin eins ihrer langen Beine in die Luft, nirgends gab es auch nur den Ansatz von Böllchen an den Oberschenkeln und erst recht keine dieser heimtückischen kleinen Dellen, aus denen später Orangenhaut wurde. »Alle sagen, dass ich der reinste Spargeltarzan bin, warum soll ich mich dann wie du abquälen? Bist du eigentlich sicher, dass du davon abnimmst?«

»Bis zu den Sommerferien habe ich fünf Pfund runter.« Janina wischte sich mit dem um die Schultern gelegten Handtuch die Stirn ab, die Liegestütze waren schon mal geschafft, jetzt ging es mit den Hanteln weiter. Wäre doch gelacht, wenn sie ihren Silvestervorsatz nicht durchhielte. »Außerdem«, ergänzte sie, »geht es hier um viel mehr als nur ums Abnehmen.«

Ann-Katrin kicherte, setzte sich in ihrem Bett auf und winkelte einen Arm an. »Falls du jetzt wieder die Muskelnummer abspulst: Ich hab auch so mehr Muckis als du. Guck selbst! Alles stramm.«

»Das ist nicht stramm, sondern nur mager, mit Muskeln hat das nichts zu tun. Und Ausdauer hast du erst recht keine.«

»Du auch nicht, so wie du keuchst. Hört sich echt gefährlich an.« Die Vierzehnjährige trat die Steppdecke zurück und schwang sich aus dem Bett. In ihrem knappen T-Shirt erinnerte sie an ein Füllen auf Steckenbeinen, als sie leicht ungelenk und trotzdem anmutig die Tür ansteuerte.

»He! Wohin willst du?«

»Ich mach nur kurz 'nen Ausflug zum Kühlschrank. Soll ich dir ein Wasser mitbringen? Hab mal gelesen, dass es gefährlich ist, wenn man so viel schwitzt und nicht schnell genug nachfüllt.«

»Ich brauche kein Wasser.«

»Dann eben nicht.«

»Untersteh dich und iss wieder was Süßes vor unserem gemeinsamen Frühstück!«

»Wie kommst du denn auf so 'nen Blödsinn?«

»Weil ich dich kenne. Glaub ja nicht, ich wüsste nicht, dass du ständig hinter Mamas Rücken Süßkram naschst.«

»Petze!«

»Ich hab bis jetzt keinen Ton gesagt ...«

»Dein Glück!«

»Wieso mein Glück?«

»Weil ich dann auch nicht verrate, dass du mindestens schon vier Mal nach deinem großen Gelübde zu Silvester schwach geworden bist.«

»Spinnst du jetzt total?« Janina ließ die Hanteln sinken, ihr Mienenspiel verriet Wut, gleichzeitig nagte sie an ihrer vollen Unterlippe, was sie nur tat, wenn sie sehr nervös war.

»Nee, aber ich hab mitgezählt. Immer, wenn was von meinem süßen Vorrat fehlte, und das war mindestens vier Mal seit Silvester so. Die heilige Janina auf dem Schokotrip, das wäre glatt was für die ›Bravo‹.«

»Nimm das zurück! Sofort!« Die Hanteln polterten zu Boden, Janina sprang auf, dabei kam alles ins Hüpfen, was von ihrer sprießenden Weiblichkeit zeugte.

»Tu ich nicht!« Ann-Katrin verschanzte sich hinter der Tür. Janina drückte gegen das Türblatt, offenbar wollte sie die Jüngere einquetschen, doch die rächte sich mit einem gezielten Griff in die kastanienbraune Mähne ihrer älteren Schwester.

»Autsch! Lass sofort los, oder ...«

»... oder du setzt dich auf mich drauf und machst mich

platt? Janina, die Plattmachwalze!« Ann-Katrin zog noch einmal kräftig, dann ließ sie abrupt Janinas Schopf los und flitzte ins Bad, schloss blitzschnell hinter sich ab: Gerettet! Und das in jeder Hinsicht. Während sie Wasser in die Wanne laufen ließ, etwas von dem köstlich duftenden Badezusatz ihrer Mutter zugab und auf dem Wannenrand hockend zusah, wie sich plustrige Schaumberge auftürmten, knabberte sie genüsslich die erste von fünf Milchschnitten, die sie in weiser Voraussicht ganz unten in ihrem Beauty-Case versteckt hatte.

Auf die Idee, dieses Köfferchen zu filzen, kam ihre ältere Schwester nie, dafür ekelte sie sich viel zu sehr vor der zugegebenermaßen immer leicht klebrigen Dose mit Haarlack und den Rundbürsten, in denen sich die Haare wie Kletten festkrallten, sobald man versuchte, sie auf Volumen zu föhnen. Noch viel ekliger fand Janina die Zahnspange, die eigentlich, wenn sie nicht getragen wurde, in eine Dose gehörte, was Ann-Katrin aber meist zu lästig war. Wirklich ein geniales Versteck.

Von außen hörte sie noch immer Janina gegen das Türblatt hämmern und zugleich wie einen Rohrspatz schimpfen. Nützte nichts. In spätestens einer halben Stunde kam ihre Mutter zurück, dann würde Janina sofort wieder die vernünftige große Schwester spielen, darauf legte Ann-Katrin jeden Eid ab.

»Komm endlich da raus, A. K.!« Dieses Kürzel benutzte Janina nur, wenn ihr absolut nichts anderes mehr einfiel. Als Ann-Katrin sich nicht muckste, fuhr sie einschmeichelnd fort: »Nun komm schon! Ich tu dir auch nichts mehr. Wir müssen sowieso noch den Frühstückstisch decken.«

»Heute bist du dran, Anchor.« Ann-Katrin hatte aufgeschnappt, dass Janinas neuer Spanischlehrer seine Schüler beim Nachnamen nannte, wenn er sauer war. Anchor, ich glaube mich zu erinnern, dass Sie sonst überall gut und sehr gut stehen? Seitdem war dieses »Anchor« Ann-Katrins Retourkutsche auf »A. K.« Sie beugte sich kurz vor und hielt eine Hand unter den Wasserstrahl: »Außerdem sitze ich in der Wanne.«

»Lüge! Du hockst auf dem Rand!«

»Und du spingst durchs Schlüsselloch, das tut man nicht, dabei spielst du doch sonst immer die feine Dame und willst mir erzählen, was sich gehört und was nicht.« Sicherheitshalber rückte Ann-Katrin bei diesen Worten aus jenem Bereich fort, von dem sie annahm, dass man ihn aus der Perspektive dieses Schlüssellochs erfasste. Leise drückte sie das Papier der ersten Milchschnitte zusammen und plätscherte, während sie die zweite öffnete, wild mit einem Fuß im Badewasser herum. Vorsicht ist bekanntlich die Mutter der Porzellankiste, und man musste Janina ja nicht unbedingt auf dumme Ideen bringen.

»Na warte!« Letzte Drohung, dann Schritte, die sich entfernten, wenig später klapperte Porzellan. Janina deckte den Tisch, ihre Morgengymnastik war folglich vergessen, dabei hatte sie noch nicht mal die Hälfte von ihrem ungeliebten Pensum absolviert.

Hat sie nur mir zu verdanken, dachte Ann-Katrin und ließ sich in das Schaumbad gleiten. Umspielt von duftendem warmem Wasser kam sie sich wie eine Königin und fast so schön wie ihre Mutter vor. Esther war für ihr Alter noch verdammt hübsch. Janina kam auf sie, das sagten alle. Ein junges Abziehbild der attraktiven, erfolgreichen Esther Anchor, wenn, ja wenn da nicht der Schwabbel wäre, unter dem Janina litt. Schwabbelspeck, der verhinderte, dass sie sich Mutters Klamotten pumpen konnte. Deren Hosen und Röcke gingen bei ihr nicht zu oder spackten wie bei einer Wurst. Wundervolle Bilder ihrer älteren Schwester als zuerst prall gestopfter und dann platzender Textilwurst fingen Ann-Katrin ein, bis plötzlich die Stimme ihrer Mutter ertönte und sie merkte, dass ihr Badewasser kalt geworden war.

»Komme sofort!« Hastig trocknete sie sich ab, beförderte die beiden übrig gebliebenen Milchschnitten in ihr sicheres Versteck zurück und wickelte die drei verräterischen leeren Plastikhüllen zuerst in eine dicke Schicht Klopapier ein, die sie sicherheitshalber auch noch befeuchtete, damit sie schön fest pappte, bevor sie das Knäuel im Kosmetikeimer entsorgte.

Mit dem befriedigenden Gefühl, ihre ältere Schwester wieder mal ausgetrickst zu haben, zog sie sich an und folgte dann dem Duft von frischem Obst und warmen Brötchen. Mama war ein Schatz, sie hatte sogar zwei Milchwecken mitgebracht! Zwar ohne Rosinen, aber immerhin. Und weil Janina zumindest offiziell ja bekanntermaßen nichts aß, was dick machte oder Pickel sprießen ließ, konnte Ann-Katrin alle beide futtern. Hm!

Joschas Magen knurrte, er bedauerte, sein angebissenes Croissant nicht wenigstens eingesteckt zu haben. Notgedrungen bediente er sich an Esthers Obstschale, während sie ihre restlichen E-Mails abrief, stirnrunzelnd eine Absage notierte – »Kein Wunder, dass in der Firma alles schief geht, wenn nicht mal der Chef seine Termine koordiniert bekommt!« – und die ausschließlich an sie adressierte Post, die Joscha inzwischen hochgeholt hatte, durchsah. Erst dann setzte sie sich zu ihm. In der Zwischenzeit hatte er zwei Bananen verdrückt, die seinen Frühstückshunger aber eher noch verstärkten.

»Alles paletti?«, fragte er mehr der Form halber. Esther gesellte sich immer erst zu ihm, wenn sie ihren »Alltagskram« erfolgreich abgearbeitet hatte. Im Gegensatz zu ihm selbst tat sie das spätestens wie heute nach dem ersten Termin oder lieber noch vorher. Er selbst war da anders gestrickt. Natürlich hätte er schon gehen können, doch das wollte er nicht, ohne zuvor sein nächstes Rendezvous mit ihr verabredet zu haben.

»Ich denke schon«, antwortete sie. »Hier ist fürs Erste alles geregelt.«

»Unser nächster Termin ist erst um drei«, stimmte Joscha ihr zu und überlegte, wie er am geschicktesten auf den morgigen Abend überleiten könnte.

Ihr letztes Zusammensein als Liebespaar lag nun sage und schreibe zehn Tage zurück, eine verdammt lange Zeit, wie er fand, und der Freitagabend war ideal, weil die Mädchen dann bestimmt wieder bei Esthers Mutter übernachteten. Er und Esther könnten sich wieder mal so richtig Zeit füreinander gönnen. Mit einem guten Essen vorweg, Kuscheln und am nächsten Morgen im Bett frühstücken hinterher und einer ordentlichen Portion hemmungslosem Sex dazwischen. Im Bett konnte die coole Powerfrau Esther total ausflippen. Und am Samstag holten sie dann zusammen die Mädels ab.

»Kluger Junge!« Esthers topp gepflegte Nägel vollführten einen kleinen Trommelwirbel auf dem Terminkalender, den Joscha sich mangels Zeitung als Lektüre zu seinen Bananen vorgenommen hatte. Beim Essen ebenso wie etwa bei einer längeren Sitzung auf dem stillen Örtchen brauchte er generell etwas zum Lesen.

»Ist ja schon gut, du Hexe! Übrigens könnten wir ...«

»... wieder unser Prognose-Spiel machen, du hast Recht. Also mein Blick in die Zukunft von Mister Perfect sagt mir, dass er in nächster Zeit kräftig in Blumen und andere kleine Aufmerksamkeiten für seine Frau investieren wird. Was meinst du?«

Joscha machte mit, obwohl er an etwas ganz anderes gedacht hatte. Dieses Spielchen am Ende einer Sitzung hatte mittlerweile Tradition. Obwohl es sich scheinbar banaler Bilder bediente, stellten sie hinterher immer wieder erstaunt fest, dass sie den Nagel auf den Kopf getroffen hatten. Er nickte zustimmend.

»Sehe ich genauso. Schon um nicht länger lauwarmes Fachinger zum Frühstück trinken zu müssen. In seiner Firma hingegen ...«

»... werden sie ihn vermutlich nur auslachen, wenn er plötzlich den Ohrsticker von seinem Rivalen bewundert.«

»Ich fürchte auch. In dieser Abteilung hat sein Kaliber endgültig ausgedient.«

»Bleibt ihm nur noch die frühzeitige Pensionierung ...«

»... gleich Flinte ins Korn ...«

»... oder er bewirbt sich um die Stelle als oberster Meckerkasten, die er beiläufig erwähnt hat.«

»Chef der Reklamationsabteilung heißt das.«

»Meinetwegen. Dort hat er es dann nur noch mit unzufriedenen Kunden zu tun ...«

»... was weiter kein Problem ist, weil aus seiner Sicht der Kunde König ist ...«

»... womit unsere Rechnung wieder aufgegangen wäre. Und jetzt ...«

»... unsere Philosophie«, verbesserte Esther.

Joscha nickte ergeben. Diese Philosophie konnte er singen. Es kommt immer darauf an, was man aus einer Situation macht. Jeder Stolperstein ist zugleich eine neue Chance. Bitte nicht schon wieder VIP-Karten für den 1. FC Köln, fuhr es ihm durch den Kopf, diese Karten hatten sein Liebessehnen letzte Woche im Müngersdorfer Stadion mehr als nur stolpern lassen, und alles was als Chance nachkam, waren ein paar Kölsch im »Geißbockheim«. Das reichte. Im Moment war ihm einfach das Hemd näher als der Rock, sprich l'amour wichtiger als der Job. Er streckte beide Hände nach Esther aus, manchmal sagten Gesten einfach mehr als Worte. Leider hatte er nicht an die beiden Bananenschalen gedacht, die er noch nicht entsorgt hatte.

»Igitt! Pass bitte mit den Schalen auf! Zwei Bananen hintereinander sind ernährungsphysiologisch betrachtet übrigens eher kontraproduktiv.«

»Ich hatte Hunger bis unter die Arme«, verteidigte er sich und fühlte sich erneut ausgetrickst. Schließlich wollte er nicht mit ihr über Sinn oder Unsinn seiner Ernährungsgewohnheiten diskutieren. Sie hatte ihn schon wieder aus dem Konzept gebracht.

»Du hast ständig Hunger.«

»Eben.« Hunger. Essen. Essen gehen. So ging's. »Was hältst du davon, wenn wir beide morgen Abend mal wieder so richtig schnuckelig essen gehen? Nur du und ich? Beispielsweise ins ›Grand Duc‹, da waren wir schon ewig lang nicht mehr. Du könntest wieder Täubchen essen ...«

»... und du Tunfisch-Tatar?«, fiel sie ihm ins Wort.

Er nickte eifrig, beim bloßen Gedanken an die Köstlichkeiten, die man ihnen bei ihrem letzten Besuch in der »Großen Eule« aufgetischt hatte, lief ihm das Wasser im Mund zusammen. Er bewies Esther umgehend, dass er sich noch an jedes Detail genau erinnerte.

»Und als Hauptgang nehmen wir dann wieder beide den Wolfsbarsch«, fuhr er fort.

»... auf Herzmuschel-Risotto.« Sie garnierte ihre Worte mit einem ungemein herzigen Lächeln, das ihre Augen noch blauer und strahlender und ihren kleinen Mund noch süßer und voller aussehen ließ.

»Und danach ...«, sagte er mit verheißungsvoller Stimme ...

»... zeigst du mir deine Briefmarkensammlung?«

Joscha grinste breit und nickte. Man konnte Esther wirklich nicht vorwerfen, dass sie eine langsame Auffassungsgabe hatte. Und kaltherzig war sie ebenfalls nicht, hinter ihrer coolen Fassade verbarg sie ein warmes Herz, das für ihn allein schlug. Auch ohne Gelöbnis waren sie beide einander treu wie am ersten Tag.

Es war auch goldrichtig, dass sie stets genau zum passenden Zeitpunkt solch ein Liebesgeplänkel davor bewahrte, ins Kitschige abzugleiten. Zumal er jetzt ohnehin zusehen sollte, dass er heimkam und vor dem nächsten Termin noch wenigstens zwei Maschinen waschen konnte. Er hatte keine einzige saubere kurze Unterhose mehr, nur noch lange. Was für eine grauenhafte Vorstellung, zum romantischen Dinner in langen Unterhosen zu starten. Zumal jetzt überall sprießende Osterglocken und Primeln vom nahen Frühjahr erzählten.

»No!« Ihre Stimme, sehr klar und hell, schnitt in seine Gedanken. Dazu ein butterweiches Lächeln. Ob er sich verhört hatte?

»Du meinst ...?«

»Eigentlich solltest du nach drei, bald vier Jahren selbst wissen, was von Dates zu halten ist, die man sich vorab säuberlich in allen Details zurechtgelegt hat! Das ist so spannend wie eingeschlafene Füße und unserer nicht würdig.«

Joscha lag auf der Zunge zu sagen, dass er zumindest in diesem Fall auf die Würde pfiff. Und wie konnte sie nur einen romantischen Abend mit ihm mit eingeschlafenen Füßen vergleichen? Das war in höchstem Maß unsensibel und obendrein kaltherzig wie sonst etwas, regelrecht brutal war das. Er holte tief Luft. Was zu viel war, war zu viel. Er war auch nur ein Mann, zehn Tage war es jetzt her, was erwartete sie von ihm? Dass er es ausschwitzte?

»Also ...«, setzte er an.

»Was hältst du von heute Abend?«, fiel sie ihm ins Wort. »Ganz spontan, ganz aus dem Augenblick heraus.«

»Aber im ›Grand Duc‹ muss man praktisch immer einen

Tag im Voraus reservieren.« Und meine Wäsche kriege ich bis heute Abend auch nicht fertig, ergänzte er stumm, der Trockner braucht fast zwei Stunden, bügeln muss ich auch unbedingt, seit Tagen schiebe ich das vor mir her, heute ist definitiv der letzte Tag, die ultimative Gelegenheit.

»Dann machen wir halt was anderes.«

»Aber ...« Wie erklärt man einer Frau, dass man so schnell einfach nicht gerüstet ist?

»Willst du in die Eule oder mich?«, fiel sie ihm ins Wort.

»Dich!« Ohne zu zögern, was ihr zu gefallen schien, denn sie trat auf ihn zu und schlang beide Arme um seinen Nacken und gab ihm einen Kuss, der es in sich hatte. Er pfiff auf seine Wäsche, notfalls föhnte er sich eine Unterhose trocken, er war schließlich flexibel.

Esthers sinnenfroher Kuss hätte Joscha fast vergessen lassen, dass er unbedingt noch an diesem Morgen den Zahnarzt wechseln wollte, um den negativen Bildern in seinem Kopf schnellstmöglich einen Riegel vorzuschieben. Wehret den Anfängen! Sein Vorsatz fiel ihm buchstäblich in letzter Sekunde wieder ein, als er schon im Begriff war, Esther ins Treppenhaus zu folgen.

»Geh ruhig schon vor«, meinte er, »ich hab noch was Wichtiges vergessen.«

»Etwa einen Klienten?«

»Keine Bange! Ich will nur noch rasch ein paar Zahnärzte checken.«

»Hast du plötzlich Zahnweh? Ist Axel verreist?«

»Tessin«, knurrte Joscha.

»Er hat doch bestimmt eine Vertretung.«

»Ich will trotzdem wechseln.«

»Und warum?« Was Ärzte betraf, waren sie übereingekommen, dass häufiges Wechseln im Gegensatz zu ihrer Flexibilitätsphilosophie eher kontraproduktiv war. Zumal die Summe aller Arztbesuche aufs Jahr umgerechnet wohl kaum das Risiko der Gewöhnung und folglich Nachlässigkeit barg.

»Weil ... weil mir zu Ohren gekommen ist, dass er es in seiner Praxis mit der Hygiene nicht so genau nimmt. Wenn ich mir vorstelle, dass er nur noch ein einziges Mal mit seinen schmierigen Fingern in meinem Mund rum fuhrwerkt, wird mir speiübel. Was ist eigentlich mit deiner Zahnärztin? Ich könnte doch zu ihr gehen.«

»Schon vergessen?«

»Hat sie Murks gebaut? Davon hast du mir ja gar nichts gesagt.«

»Mein Gott!«

»Wirklich nicht«, beteuerte Joscha und wühlte in seinem Gedächtnis, ob Esther irgendwann in jüngster Zeit eine zahnärztliche Fehlbehandlung erwähnt hatte. Andere Fehlgriffe entfielen, weil Esthers Ehemann vor acht Jahren bei einem Unfall zu Tode gekommen war und folglich auch keine geschmacklose Liaison mit ihrer Zahnärztin anfangen konnte.

»Könnte es sein, dass dein Zahnnerv heute deine Leitung blockiert?« Sie tippte gegen seine Stirn.

»Ich weiß wirklich nicht ...«, und dann wusste er doch, was sie meinte. Ihr gemeinsames privates Credo war in Gefahr, sobald sie irgendetwas taten, was normale Paare tun, wenn sie alles miteinander teilen wollen: den Alltag und sogar den Doc, bis früher oder später der Überdruss erwacht.

»Sorry!«, sagte er zerknirscht.

»Mit Zahnweh ist man nun mal nicht ganz zurechnungsfähig. Glaubst du, dass du das bis heute Abend in den Griff bekommst?«

»Hundertprozentig.«

»Dann bin ich jetzt erst mal weg. Bis um drei.«

»Bis um drei.« Joscha war endgültig die Lust vergangen,

sich das Branchenverzeichnis vorzunehmen. Er brauchte jetzt dringend positive Gedanken. Think it pink! Er malte sich den heutigen Abend mit Esther in den rosigsten Tönen aus, sah sich ihr bei überaus delikaten Gaumenfreuden zu erfreulich zivilen Preisen gegenüber sitzen, an der Wand über ihren Köpfen die große Eule, die dem Feinschmeckerlokal in Kölns Nobelvorort zu seinem Namen verholfen hatte. Statt beim Zahnarzt rief er dort an, hatte Glück, fühlte sich bestätigt. Man muss nur seine Gedanken und Wünsche zielgenau bündeln, dann klappt alles wie am Schnürchen.

Ob er einen kleinen Nebengedanken ins Tessin schicken sollte?

Besser nicht. Negative Wünsche fallen auf einen selbst zurück, das hatte er nicht nötig, nie mehr. Dank Esther konnten ihm Frauen wie Sabine gestohlen bleiben.

Am Samstagmorgen schien die Sonne. Es war zwar noch nicht sonderlich warm, gerade mal zwölf Grad, doch wenn man den Wetternachrichten Glauben schenkte, würden die Temperaturen im Kölner Raum bis zum Mittag die Zwanziggradmarke erreichen. Die Mädchen freuten sich schon, weil sie endlich wieder auf dem Platz Tennis spielen konnten. Das erste Mal in diesem Jahr, sie meckerten nicht mal, als Esther sie um halb acht aus den Federn jagte.

Esther selbst hätte gern noch länger geschlafen und gemütlich gefrühstückt, bevor sie mit Ann-Katrin und Janina zu ihrer Mutter fuhr. Noch lieber wäre es ihr gewesen, wenn die Mädels wie meist schon am Freitag mit der Bahn hingereist wären und sie die beiden lediglich im Verlauf des Samstags abgeholt hätte. Eine Obduktion im Gerichtsmedizinischen Institut Köln war ihrer Mutter gestern dazwischengekommen. Und als ob das noch nicht genug wäre, hatte heute um fünf nach sieben das Telefon geläutet.

Als Esther noch schlaftrunken abhob, überfiel die morgenmuntere Stimme ihrer Mutter sie mit der besagten Wetterprognose und dem in diesem Kontext kaum falsch zu verstehenden Zusatz, dass dieser Samstag wie geschaffen fürs Bepflanzen der Terrasse sei. »Findest du nicht?«, hatte sie gemeint und ohne Atempause hinzugefügt, dass sie auch bereits im Gartencenter angerufen habe und alle von ihr gewünschten Pflanzen vorrätig seien: »Du kommst ja praktisch dran vorbei, wenn du mir die Mädels bringst.«

Den letzten Rest Hoffnung, sie entginge vielleicht doch noch der Gartenarbeit unter den Argusaugen ihrer Mutter, hatte die das Telefonat abschließende Ankündigung von Kaiserschmarren zum Mittagessen zunichte gemacht: »Den mögt ihr doch alle so gerne.«

Nicht mal das stimmte. Der Einzige, der diese kalorienhaltige Mehlspeise mochte, war Joscha. Vielleicht, dachte Esther, wäre es doch besser gewesen, am Freitag statt am Donnerstag mit ihm auszugehen, dann wäre er wenigstens bei dieser Aktion mit von der Partie. Sie seufzte leise. Man kann nicht alles haben! Sie waren nun mal keine Spießer, die alles teilen, sogar das Bepflanzen elterlicher Blumenkübel.

»Seid ihr so weit?«, rief Esther Richtung Badezimmer. Irgendetwas war da wieder im Busch, so lange brauchte einfach niemand zum Zähneputzen. Kein Raum war so streitträchtig wie dieses Bad.

»A. K. pfuscht schon wieder«, tönte es denn auch prompt zurück.

»Tu ich gar nicht, Anchor! Und ich geh auch nicht ohne zu fragen an Mamas Lotion.«

»Petze!«

»Selber Petze!«

Esther beendete den Disput mit der Mitteilung, dass sie jetzt sofort losfuhr. Ihre Töchter wussten, dass sie anders als die meisten Eltern so etwas nicht nur androhte, sondern auch wahrmachte. Sie hatte die Korridortür noch nicht ganz geöffnet, als die beiden Mädchen auch schon angestürmt kamen. Von ihrem Streit war nichts mehr zu merken, auf der Fahrt zum Blumencenter tauschten sie friedfertig ihre Ansichten über die neueste Dessousreihe von H&M sowie die Fähigkeiten von Claudia Schiffer als Modell aus. Dann schleppten sie willig Säcke mit Blumenerde sowie die vorbestellten Pflanzen zum Auto, den Rest der Fahrt diskutierten sie die Qualität von Tennisschlägern.

»Mirko meint, ich brauch bei meinem Anschlag in dieser Saison einen festeren Schläger.«

»Von Tennis hat er echt Ahnung«, erwiderte Janina.

»Von Tennis schon«, echote Ann-Katrin, dann hörte Esther die beiden Mädchen hinter ihrem Rücken einvernehmlich kichern. Keine Frage, auch in Hinblick auf den Lebensgefährten ihrer Großmutter hatten sie voll den Durchblick.

Das Gekicher hielt an, bis Esther den Blinker setzte und in die ruhige Straße abbog, in der ihre Mutter und Mirko wohnten. Ein Haus, eine Etage, eine Waschmaschine, ein Trockner und eine Garage, aber zwei Wohnungen. Im Grunde ein fauler Kompromiss, fand Esther, auch wenn ihre Mutter in der Existenz von zwei Mietverträgen und dem Fehlen eines Eherings einen weiteren Beweis dafür sah, wie sehr sie beide sich ähnelten. Ruth Kühl liebte diese Form der Beweisführung, als Staatsanwältin und bei Mirko kam sie damit auch meist prima durch, was die Verständigung mit ihr nicht gerade einfacher machte.

»Willst du etwa im Auto sitzen bleiben, Mama?« Frage von draußen, Janina und Ann-Katrin waren bereits ausgestiegen, hatten den Kofferraum geöffnet und sich jede, so viel sie tragen konnte, auf den Arm gepackt. Bunte Frühlingspflanzen, ein hübscher Anblick.

»Sorry! Ich war nur kurz in Gedanken.« Esther folgte dem Beispiel der Mädels, die es eilig hatten. Sie wollten so schnell wie möglich auf den Tennisplatz, der direkt an dieses Haus angrenzte und wo Mirko seit seiner vorzeitigen Versetzung in den Ruhestand Platzwart war. Was im Klartext bedeutete, dass Esther den ganzen Vormittag über allein mit ihrer Mutter blieb. Ob sie das heute verkraftete?

Think it pink! Ihr Motto. Man muss jeder Sache das Positive abgewinnen! Ein Ratschlag, den sie ihren Klienten mit auf den Weg gab, der fast immer weiterhalf, wenn einem die Dinge über den Kopf zu wachsen begannen und man vor lauter Bäumen den Wald nicht mehr sah.

»Guten Morgen, Kind! Du siehst groggy aus, geht es dir nicht gut?« Ruth streckte Esther beide Hände entgegen, hielt die Arme aber durchgedrückt und Esther somit auf Abstand. Sie selbst sah wie das blühende Leben aus, das musste der Neid ihr lassen. Man sah ihr nicht an, dass sie schon eine Tochter von Mitte vierzig hatte, eher schon ging sie als Esthers ältere Schwester durch.

Einer der Vorteile, fuhr es Esther durch den Kopf, wenn man bereits mit siebzehn Mutter wird und sein Kind von den Großeltern hüten lässt, während man sich selbst dem Beruf widmet. Zweifelsfrei hatte ihre Mutter als Staatsanwältin Karriere gemacht, noch heute übertrug man ihr die härtesten Fällen. Sie zögerte auch keine Sekunde lang, wie tags zuvor an einer Obduktion teilzunehmen, bei der gestandene männliche Kollegen passten. Ruth Kühl war hart im Nehmen. Und im Austeilen, dachte Esther, während sie die an sie gestellte Frage verneinte.

»Nein, Mutter, mir geht es gut. Ich bin höchstens noch etwas müde.«

»Du hättest es sagen sollen, wenn dir das Abholen der Pflanzen für mich zu viel Mühe macht. Du weißt ja, dass ich nur höchst ungern einen Menschen um etwas bitte, nicht mal meine eigene Tochter. Andererseits habe ich seit dem Unfall dieses Problem mit meinem Handgelenk, und ich fände es einfach nicht fair, Mirko zu fragen. Schließlich leben wir nicht zusammen, und man kann sich, wie du immer sagst, nicht überall nur die Rosinen herauspicken.«

Warum tust du es dann? Stumme Frage. Esther beugte sich über die Palette mit Stiefmütterchen, damit ihr Mienenspiel nichts verriet. Ihre Mutter verstand es schon von Berufs wegen wie kaum eine andere, zwischen den Zeilen und in einem Gesicht zu lesen, kaum ein Detail entging ihr, sie beobachtete, wie jemand seine Arme hielt oder seine Füße stellte, und aus der Gesamtsumme zog sie dann ihre Rückschlüsse auf die Glaubwürdigkeit der betreffenden Person in der jeweiligen Situation.

»Ist schon gut, Mutter.«

»Und mit Joscha ist auch alles in Ordnung?«

»Sicher! Er lässt dich grüßen!«

»Du hättest ihn mitbringen können.«

»Nein, das ging nicht. Er muss noch waschen und bügeln und eben all das erledigen, wozu er unter der Woche nicht kommt.«

»Hat er eigentlich noch Kontakt zu seiner Exfrau?«

»Wie kommst du denn jetzt auf Sabine?«

»Nur so.«

Esther warf ihrer Mutter einen misstrauischen Blick zu. Das wäre das erste Mal, dass ihre Mutter etwas »nur so« tat oder sagte. »Keine Ahnung«, sagte sie kurz angebunden, »wenn es dich wirklich interessiert, musst du ihn schon selbst fragen.«

»Es ist nicht so wichtig. Am besten fangen wir gleich mit der Arbeit an, dann sind wir bis mittags fertig.« Ruth ging vor, schob die große Glastür auf und bewies, dass sie auch beim Bepflanzen ihrer Kübel strategisch vorging: Sie hatte alles, was an Gerätschaften gebraucht wurde, in der Mitte bereitgestellt und die Sonnenliege ebenso wie Tisch und Stühle in eine Ecke gerückt, sodass genügend Arbeitsfläche frei war. Auf dem gefliesten Boden hatte sie zusätzlich etwa vier Quadratmeter Silofolie ausgebreitet.

»Da geht nichts durch«, meinte sie und begann, vor jedem Behälter jene Pflanzen abzustellen, die sie dort einsetzen wollte. »So müsste es gehen, was meinst du?«

Esther überflog das Arrangement. Alle Schattierungen von Himmelblau bis Lila hier, alle Gelbtöne dort, sauber nach Kübeln getrennt. »Sehr akkurat.«

Ihre Mutter warf ihr einen scharfen Blick zu. »Entweder man ist akkurat oder man ist es nicht, das solltest du am besten wissen.«

Alles eine Frage der Definition, dachte Esther. Aus der Perspektive ihrer Mutter war es akkurat, die Unabhängigkeit von Mirko beispielsweise durch eine eigene Gießkanne für jeden zu demonstrieren. Wohingegen sie es schlicht idiotisch fände, zwei Autos zu halten. In diesem Fall wurden die Kosten sauber geteilt, und Ruth fuhr jeden Tag mit dem gemeinsamen Auto zum Gericht, weil Mirko bis zum Tennisplatz ja nur wenige Meter zu Fuß gehen musste. Ruth war eine akkurat und zugleich praktisch denkende Frau.

Anscheinend erwartete sie keine Reaktion auf ihr Statement, wozu auch? Sie hatte ihren Standpunkt klargemacht, das reichte. Nun widmete sie sich wieder ihrer Frühjahrsbepflanzung, mit den Fleißigen Lieschen ging es los, sie drückte eines nach dem anderen in die vorbereiteten Pflanzlöcher. Sechs Stück pro Kübel, als sie mit dem ersten fertig war, begutachtete sie ihr Werk zufrieden. Sie schien voll und ganz mit ihren Blumen beschäftigt zu sein, doch das täuschte, wie ihre nächste Frage bewies.

»Geht ihr eigentlich noch immer zu Axel zur Zahnprophylaxe?«

Wie kam ihre Mutter ausgerechnet jetzt auf Axel, der als einer der Ersten in Köln Zahnprophylaxe angeboten und sich, wie es hieß, eine goldene Nase damit verdient hatte? Esther kannte ihn lediglich aus Erzählungen, eine ganze Reihe gutbetuchter Leute im Umfeld der Uni schwor auf ihn, dazu gehörten auch ihre Mutter und Joschas geschiedene Frau und bis vor zwei Tagen Joscha selbst. Irgendwie komisch, diese Frage.

»Wir haben nicht denselben Zahnarzt«, erwiderte sie knapp.

»Stimmt, Axel behandelt ja nur Joscha und Sabine.«

»Du tust gerade so, als ob die beiden zusammen auf dem Stuhl lägen, wenn einer von ihnen sich verarzten lässt. Übrigens will Joscha nicht mehr zu Axel gehen.«

»Interessant!«

»Findest du? Mir ist es offen gestanden ziemlich egal.«

»Du solltest Acht geben, dass du deine Gleichgültigkeit nicht zu weit treibst. Reichst du mir bitte die Gießkanne an?«

»Willst du mir etwas Spezielles sagen?« Esther stand auf, griff nach der Gießkanne und sah ihre noch immer kniende Mutter herausfordernd an.

»Nur dass du dich vorsehen solltest. Du bist so extrem, Männer vertragen das auf Dauer nicht, wenn man ihnen keinen Ausgleich gönnt.«

»Meinst du, ich sollte Joscha auch jeden Tag ein paar Stunden auf den Tennisplatz schicken? Im Winter wahlweise in die Halle?«

»Mirko ist sehr zufrieden mit unserem Agreement. Unsere Beziehung ist im Lot. Achtung, deine Männertreu kippen.«

Die Warnung kam zu spät, im Gegensatz zu ihrer Mutter hatte Esther ihre Schößlinge noch nicht festgedrückt, jetzt waren drei von ihnen kopfüber auf den Boden gestürzt, der zum Glück mit Folie abgedeckt war. Überall fettige Erdkrümel.

»Du solltest endlich aufhören, Mutter, Joscha mit Mirko zu vergleichen. Zwischen den beiden liegen Welten.« Genau wie zwischen dir und mir, ergänzte sie stumm. »Mirko ist glücklich, wenn er dich abends bekochen und sich tagsüber beim Tennis erholen darf, wogegen Joscha eher wie ich ist.«

»Kein Mann ist wie eine Frau.«

»Nicht, was die Grundausstattung betrifft, da gebe ich dir Recht.« Esther wusste genau, wie wenig ihre Mutter sexuelle Anspielungen schätzte, in diesem Punkt war sie ausgesprochen eigen.

»Davon rede ich nicht.« Ruth betonte das Wörtchen »davon« sichtlich abgestoßen.

»Aber ich rede davon, Mutter. Wenn du schon mit mir über Männer sprechen willst, dann richtig. Joscha und ich haben tollen Sex miteinander, noch nach fast vier Jahren ist das so. Was glaubst du wohl, wie es um unsere Leidenschaft bestellt wäre, wenn ich mir wie du jeden Abend ein Kotelett von ihm in die Pfanne hauen lassen würde? Begreif bitte endlich, dass Joscha und ich keine Zweckgemeinschaft bilden, jeder ist selbst Herr seiner Zeit, es gibt kein festes Programm und keinen gemeinsamen Zahnarzt, so was brauchen wir nicht.«

»Bei Sabine und Joscha war das völlig anders.«

»Deshalb ist die Ehe der beiden ja auch den Bach runter gegangen. Joscha hat in den dreizehn Jahren mit Sabine jeden verdammten Fehler ausprobiert, den man als Mann nur machen kann, und aus diesen Fehlern hat er gelernt. Er hat begriffen, dass kein Mensch einem anderen gehört, auch nicht durchs Hintertürchen. Wenn wir uns sehen, ist das absolut freiwillig und spontan und deshalb immer wieder spannend.«

»In meinem Beruf habe ich es häufig mit Fällen zu tun, in denen gerade scheinbar besonders vernünftige und zufriedene Männer sich komplett aus der Hand verlieren, weil der innere Druck zu groß geworden ist.«

»Noch mal: Joscha geht es gut. Uns geht es gut. Das Einzige, was ihn schon mal plagt, sind seine Zähne, er hat nun mal nicht die besten Zähne. Deshalb geht er ja auch vier Mal im Jahr zur Prophylaxe. Wie gesagt, nicht mehr bei Axel, der ist ihm einfach nicht koscher genug.«

»Weil der jetzt mit Sabine ins Tessin gereist ist?« Treffsicher platziert wie in ihren Plädoyers, in denen die ausgekochte Staatsanwältin nach einer harmlos scheinenden Eröffnung plötzlich zustach und mit wenigen Worten alles in Frage stellte, was die Verteidigung sauber aufgebaut hatte. Ruth Kühl beherrschte ihr Handwerk, so viel stand fest. Sie wusste auch, wie man Menschen aus der Fassung bringt.

Esther sprang auf und lief so wie sie war auf die Straße, setzte sich in ihr Auto und gab Gas, fuhr einfach los. Nur weg hier! Sie fuhr ohne konkretes Ziel durch die ruhige Wohngegend, alles Mögliche kochte in ihr hoch: dass ihre Mutter sie als Kind nicht bei sich behalten hatte und man ihre Großmutter in der Schule für ihre Mutter gehalten hatte. Du hast aber eine alte Mami!, hieß es immer. Irgendwann hatte Esther aufgehört zu widersprechen, weil es noch schwerer war, die ständige Abwesenheit ihrer echten Mutter zu erklären. Sie hatte sich darauf konzentriert, ihrer Umwelt zu beweisen, was in ihr steckte. Sie war gut, sehr gut, besser als die meisten. Sie war auch unabhängig. Sie brauchte keinen, der ihr »freiwillig« die Wasserkästen hoch schleppte oder das Essen kochte. Sie hatte Joscha gezeigt, wie kostbar Freiheit ist. Durch sie war er ein freier Mensch geworden.

Ob Sabine wirklich ein Verhältnis mit Axel hatte?

Na und, was ging sie das an? Oder Joscha? Klar, Sabine

rief immer mal wieder bei ihm an und erteilte ihm mütterliche Ratschläge, die er lästig fand, über die er sich auch manchmal erregte. Warum kann sie mich nicht endlich in Ruhe lassen?

Wollte er wirklich von ihr in Ruhe gelassen werden?

Warum regte er sich dann so sehr über Sabines Liaison auf, dass er auf der Stelle den Zahnarzt wechseln wollte?

Frag ihn doch einfach! Warum fragst du ihn nicht?

Esther bremste ab und fuhr an den Rand. Ihre Hand zitterte, als sie ihr Handy aus der Tasche zog und Joschas einprogrammierte Nummer anwählte. Doch noch bevor er sich melden konnte, unterbrach sie die Verbindung. Es war ihrer nicht würdig, ihm eine solch kleinliche Frage zu stellen. Sie fuhr zurück zum Haus ihrer Mutter und beschloss so zu tun, als ob nichts gewesen wäre.

Sie klingelte, bereits im Treppenhaus empfing sie der Duft von Kaiserschmarren. Früher gab es fast jeden Samstag, wenn Ruth ihre kleine Tochter zu sich geholt hatte, Kaiserschmarren mit Kirsch- oder Apfelkompott. Damals hätte Esther diese Mehlspeise täglich essen mögen. Damals war nicht heute. Sie war kein kleines Mädchen mehr, sondern selbst Mutter.

»Wo warst du, Mama?« Ann-Katrin kam ihr mit einem fremden Tennisschläger unterm Arm von oben entgegen, sie wirkte erhitzt, ihre Augen blitzten, eine Antwort erübrigte sich, weil bereits die nächsten Worte aus der Vierzehnjährigen herauspurzelten. »Mirko hat gesagt, ich darf mir seinen zweiten Schläger holen, weil mein alter Babyschläger einfach nichts mehr für mich ist. Ich spiele jetzt sogar besser als Janina, angeblich hat sie wieder mal Seitenstechen, aber ich glaube, das ist nur ’ne Ausrede, wetten?« Weg war sie, ihre Hüpfsprünge donnerten durchs Treppenhaus, man mochte kaum glauben, dass solch ein dünnes Mädchen so viel Krach machen konnte.

Esther ging an der geschlossenen Küchentür vorbei hinaus auf die Terrasse und fuhr fort, die Kübel zu bepflanzen. Ihre Mutter hatte akkurat die Hälfte für sie übrig gelassen. Je eher sie fertig war, umso eher konnte sie wieder fahren. Die Mädchen blieben über Nacht, ein freier Abend lag vor ihr, vielleicht rief sie sogar bei Joscha an. Ganz spontan, er würde aus allen Wolken fallen, wenn sie ihn fragte, was er von einem Kinobesuch hielt. Oder hast du noch Zahnschmerzen? Dann würde er lachen und beteuern, dass ihm schlagartig nichts mehr wehtat, wenn er mit ihr zusammen war. Es war schön gewesen vor zwei Tagen, sehr schön, und das hatte keineswegs nur an dem exzellenten Essen gelegen ...

Am Heinzelmännchenweg

Der Name war Programm. Heinzelmännchenweg. Geparkt wurde auf der rechten Seite, zum Glück fuhren die Anwohner keine besonders großen Autos, sonst wäre kaum ein Durchkommen gewesen. Das Haus der Webers unterschied sich nur wenig von den Häusern rechts und links und gegenüber, die Bauweise war konservativ, schmalbrüstig, kostensparend. Auch bei den Webers waren wie fast überall in der Straße vor ein paar Jahren neue Fenster mit weißen Sprossen eingesetzt worden, lediglich bei der Ausstattung des Eingangsbereichs sowie der winzigen Vorgärten gab es individuelle Unterschiede.

Die einen hatten eine Windmühle aufgestellt, ein anderer sogar einen röhrenden Hirsch auf seinem Vordach platziert, dort plätscherte ein Springbrunnen mit Putte in der Mitte und gegenüber thronten Gartenzwerge. Bei den Webers stand ein weiß-rot gestrichenes Häuschen aus Holz: knapp zwei mal zwei Meter Grundfläche und die Tür war so niedrig, dass ein Erwachsener sich tief bücken musste und auch innen nur unter der Dachspitze aufrecht stehen konnte. Dieses von Bruno Weber vor vielen Jahren selbst gezimmerte Häuschen hieß Casa Kai und hatte im Garten hinter dem Haus ein Pendant namens Casa Ellen. Die Kinder der Webers hießen so.

Betrat man das Wohnhaus, fielen als Erstes die unzähligen Schuhe ins Auge. Große und kleine, Freizeitschuhe und solide Lederschuhe, Gummistiefel und auch Moonboots, obwohl diese mit großer Wahrscheinlichkeit in den nächsten Monaten nicht gebraucht würden. An diesem Freitagmittag schaffte es die Tochter des Hauses, binnen weniger Sekunden auch noch die letzten paarig abgestellten Schuhe auseinander zu reißen.

»Mama, wo sind meine Ballerinas? Die neuen roten. Ich kann sie nirgends finden.« Ellen war erst dreizehn, jedoch schon so gut entwickelt, dass sie mühelos in einen Film, der ab vierzehn freigegeben war, kam. Genau das hatte sie an diesem letzten Ferientag vor.

»Wo du sie hingetan hast, schätze ich«, tönte es zurück. Sekunden später tauchte aus der Küche Ellens Mutter auf. In der einen Hand einen Teigschaber und in der anderen eine gelbe Rührschüssel, die sie rasch über ihren Kopf hielt, als ein Hund, der bis auf die kurzen Beine einem Bernhardiner ähnelte, sie ansprang. »Aus, Wedel! Roher Teig ist nichts für dich.«

»Hm! Kann ich mal probieren?« Ellen schleuderte den Schuh ihres Bruders, den sie gerade hochgehoben hatte, auf den Haufen zurück und griff gierig nach der Schüssel.

»Ich denke, du suchst deine Ballerinas?«

»Du findest die bestimmt sofort, Mama. Du hast doch einen siebten Sinn für so was.«

»Dann halt mal kurz die Schüssel und pass auf, dass die Hunde nicht drankommen!«

Ellen leckte gerade genießerisch ihren Finger ab – für rohen Teig könnte sie sterben – als ihre Mutter ihr auch schon die gesuchten Schuhe hinhielt.

»Die vielleicht?«

»Genial! Du bist die beste Mama der Welt! Und pass bitte auf, dass Kai nicht wieder den ganzen Kuchen auffuttert.«

»Ich hebe dir was auf, einverstanden? Und nun mach, dass du los kommst! Man soll seine beste Freundin nicht warten lassen.«

»Und warum zieht Kim dann hier weg, wenn sie meine beste Freundin ist? Ich meine, eigentlich hätte sie es verdient, dass ich sie warten lasse, bis sie schwarz wird, oder?«

»Dummchen!« Marlies gab ihrer Tochter einen Kuss auf die Stirn und drückte sie so eng an sich, wie das mit einer Teigschüssel in der Hand und einem lauernden Hund in Hab-Acht-Stellung zu ihren Füßen möglich war.

»Ich versteh's wirklich nicht, Mama. Wir ziehen doch auch nicht um, nur weil Papa mehr Geld verdient.«

»Wir sind eben nicht normal. Und jetzt los! Wir reden heute Abend weiter, wenn du willst. Viel Spaß im Kino!«

Nachdenklich schloss Marlies die Tür hinter ihrer Tochter. Was hatte sie da gerade gesagt? Wir sind eben nicht normal! Nein, vermutlich waren sie das wirklich nicht, aber dafür waren sie glücklich, und dieses aus allen Nähten platzende Haus und die Nachbarn, die immer füreinander da waren, gehörten ebenso dazu wie das Chaos und die beiden Hunde und ein Geräuschpegel, gegen den ein Bienenstock eine Oase der Stille war.

Fast schon unheimlich war es ihr, dass in diesem Moment nichts zu hören war außer den Stimmen im Fernseher – der meistens lief, weil keiner daran dachte, ihn abzuschalten, wenn er das Wohnzimmer verließ – und der Musik aus dem kleinen Transistorradio in der Küche und Zorros Kläffen, untermalt von Wedels Jaulen.

Sollte sich tatsächlich mal ein Einbrecher hierher verirren, würde er unweigerlich Reißaus nehmen, sobald Zorro anschlug. Obwohl Zorro nur ein Dackel war, hörte sich sein Bellen ausgesprochen gefährlich an, und wenn er dann auch noch wie ein wildgewordener Handfeger von hier nach dort flitzte, suchte selbst Wedel das Weite und ließ sogar seinen Knochen, oder was er sonst Gutes gehortet hatte, im Stich.

Die relative Ruhe währte nicht lange. Marlies hatte ihren Guglhupf noch nicht in den Backofen geschoben, als es auch schon an der Tür klingelte, kurz darauf ging dreimal in Folge das Telefon, und hätte ihre Nachbarin, die nur mal rasch auf einen Schwatz reinschauen wollte, sich nicht des Kuchens erbarmt und ihn kurzerhand in den Ofen verfrachtet, wäre er wohl kaum pünktlich zum Kaffee fertig geworden. Jeden Freitag, wenn Bruno früher aus seiner Druckerei heimkam, gab es selbstgebackenen Kuchen zum Kaffee, und am Wochenende sowieso.

Während der Kuchen auf einem außer Reichweite der Hunde platzierten Rost auskühlte, stellte Marlies Kaffeegeschirr auf den Küchentisch. Sicherheitshalber gleich ein paar Gedecke mehr, man wusste ja nie, wer noch kam. Sie schlug die Sahne steif, mahlte Kaffeebohnen und kochte Wasser und unterhielt sich dabei weiter mit ihrer Nachbarin. Anja hatte sich ganz selbstverständlich auf die gemütliche Eckbank aus hellem Kiefernholz, das an den Stellen, wo die Kinder, als sie noch kleiner waren, ihre Filzstifte ausprobiert hatten, bunt gescheckt war, gesetzt. Sie war längst so etwas wie eine gute Freundin für Marlies geworden. Anja und ihr Gustav hatten keine eigenen Kinder wie die meisten Paare in dieser Straße, dafür kümmerten sie sich von Anfang an liebevoll um den Nachwuchs der Webers. Sie beobachteten überhaupt sehr genau, was im Viertel passierte. Als Besitzer des einzigen Büdchens, in dem man Lakritzschnecken, Fruchtschnuller und Mäusespeck noch einzeln kaufen konnte, entging ihnen so leicht nichts.

»Ellen macht in den letzten Tagen keinen ganz glücklichen Eindruck«, meinte Anja jetzt, »dabei sind doch noch Ferien.«

»Es will ihr halt nicht in den Kopf, dass ihre beste Freundin so weit fortzieht.«

»Tja, Geld verdirbt eben den Charakter.«

»Das kannst du so nicht sagen, Anja. Die Schmiedels sind nun mal die Karriereleiter raufgefallen, und jetzt leisten sie sich eben Haus in Hahnenwald.«

»Raufgefallen ist gut. Sie hat ihn hochgeschubst, der arme Teufel hat ja gar keine andere Wahl gehabt. Nicht mal mehr Skat spielen durfte er. Das war ihr nicht fein genug.«

»Deshalb spielt er ja jetzt auch Golf.«

»Weißt du noch, wie er in der Montur aussah, die sie ihm geschenkt hat? Was ganz Teures mit Blaugrau und Pink, wenn das teure Schildchen nicht gewesen wäre, ich hätte geschworen, das Zeug stammt aus deiner Kostümkiste.«

»Wir hätten nicht so lachen sollen, obwohl es schon ein urkomischer Anblick war.«

»Die reinste Schießbudenfigur! Thomas hat ja selbst über sich gelacht. Im Grunde seines Herzens ist das ein ganz feiner Kerl, genau wie die Kleine. Die kann einem Leid tun, wenn sie in Zukunft keinen mehr hat, wo sie rund um die Uhr klingeln und sich von ihrer anstrengenden Mama erholen kann.«

»Nun hör schon auf, Anja! Im Hahnenwald gibt es auch Nachbarn.«

»Klar doch. Einen Kilometer weiter weg und jenseits 'ner Mauer so hoch wie im Knast, ganz zu schweigen von der Alarmanlage und dem ganzen Hokuspokus. Nicht mal einen Kiosk haben die dort, von Läden und Kneipen wie hier bei uns will ich gar nicht erst reden. Das ist da 'ne Art Ghetto für Reiche, da gehst du seelisch über kurz oder lang vor die Hunde, ich sag's dir!«

»Jetzt übertreibst du wirklich, Anja. Willst du schon mal einen Kaffee und ein Stück Kuchen?«

»Der Kuchen ist noch zu warm. Aber eine Tasse Kaffee wäre nicht schlecht, und was Kräftiges dazu, wenn du hast. Du weißt doch, Aufregung schlägt mir immer gleich auf den Magen.«

Marlies nickte, ging ins Wohnzimmer und holte die Flasche mit Anjas Lieblingskräuterlikör, den Bruno ebenso wie den Rumtopf und den Brombeerschnaps selbst ansetzte. Unterm Strich war das aufwändiger, als wenn man die beste Sorte im Geschäft kaufte, obendrein roch es im Haus tagelang wie in einer Brennerei, trotzdem hätten sich alle – die Nachbarn inbegriffen – bitter beschwert, wenn Bruno diese liebgewonnene Tradition an den Nagel gehängt hätte. Gerade als Marlies sich der Geselligkeit halber ebenfalls ein halbes Gläschen einschenkte, kam ihr Sohn mit roten Wangen hereingestürmt. Beim Anblick der Likörflasche in ihrer Hand grinste er breit.

»Wenn das Papa sähe ... Es ist noch nicht mal vier Uhr.«

»Er sieht's«, ertönte es hinter dem Jungen, der kaum kleiner als sein Vater war, nur deutlich schmaler. Man sah Bruno Weber an, dass er die Koch- und Backkünste seiner Frau zu würdigen wusste, besonders um die Taille herum war er ausgesprochen rundlich. Mit Sakko fiel das nicht auf, doch da seine erste Amtshandlung bei Betreten des Hauses darin bestand, sich des »Würgers« um seinen Hals sowie seines Jacketts zu entledigen, erlebte seine Familie dieses »Feinkostgewölbe« – wie er selbst sein Bäuchlein liebevoll nannte – meist hautnah.

»Und was sagst du dazu, Papa?«

»Dass Frauen nicht nur Schwatzbasen, sondern obendrein Schnapsdrosseln sind.«

Der Protest war gewollt, ganz unverkennbar gefiel es dem Hausherrn, von seiner Frau und seiner Nachbarin »Oller Macho!« geschimpft zu werden. Margot drohte ihm sogar die Verweigerung des Abendessens an, wenn er sich nicht auf der Stelle entschuldigte. »Und Kuchen gibt es sonst auch keinen für dich.«

»Und was ist das für ein Kuchen?«

»Gugelhupf.«

»Mit vielen Rosinen?«

»Pfundweise.«

»Und was gibt's heute Abend, wenn es denn was gibt?«

»Wiener Schnitzel, Bratkartoffeln und Kopfsalat in saurer Sahne.«

»Selbstgemachte Bratkartoffeln?«

»Hast du bei mir etwa jemals was anderes vorgesetzt bekommen?«

»Gut, ich entschuldige mich in aller Form und beteilige mich als Zeichen meines guten Willens sogar an euren Exzessen. Sohn, hol mir auch ein Glas!«

»Und Kuchen?«

»Kuchen auch.«

Hätte Marlies nicht sofort zwei Stücke für Ellen beiseite gelegt, wäre wohl wirklich nichts übriggeblieben, am meisten verputzte wieder mal Kai. Fast neidisch beobachtete sein Vater, wie er sich immer wieder nachnahm und jedes Kuchenstück unter einem dicken Berg Sahne begrub.

»Ich weiß auch nicht, wie der Junge das anstellt, ständig zu futtern und dabei so dünn zu bleiben. Von mir kann er das nicht haben, und von dir eigentlich auch nicht, Marlies.«

»Sehr galant!«

»He, nun hab dich nicht so! Ich liebe deine süßen kleinen Röllchen, jedes Einzelne davon. Wegen mir brauchst du die auch gar nicht zu verstecken.«

»Du meinst so wie du unter deinen Schlabberkitteln?«, stichelte Marlies zurück.

»Das sind Freizeithemden, die ich nur wegen der Bequemlichkeit anziehe.«

»Und in denen du aussiehst, als ob du auf Umstandsmode umgestiegen wärst.«

»Was kann ich dafür, dass die Kleiderfritzen ihre Hemden allesamt viel zu lang zuschneiden?«

»Falsche Adresse!«

»Und wie lautet die richtige, Frau Allwissend?«

Marlies deutete mit ihrer Kuchengabel kichernd Richtung Decke. »Der richtige Adressat für deine Beschwerde thront wohl eher da oben. Ich nehme mal an, unser Herrgott hat dir die kurzen Beine verpasst, genau wie unserem Wedel.«

»Heißt das, du vergleichst mich mit einem abgebrochenen Bernhardiner? Willst du damit vielleicht durch die Blume sagen, dass ich für dich kein ganzer Kerl bin?«

»Du bist der einzige und beste Kerl auf der ganzen Welt für mich, dass du es nur weißt.« Bei diesen Worten sprang Marlies auf, beugte sich quer über den Tisch und pflanzte einen herzhaften Kuss auf Brunos Mund. Anja klatschte, der Dackel kläffte wie verrückt, diesmal stimmte auch Wedel ein, und Kai stöhnte vergnügt: »Ewig diese Knutscherei!« Es war ein Freitagnachmittag wie jeder andere bei den Webers.

Der erste Schultag nach den Osterferien begann für Esther völlig normal. Ihr erster Termin war um zwölf, vorher konnte sie noch in aller Ruhe einkaufen und eine Stunde ins Fitnessstudio gehen. Um ihren Haushalt brauchte sie sich nicht zu kümmern, weil montags ebenso wie am Mittwoch und Freitag Gerda Kronen kam. Um ihre schulpflichtigen Töchter musste sie sich ebenso wenig kümmern. Ann-Katrin und Janina waren alt genug, um allein aufzustehen, ihre Siebensachen zu packen und sich aus Schlafmützen in saubere Schulmädchen zu verwandeln. Esther hatte die beiden von klein auf zur Selbstständigkeit erzogen, das trug nun Früchte. Sie bestanden sogar darauf, sich selbst das Frühstück zu richten. »Wäre doch blöd, Mama, wenn du deshalb früher aufstehst. Morgens gibt das nur unnötig Stress, besonders im Bad«, hatte Janina gemeint, und ihre jüngere Schwester hatte ihr ausnahmsweise ohne Zögern zugestimmt.

Während Esther nach nebenan lauschte, ob ihre Töchter auch wirklich von Urlaubstrott auf Alltagstempo umgeschaltet hatten, hakten sich ihre Gedanken an dem leidigen Thema »Bad« fest. Diese Wohnung war ein Traum und genau das Richtige für sie drei, lediglich ein zweites Bad fehlte. Ein paar Mal war Esther fast so weit gewesen, mit dem Hausbesitzer zu sprechen, der gewiss nichts dagegen hätte, wenn sie die riesige Vorratskammer mit dem Gäste-WC verbände und ein zusätzliches Bad daraus machte. Notfalls auf ihre Kosten, was auch nicht weiter schlimm wäre, weil sie schließlich sehr gut verdiente und generell auch nicht vorhatte, hier auszuziehen, bevor ihre Töchter mit der Ausbildung fertig waren. Generell, das war der Pferdefuß. Generell hieß, dass sie sich einfach nicht auf dem Umweg über einen solchen Umbau festlegen wollte. Sie wollte in jeder Hinsicht frei und beweglich bleiben, andernfalls hätte sie vermutlich längst versucht, diese oder eine gleichwertige Wohnung zu kaufen.

Ich verstehe beim besten Willen nicht, warum du weiter zur Miete wohnst, Esther. Du kannst es dir doch leisten, etwas zu kaufen. Lieblingsspruch ihrer Mutter, die oft und gern betonte, wie angenehm es doch war, nicht jedes Mal um Erlaubnis bitten zu müssen, wenn sie nur ein Loch in die Kacheln bohren wollte. Ihre Mutter war eine bemerkenswerte Frau, keine Frage, trotzdem wehrte Esther sich dagegen, ihr zu ähneln. Sie war anders, im Grunde ihres Herzens war sie völlig anders, das galt insbesondere für das Verhältnis zu ihren Töchtern. Gleichgültig, wie sehr Esther ihren Beruf liebte, im Zweifelsfall hätten immer die Mädels Vorrang gehabt. Nie im Leben hätte sie ihre Kinder zur Oma gegeben, um ungestört Karriere machen zu können.

Themenwechsel!, befahl sich Esther, doch das war einfacher gedacht als getan. Auf jeden Fall war sie jetzt hellwach. Es brachte nichts, grübelnd im Bett liegen zu bleiben. Also stand sie auf und öffnete leise die Tür zur Ankleide. Alles still, es rauschte auch kein Wasser mehr, folglich frühstückte ihr Duo bereits. Nach einem kurzen Abstecher ins Bad klopfte Esther gegen die geschlossene Küchentür. Anklopfen war Usus.

»Komm ruhig rein!«, rief es von drinnen.

»Danke vielmals! Habt ihr vielleicht einen Tee für mich übrig?« Esther überflog die Szenerie. Ein hübsches Bild, das auch von keinem aufgeschlagenen Buch getrübt wurde, aus dem Ann-Katrin rasch noch etwas lernen musste. Für den ersten Schultag braucht man nichts vorzubereiten.

»Du kannst was von meinem Tee abhaben.« Janina hob die Kanne neben ihrer Tasse hoch. »Grüner Tee, ich hab zwei Tassen für A. K. mitgemacht, aber sie will mal wieder nicht, dabei wäre grüner Tee gerade bei ihren Zähnen ideal.«

»Meine Zähne sind okay«, widersprach die Jüngere. »Eine Zahnspange hat nur was mit dem Kiefer zu tun, und dafür kann man nichts, der ist angeboren.«

»Doch wie's darunter aussieht ...«, orakelte Janina und griff nach der unbenutzten Tasse ihrer jüngeren Schwester, um ihrer Mutter einzuschenken. Der Zahnarzt der Anchors schwor auf grünen Tee und wurde nicht müde, die üblen Folgen von süßen Getränken für die Zähne zu schildern. Mit einem kurzen Blick zur Seite überzeugte Esther sich davon, dass ihre Jüngste tatsächlich schon wieder diese fürchterliche Erdbeermilch trank. Ob etwa Joscha hinter ihrem Rücken ...?

»Kannst du mir mal verraten, woher du ...?« Weiter kam sie nicht, weil ihre ältere Tochter es gar nicht abwarten konnte, die Quelle zu nennen.

»Von Oma«, rief sie.

»Von Oma Ruth?« Esther konnte nur staunen. Zumindest was gesunde Ernährung betraf, fiel ihre Mutter ihr im Gegensatz zu den Eltern von Joscha nur ganz selten in den Rücken. Die süße Mehlspeise am Samstag hätte ihr gleich zu denken geben sollen. Was steckte dahinter? Eine neue Form versteckter Kritik?

»Hm.« Ganz wohl schien Janina nicht in ihrer Haut zu sein, als sie fortfuhr: »Oma Ruth meint, es wäre falsch, wenn man Kindern immer nur das erlaubt, was man selbst gut findet.«

»Oder Männern«, nuschelte Ann-Katrin, »überhaupt ist ja ganz viel Milch da drin, und Milch ist gesund, das sagst du selbst.«

»Was da drin ist, ist gezuckerte Trockenmilch, und der Erdbeergeschmack dürfte so natürlich sein wie die Blumen bei ...« Esther unterbrach sich in letzter Sekunde.

Hetzen war nicht ihr Stil, jeder Mensch hatte einen Anspruch darauf, sich sein Leben und selbstverständlich auch seine Wohnung so einzurichten, wie es ihm gefiel. Bei Erwachsenen war in dieser Hinsicht sowieso Hopfen und Malz verloren, die Weichen wurden in der Kindheit gestellt. Nicht per Diktat, nie im Leben würde sie ihren Töchtern etwas anordnen, Toleranz wurde bei ihr ganz groß geschrieben. Sie sorgte lediglich für die richtige Auswahl. Man musste den Kindern beizeiten die richtigen Dinge anbieten und sie darin bestärken, auch mal anders als die breite Masse zu entscheiden. Die Masse war nun mal leider Gottes wie Joschas Eltern gestrickt. Ein Reihenhaus mit Gitterstäben vor den Fenstern, der nahe Knast hätte dafür als Vorbild dienen können, dabei gab es außer künstlichen

Blumen und Gartenzwergen und einem monumentalen Fernseher wohl kaum etwas bei Joschas Eltern zu stehlen.

»... wie bei den Ossendorfer Großeltern«, ergänzte Janina mit einem wissenden Grinsen.

»Mir schmeckt die Erdbeermilch trotzdem«, beschied Ann-Katrin, »und in Ossendorf gefällt es mir auch, die haben wenigstens einen Fernseher und Video und sogar einen DVD-Player.«

»Müsst ihr nicht allmählich los?«, lenkte Esther ab.

Sie verspürte nicht die geringste Lust, jene Errungenschaften zu diskutieren, die zumindest von ihrer jüngeren Tochter noch immer viel zu positiv besetzt wurden. Janina hingegen machte ihr Hoffnung, sie bewies inzwischen, dass sie begriff, worauf es im Leben ankam. Gute Gespräche und Bücher und regelmäßige körperliche Betätigung, mittlerweile begleitete sie ihre Mutter ausgesprochen gerne ins Theater oder ins Konzert, seit Silvester ging sie sogar mindestens viermal die Woche mit Esther ins Fitnesscenter, und fast jeden Sonntag joggten sie zu zweit durch den Park. Ann-Katrin war halt noch zu jung, in spätestens zwei Jahren würde sie ganz von selbst aufhören, Seifenopern oder diese widerliche Erdbeermilch gut zu finden.

»Wir sind schon unterwegs!« Ein kurzes Käbbeln, wer für die Krümel und einen Klecks auf dem Tisch verantwortlich war, dann räumte Janina das Geschirr ab, während Ann-Katrin Tischplatte und Sets säuberte. Die Identifikation von Bröseln wie Klecks – »Kann nur von deiner blöden Erdbeermilch und deinen Flakes sein, oder sieht so grüner Tee und Knäckebrot aus?« – hatte die Jüngere überzeugt. Im Gegensatz zu vielen anderen Geschwistern einigten die beiden Mädchen sich fast immer verbal. Auch das war etwas, was Esther ihnen vorlebte, darauf war sie stolz.

Wie kam ihre eigene Mutter nur dazu, derart heimtückisch ihre Erziehung zu torpedieren? Eine Frechheit! Oma

Ruth meint, es wäre falsch, wenn man Kindern immer nur das erlaubt, was man selbst gut findet. Oder Männern! Das ging eindeutig gegen sie. Gegen ihre Art, mit den beiden Mädchen und Joscha umzugehen. Eine ausgesprochen billige Retourkutsche. Frau Staatsanwältin vertrug nun mal keinen Widerspruch, deswegen hatte sie sich ja auch für Mirko entschieden.

Zum Glück ahnte Esther nicht, was ihre Töchter in diesem Zusammenhang noch alles aufgeschnappt hatten. Das war, als Ruth Kühl sich mit Mirko im Wohnzimmer unterhielt, während die Mädchen nebenan ihre Siebensachen zusammenpackten. Die Wohnung war nun mal nicht besonders groß, die Wände hellhörig ...

Kurz vor der Haltestelle Boltensternstraße passierte die Bahn eine Überführung, das dabei entstehende Geräusch war noch einen ganzen Block weiter zu hören. Als Ann-Katrin und Janina heute Morgen aus dem Haus traten, machte ihnen dieses Rattern im wahrsten Sinn des Wortes Beine. Obwohl Janina die längeren Beine besaß und seit fast vier Monaten eisern trainierte, war ihre jüngere Schwester schneller als sie und blockierte feixend die Schließanlage des hinteren Einstiegs.

»Nun mach schon, du Oma!«

Janina beschloss, den Anwurf zu ignorieren, und gab sich Mühe, ihr Schnaufen in ruhiges Atmen zu übersetzen. Der Geier mochte wissen, wie A. K. es anstellte, so schnell zu sein, ohne auch nur das Geringste dafür zu tun.

»Da hinten ist ein Platz frei, willst du dich nicht lieber setzen, Großmütterchen?«, stichelte Ann-Katrin weiter.

Janina war versucht, ihrer Schwester den Stinkefinger zu zeigen. Sie beherrschte sich im letzten Augenblick. Das war unter ihrer Würde, außerdem könnte sie jemand beobachten.

»Lass das ja nicht Oma Ruth hören«, sagte sie stattdessen. »Die dreht dir den Hals um, wenn sie hört, wofür du sie als Synonym benutzt.« Das Fremdwort war bewusst eingebaut. Ihre jüngere Schwester hasste es, wenn man ihr Dinge an den Kopf warf, die sie noch nicht kannte. Und wenn sie nachfragte, konnte man von oben herab »Dafür bist du noch zu klein!« sagen, das brachte A. K. dann erst recht zur Weißglut. Leider funktionierte dieser Trick diesmal nicht, ihre kleine Schwester umging die Klippe geschickt.

»Man ist immer so jung, wie man sich fühlt«, wehrte sie ab, »und Oma Ruth ginge glatt als Schwester von Mama durch. Weißt du noch, wie dieser Typ auf dem Tennisplatz neulich gefragt hat, ob die beiden Schwestern sind?«

»Sag das mal Mama, dann hast du bei ihr ebenfalls verschissen.«

»Blödsinn! Warum sollte Mama sauer sein, wenn andere Leute ihre Mutter bewundern? So was ist doch toll. Ich finde es ja auch prima, wenn unsere Mutter auf dem Elternsprechtag oder so bewundert wird.«

»Das ist was anderes.«

»Und wieso ist das was anderes?«

»Das verstehst du sowieso nicht, dafür bist du noch zu klein.« Endlich konnte Janina ihren Spruch doch noch anbringen, der Farbwechsel im Gesicht ihrer jüngeren Schwester signalisierte den durchschlagenden Erfolg.

»Das sagst du immer, wenn du nicht weiter weißt«, schimpfte Ann-Katrin, »glaub nur ja nicht, ich wüsste das nicht. Aber so blöd bin ich nicht, ich weiß sogar, was Oma Ruth mit dem Unrat gemeint ...« Der Rest ging in Bremsgeräuschen unter. Sie mussten aussteigen.

Janina wurde bereits von drei alten Klassenkameradinnen aus der ehemaligen 10 a erwartet. Jüngere Geschwister waren ab hier nur noch Ballast, diese Regel hatte Janina Ann-Katrin unmissverständlich klargemacht, als diese vor zwei Jahren ebenfalls aufs Gymnasium kam. Nichtsdestotrotz begleitete die Frage, was ihre jüngere Schwester angeblich wusste, Janina in die erste Doppelstunde Spanisch.

Der Lehrer lag Janina nicht, seine Art war ihr zutiefst unsympathisch, spätestens seitdem er angefangen hatte, sie beim Nachnamen zu nennen, war er bei ihr völlig unten durch. Dieser Typ brauchte dringend Nachhilfe in moderner Menschenführung. Sie würde ihm glatt eine Sitzung bei ihrer Mutter empfehlen, damit ihm endlich aufginge, wie man heutzutage Menschen motiviert. Ganz bestimmt nicht durch Negativsprüche. Immer, wenn Mister Torres – in ihrer stummen Zwiesprache verweigerte Janina ihrem Spanischlehrer konsequent die gewünschte Anrede »Señor« – ihre Rachenlaute oder ihre Eloquenz bemängelte, verordnete sie ihm im Geist eine Lektion bei »Anchor & Partner«, die er sich natürlich nicht leisten könnte, weil Lehrer nun mal nicht zu den Topverdienern zählten. Die Vorstellung, wie Mister Torres beim Eingeständnis seiner Zahlungsunfähigkeit ganz kleinlaut wurde, befriedigte Janina ungemein.

An diesem Morgen nun verlangte er auf Spanisch zu hören, was seine zweiundzwanzig Schützlinge in den Osterferien erlebt hatten. Motto »lockere Konversation«. Als Janinas Sitznachbarin sich meldete und ernsthaft wissen wollte, was denn »Schwarzwald« auf Spanisch hieß, schaltete Janina endgültig ab und wandte sich wieder der Andeutung ihrer jüngeren Schwester zu.

Ob sie log? Nein, das war wenig wahrscheinlich, weil Ann-Katrin selten log, sie verdrehte höchstens mal die Fakten. Was sie wohl jetzt wieder in ihrem Krauskopf durcheinander gebracht hatte? Es musste mit Oma Ruth und irgendwelchem Unrat zu tun haben. In welchem Zusammenhang war dieses Wort noch mal gefallen? Es war kein Wort, das zu Ann-Katrins Repertoire gehörte, folglich musste sie es übernommen haben. Ja, jetzt hatte sie es wieder. Sie und Ann-Katrin hatten gerade ihren Kram im Gästezimmer zusammengepackt, als Mirko und Oma Ruth sich nebenan über Mama unterhielten. Für ihre fünfundvierzig Jahre, hatte Oma Ruth gesagt, ist meine Tochter, was Männer angeht, wirklich noch erstaunlich naiv, dabei ist sie doch sonst so helle. Jede andere an ihrer Stelle hätte längst Unrat gewittert, wenn ...

Wenn was?

An dieser Stelle hatte Janinas Handy zu dudeln begonnen, notgedrungen widmete sie sich dem Anruf einer Mitschülerin, die wissen wollte, ob der Unterricht am Montag regulär mit der ersten Stunde oder später begann. Das Telefonat hatte höchstens zwei oder drei Minuten gedauert, und dann stand auch schon Oma Ruth in der Tür des Gästezimmers und wollte wissen, ob sie fertig waren.

Wenn was ...? Was hatte Oma Ruth sonst noch gesagt? Das musste die Stelle sein, auf die A. K. sich bezog. Ich weiß sogar, was Oma Ruth mit dem Unrat gemeint hat ...

»Anchor, können Sie freundlicherweise wie alle anderen auch meiner Aufforderung Folge leisten?« Wenn Mister Torres im Rahmen der freien Kommunikation ins Deutsche überwechselte, lag Ärger in der Luft.

Welche Aufforderung in drei Teufels Namen?

Janina sah sich hilfesuchend um, ihre Sitznachbarin zuckte hilflos die Achseln, offenbar war sie bereits mit ihren eigenen Schwarzwalderlebnissen überfordert gewesen. Ringsum betretenes Schweigen in Gesichtern, die Janina kaum kannte, denn die Spanisch AG war erst kurz nach den Weihnachtsferien zustande gekommen. Vorher war nämlich kein Spanischlehrer aufzutreiben gewesen. Janina hatte sich gleich für die AG angemeldet, einfach, weil sie

Sprachen mochte. Mister Torres hingegen mochte sie nicht, das blieb nicht ohne Folgen, bei ihm hatte sie ihr erstes »ausreichend« geschrieben, und jetzt stand sie da wie der Ochs vorm Berg und wusste nicht weiter ...

Die Rettung kam von hinten. Eine Stimme, die sie nicht kannte, soufflierte ihr spanische Wörter, die sie wie ein Papagei nachplapperte. Sie hatte keinen blassen Schimmer, was sie da von sich gab, sie merkte lediglich, dass es funktionierte. Hinterher wurde sie sogar gelobt, lediglich die leicht stockende Aneinanderreihung der geschilderten Urlaubserlebnisse wurde moniert.

»Offenbar hat der Mallorca-Urlaub doch gute Früchte bei Ihnen getragen, Anchor, also nur Mut! Das wird schon.«

Mallorca-Urlaub? Janina drehte sich um, hinter ihr saßen zwei Jungen, welcher war's? Eine Frage, auf die sie zumindest vorläufig keine Antwort erhielt. Der Gong ertönte, alles sprang auf, und noch ehe sie die Chance hatte, ihren Helfer via Stimmtest auszumachen, war die Bank hinter ihr leer.

Seltsam! Die meisten Jungs ließen keine Chance aus, ihre Verdienste gebührend bewundern zu lassen. Ob's der mit den lustigen Sommersprossen und dem grässlichen 1. FC Köln-Schal um den Hals war? Der andere Junge war eher unauffällig. Im Allgemeinen waren zumindest im sprachlichen Bereich die weniger auffälligen Jungs die besseren Schüler und die Einzigen, die mit den Mädchen mithalten konnten. Janina entschied sich gegen Sommersprossen & Schal.

Ruth Kühl hatte wieder einmal einen harten Arbeitstag hinter sich, als sie das der Staatsanwaltschaft vorbehaltene Gebäude an der Luxemburger Straße verließ. Der Putzfrauenmord in einem der besseren Wohnviertel gab jede

Menge Rätsel auf, die Zeugenvernehmung lief nur schleppend an, allein zwei möglicherweise wichtige Zeugen hatten ein ärztliches Attest vorgelegt. Grippaler Infekt! Meine Güte! Als ob man mit ein bisschen Schnupfen oder Husten nicht mehr klar denken und Rede und Antwort stehen könnte. Hier ging es schließlich um ein Kapitalverbrechen. Und als ob das alles noch nicht Ärger genug wäre, hatte sich heute auch noch Ruths Schreibkraft beim Schälen eines Apfels so unglücklich in den Daumen geschnitten, dass sie auf der Stelle zum Unfallchirurgen musste. Im Klartext hieß das für Ruth, dass sie sich an diesem Abend noch selbst hinsetzen und abtippen musste, was sie sich tagsüber notiert hatte. Die Woche ging ja gut los.

Ruths Laune wurde nicht eben besser, als ihr auf dem Heimweg prompt wieder einmal jemand die Vorfahrt nahm. Immer dieselbe Stelle, wer es darauf anlegte, kam hier jederzeit zu einem neuen Kotflügel. Sie hingegen wollte keinen neuen Kotflügel – erst recht nicht auf die krumme Tour –, sondern erst mal etwas Warmes zu essen. Einmal am Tag brauchte sie eine warme Mahlzeit mit allem Drumherum, den Rest des Tages fastete sie mit Rücksicht auf ihre noch immer beneidenswert gute Figur.

Natürlich könnte sie mittags in der Kantine des Gerichtes essen, so wie sie das früher gemacht hatte. Kochen war nun mal nicht ihr Ding, umso mehr wusste sie es zu schätzen, dass Mirko in dieser Hinsicht derart talentiert war. Ein Autodidakt, der zu Beginn ihrer Beziehung mit simplen Spiegeleiern startete und mittlerweile das raffinierteste Soufflé auf den Tisch brachte. Da konnte keine Kantine mithalten, zumal Mirko auch stets für das richtige Ambiente sorgte. Mirko war genau der Mann, den eine Frau wie sie brauchte. Und im Gegensatz zu ihrer Tochter wusste sie auch, wie man mit einem Partner umgehen musste, der nicht per Ehering beweisen durfte, dass er die Beute dingfest gemacht hatte. In jedem Mann, sinnierte Ruth, existierte nun mal noch dieses alte Beuteschema, und wenn man es einfach ignorierte, wuchs unterschwellig die Bereitschaft, sich anderswo Bestätigung zu holen, das war so sicher wie das Amen in der Kirche. Diese Geschichte mit Sabine stank zum Himmel ...

»Idiot!« Sie trat auf die Bremse, das war schon der zweite, der nicht wusste, dass in der deutschen Straßenverkehrsordnung rechts vor links galt. Ihr Reaktionsvermögen war zum Glück hervorragend, andernfalls hätte sie jetzt auf die Polizei und den Abschleppdienst warten können. Sie griff nach ihrem Handy, drückte die Memo-Taste und diktierte das Kennzeichen des dreisten Fahrers, der sich nicht mal mit einem Handzeichen bei ihr entschuldigt hatte. Gleich in einem informierte sie Mirko, dass sie in spätestens einer Viertelstunde zu Hause war.

Sie schaffte es sogar in acht Minuten. Ehe sie an Mirkos Korridortür schellte, stellte sie rasch ihre Aktentasche bei sich ab, tauschte die Straßenschuhe gegen hübsche, leicht verspielte Pantoletten aus und zog auch eine frische Bluse an. Sie wusch sich die Hände und kontrollierte Frisur und Lippenstift, bevor sie zu dem Mann hinüberging, mit dem sie seit zwölf Jahren eine für beide Seiten ersprießliche Beziehung verband. Es gab in Speck und Zwiebeln gedünstete Pfifferlinge, dazu junge Kartoffeln in Folie mit Sauerrahm und gegrillte Schollenfilets, der spritzige Weißwein war genau richtig dazu, und vor ihrem Platz stand eine Vase mit einer einzelnen Rose.

»Die Rose der Rose«, sagte Mirko und trat hinter sie, um den Stuhl für sie zurecht zu rücken und ihr gleichzeitig einen Kuss auf den Nacken zu hauchen.

Mitunter fragte sie sich, wie ein Mann von immerhin 56 Jahren so völlig ungeniert derlei Gemeinplätze benutzen konnte, zumal wenn dieser Mann einmal Germanistik studiert hatte. Andererseits zeigte ihr ein solches Verhalten, wie stark ihre Wirkung nach wie vor auf ihn war. Und das, obwohl sie sechs Jahre älter als er war. Sie lächelte ihm zu und nahm Platz, faltete die Stoffserviette auseinander und genoss es, sich von ihm vorlegen zu lassen. Mirko wusste genau, was sie wollte: viel Gemüse und Fisch, eine mittelgroße Kartoffel und ganz wenig Sauerrahm, obwohl dieser in Verbindung mit neuen Kartoffeln wirklich köstlich war.

»Hm! Das ist wirklich genau das, was ich jetzt brauche«, sagte sie nach den ersten paar Bissen und griff nach ihrem Weinglas, um mit ihm anzustoßen. Gemeinhin tat man das zu Beginn einer Mahlzeit, doch wenn sie beide allein waren, aßen sie immer zuerst etwas, um die richtige Grundlage zu schaffen. Ruths Magen spielte sonst verrückt.

»War es so schlimm?«, erkundigte sich Mirko und beugte sich vor, wie man das eben tat, wenn man ernsthaft an einer Antwort interessiert war.

»Grässlich! Ich muss gleich auch noch etwas am PC arbeiten, meine einzige vernünftige Schreibkraft hat sich ausgerechnet heute in den Finger geschnitten.«

»Denk an dein Handgelenk! Das ist noch längst nicht auskuriert, du solltest es auf keinen Fall zu sehr strapazieren ...«

»Was soll ich machen?« Ruth zuckte die Schultern.

»Vielleicht ist deine Schreibkraft ja morgen früh wieder auf dem Damm.«

»Und wenn nicht? Nein, das Risiko ist mir einfach zu groß, zumal kein Mensch weiß, was morgen sonst noch auf mich zukommt. Im Augenblick sind wir das reinste Tollhaus.«

»Und was hältst du davon, wenn ich dir helfe? Ich kenne deine Handschrift in- und auswendig.«

»Aber ich möchte nicht, dass du dich ausgenutzt fühlst.«

Sie schob ihre Hand ein Stück vorwärts, wirklich nur ein winziges Stück, er umschloss sie mit der seinen und lächelte sichtlich zufrieden. Sie wusste, dass es ihm gut tat, sie zu entlasten. Immer vorausgesetzt, sie ließ ihn merken, wie wichtig ihr seine Hilfe und seine Nähe waren. Genau an diesem Punkt hakte es bei ihrer Tochter. Esther trieb ihre Unabhängigkeit einfach zu weit ...

»Für meine Rose ist mir nichts zu mühsam, das weißt du doch.«

Ruth verkniff sich ein spöttisches Lächeln. Alles hatte seinen Preis, und er war ja nicht dumm, wahrlich nicht. Halt nur romantisch. Wenn Männer romantisch oder lüstern wurden, sagten sie anscheinend gern solche Sachen. Besser romantisch als lüstern, dachte Ruth und verzog die Lippen.

»Ist dir der Wein zu trocken?«, erkundigte sich Mirko besorgt.

»Nein, nein, ich musste nur gerade an Esther denken. Wenn sie nicht aufpasst, holt Sabine sich ihren Joscha zurück.«

»Aber wenn Sabine doch jetzt mit diesem Zahnarzt ... mit diesem Axel verreist ist?«

»Damit will sie Joscha nur eifersüchtig machen, und wie es ausschaut, hat ihre Taktik ja auch Erfolg. Ich an Esthers Stelle hätte schon längst Lunte gerochen.«

»Nun, sie kann ja nicht wissen, was du weißt«, wandte Mirko ein.

»Du meinst, ich hätte noch mehr sagen sollen? Wozu? Sie hört sowieso nur das, was sie hören will. Du hättest erleben sollen, wie sie sich am Samstag aufgeführt hat, als ich sie vorsichtig gewarnt habe. Als ob ich mir das alles nur aus den Fingern saugen würde. Und dann ist sie Hals über Kopf aufgebrochen, nicht mal mit uns zu Mittag essen wollte sie. Sie darf sich wirklich nicht wundern, wenn Joscha eines Tages schwach wird. Sabine ist eine interessante und kluge und obendrein attraktive Frau, und wenn sie wegen Joscha sogar eine Stelle in Berlin ausschlägt, bei der sie deutlich mehr verdienen würde ...«

»Könnte es nicht auch sein, dass sie diese Stelle Alex zuliebe ablehnt?«

»Ganz bestimmt nicht.« Und in einem Tonfall, der keinen Zweifel daran ließ, dass dieses Thema hiermit für sie abgeschlossen war, fuhr Ruth fort: »Aber wir sollten uns nicht den Abend verderben, meine Tochter macht sowieso, was sie will.« Sie ließ die Schultern kreisen, um ihre verkrampfte Nackenmuskulatur zu lockern, schon stand Mirko auf und trat hinter sie, schob seine festen, trockenen Hände unter ihre Bluse und begann sie zu massieren. Er hatte wirklich einen sechsten Sinn für das, was sie brauchte. Natürlich hätte sie ihm verraten können, warum Sabine nicht ernsthaft an jemandem wie Axel interessiert sein konnte. Axel war für Joschas Exfrau ein alter Mann, Sabine hatte es ebenso wenig wie sie selbst mit älteren Männern. Ruth war klug genug, dieses Wissen für sich zu behalten.

Gemeinsam räumten sie den Tisch ab, dann packte Ruth ihre Notizen aus, und Mirko fuhr seinen PC hoch, der mit ihrem eigenen über Funk verbunden war. Ungemein praktisch, zumal es immer wieder mal vorkam, dass sie in ihrem Büro in der Staatsanwaltschaft dringend ein Dokument von daheim brauchte. So hatte er Zugriff auf ihre Daten, ohne ihre Wohnung betreten zu müssen. Etwa zwei Stunden arbeiteten sie als gut eingespieltes Team, das sie waren, zusammen, dann begleitete er sie gegen elf hinüber in ihre eigenen vier Wände. Während sie sich für die Nacht fertig machte, ließ Mirko schon mal die Rollläden für sie hinunter, deckte das Bett auf und stellte ihr eine Flasche Wasser nebst Glas auf den Nachttisch. Mirko war ein Juwel, ein warmes Gefühl von Dankbarkeit und Zuneigung durchflutete Ruth, als sie unter die Decke schlüpfte, die er für sie anhob. Was sie für ihn empfand, war genauso wertvoll oder vielleicht sogar wertvoller als das, was man gemeinhin Liebe nannte. Sie lächelte ihn an.

»Danke! Ich weiß gar nicht, was ich heute ohne dich gemacht hätte.«

»Ich will doch, dass es dir gut geht.« Er streichelte ihr über die Wange, küsste sie sanft auf die Stirn, kontrollierte, ob die Decke auch ihre Füße einhüllte, knipste das Licht aus und ging auf Zehenspitzen hinaus. »Gute Nacht, meine Rose!«

Janina hatte lange überlegt, wie sie sich für die unerwartete Hilfe in Spanisch bedanken könnte. Sie war es nicht gewöhnt, dass ihr jemand vorsagte, sonst war stets sie diejenige, die weniger guten Mitschülern aus der Patsche half. In diesem Fall handelte es sich auch noch um einen Jungen, mit dem sie noch nie ein Wort gewechselt hatte. Irgendwie peinlich! Schließlich kaufte sie am Kiosk eine Tafel »Merci«-Schokolade. Natürlich ohne dass ihre jüngere Schwester etwas davon mitbekam.

Spanisch war erst wieder in zwei Tagen, doch Janina fand es unhöflich, so lange zu warten. Also passte sie eine günstige Gelegenheit in der großen Pause ab, um dem sichtlich verduzten Jungen von hinten auf die Schulter zu tippen und ihm, als er sich umdrehte, die Tafel »Merci« in die Hand zu drücken. Dann lief sie davon, glücklicherweise hatte niemand, der sie kannte, etwas mitbekommen.

Nach der sechsten Stunde schlenderte sie wie jeden Tag mit ihren alten Freundinnen aus der 10 a zur Haltestelle, wo bereits Ann-Katrin auf der Bank im Wartehäuschen saß und tat, als ob sie in ein Buch vertieft wäre. So gesehen war auf sie Verlass, nicht mal im Traum käme sie auf die Idee, sich in ein vertrauliches Gespräch der Großen einzumischen. Trotzdem war Janina klar, dass sie die Ohren spitzte. Simone, die ihr gerade anvertraute, dass einer aus der 12 sie nach ihrer Telefonnummer gefragt hatte, hörte denn auch mitten im Satz zu reden auf, kaum dass sie in Ann-Katrins Hörweite kamen.

»Wir können ja später telefonieren«, schlug sie mit einem Seitenblick auf Ann-Katrin vor.

»Gute Idee! Bis dann!«, erwiderte Janina und steuerte gleichzeitig mit ihrer jüngeren Schwester das »H«-Schild an, wo die Bahn meistens hielt, als jemand »He! Wart mal kurz!« rief. Sie drehten sich alle beide nach dem unauffälligen Jungen um, der Janina eine Tafel Schokolade hinhielt. Merci! Sie spürte, wie sie bis zu den Haarwurzeln rot anlief.

»Bei mir musst du dich nicht bedanken«, griente der Junge, »ich bin die falsche Adresse.«

»Aber ...«

»Nix aber, mein Spanisch ist nämlich mindestens so bescheiden wie deins. Der Kai hat dir aus der Klemme geholfen, Kai Weber aus der alten 10 c.«

»Verstehe«, hauchte Janina und wäre nun liebend gern im Erdboden versunken.

Der Junge machte kehrt, zwei seiner Kumpel erwarteten ihn, das Gelächter war groß. Wetten, dass diese Geschichte morgen an der ganzen Schule die Runde machte? Habt ihr schon gehört, Janina Anchor schenkt fremden Jungs Schokolade? Aber sie hat sie wieder zurückgekriegt ...

»Wenn der Blödmann die Schokolade nicht will, gib sie mir, ich nehme sie gern.« Ann-Katrin streckte die Hand aus.

»Pfoten weg!« Janina steuerte den vorderen Einstieg der Bahn, die wieder mal ein paar Meter zu früh gehalten hatte, an. Natürlich war ihr klar, dass Ann-Katrin ihr folgen würde. Die eherne Regel, Abstand zu halten, besaß in der Bahn keine Gültigkeit mehr. Niemand, den sie kannten, fuhr mit.

»Bist du sauer, weil er deine Schokolade nicht will? Woher kennst du den überhaupt? Auf der Geburtstagsparty von Laura war er jedenfalls nicht, und sonderlich hübsch ist er auch nicht.«

»Es ging um Spanisch, capito?«

»Puh, Spanisch, darin hattest du doch das Ausreichend. Ziemlich übel für deine Verhältnisse, wie?«

»Gestern hatte ich ein Gut.«

»Verstehe, deshalb die Schokolade.«

»Nichts verstehst du, absolut nichts, und jetzt lass mich gefälligst in Ruhe.«

»Hast du Mama schon was von dem Gut und so erzählt?«

»Nimm und halt die Klappe!« Die Schokolade wechselte den Besitzer. Voller Widerwillen beobachtete Janina, wie ihre jüngere Schwester das Papier abriss und in die Tafel wie in ein Butterbrot hineinbiss. Ekelhaft!

»Hast du überhaupt dein richtiges Pausenbrot aufgegessen?«, erkundigte sie sich.

»Logisch, das reinste Wellensittichfutter! Hörst du nicht, wie ich schon zwitschere?« Ann-Katrin spitzte die Lippen, dabei verfärbte sich ein Mundwinkel schokoladenbraun, gleich würde es auf ihre Jeansjacke tropfen.

»Pass auf, du Ferkel! Überhaupt ist es widerlich, mit vollem Mund zu reden.«

»Zwitschern«, verbesserte Ann-Katrin, »Zwitschern ist was anderes.« Dann schwieg sie, um sich hingebungsvoll der Tafel »Merci« zu widmen, die sie bis zur Haltestelle Boltensternstraße komplett verputzt hatte.

»Kannst du ruhig öfter machen«, sagte sie, drückte auf STOP und bewies, dass sie auch noch mit einer ganzen Tafel Schokolade im Bauch schneller als ihre große Schwester flitzen konnte.

Joscha hatte den Montag noch nie besonders leiden mögen. Bis vor vier Jahren war das der Tag, an dem er in seinen beiden Freistunden mit schöner Regelmäßigkeit übers Wochenende erkrankte Lehrerkollegen vertreten musste. Privat war der Ärger ebenfalls vorprogrammiert gewesen, weil seine Exfrau montags zum Ausgleich für ihren freien Freitagnachmittag länger arbeitete. Wenn er sie dann irgendwann zwischen acht und neun abholte, war sie regelmäßig so k.o., dass sie nicht mal mehr seine Kochkünste zu würdigen wusste, sondern nur noch Interesse an einem ausgedehnten Vollbad zeigte und danach wie tot ins Bett fiel. Mittlerweile war beides kein Thema mehr, doch der Mensch war bekanntlich ein Gewohnheitstier, und der erste Tag der Woche blieb somit für Joscha negativ besetzt.

Als er an diesem Montagabend die Tür zu seiner leeren Wohnung aufschloss, überkam ihn denn auch prompt eine völlig absurde Anwandlung von Verlorenheit. Niemand da, alles dunkel, kein Essensgeruch, der ihm verlockend in die Nase stieg, ziemlich kalt war es auch. Er beeilte sich, Licht zu machen, das änderte zwar nichts an der Leere, trotzdem war ihm gleich viel wohler. Als Kind hatte er sogar regelrecht Angst im Dunkeln gehabt.

Ein Glück, dachte er, dass Esther das nicht weiß. Es wäre ihm nicht recht, vor ihr als Angsthase dazustehen.

Es war auch ein Glück, wie er sich sagte, dass er nicht mehr unter irgendwelchen unerklärlichen weiblichen Launen leiden und Abend für Abend kochen und sich später zum Dank vorwerfen lassen musste, dass er seine Ehefrau mit seiner Fürsorge erstickt hätte. Wie hatte er das nur dreizehn Jahre lang ausgehalten?

Er entledigte sich seines Sakkos und seiner Schuhe und

steuerte dann geradewegs die Küche an. Auch wenn kein Kochzwang mehr bestand, musste er trotzdem etwas essen. Der Inhalt seines Kühlschranks war nicht eben berauschend, nicht mal Eier waren mehr da, der Schinken bog sich bereits am Rand, auf Salat verspürte er nicht den geringsten Appetit, zumal er auch keinen Tunfisch mehr vorrätig hatte, und der Aufwand von Bratkartoffeln war für einen allein einfach zu groß. Blieben Ravioli aus der Dose oder eine Tütensuppe und dazu zwei altbackene Brötchen vom Samstag.

Was für ein Abstieg, gemessen an dem köstlichen Dinner, das er letzten Donnerstag zusammen mit Esther im »Grand Duc« genossen hatte. Längst nicht nur das Dinner war köstlich gewesen, die Stunden waren ihnen wie im Flug vergangen. Es war bereits nach drei Uhr in der Früh gewesen, als Esther sich ein Taxi kommen ließ. »Bleib doch!«, hatte er sie gebeten. Darauf hatte sie ihn zärtlich »Dummkopf, du!« gescholten und ihn an die Mädchen erinnert.

Nette Kinder, alles was recht war, besonders Ann-Katrin war ihm ans Herz gewachsen. Bei Janina hingegen fühlte er sich immer leicht kritisch beobachtet, auch war ihr Humor für eine Sechzehnjährige fast schon sarkastisch, dazu dieses ständige Sich-Kasteien. Janina konnte einem mit einem einzigen Blick die Lust an einem gut belegten Brötchen oder einem leckeren Stück Torte vergällen, und wenn er den Aufzug benutzte, musterte sie ihn wie einen Schwerverbrecher.

So gesehen war es auch ein Glück, dass Esther von vorneherein darauf verzichtete, ihn fest ins Familienprogramm einzuplanen. Du kannst dich wirklich nicht beschweren, Joscha Nideggen! Er schloss die Kühlschranktür und inspizierte gerade die magere Auswahl an Fertiggerichten, als das Telefon anschlug.

»Nideggen.« Er klemmte sich den Hörer zwischen Ohr und Schulter und hielt die letzte von insgesamt drei Konservendosen gegen das Licht: »Butterzartes Hühnerfrikassee« warb der Hersteller auf dem Etikett. Joscha übersetzte in »Für Gebissträger optimal!« So weit war er zum Glück noch lange nicht ...

»Auch Nideggen.«

Die Dose polterte zu Boden. Sabine fehlte ihm gerade noch zu seinem Montag-Blues.

»Ich denke, du treibst es mit deinem Zahnarzt! Macht ihr gerade mal Pause?«, erwiderte er laut.

»Du hast wirklich eine blühende Fantasie, Joschilein.«

»Wozu solltest du sonst mit Axel in sein Liebesnest im Tessin gefahren sein? Soweit ich weiß, schleppt er dahin seit mindestens fünfzig Jahren seine neuesten Beutestücke ab.«

»Du hast dich aber sehr genau informiert. Jedenfalls wird er bestimmt ungemein geschmeichelt sein, wenn er hört, welche Großtaten du ihm zutraust.«

»Das, wovon ich rede, ist keine Großtat, sondern im Beuteschema jedes primitiven Säugetieres verankert.«

»Nur dass menschliche Säugetiere es normalerweise nicht schon im zarten Alter von neun Jahren treiben. Axel hat gerade erst seinen neunundfünfzigsten Geburtstag gefeiert.«

»Ja, und das schon zum dritten oder vierten Mal. Rufst du eigentlich aus einem bestimmten Grund an? Ich will nämlich gerade zu Abend essen.«

»Ganz allein? Was gibt's denn Feines?«

»Du rufst ja wohl kaum an, um mich das zu fragen.« Er versetzte der am Boden liegenden Dose einen Tritt, woraufhin sie reichlich laut über den Granit schepperte.

»Oh! Oh! Das hört sich an, als ob es dir nicht besonders gut ginge. Ravioli?«

»Hühnerfrikassee!«, antwortete er und hätte sich seine vorschnelle Zunge abbeißen mögen. Sie schaffte es immer wieder.

»Aus der Dose? Igitt! So schlecht sind deine Zähne doch noch gar nicht. Axel meint, wenn du dich nur überwinden und regelmäßig jeden Morgen und am besten auch noch abends Zahnseide benutzen würdest ...«

»Ich verbiete dir, dich mit ihm über meine Mundhygiene auszutauschen. Erstens verstößt das gegen die ärztliche Schweigepflicht, und zweitens kannst du ihm ausrichten, dass ich mir sowieso einen anderen Zahnarzt gesucht habe.«

»Nur, weil ich mit ihm verreist bin? Nein, ist das süß, Joschilein!«

Ich bringe dich um. Ich bringe euch alle beide um. Sätze, die ihm auf der Zunge lagen und auf der Seele brannten, sich jedoch nicht aussprechen ließen, weil es ihm buchstäblich vor Empörung die Sprache verschlagen hatte. Er räusperte sich, hustete, hustete noch einmal.

»Ach Joschi, nimm's nicht so schwer! Ich bin ja bald wieder in Köln, spätestens Sonntagabend. Und wenn du mich vorher brauchst, komme ich natürlich sofort. Schließlich haben wir beide uns geschworen, immer gute Freunde zu bleiben. Wenigstens gute Freunde ...« Dieser Nachsatz klang ihm ausgesprochen bedrohlich in den Ohren.

»Ich versichere dir«, sagte er steif und, wie er hoffte, mit dem nötigen Nachdruck, »dass ich wunderbar allein klarkomme. War sonst noch etwas?« Er bückte sich und tastete nach der Konservendose, die hinter den Schirmständer gerollt sein musste.

»Ja, meine Strelitzia reginae, die du mir letztes Jahr zum Geburtstag geschenkt hast. Ich fürchte, sie geht ein, wenn ...«

»... wundert mich, dass sie überhaupt so lange überlebt hat«, fiel Joscha ihr ins Wort. Seine geschiedene Frau brachte jedes Usambaraveilchen zum Eingehen, diese Paradiesvogelblume mit den roten Deckblättern und den blauen, röhrenförmigen Blüten war von ihm nicht unbedingt freundlich gemeint gewesen. Wetten, dass du die auch kleinkriegst? Wie fast alles andere auch, sollte das heißen.

»Wenn mir etwas wirklich am Herzen liegt, kümmere ich mich auch darum.«

»Seit wann liegen dir Topfpflanzen am Herzen?«

»Vielleicht weil ich sie von dir geschenkt bekommen habe.«

»Nun hör schon auf! Also, was ist mit der Strelitzia?«

»Ich habe sie bei meiner Abreise auf der Terrasse stehengelassen. Du weißt ja, letzte Woche war es richtig frühlingshaft warm in Köln, da habe ich sie nach draußen gestellt. Jetzt hingegen soll es im Rheinland deutlich kühler werden, und du hast mir selbst gesagt, dass die Strelitzia eine Mindesttemperatur von fünf bis zehn Grad braucht. Und nachts ...«

»... viel kälter wird es im April auch nachts kaum.«

»Ich finde trotzdem keine ruhige Minute mehr bei der Vorstellung, dass sie eingeht. Könntest du nicht bitte kurz vorbeifahren und sie reinholen?«

»Reinholen?«, echote Joscha. »Und wie stellst du dir das konkret vor? Soll ich am Regenrohr hochklettern oder durch den Kamin kriechen und mich am besten gleich von der Polizei als Einbrecher verhaften lassen?«

»In meinem Büro liegt immer ein Ersatzschlüssel. Ich habe schon Bescheid gesagt, dass du kommst. Noch mal tausend Dank, Joschi. Und auf ganz bald!« Damit war das Gespräch beendet.

Während Joscha die Konservendose öffnete, in einen Stieltopf umfüllte, den Herd anschaltete und vorschriftsmäßig rührte, damit nichts anbrannte, überschlugen sich in seinem Kopf die Gedanken. Okay, er hätte ablehnen können. Andererseits war alles so schnell gegangen. Sabine hatte ihn schlicht überrumpelt, dazu kam, dass es schon irgendwie rührend war, wenn eine Frau, für die Blumen gemeinhin lediglich nicht essbare und folglich nutzlose Pflanzen waren, sich plötzlich derart um eine Topfblume sorgte. Und warum? Weil er sie ihr geschenkt hatte. Außerdem brachte es ihn nicht um, morgen Vormittag kurz an ihrem Büro vorbeizufahren und den Schlüssel zu holen und die empfindliche Paradiesvogelblume zu retten. Zumal er ein ausgesprochener Blumenfreund war.

Im Topf blubberte es nun wie Milchsuppe, als er mit dem Kochlöffel gegen ein Stück Hühnerfleisch drückte, zerfaserte es. Die reinste Babynahrung oder Altenkost. Niemand konnte von ihm erwarten, dass er sich so was antat. Er verließ die Küche, schlüpfte erneut in Schuhe und Sakko und saß wenig später vor einem Glas Rotwein und einem Teller mit dampfenden Spaghetti Napoli bei dem Italiener, zu dem er schon gegangen war, als er noch Pauker war.

Obwohl Joscha sich hier seit Jahren nicht mehr hatte blicken lassen, wurde er sofort wiedererkannt und mit Handschlag begrüßt und zu seinem alten Lieblingsplatz in der Ecke geleitet. Es tat gut, sich so umsorgen zu lassen, auch wenn das Ambiente in diesem Lokal einiges zu wünschen übrig ließ. Ein ziemlich düsterer Schlauch, überladen mit Schmiedeeisen und kitschigen Statuen, das Efeu an den Säulen war hundertprozentig unecht, es gab nicht mal Stoffservietten. Dafür stimmte alles andere. Joscha fühlte sich auf Anhieb wie zu Hause »bei Muttern«, nur mit dem Unterschied, dass er als zahlender Gast kein schlechtes Gewissen haben musste, wenn er sich bedienen ließ. Alle Naselang wollte der Wirt wissen, ob er noch etwas brauchte und ob es ihm auch schmeckte, sogar ein Nachschlag wurde ihm angeboten. Wo gab es so was sonst noch?

Der einzige Wermutstropfen war die Frage nach seiner Frau. »Und wo haben Sie Ihre reizende Frau gelassen? Geht es ihr gut?«

Joscha nickte der Einfachheit halber. Wozu sollte er jedem besseren Pizzabäcker sein Privatleben auf die Nase binden? Er bestellte einen weiteren Schoppen Rotwein, trank auch noch einen Grappa aufs Haus und fühlte sich angenehm beschwingt, als er zum zweitenmal an diesem Abend seine leere Wohnung betrat.

Janina rechnete jeden Augenblick damit, von einer ihrer Klassenkameradinnen auf die todpeinliche Schokoladennummer vom Vortag angesprochen zu werden. Außerdem hatte sie noch immer keinen blassen Schimmer, wie sie sich denn bei ihrem wahren Retter bedanken sollte.

Der Junge mit den lustigen Sommersprossen und dem 1. FC Köln-Schal hieß also Kai Weber. Der Name sagte ihr nichts, und Fußball fand sie primitiv. Trotzdem musste sie ihn ansprechen. Nur wie? Es wollte ihr partout nichts Gescheites einfallen. Du, Kai, was ich dir noch sagen wollte ... Nein, das klang viel zu vertraulich! Übrigens vielen Dank auch für neulich ... Kaum besser, damit provozierte sie förmlich eine wenig wünschenswerte Nachfrage. Neulich? Ach du meinst ... Brrr! Nur ja nicht! Oder ob sie einfach zur Tagesordnung überging? Nein, das gehörte sich einfach nicht.

Janina zerbrach sich den Kopf bis zur ersten großen Pause, kam aber trotzdem zu keinem brauchbaren Ergebnis. Weil sie nicht aufpasste, konnte sie in Deutsch nicht mal erklären, was Goethes »Werther« von dem jungen W. bei Plenzdorf unterschied, dabei kannte sie beide Lektüren aus dem Effeff.

»Sind Sie vielleicht krank, Janina?«, erkundigte sich ihr Deutschlehrer nach der Stunde besorgt, er kam extra zu ihrem Tisch in der dritten Reihe hin. Prompt bekam sie einen roten Kopf. Sie entschuldigte sich und hastete nach draußen. Ihr Pausenbrot blieb liegen, was nicht weiter tragisch war, weil sie mit Rücksicht auf ihre Diät nur zwei trockene Scheiben Knäckebrot eingepackt hatte.

Und dann begann die nächste Spanischstunde. Als Janina den Raum betrat, saß Mister Torres bereits am Pult. Dumm gelaufen!, dachte sie. Galgenfrist!, war ihr zweiter Gedanke. Mit einem verlegenen Lächeln zu diesem Kai Weber hin setzte sie sich auf ihren Platz und begann umständlich, Schreibmäppchen, Schnellhefter und Buch auszupacken, als die Worte des Lehrers sie wie ein elektrischer Schock durchjagten.

Was hatte er da gesagt?

Wo um alles in der Welt sollte sie Bilder von einem Traumurlaub herbekommen, den es nie gegeben hatte?

Janina, ich schlage vor, dass Sie gleich den Anfang machen. Wer ist bitte so freundlich und holt schon mal den Projektor?

Hinter Janinas Rücken rumpelte es, automatisch drehte sie sich um. Der Junge mit den Sommersprossen – heute hatte er auf seinen lächerlichen Schal verzichtet – war aufgestanden und sah sie beschwörend an. Was verdammt wollte er von ihr? Seine Augen schwenkten zur Tür und wieder zu ihr zurück, hin und her.

»Wir erledigen das schon, Señor Torres.« Kai versetzte ihr einen leichten Schubs.

Schon setzte sie sich in Bewegung, je näher die Tür rückte, umso schneller ging sie. Nur raus hier! Tür auf, Tür zu, draußen lehnte sie sich völlig erschöpft gegen die Wand. Was sollte sie nur tun? Diese Geschichte entwickelte sich zu einem Alptraum. In ihrer Erleichterung hatte sie letzte Stunde einfach nicht mitbekommen, was Señor Torres für die folgende Unterrichtsstunde plante. Angeblich hatte sie sogar genickt, als sie nach Erinnerungsbildern gefragt wurde.

»Alles halb so wild.« Kai klopfte ihr auf die Schulter und

dann auf die eigene Hosentasche, die ziemlich groß war und sehr tief saß, er trug eine von diesen Jeans, bei denen der Schritt kurz über dem Knie hing.

»Ich habe vorgesorgt. Aber das erzähl ich dir besser im Geräteraum. Nun komm schon!«

Hatte sie eine Wahl? Sie heftete sich dem hoch aufgeschossenen, schlaksigen Jungen an die Fersen. Eine Hilfe war sie ihm nicht. Als er wenig später einen dieser länglichen Kästen voll mit Dias aus seiner Hosentasche zog und ihr aushändigte, ließ sie ihn fallen, die Rähmchen sprangen in alle Richtungen.

»Tut mir echt Leid.« Sie kniete sich hin und begann die Dias einzusammeln, zwei waren hinüber.

»Halb so wild«, beschwichtigte Kai und ging gleichfalls in die Hocke, »das sind sowieso Asbach-Uralt-Aufnahmen.«

»Ich dachte, du wärst gerade erst auf Mallorca gewesen? In diesen Osterferien ...«

»Nee, das war deine Geschichte.« Ein breites, aber nichtsdestotrotz sympathisches Grinsen begleitete diese Worte.

»Soll ich dir was sagen?«, gestand sie kleinlaut. »Ich habe keinen blassen Schimmer, was ich vorgestern erzählt habe. Ich weiß nur eines: Ich war mein Lebtag noch nicht auf dieser Insel.« Um ein Haar hätte sie »Putzfraueninsel« gesagt, soweit sie wusste, war die Insel das Sammelbecken von Geringverdienern, Raumpflegerinnnen, Säufern und Raufbolden.

»Hast du was verpasst. Jedenfalls kommst du mit diesen alten Dias bei unserem Señor Torres gleich problemlos über die Runden. Er wird begeistert sein. Nur Natur und ein kultureller Abstecher nach Palma, falls doch mal einer von meiner Familie auf den Bildern zu sehen ist, dann nur winzig klein. Die Jahreszeit stimmt auch, vor drei Jahren waren wir nämlich ausnahmsweise über Ostern dort.« Kai stand auf und ließ seinen Arm erneut bis zum Ellbogen in der Hosentasche abtauchen. »Und hier ist noch ein Zettel, auf dem steht, was die einzelnen Bilder zeigen. In Spanisch. Kann praktisch nicht schief gehen, notfalls souffliere ich wieder von hinten.«

»Und warum tust du das? Ich meine, du kennst mich doch gar nicht.«

»Ist das ein Grund?« Kai wartete die Antwort nicht ab, sondern zog sie hoch und meinte: »Komm, sonst wird der alte Toro doch noch misstrauisch.«

Alles ging glatt. Lediglich an einer Stelle wunderte sich der Lehrer über ein Bauwerk, das seines Wissens wegen umfänglicher Restaurationsarbeiten seit Dezember geschlossen war und erst wieder im Spätsommer zugänglich sein sollte. »Verschoben«, stotterte Janina und suchte noch verzweifelt nach der spanischen Vokabel, als Señor Torres auch schon verständnisinnig nickte. Bei den Spaniern nahm man es halt mit Terminen nicht so genau.

Als die Schulglocke ertönte, hatten fast alle Teilnehmer des Spanischkurses wenigstens ein paar Urlaubsfotos vorgelegt und mehr oder weniger fließend erläutert. Nordsee, Schwarzwald, Balearen, Kanaren, ein Mädchen war sogar auf Bali gewesen, knapp ein Drittel war in Köln geblieben, dazu zählte auch Kai. Er strahlte vergnügt, als Janina am Ende dieser Stunde erneut gelobt wurde, und signalisierte ihr im Schutz seiner Bank ein Victory-Zeichen. Als sie zusammen den Projektor zurücktrugen, nutzte sie die günstige Gelegenheit, um ihm seine Dias zurückzugeben und sich zu bedanken.

»Das war total nett von dir. Was hältst du davon, wenn ich dir im Gegenzug ein Eis im ›Forum‹ spendiere?« Die Idee war ihr angesichts des Aufdrucks auf dem Sweatshirt, das Kai heute trug, gekommen. »I scream, you scream, we all scream for ice cream!« Wer schon für Eis Reklame lief, war ganz bestimmt wie fast die meisten Jugendlichen in ihrem Alter auf die Eis-Kreationen im »Forum« verrückt, angeblich gab es dort das beste Eis in ganz Köln.

»Das lässt sich hören.« Kai zierte sich nicht groß, ganz im Gegenteil. Seine Sommersprossen vollführten einen regelrechten Veitstanz auf seiner Nasenspitze, als er fortfuhr: »Wenn das so ist, helfe ich dir gern die letzten zweieinhalb Jahre bis zum Abi.«

»Das würde mir denn doch zu teuer«, wehrte Janina lachend ab. »Was hältst du von fünf Uhr heute Nachmittag?« Um fünf begann Basketball, damit war ihre jüngere Schwester schon mal aus der Schusslinie. Basketball war der einzige Sport, den Ann-Katrin regelmäßig betrieb, vermutlich, weil ihre Länge sie davor bewahrte, sich ähnlich wie die anderen anstrengen zu müssen.

»Fünf Uhr ist klasse.«

»Dann bis um fünf.« Sie hielt ihm eine Hand hin.

»Bis um fünf!« Er umschloss ihre Hand, hielt sie einen Moment lang fest, wirklich nur einen winzigen Moment lang, trotzdem spürte sie schon wieder diese verräterische Röte an ihrem Hals und ihren Wangen hochsteigen. In ihrem Drang, nur möglichst rasch von ihm fort zu kommen, lief sie in die verkehrte Richtung und landete statt an der Treppe in dem Raum, wo die ausrangierten Pulte und Stühle ihren Lebensabend fristeten.

»Scheiße!« Laut, sie war wütend auf sich selbst. Wie konnte sie nur so unglaublich kindisch sein? Er musste ja denken, sie wäre ein Baby oder, schlimmer noch, in ihn vergafft. Grauenhafte Vorstellung, er könnte ihre Einladung ins »Forum« falsch verstehen.

»Andere Seite.« Er zog sie am Ärmel, er war ihr nachgekommen. »Ist mir auch schon passiert, das ist hier unten im Souterrain so verwinkelt wie in einem Fuchsbau.«

»Ich war noch nie in einem Fuchsbau.« Tolles Statement, war Janinas nächster Gedanke. Wie unglaublich intelligent. Jetzt radebrechte sie nicht nur im Spanischen, sondern redete auch noch in ihrer Muttersprache lauter Stuss.

»Ich auch nicht, aber sag's niemandem weiter! Wir verraten es einfach keinem.« Wir. Das klang, als ob es noch andere Geheimnisse zwischen ihnen gäbe, in gewisser Hinsicht traf das ja auch zu. Von den Dias wussten nur sie beide, das war eine coole Nummer gewesen. Obwohl Janina nie zu denen gehört hatte, die ihre Lehrer an der Nase herumführten, begann sie diese Situation zu genießen. Fast schon freute sie sich auf ein Wiedersehen mit dem lustigen Jungen, den so schnell nichts aus dem Gleichgewicht bringen konnte.

Dieser schreckliche Schal vom 1. FC Köln mochte ein Ausrutscher oder ein Gag oder das Ergebnis einer Wette sein. Für Kai sprach auch, dass er so unglaublich sprachbegabt war. Und obwohl Mallorca für Janina nach wie vor der Inbegriff von Billigtourismus und Schlimmerem war, räumte sie gern ein, dass gerade die Hauptstadt Palma als Mekka für Kunstkenner galt. Jemanden, der nichts als Naturschönheit und Kunstwerke fotografierte, durfte man einfach nicht in einen Topf mit diesen Primitivlingen werfen, welche die Insel in Verruf gebracht hatten.

Weil Esther ihn am Dienstag gefragt hatte, ob er sie zu einer Visitenkartenparty begleiten wollte, hatte Joscha den Transfer der Strelitzia kurzerhand um einen Tag verschoben. Nicht weiter tragisch, da die Temperaturen auch für kälteempfindliche Pflanzen im grünen Bereich blieben, was zugleich seinen Verdacht nährte, Sabine könnte ihn verschaukelt haben. Lediglich der Grund hierfür war ihm schleierhaft. Eine Frage, der er jedoch schon deshalb nicht weiter nachging, weil sich seine Gedanken zunächst auf den Dienstagabend konzentrierten.

Was immer eine Visitenkartenparty war, für ihn zählte Esthers Anwesenheit. Ein gutes Zeichen, wie er fand, dass jetzt bereits dreimal in Folge die Initiative von ihr ausgegangen war. Am Donnerstag die Luxusversion mit allem Drum und Dran, am Samstag Kino mit viel Sentiment – leider nur im Film, weil sie am Ausgang eine Bekannte von Esther trafen und der Abend zu dritt endete –, und am Dienstag halt eine Party, bei der jeder erst mal seine Visitenkarte abgab, daher der Name. Im Grunde ging es darum, neue geschäftliche Kontakte zu knüpfen, in dieser Hinsicht war der gestrige Abend denn auch ein voller Erfolg gewesen: Esther hatte sich wieder mal der Nachfragen kaum erwehren können, doch als die Party endlich vorbei war, wollte sie nur noch heim und ins Bett. Allein, dabei hätte er sie gern begleitet. Stattdessen hatte er zwei Magenbitter gekippt, um die im Übermaß konsumierten Partyhäppchen zu verdauen, und sich einen üblen Kniff in das Hemd gebügelt, das er mittwochs anziehen wollte.

Dieser Kniff dämpfte denn auch umgehend seine Laune, als er am Mittwochmorgen in seine Kleider stieg. Sein erster und einziger Termin an diesem Tag begann um drei, folglich hatte er alle Zeit der Welt. Er beschloss, als Erstes die Pflanzenaktion hinter sich zu bringen. Sabines Büro und Wohnung lagen nicht weit voneinander entfernt, in der Nähe gab es das »Landhaus Kuckuck«, wo er früher gern gefrühstückt hatte, wenn seine Barschaft das hergab. Das Frühstücksbüffet dort ließ keine Wünsche offen, was man von seinen eigenen Beständen kaum sagen konnte. Er würde also das Angenehme mit dem Nützlichen verbinden.

Es war kurz vor elf, als er Sabines Büro betrat. An ihrem Schreibtisch saß mit dem Rücken zu ihm, Blick aufs Fenster, ein junges Mädchen oder eine junge Frau, von hinten ließ sich das nicht genau bestimmen. Sie trug ihre Haare zu Zöpfen geflochten, eine altmodische Frisur, die in jüngster

Zeit ähnlich wie die Mode der Sechziger vor allem vom Jungvolk übernommen wurde. Sie musste kurzsichtig sein oder ein Problem mit Sabines PC haben, denn sie hatte ihr Gesicht viel zu dicht an den Monitor gerückt und starrte wie ein hypnotisiertes Kaninchen auf den Bildschirm. Sie reagierte auch nicht, als er nach einem kurzen Klopfen eintrat, und erschrak sichtlich, als er sie ansprach und ihr dabei über die Schulter sah.

»Haben Sie vielleicht Probleme mit der Verschlüsselung?«

»Ja, ich glaube schon ... also das ist so ... nicht dass Sie denken ... wer sind Sie überhaupt?«

»Joscha Nideggen. Soweit ich weiß, hat Sabine mich avisiert.«

»Oh ja! Sie wollen Ihren Ersatzschlüssel abholen, stimmt's?« Unverhohlene Neugier stand in den blauen Augen. Noch die reinsten Kinderaugen. Aus der Sicht eines blutjungen Mädchens – er schätzte sie auf Anfang zwanzig – mussten die acht Jahre Altersunterschied zwischen ihm und Sabine noch größer erscheinen.

»Ich bin nicht der Ehemann«, beantwortete er die unausgesprochene Frage und beobachtete amüsiert, wie sie puterrot wurde. »Nicht mehr«, ergänzte er, »wir sind seit fast vier Jahren auseinander.«

»Tut mir Leid.«

»Was? Dass wir geschieden sind?«

»Nein, ich meine, dass ich so neugierig auf Sie gewirkt habe.«

»Ohne Neugier bewegt sich nichts im Leben. Die Zöpfe stehen Ihnen übrigens gut.« Seine Fingerkuppe wanderte durch die Luft von ihrem Blondschopf zum Bildschirm. »Und was Ihre Suche betrifft: Sie müssen für jedes Semester das Passwort modifizieren.«

»Davon hat mir Frau Nideggen aber nichts gesagt.«

»Sie war wohl in Gedanken schon woanders. Es ist ganz

einfach und trotzdem sehr effektiv, wenn man verhindern will, dass Unbefugte Dateien aufrufen, die sie nichts angehen.«

»Ich soll aber wirklich ...«

»Glaube ich Ihnen aufs Wort«, beruhigte Joscha und zeigte auf ein eng beschriebenes Blatt neben der Tastatur, die Handschrift war die von Sabine. »Sonst hätten Sie ja auch das eigentliche Passwort nicht.«

Diesmal war ein Kichern die Antwort, der Grund hierfür lag auf der Hand. Sabine hatte es noch immer nicht für nötig befunden, ein neues Sesam-öffne-Dich zu kreieren, bei ihr hieß es weiterhin Joschilein eins, zwei, drei und so fort, mittlerweile war sie bei Joschilein siebzehn, SS, angelangt. Im Sommersemester Joschilein eins hatte sie ihn kennen gelernt. Er hatte sich soeben als Joscha Nideggen vorgestellt, und die Kleine war nicht auf den Kopf gefallen. Offenbar war ihr der Heiterkeitsausbruch peinlich, denn sie sprang auf, lief zu einem Schrank und kam wenig später mit einem Schlüssel zurück.

»Das müsste er sein.« Leicht atemlos und allerliebst, wenn man den Typ Schulmädchen mochte, was bei Joscha definitiv noch nie der Fall war. Nicht umsonst hatte er sich als junger Spund in eine acht Jahre ältere Frau verliebt. Auch Esther war immerhin zwei Jahre älter als er selbst. Küken langweilten ihn.

»Merci!« Er steckte den Schlüssel in die Jackentasche. »Dann noch fröhliches Schaffen!«

»Danke! Auch für die Hilfe.«

Er nickte und verließ das Büro, dann überlegte er es sich anders und machte noch einmal kehrt. »Wie heißen Sie überhaupt?«, fragte er von der Tür aus.

»Huch!« Sie war wirklich enorm schreckhaft. »Ich bin Kiki.«

»Kiki ...?«

»Kiki Klostermann. Oder Katharina Klostermann, aber das sagt niemand. Alle nennen mich Kiki.«

Joscha bewies, dass er eine Ausnahme bildete. Ein Wortspiel ohne jede Bedeutung und trotzdem oder gerade deshalb amüsant. »Dann auf Wiedersehen, Katharina.« Volle Betonung auf dem Vornamen, den sonst keiner benutzte. Ihr verdutztes Mienenspiel begleitete ihn bis zu dem Haus, in dem Sabine nun allein wohnte.

Ihre Wohnung erstreckte sich über die ganze oberste Etage. Geräumig genug für zwei, etliche Jahre hatten sie hier als Paar gelebt. Als Paar? Er schnaubte verächtlich bei der Erinnerung daran, wie er seiner Frau buchstäblich den Hintern nachgetragen hatte. Plötzlich widerstrebte es ihm, diese Wohnung betreten zu müssen. Bring es hinter dich, alter Junge! Das »alt« stieß ihm ebenfalls auf, mit Anfang vierzig war ein Mann keineswegs alt. Ungeduldig zog er den Schlüssel aus der Tasche, peilte das Schlüsselloch an. Offenbar war ein neues Schloss eingebaut worden, auch die Schlüsselform war eine andere. Egal! Hauptsache, er brachte diesen leidigen Auftrag rasch hinter sich und bekam sein Frühstück im »Kuckuck«.

Ob die dort überhaupt noch so spät Frühstück servierten?

Warum verdammt noch mal ging der Schlüssel nicht in dieses vermaledeite Schloss?

Er konzentrierte sich, was jedoch am Ergebnis nichts änderte, von jetzt auf gleich rutschte seine Laune in den Keller. Dann sollte die Strelitzia eben krepieren, es war ohnehin ein Wunder, dass sie so lange überlebt hatte. Er stopfte den Schlüssel zurück in seine Tasche und hatte sich bereits etliche Meter von dem gepflegten Vier-Parteien-Haus entfernt, als er hinter sich ein Rufen vernahm.

»So warten Sie doch! Bitte warten Sie!« Zunächst bezog er das Rufen gar nicht auf sich, sondern ging weiter. Erst das eingebaute »Joscha« im dritten oder vierten Zuruf veranlasste ihn, stehen zu bleiben und sich umzudrehen. Mit fliegenden Zöpfen kam Kiki alias Katharina auf ihn zugerannt.

»Es ist mir schrecklich peinlich, aber ich habe die Schlüssel vertauscht. Ich habe Ihnen in der Eile meinen eigenen Ersatzschlüssel gegeben. Weil ich so schusselig bin, lasse ich nämlich immer einen zweiten Schlüssel im Büro und einen dritten bei einer Freundin.«

Welche Eile?, wollte er fragen, tat es aber dann mit Rücksicht auf ihren Zustand doch nicht. Völlig aufgelöst war sie, und wie sie ihn mit ihren Blauaugen anbettelte. Bitte nicht böse sein!, las er aus diesem Blick. Was für ein Kind. Ein Kind, das Angst vor Schelte hatte. Kaum vorstellbar, dass eine Studentin – Sabines Hilfskräfte studierten durch die Bank – heutzutage so schüchtern war. Daneben nahm sich selbst Janina mit ihren sechzehn Jahren wie ein mit allen Wassern gewaschenes Vollblutweib aus.

»Halb so wild«, sagte er beschwichtigend.

»Trotzdem! Wegen mir haben Sie jetzt völlig unnötig Zeit verloren. Ich bin wirklich ein Oberschussel, meine Mutter sagt das auch immer. Wissen Sie was? Ich könnte Ihnen helfen, wenn Sie wollen. Mit Pflanzen kenne ich mich aus, meine Eltern haben nämlich ein Gartencenter in der Nähe von Meckenheim. Es geht doch um Pflanzen, oder?«

Joscha nickte, grundsätzlich stimmte das ja, auch wenn in diesem Fall der Singular angebracht wäre. Jetzt verstand er auch, warum sie völlig anders als die jungen Frauen war, die er so kannte. Ein Mädel aus der Voreifel, dort war die Welt noch in Ordnung. Er akzeptierte ihr Angebot schon deshalb, weil er nicht die geringste Lust verspürte, sich allein in Sabines Wohnung von alten Erinnerungen überfluten zu lassen. Gelegentlich hatte er solche Anwandlungen, dann setzte an jedem x-beliebigen Tag sein Montags-Blues ein.

Gemeinsam stiegen sie in den Aufzug und traten wenig

später auf die Terrasse der im obersten Stock gelegenen Wohnung. Das Geländer wertig aus Edelstahl, die Teakmöbel aus dem teuersten Geschäft in ganz Köln, statt mit den herkömmlichen Keramikplatten war der Boden mit Granit gefliest, nicht mal der formschöne und verdächtig saubere Designgrill fehlte. Alles zeugte von Sabines gutem Geschmack und einem nicht weniger guten Gehalt, lediglich die Bepflanzung hielt nicht Schritt. Außer der fast unverwüstlichen Clematis, die er noch selbst gesetzt hatte, gab es tatsächlich nur einen einzigen Blumentopf. Die Strelitzia.

»Und das ist alles?«, fragte Katharina ungläubig und hob den Topf mit nur einer Hand hoch. »Warum soll er überhaupt nach drinnen?«

»Das fragen Sie besser Sabine.« Joscha nahm ihr die Pflanze aus der Hand, trug sie in die Küche, stellte sie dort auf die Fensterbank, prüfte noch kurz den Feuchtigkeitsgehalt der Erde – alles paletti – und steuerte die Korridortür an. »Kommen Sie, sonst bekomme ich im ›Kuckuck‹ wirklich kein Frühstück mehr, der Magen hängt mir inzwischen an den Knien.«

»Oh! Das ist ja schrecklich!«

»Bis zum ›Kuckuck‹ halte ich es schon noch aus«, beruhigte er sie.

»Aber Sie werden dort kein Frühstück mehr bekommen.«

»Sind Sie sicher?«

Lebhaftes Nicken, bei dem die Zöpfe mitwippten. »Ganz sicher, um diese Zeit wird das Büfett immer abgeräumt und fürs Mittagessen eingedeckt. Ich hab da vor ein paar Wochen aushilfsweise gekellnert, deshalb weiß ich Bescheid.«

»Verdammt!«

»Aber es gibt ein anderes hübsches Lokal ganz in der Nähe, wo man rund um die Uhr Frühstück bestellen kann.

Da gehen vor allem Studenten wie ich hin, es ist auch viel preiswerter als im ›Landhaus Kuckuck‹. Wenn Sie wollen, bringe ich Sie hin, es liegt nämlich etwas versteckt in einer kleinen Seitenstraße.«

Joscha verriet nicht, dass er diese Gegend wie seine Westentasche kannte. Er ließ sich lotsen und bestand darauf, dass sie ihm Gesellschaft leistete. Weniger, weil er sich etwas aus ihrem Typ machte. Eher schon, um nicht allein inmitten von lauter Jungvolk zu bleiben. Das Lokal war gut besucht, das sah man schon von weitem durch die beiden großen Scheiben, die an Schaufenster erinnerten und es vermutlich auch einmal waren.

An den blank gescheuerten Holztischen saß kein Gast über dreißig, dafür legte er seine Hand ins Feuer. Plötzlich fühlte er sich uralt. Ob es Katharina peinlich war, mit einem so alten Mann gesehen zu werden? Anscheinend nicht, denn sie plauderte munter drauf los und verlor zunehmend ihre Schüchternheit. Mit sichtlichem Appetit verdrückte sie ein überbackenes Baguette und danach noch drei dick mit Butter und Kirschmarmelade bestrichene Croissants, dazu trank sie zwei Becher Kakao mit Sahne. Ein für ihn völlig ungewohnter Anblick, wenn man mal von Esthers jüngster Tochter absah.

»Sie hauen aber rein«, sagte er anerkennend und schob seinen Teller beiseite. In seinen Magen passte beim besten Willen nichts mehr.

»Schrecklich, ich weiß! Aber es schmeckt hier einfach zu gut, und in meiner Bude ist regelmäßig Schmalhans Küchenmeister. Ich vergesse immer, rechtzeitig noch was einzukaufen, und wenn ich doch mal dran denke, wird's mir entweder von meiner Mitbewohnerin weggefuttert, oder ich habe keine Lust, für mich allein los zu brutzeln. Von all dem Fettzeug und Süßkram müsste ich eigentlich schon wie ein Streuselkuchen aussehen.«

»Ihre Haut ist tipptopp. Außerdem mag ich es, wenn eine Frau nicht ständig nur an die schlanke Linie denkt.«

»Wirklich? Oder sagen Sie das jetzt bloß so?«

Joscha schüttelte vergnügt den Kopf. Er fühlte sich gleichzeitig sehr erfahren und sehr jung und in jedem Fall nicht übel. Und wenn es nicht bereits Viertel nach zwei wäre – die Zeit war wirklich wie im Flug vergangen –, hätte er durchaus noch länger hier sitzen und zuhören mögen, was so ein Jung-Frauen-Herz beschäftigte. Angst vor Pickeln und der Extraktion des Weisheitszahns links unten und einem schlechten Ergebnis in der nächsten Klausur und dazwischen ein Dutzend Wünsche, der größte war eine kleine Wohnung ganz für sich allein.

»Aber dazu müsste ich mir mehr nebenbei verdienen, wissen Sie? Vielleicht wenn ich es schaffe, als Assistentin bei der statistischen Erhebung vom Kölner Einzelhandelsverband mitzumachen, die bezahlen sage und schreibe zwanzig Euro die Stunde, hab ich gehört. Ich bekomme nicht mal ein Drittel.« Ein tiefer Seufzer. »Aber die nehmen bestimmt wieder nur Mädchen, die wie die Feldbusch aussehen.«

Joscha versicherte ihr, dass er absolut nichts an der Feldbusch fände, was sie zu freuen schien. Außerdem versprach er, ihr die Daumen für einen gut bezahlten Job zu drücken. Daraufhin strahlte sie ihn an, als ob sie den Job schon in der Tasche hätte. Wofür hielt sie ihn? Für den Weihnachtsmann? Trotzdem war es zur Abwechslung kein übles Gefühl, so omnipotent eingeschätzt zu werden.

Als er im Hinausgehen bezahlen wollte, erfuhr er, dass Katharina ihm beim Gang zur Toilette zuvorgekommen war. Und sie wollte ihm partout nicht erlauben, dass er ihr das Geld zurückgab. »Damit würden Sie mich beleidigen!«, versicherte sie ernsthaft.

Ein süßes kleines Ding, dachte Joscha, vielleicht kann ich mich ja irgendwie revanchieren.

Eine dreiviertel Stunde später hatte ihn der Alltag wieder. Diesmal ein besonders unangenehmer Klient, und wäre Esther nicht gewesen, wäre ihm glatt der Geduldsfaden gerissen. Sie war einfach die Größte. Trotzdem ..., dachte er, nur dieses eine Wort. Weiter dachte er nicht, weil das nur sein inneres Gleichgewicht gefährdete.

Dieser Mittwoch hatte es in sich gehabt. Dieser Klient, verbesserte Esther sich. Dabei wollte sie ursprünglich an diesem Tag noch jede Menge private Dinge erledigen, bei nur einem Termin klappte das normalerweise problemlos. Nun ja, Hauptsache, sie hatte bewiesen, dass sie auch solch eine harte Nuss knacken konnte. Fast ganz allein, weil Joscha sich irgendwann ausgeklinkt hatte. Er war bereits seltsam drauf gewesen, als er ein paar Minuten vor drei angestürmt kam. Es sollte ihr nur ja keiner erzählen, Männer hätten Stehvermögen. Obwohl sie nichts sagte, war sie innerlich enttäuscht von Joscha, zumal er es nicht einmal für nötig hielt, sich im Nachhinein für seine schlechte Form zu entschuldigen oder wenigstens eine Erklärung dafür abzugeben. Stattdessen begann er, die Grünpflanzen im Büro zu gießen und welke Blättchen abzuzupfen. Als ob es nichts Wichtigeres zu tun gäbe! Entsprechend kurz angebunden verabschiedete sie sich denn auch von ihm.

»Ich bin schon mal los, du hast ja bestimmt noch einiges abzuarbeiten? Deine Post habe ich mit hochgeholt, was für uns beide ist, liegt links auf meinem Schreibtisch, die fälligen Überweisungen sind schon raus.« Weg war sie, er sollte ruhig merken, dass sie mehr von ihm erwartet hatte.

Bei ihrem Fahrrad angelangt, zögerte sie kurz, ob sie nicht wenigstens noch zum Friseur gehen sollte, entschied sich dann aber dagegen. Wenn sie sich beeilte, könnten sie es schaffen, heute Abend mal wieder zu dritt ins Kino zu gehen. Am nächsten Tag war Lehrerausflug, deshalb durfte es ruhig etwas später werden. Esther memorierte kurz den Tagesplan ihrer Töchter: Ann-Katrin hatte von fünf bis sieben Basketball, bei Janina lag heute nichts an. Es war jetzt zehn nach sechs, fürs Fitnesscenter brauchte sie mit Janina zusammen nie länger als eine gute Stunde, das kam hin. Die meisten Vorstellungen begannen zwischen acht und halb neun. Bestimmt fanden sie etwas, was alle interessierte. »Mondscheintarif« beispielsweise, das war so was wie die Nachfolgegeschichte von »Schokolade zum Frühstück«, verfilmt war so was meistens ungeheuer amüsant.

Wetten, dass ihr Duo jubeln würde?

Die Vorstellung, sich gleich als Erstes ihren Frust im Studio abzustrampeln und dann einen netten Abend mit ihren Töchtern zu verbringen, beflügelte Esther. Sie trat kräftig in die Pedale und schaffte es, in der Rekordzeit von zwölf Minuten zu Hause anzukommen. Und das sogar ohne komplett durchgeschwitzt zu sein. Sie beglückwünschte sich zu ihrer hervorragenden Kondition, nahm jeweils zwei Stufen auf einmal und betrat mit dem guten Gefühl, ihren Mädels eine Freude zu machen, die Wohnung.

»Janina?« Sie rief, lauschte in die Stille. Manchmal war ihre Älteste so vertieft in ihre Musik, dass sie alles andere um sich herum vergaß. Keine Antwort, es war auch keine Musik zu hören. Seltsam! Mit einem Blick in den praktischerweise direkt neben der Tür eingebauten Schrank – auf diese Weise sah auch die Diele stets tipptopp aus – überzeugte sie sich davon, dass die Schuhe, mit denen Janina heute Morgen losgezogen war, dort standen. Sauber ausgerichtet, wie das ihre Art war, der freie Platz daneben zeigte Esther, dass Ann-Katrin zum Basketball unterwegs war. Wenigstens diesen Sport nahm sie regelmäßig wahr. An der Kleiderstange hing, wie nicht anders zu erwarten, Janinas Jeansjacke, die ihrer jüngeren Schwester fehlte. Nur: Wo steckte Janina?

Esther klopfte an die Badezimmertür: nichts. Die Kontrolle von Janinas Zimmer ergab ebenfalls ein negatives Ergebnis. Bei ihrer Jüngsten hätte Esther sofort den Verdacht gehabt, diese könnte mal wieder in Hausschuhen zum Kiosk an der Ecke gelaufen sein, um sich irgendwelchen Süßkram zu besorgen. Bei ihrer Ältesten hingegen war eine solche Befürchtung absurd. Unruhe regte sich in Esther. Ging denn an diesem Mittwoch alles schief?

Noch einmal ging sie systematisch Zimmer für Zimmer ab, in der Küche angekommen, entdeckte sie den Zettel an der Pinnwand. Nicht sehr groß, auch der Text gab nicht viel her, nur so viel, dass Janina heute nicht mit ins Studio kam. Ohne Begründung, was ebenfalls sehr ungewöhnlich war. Üben mit einer Freundin für eine Arbeit am nächsten Tag schied aus, weil ja schulfrei war. Außerdem gehörte Janina im Gegensatz zu ihrer Schwester nicht zu den Schülerinnen, die immer erst auf den letzten Drücker übten. Man hätte Janina nachts wecken und zu einem x-beliebigen Fach abfragen können und immer noch die richtigen Antworten erhalten. Mit Ausnahme von Spanisch, doch das hatte eine andere Ursache.

Während Esther ihre Thermosflasche halb und halb mit stillem Wasser und naturtrübem Apfelsaft füllte und zusammen mit einem frischen Handtuch in ihre ansonsten fertig gepackte Sporttasche steckte, nahm sie sich vor, sich möglichst bald einen Termin bei Janinas Spanischlehrer geben zu lassen. Ihre Hoffnung, Janina könnte die innerlich aufgebaute Sperre aus eigenen Kräften überwinden, hatte sich nicht erfüllt, wie das »ausreichend« in der letzten Arbeit und die anhaltend negativen Kommentare zu »Mister Torres« bewiesen. Und in knapp drei Monaten gab es schon Zeugnisse.

Esther war bereits wieder im Treppenhaus angelangt, als sie sich die Frage stellte, warum Janina sich umgezogen hatte. Das tat sie sonst unter der Woche eigentlich nur, wenn eine Geburtstagsparty oder Ähnliches angesagt war. Merkwürdig. Es war der Mittwoch der Merkwürdigkeiten. Nicht mal der Versuch, Janina über ihr Handy zu erreichen, brachte etwas. Esther hinterließ eine Nachricht auf der Mailbox. Vielleicht klappte es ja doch noch mit dem Kinobesuch, das Vorprogramm konnten sie getrost ausfallen lassen.

Im Studio begann Esther wie immer mit dem Stepper. Im Gegensatz zu vielen anderen schaffte sie es auch ohne Kontrollanzeige, konstant die optimale Frequenz einzuhalten. Nach knapp zwanzig Minuten stellte sich der erste fühlbare Erfolg ein: Ihr Kopf klärte sich, Hände und Füße waren wieder gut durchblutet, sie lächelte den Trainer an, der wie üblich von Gerät zu Gerät ging, beriet und unvernünftige Besucher, die sich von heute auf morgen einen Waschbrettbauch antrainieren wollten, bremste.

»Hallo, Frau Anchor, heute ganz allein?«

Esther schlang sich ihr Handtuch um die Schultern und stieg vom Stepper, um Platz für einen jungen Mann zu machen. Sie nickte. »Ja, für heute hat Janina mir einen Korb gegeben.«

»Hoffentlich nicht, weil ich mich gestern geweigert habe, ihre Gewichte zu erhöhen.«

»Bestimmt nicht, dazu ist sie viel zu vernünftig.«

»Da können Sie als Mutter aber von Glück reden. Wenn Sie wüssten, was ich hier so mitbekomme. Manche Mädchen würden eine Tonne stemmen, um wie die Feldbusch auszusehen.«

»Janina bestimmt nicht.« Esther tippte sich gegen die Stirn. »Sie hat was gegen versiegelten Hohlraum.«

»Gratuliere! Dann grüßen Sie sie mal schön. Sie ist ein verdammt hübsches Mädchen. Halt ganz die Mama.«

»Danke vielmals.« Esther bedankte sich noch einmal, als der Trainer ihr die Hanteln anreichte. Mittlerweile musste er nicht mehr auf ihrer Karteikarte nachschauen, um sich ihre Trainingsfolge zu vergegenwärtigen. Ohne auch nur einmal zu schummeln, absolvierte sie alle Übungen, trank zwischendurch einen Schluck aus ihrer Thermosflasche und war pünktlich um zehn vor acht fertig.

Ob Janina ihr inzwischen auf die Mailbox gesprochen hatte? Bestimmt, dachte Esther, doch sie irrte sich erneut. Das unruhige Kribbeln kehrte zurück, etwas stimmte da nicht. Sie verzichtete aufs Duschen und zog sich nicht einmal um, sondern stieg, so wie sie war, auf ihr Rad und fuhr heim. Diesmal brannte Licht in der Wohnung, das sah sie schon von weitem. Und als sie die Korridortür aufschloss, begrüßten sie lautstark die Backstreet Boys.

»Hallo, Mama!« Ann-Katrin kam aus ihrem Zimmer gestürmt. Ihre Augen funkelten, auf ihren Wangenknochen brannten rote Flecken.

Offenbar kommt sie jetzt in das verschwärmte Alter, durchfuhr es Esther. Diese Band wurde von den meisten jungen Mädchen angehimmelt, an den blutjungen Sängern erprobten sie ihre knospende Weiblichkeit und bombardierten die Boys mit Liebesbriefen und Kuscheltieren, was allemal ungefährlicher als das Üben an real existierenden Vorlagen war.

»Hallo, Anneken!« Kosename aus Kindertagen, die sich dem Ende näherten. Seit ein paar Monaten verzichtete Esther bewusst darauf, ihre Kleine so zu nennen. Die Kleine, die nicht länger klein sein wollte, dem musste sie Rechnung tragen. Die Anrede war ihr entschlüpft, zu ihrem Erstaunen protestierte Ann-Katrin nicht einmal.

»Weißt du, wo Janina ist?«, fragten beide wie aus einem Mund.

Esther musste unwillkürlich lächeln, doch dann gewann die Sorge in ihr überhand. Wenn nichts anderes vereinbart war, sollte Janina unter der Woche spätestens um acht Uhr daheim sein. Gleich war es halb neun. Es war noch nie vorgekommen, dass Janina sich nicht an diese Vereinbarung gehalten hatte. Leicht hektisch zog Esther ihr Handy aus der Sporttasche, um erneut die Mailbox abzuhören. Nichts. Wieder nichts. Esther wurde auf einmal ganz schummerig zumute, man hörte doch alle Naselang die schrecklichsten Dinge. Und ihre Große war schon so weit entwickelt, sie fiel ins Auge, der Himmel mochte wissen, was ihr zugestoßen war.

»Ich habe keine Ahnung, wo Janina ist«, sagte sie mit belegter Stimme. »Ich hatte gehofft, sie wäre inzwischen heimgekommen. Ursprünglich wollte ich nämlich mit euch beiden ins Kino gehen, aber das spielt jetzt sowieso keine Rolle. Wenn ich nur wüsste, wo Nina steckt ...«

»Das kann ich dir sagen, Mama.«

»Was? Aber du hast mich doch gerade eben selbst gefragt, wo sie ist?«

»Das war 'ne rhetorische Frage«, erklärte die Vierzehnjährige sichtlich zufrieden. Sie liebte es, Fremdwörter zu benutzen und damit ihre Zugehörigkeit zu den Großen zu dokumentieren.

»Okay, sei es, wie es will, Hauptsache, mit Janina ist alles in Ordnung.«

»Ob alles mit ihr in Ordnung ist, weiß ich nicht.« Ann-Katrin schüttelte skeptisch den Kopf und runzelte ihre glatte Stirn. »Wenn du mich so fragst, würde ich eher nein sagen.«

Diesmal riss Esther die Geduld. Sie packte ihre Tochter am Arm und schüttelte sie energisch. »Hör sofort mit den Faxen auf und sag mir, was mit Janina ist!«

»Autsch! Du tust mir weh!«

»Wo ist sie?«

»Also, als ich sie zuletzt gesehen habe, war sie im ›Forum‹. Ich wollte mir nach dem Basketball ein Eis auf die

Hand holen, nur eine einzige Kugel, mehr kann man sich da sowieso nicht leisten, wenn man nicht gerade Krösus ist.«

»Und dort bist du also deiner Schwester begegnet?«, drängte Esther.

»Begegnet kann man nicht sagen, ich hab sie halt gesehen. Wäre ihr bestimmt nicht angenehm gewesen, wenn ich zu ihr hingegangen wäre.« Ein fuchsiges Grinsen überflog Ann-Katrins Gesicht.

»Und wieso nicht?«

Ann-Katrin zuckte vielsagend die mageren Schultern. »Weiß nicht, ob ich das jetzt sagen soll. Nachher heißt es wieder, ich petze.«

»Nun mach nicht solch ein Theater um nichts. Hat Janina auch Eis gegessen, spielst du darauf an?«

Ann-Katrin blieb stumm, lediglich ihre Augen funkelten.

»Das macht wirklich nichts, wenn man ansonsten so diszipliniert wie sie ist«, beteuerte Esther. »Also, noch mal von vorn. Du hast sie in diesem Eiscafé gesehen, bist aber nicht zu ihr hingegangen. Wann war das? War sie allein oder mit jemandem zusammen? Kennst du den Namen des Mädchens?«

»Mädchen ist gut.«

»Was heißt das denn nun schon wieder?« Esther musste an sich halten, um nicht zu explodieren. Spielten heute alle verrückt?

»Na eben, dass es kein Mädchen war.« Das Kichern, das diese Worte begleitete, sprach Bände.

»Du willst sagen, deine Schwester war mit einem Jungen zusammen?«

»Hm! Vielleicht hängen sie ja noch immer da rum und labern. Total bescheuert! Und erst Ninas Frisur. Du hättest sehen müssen, was sie mit ihren Haaren angestellt hat. So hochgefriemelt, dazu die dünne weiße Jacke für den Sommer und die Jeans, die sie sich extra 'ne Nummer zu klein gekauft hat und bei der ihr jedes Mal der Reißverschluss aufgeht, wenn sie vergisst, den Bauch einzuziehen. Oberpeinlich!«

»Und wer war der Junge?«

»Null Ahnung. In jedem Fall war er dünner als sie. So ein großer Dünner.«

»Und wie alt?«

»Konnte ich nicht sehen, dazu hätte ich näher rangehen müssen, und dann hätte Janina mich umgebracht.«

Esther beendete ihr Kreuzverhör. Sie hatte genug gehört, um sich nicht länger um Janinas Sicherheit zu sorgen. Was den Verstoß gegen ihre gegenseitige Abmachung betraf, so würde sie darüber in aller Ruhe mit ihrer Ältesten reden. Seit jeher war Janina Appellen an ihre Einsicht und Vernunft zugänglich, umgekehrt galt das ebenso. Falls Janina mehr Freiraum brauchte, würde man eben eine neue, großzügigere Regelung treffen. Alles kein Problem, solange Esther Bescheid wusste.

»Was hältst du davon, wenn wir beiden Hübschen uns jetzt mal ums Abendessen kümmern?«, versuchte sie Ann-Katrin abzulenken.

»Und was ist mit Janina? Ich meine, wo sie doch viel zu spät kommt und überhaupt?«

»Jedem kann mal ein Fehler passieren«, antwortete Esther leichthin.

»Aber ...«

»Was zu sagen ist, sage ich schon«, fiel Esther ihrer Jüngsten ins Wort. »Am besten erwähnst du die Sache überhaupt nicht. Sonst gibt es nur Ärger zwischen euch beiden, und das wäre nicht gut. Was hältst du von überbackenem Fenchel mit geröstetem Sesam?«

Ann-Katrin verzog missmutig das Gesicht, was sowohl

an der Aussicht auf gesundes Essen als auch daran liegen mochte, dass ihre ältere Schwester sich anscheinend alles leisten konnte. Aus Sicht der Vierzehnjährigen war das mehr als ungerecht. Sie beschloss, am Ball zu bleiben. Detektivin A. K. war einsatzbereit.

Ein Virus liegt in der Luft

Janina fand es albern, für irgendwelche Teeniestars zu schwärmen oder sich gar ihr Zimmer mit Plakaten voll zu pflastern, von denen solch ein Bubi einen dann dämlich angrinste. Noch viel weniger kam es ihr in den Sinn, einen ganz normalen Jungen anzuhimmeln, nur um endlich auch mit einem Freundschaftsring oder Knutschfleck aufwarten zu können. Was war so toll daran, einen festen Freund zu haben? Mit einem Jungen konnte man vielleicht über Autorennen oder Fußball und Computerspiele reden, aber sonst? Um ein Mädchen anzubaggern, ließen sie wirklich keinen Schwachsinn aus. Noch schlimmer allerdings fand Janina, wie die Baggerobjekte darauf reagierten. Da wurden aus klugen Mädchen dumme Puten, die gierig nach jedem Schmäh und jeder Einladung schnappten und sich stundenlang aufbrezelten, um solch einem Pickelheini zu gefallen.

Kai hatte keine Pickel, das war Janina sofort aufgefallen. Und sie ließ sich auch nicht von ihm einladen, sondern lud ihn ein. Nicht, um ein Rendezvous zu haben, sondern weil sie von ihrer Mutter gelernt hatte, dass man sich für eine Gefälligkeit bedankte, um bei niemandem in der Schuld zu bleiben. Das tat sie, nicht mehr und nicht weniger, und der Wechsel ihrer Garderobe galt einzig und allein dem Ort, wo sie sich trafen, mit Kai hatte das nichts zu tun. Im »Forum« war nun mal alles todschick, wenn man dort in Alltagsklamotten aufkreuzte, bekam man glatt Minderwertigkeitsgefühle. Also hatte Janina sich umgezogen und die Haare aufgesteckt, was sie, wie sie fand, erwachsener aussehen ließ.

»Wow!«, hatte Kai bei ihrem Anblick gemeint und mit der Zunge geschnalzt.

»Ich bin später noch mit meiner Mutter verabredet«, darauf Janina.

Keine direkte Lüge, weil sie ja praktisch jeden Abend mit Esther zum Training verabredet war. Fatal war nur, dass sie ihre Mutter danach völlig vergessen hatte. Weil sie endlos mit Kai gequatscht hatte, und das bestimmt nicht über Sport oder Computer. Aber selbst wenn mal die Rede auf derlei kam, war es anders. Es war ein himmelweiter Unterschied, ob man etwa die Talfahrt des 1. FC Köln langatmig beschrieb und sich mit vermeintlichen Patentrezepten zum Pseudotrainer aufspielte, oder ob man eine menschliche Komponente ins Spiel brachte.

Okay, Kai spielte Fußball und trug sogar manchmal in der Schule diesen dämlichen Schal, doch er hatte einen handfesten Grund dafür. Er fühlte sich dem Spieler verpflichtet, der ihm »vor zig Jahren« auf einer Wiese im Stadtpark das Kicken beigebracht hatte. Kai hatte keinen blassen Schimmer gehabt, wer das war. Er dribbelte nur so ein bisschen mit seinem Ball herum, während er darauf wartete, dass einer von seinen Kumpeln auftauchte. Tja, und so kam er völlig unbeabsichtigt mit einer Fußballlegende in Tuchfühlung. Seine Kumpel beneideten ihn natürlich maßlos, zumal Kai von seinem neuen Freund regelmäßig Freikarten geschenkt bekam. Das war zu der Zeit, als der 1. FC Köln gerade seine Blütezeit erlebte.

»Karten kriege ich noch immer von ihm, aber jetzt will kaum noch einer mit hingehen. Dabei brauchen die beim

FC gerade in einem Tief jemanden, der sie unterstützt, deshalb trage ich auch den Schal.«

Es hatte Janina auf der Stelle eingeleuchtet, was Kai meinte. Er war nicht oberflächlich, sondern sehr sozial und obendrein witzig. Seine Schilderungen trieben ihr mehrfach die Lachtränen in die Augen, darüber verging die Zeit wie im Flug. Bis plötzlich die Kellnerin neben ihnen stand und »Ich müsste jetzt kassieren, wir schließen um neun!« verkündete.

»Um Gottes Willen!« Janina war aufgesprungen. »Meine Mutter.«

Kai war kaum weniger erschrocken gewesen, trotzdem bestand er darauf, sie heimzubringen.

»Du hast mir schließlich vorher gesagt, dass du noch mit deiner Mutter verabredet bist. Ich hätte auf die Zeit achten müssen, und auf gar keinen Fall lasse ich dich jetzt im Dunkeln allein durch die Stadt laufen. Ich muss nur mal rasch bei mir zu Hause anrufen.« Das tat er. Zuerst telefonierte er, und dann begleitete er sie bis vor ihre Haustür. »Wenn du willst, komme ich auch rasch mit hoch und sage deiner Mutter, dass ich schuld bin.«

Selbstverständlich ließ sie nicht zu, dass Kai noch mit hochkam. Sie war schließlich kein Baby mehr. Außerdem wollte sie auf gar keinen Fall, dass ihre kleine Schwester von Kais Existenz erfuhr. Sie war eine solche Neugiernase! Der Wunsch, Ann-Katrins Wissbegierde nur ja keine Nahrung zu liefern, war letztlich auch der Grund dafür, dass Janina Kai mit keinem Wort erwähnte. Sie begnügte sich damit, sich bei Esther zu entschuldigen. Selbstverständlich tat es ihr Leid, dass ihre Mutter sich gesorgt hatte. Ihre Entschuldigung war ehrlich gemeint, trotzdem flippte sie an diesem Abend noch regelrecht aus.

Der Auslöser hierfür war ebenfalls Ann-Katrin, die unter den fadenscheinigsten Vorwänden immer wieder ins

Wohnzimmer kam und ihren Senf abgab und sich anhörte, als ob sie etwas wüsste, was sonst keiner wusste. Dabei konnte sie nichts wissen, sie ließ lediglich wieder mal ihrer frühpubertären Fantasie freien Raum. Anders als in Janinas Zimmer gab es bei Ann-Katrin ja auch kein freies Fleckchen an der Wand, wo neben dem riesigen Setzkasten mit Kleinkrimskrams kein Poster von irgendeiner Boygroup klebte. Schmachtblick, Starpose, gepiercte Nase und Augenbrauen und Ohrläppchen sowieso, primitiv!

»Verpiss dich, du Zwerg!«, hatte Janina gefaucht, als es ihr endgültig zu viel wurde.

»Siehst du!«, darauf Ann-Katrin mit Duldermiene. Wer sie nicht kannte, musste annehmen, sie könne kein Wässerchen trüben. Doch Janina wusste es besser. Ihre Mutter hatte sie nicht mal wegen des Schimpfworts angepfiffen, sondern ihr nur einen nachdenklichen, fast schon traurigen Blick zugeworfen. Dann war sie vom Sofa aufgestanden.

»Es ist wohl besser«, hatte sie gemeint, »wenn wir jetzt alle zu Bett gehen.«

»Es ist erst kurz nach zehn, und ich bin kein Baby mehr wie Ann-Katrin, außerdem ist morgen keine Schule«, hatte Janina widersprochen. »Ich hab einfach keine Lust, schon schlafen zu gehen.« Ihr Protest war verhallt, sie war allein im Wohnzimmer zurück geblieben und hatte sich schäbig gefühlt.

Noch in ihrem Bett ließ Janina diese hässliche Szene wieder und wieder Revue passieren. Die Verbindungstür zu Ann-Katrins Zimmer blieb in dieser Nacht geschlossen. Die Abendgymnastik war ebenfalls ausgefallen. Vielleicht schlief sie deshalb so unruhig. Janina träumte von einem gigantisch großen Eichhörnchen, das plötzlich zu reden anfing. »Wenn du willst«, flüsterte es, »komme ich noch mit hoch und sage deiner Mutter, dass ich schuld bin.«

Auf dem Schulhof bestand ebenso wie im Gebäude selbst Rauchverbot. Die Schüler der Oberstufe umgingen dieses Verbot, indem sie hinter den Müllcontainern qualmten. Es sah komisch aus, wenn in den Pausen auf einer Fläche von höchstens zehn Quadratmetern Dutzende von Rauchwölkchen aufstiegen. Die Aufsicht führenden Lehrer duldeten die Paffer-Lobby stillschweigend, ab Stufe elf hatte man es nun mal nicht mehr mit Kindern zu tun.

An diesem Donnerstag führte Janinas Deutschlehrer in der ersten großen Pause Aufsicht. Verwundert beobachtete er, wie eine seiner besten Schülerinnen die Raucherecke ansteuerte. Kaum zu glauben, dachte er, dass Janina jetzt ebenfalls mit dem Rauchen anfängt. Das Mädchen hatte stets einen ganz besonders vernünftigen Eindruck auf ihn gemacht. Andererseits wusste er nach fast dreißig Jahren Schuldienst nur zu gut, wie rasend schnell sich ein gestern noch unauffälliger Teenager in ein Wesen verwandeln konnte, das jedes Laster, vor dem die Erwachsenen warnten, ausprobierte.

Besorgt sah der Oberstudienrat Janina hinterher, während er den nächsten Bissen von seinem Leberwurstbrötchen nahm. Bereits in der letzten Deutschstunde war ihm aufgefallen, dass etwas nicht mit Janina stimmte. Wenn er es nicht besser wüsste, könnte man glatt annehmen, sie hätte die beiden letzten Pflichtlektüren gar nicht gelesen. Jetzt konnte er nur noch den Kopf des Mädchens sehen, die Container versperrten ihm die weitere Sicht. Im Gegensatz zu den anderen schien Janina sich nicht auf die umlaufende Mauer oder ihren Rucksack hocken zu wollen, ihr Kopf blieb weiterhin sichtbar.

Ein anderer Kopf tauchte von der entgegengesetzten Seite auf, bewegte sich genau auf sie zu, es sah aus, als ob die beiden Köpfe jeden Moment zusammenknallen müssten. Das taten sie jedoch nicht. Die beiden Köpfe – der zweite gehörte zu einem Jungen – verharrten dicht voreinander. So nah beieinander, wie es nötig war, wenn der eine sich vom anderen Feuer geben ließ. Doch in diesem Fall stiegen keine Qualmwölkchen auf, offenbar redeten die beiden lediglich miteinander. Seltsam! Warum trafen sie sich in der Raucherecke, wenn sie gar nicht rauchen wollten?

»Herr Chrysant, da hinten prügeln sie sich wieder.«

Das galt ihm. Er steckte den Rest seines Brötchens in die Pergamentpapiertüte zurück und steuerte das Grüppchen an, das am anderen Ende des Hofs einen Kreis um zwei Kampfhähne aus den siebten Klassen gebildet hatte. Es war immer dasselbe: Bis zur sieben schlugen sie sich, um Aufmerksamkeit zu erregen. Danach absolvierten sie die abenteuerlichsten Mutproben, damit die Mädchen von ihnen überhaupt Notiz nahmen. Und spätestens in der Oberstufe spielten Männlein wie Weiblein verrückt, dann erwischte der Funkenflug der Hormone auch noch den letzten Spätzünder.

Schade, dachte der Oberstudienrat, wobei ihm selbst nicht ganz klar war, wen er mehr bedauerte: die solcherart Infizierten oder sich selbst. Es war ziemlich unwahrscheinlich, dass er noch einmal ausbrechen würde, dafür stand für ihn zu viel auf dem Spiel. In Kürze wurde er pensioniert.

Janina hatte noch vom Fenster aus beobachtet, wie Kai über den Schulhof schlenderte. Sie hatte Tafeldienst und war allein in der Klasse zurückgeblieben. Überall Gleichungen, sie wischte mit dem trockenen Schwamm darüber, es staubte auf ihr dunkelblaues Sweatshirt. Blau kontrastierte gut zu ihren kastanienbraunen Haaren. Ärgerlich wischte sie über die helle Staubspur, ließ Kai jedoch nicht aus den Augen. Immer wieder sah er sich um, als ob er etwas suchte. Einmal wurde er von einem anderen Jungen angesprochen, da winkte er ab und ging weiter. Wen er wohl suchte?

Etwas sie? Es lag nahe, sich über den weiteren Verlauf des vorgestrigen Abends auszutauschen. Jetzt steuerte er die Raucherecke an. Ob er etwa rauchte? Nein, tat er nicht, er guckte sich nur weiter um. Janina warf den Schwamm ins Waschbecken und lief los, sie ging erst langsamer, als sie den Schulhof erreichte, ihn überquerte, die Müllcontainer standen ganz hinten.

»Hi!« Kai kam auf sie zu und lächelte sie an. Leicht verlegen, wie ihr schien.

»Hi!«, sagte auch sie.

»Hoffe, du hast vorgestern keinen Ärger bekommen?«

»Nicht die Bohne.«

»Dann ist es ja gut.«

Janina nickte, einen Augenblick lang blieb es ganz still zwischen ihnen beiden. Von nahem sahen seine Sommersprossen wie jene hellbraunen Flecken auf einer Landkarte, die Höhenzüge symbolisierten, aus. Der größte Fleck erinnerte sie in der Form an den Taunus.

»Wusstest du schon, dass du den Taunus auf der linken Backe hast?«

»Von dir oder von mir aus gesehen?«

»Da.« Sie tippte der Einfachheit halber auf die Stelle, die sie meinte, und zog ihre Hand rasch wieder zurück. Was sollten denn die anderen denken?

»Magst du den Taunus?«, wollte Kai wissen.

»Ich war noch nie dort.«

»Ich auch nicht.« Er zuckte die Schultern.

»Dafür warst du schon auf Mallorca.«

»Du auch.« Diesmal grinste er, seine Sommersprossen krausten sich zusammen.

»War ich nicht«, protestierte sie, dann ging ihr ein Licht auf. »Ach, du meinst wegen der Nummer in Spanisch?«

»War 'ne starke Nummer, die wir beide da abgegeben haben, finde ich.«

»Finde ich auch«, stimmte sie zu.

»Und vorgestern im ›Forum‹, das war auch Klasse. Danke nochmals.«

»Mir hat's auch gefallen.«

»Übrigens helfe ich dir gern auch ohne Einladung zum Eis.«

»Das ist echt nett von dir.«

»Sollen wir gleich was ausmachen? Ich kann zu dir kommen oder du zu mir, wie du willst, mir ist beides recht.«

»Lieber zu dir«, antwortete Janina. Sie hatte ihre neugierige kleine Schwester vor Augen. Außerdem wusste ihre Mutter bislang nicht mal, dass es Kai überhaupt gab.

»Hat's vorgestern wirklich keinen Ärger gegeben, weil du zu spät warst?« Nicht neugierig, eher besorgt, was Janina ausgesprochen rührend fand.

»Bestimmt nicht«, beteuerte sie. Der Schulgong signalisierte das Ende der großen Pause, ringsum wurden die Kippen ausgedrückt, die dritte Stunde begann in fünf Minuten. Von allen Seiten schob es nun zurück auf den Schulhof Richtung Haupteingang.

»Sagen wir gleich heute?«, schlug Kai vor. »Am besten kommst du sofort nach der Schule mit zu mir und isst bei uns, freitags gibt's außerdem immer selbstgebackenen Kuchen. Meine Mutter kocht und backt göttlich. Okay?«

Janina nickte.

»Und wann hast du heute Schluss? Auch nach Spanisch?«

Janina nickte erneut. Die Spanischstunde endete um halb eins. Vor sieben Uhr kam Esther so gut wie nie heim, außerdem wollte sie heute Mittag unbedingt noch vor ihrem ersten Termin zum Friseur gehen, weil sie das am Mittwoch nicht mehr geschafft hatte. Das traf sich hervorragend, und für die kleine Neugiernase fiel ihr schon noch etwas ein. Außerdem konnte wohl niemand etwas dagegen haben, dass sie ihr Spanisch auf Vordermann brachte.

»Dann bis später«, meinte Kai und lächelte sie an. Er besaß wirklich ein ungeheuer ansteckendes Lächeln. »Ich freue mich schon«, fügte er hinzu.

»Ich auch«, antwortete Janina, »bis dann also.« Möglichst unauffällig mischte sie sich unter eine Gruppe von Mädchen. Das fehlte ihr noch, dass die kleine Neugiernase sie zusammen mit Kai sah.

Ann-Katrin hatte wie in fast jeder großen Pause mit ihrem Walkman Musik gehört. Die neueste CD der Backstreet Boys gefiel ihr unglaublich gut und in jedem Fall besser als der Blödsinn, den die Mädchen aus ihrer Klasse auf dem Schulhof verzapften. Die Jungs der 8a quatschten nicht weniger blöd daher, aber es störte einen nicht so, weil sie in der Pause gewöhnlich unter sich blieben und nur doof glotzten. Inzwischen wurde Ann-Katrin kaum noch gefragt, ob sie sich zu den anderen gesellen wollte, manche hielten sie sogar für eingebildet. Aber das stimmte nicht, sie legte bloß keinen großen Wert auf eine Busenfreundin, die sich dann einbildete, ihr überall reinreden zu können. Es reichte schon, wenn Janina das pausenlos tat.

Ann-Katrin war gerade beim zweiten Song und der dritten Milchschnitte – die gab es beim Hausmeister zu kaufen – angelangt, als Janina durch das von oben bis unten verglaste Treppenhaus geflitzt kam. Wie eine Rakete schoss sie auf den Schulhof hinaus und legte keine fünf Meter vor dem Mäuerchen, auf dem Ann-Katrin saß, eine Vollbremsung hin. Ob Janina plötzlich blind war? Jetzt schlenderte sie auf die Müllcontainer zu, sah sich noch einmal um wie ein Verbrecher, der fürchtet, auf frischer Tat ertappt zu werden, und schwupps, schon war sie in der Raucherecke abgetaucht. Ann-Katrin riss die Augen auf.

Nicht zum Rauchen war Janina in die Ecke gehastet! Es bereitete Ann-Katrin ein diebisches Vergnügen, das Nichtraucher-Pärchen inmitten von lauter Glimmstängeln zu observieren. Sehen konnte sie zwar so gut wie nichts, dafür arbeitete ihre Fantasie auf Hochtouren. Was die beiden wohl ausheckten? Sie würde es schon herausfinden! Ann-Katrin war so von ihrer neuen Mission erfüllt, dass sie sogar den irren Sound der Backstreet Boys an sich abgleiten ließ. Das hier war live und obendrein top secret. Ann-Katrin kicherte vor sich hin und vergaß glatt, ihren Player auszuschalten, als die Pause vorbei war. Ihre Lehrerin machte sie nicht eben freundlich auf ihr Versäumnis aufmerksam.

»Ann-Katrin Anchor, entweder du stellst auf der Stelle dieses Gedudel ab, oder ich muss das Gerät konfiszieren und deine Mutter einbestellen.«

Ann-Katrin spielte braves Mädchen, das konnte sie perfekt. Sie zauberte ein zerknirschtes Lächeln auf ihr Gesicht und entschuldigte sich, wie es sich gehörte. Während fünfundvierzig Minuten lang der Konjunktiv durchgenommen wurde – eine staubtrockene Geschichte –, schickte sie ihre Gedanken erneut auf Reisen. Sie war gespannt wie ein Flitzebogen, was ihre ach so vernünftige ältere Schwester sich als Nächstes leistete.

Janina war an eine Wohngegend gewöhnt, in der die Häuser vier bis fünf Stockwerke hoch und irgendwie würdig waren. Die meisten standen unter Denkmalschutz, alle waren sorgfältig restauriert, die Wohnungen hatten hohe, stuckverzierte Decken, aus dem Fenster sah man auf majestätische alte Bäume, die zudem verhinderten, dass die Straßen wild zugeparkt wurden. Rechnete man Vorderhaus, Hinterhaus und Dachgeschoss zusammen, kam man gewöhnlich auf zehn bis zwölf Mietparteien pro Haus. Wenn Janina in dem in weißem und rotbraunem Marmor gehaltenen Treppenhaus jemandem begegnete, grüßte sie höflich, ohne genau zu wissen, ob es sich nun um einen Hausbewohner oder lediglich um einen Besucher handelte. In der City war das so, da blieb man anonym.

Vor diesem Hintergrund wurde ihr erster Besuch bei den Webers zu einer Art Schockerlebnis. Das ging bereits mit dem Straßennamen los.

»Steht da wirklich Heinzelmännchenweg?« Sie wies auf das Straßenschild. »Stell dir vor, du wohnst in einer Straße, die so heißt.«

»Ich brauch's mir nicht vorzustellen«, erwiderte Kai, »ich wohne nämlich drin.«

»Ist nicht dein Ernst?«

Sie sah ihn von der Seite an, um herauszufinden, ob er sie aufzog, doch das tat er anscheinend nicht. Wie oberflächlich von mir, schalt sie sich selbst, als ob man sich aussuchen könnte, wie die eigene Straße hieß. Etwas derartiges sagte sie auch laut, um nur ja keine Peinlichkeit aufkommen zu lassen. Sie beherrschte sich sogar, als sie ein paar Schritte weiter einen röhrenden Hirsch auf einem Vordach entdeckte. Ob das ein Jux war? Aber war es denkbar, dass jemand eine lebensgroße Figur aus Bronze nur zum Spaß über seiner Haustür installierte? Wenig wahrscheinlich, entschied sie für sich und betete innerlich, dass die Webers anders waren. Eher so wie sie selbst, wie die Anchors.

Doch das war nicht der Fall, auch wenn es im Vorgarten von Kais Elternhaus weder Rotwild, Wichtel noch Wasserspiele gab. Stattdessen stand da ein Häuschen, das Janina spontan an den Märchenwald denken ließ, in den ihre Mutter sie und Ann-Katrin früher häufig mitgenommen hatte. Ein Häuschen für Schneewittchen und ein anderes für den Gestiefelten Kater, alle Helden der Gebrüder Grimm waren dort bedacht worden. Hier prangte ein Schild mit der handgemalten Aufschrift »Casa Kai« über dem Eingang.

Sie warf Kai einen verstohlenen Blick von der Seite zu.

»Das hat mein Vater für mich gebaut, als ich noch klein war«, meinte er keineswegs verlegen, sondern sichtlich stolz. »Meine kleine Schwester hat auch eine Casa, aber im Garten, hier vorne war, wie du siehst, einfach kein Platz mehr.«

»Eine kleine Schwester hast du also auch.« Das war noch die unverfänglichste Reaktion auf dieses Häuschen, fand Janina.

»Ellen ist in der 8b und momentan die reinste Nervensäge.«

»Meine Schwester ist in der 8a und bestimmt noch schlimmer.«

»Ist ja ulkig, wie?« Er sah sie an, seine Augen zwinkerten, die Nasenspitze zog sich auf die nun schon vertraute Weise zusammen.

»Total«, stimmte sie zu und empfand etwas wie Erleichterung.

»Aber jetzt komm erst mal rein in die gute Stube! Und pass auf, dass du dir nicht den Hals brichst.« Eine Warnung, die fast zu spät gekommen wäre, weil Janina bereits über ein Paar Freizeitschuhe stolperte, sich aber glücklicherweise auf halber Höhe fing. Als sie wieder aufrecht stand, war sie nicht mehr mit Kai allein. Eine Frau mittleren Alters, lässig gekleidet, ungeschminkt, das Gesicht voller Sommersprossen, die Haare kurz geschnitten, stand unvermittelt vor ihr und streckte ihr beide Hände entgegen.

»Du bist also Janina? Ich darf doch du und Janina sagen?« Und an Kai gewandt: »Ich hab euch schon tausendmal gesagt, dass ihr endlich mal eure Schuhe wegräumen sollt. Wozu haben wir eigentlich einen Schuhschrank?«

»Schimpf nicht rum, Mama, sonst kriegt Janina die Panik und haut gleich wieder ab.«

»Nicht, wenn sie hört, was es heute Mittag Gutes gibt.«

Für Kais Mutter stand außer Frage, dass Janina Wiener Schnitzel zu Pommes frites und Leipziger Allerlei und hinterher Grießpudding mit Himbeersoße mochte. »Das Essen ist fertig. Wascht euch nur rasch die Hände, dann geht's los! Ellen sitzt schon in den Startlöchern und klappert mit dem Besteck, es ist zum Mäusemelken.«

Das klang so vertraulich, als ob Janina längst zur Familie gehörte. Sie wurde förmlich überrollt und traute sich nicht zu protestieren, als ihr Teller gefüllt wurde. Dabei hatte sie doch zu Silvester gelobt, nichts Fettes mehr zu essen. Solch ein paniertes Schnitzel enthielt jede Menge hinter seiner goldbraunen Kruste verstecktes Fett, und erst die Fritten. Zaghaft nahm sie einen winzigen Bissen Fleisch, halbierte sodann ein Kartoffelstäbchen, spießte es wie ein gefährliches Insekt auf und hatte das Gefühl, jeder starre sie an.

»Schmeckt es dir nicht?«, raunte Kai ihr ins Ohr.

»Doch, schon, es ist nur so furchtbar viel.«

»Du kannst es dir doch leisten. Bei deiner tollen Figur.«

Daraufhin verschluckte Janina sich. Ihr wurde auf den Rücken geklopft, von allen Seiten hagelte es gute Ratschläge, obendrein bekam sie auch noch den Schluckauf. Hicks! ... bei deiner tollen Figur ... Hicks! Kai hatte tatsächlich »tolle Figur« gesagt! Ob er sie veräppeln wollte? Fast in Trance schob sie sich das nächste Stück Fleisch in den Mund, kaute, es war wirklich butterzart und unglaublich kross gebraten, auch die Fritten konnten unmöglich aus der Tiefkühltruhe stammen.

»Irgendwie schmecken die ganz anders«, sagte sie laut, »besser, viel besser als anderswo.«

»Mama macht die Fritten noch selbst. Ich hab dir doch erzählt, dass sie eine geniale Köchin ist. Und erst ihr Kuchen. Mama, was gibt's heute zum Kaffee?«

»Wird nicht verraten. Ich rufe euch schon, wenn es so

weit ist. So lange könnt ihr Spanisch üben. Das wolltet ihr doch, oder nicht? Halt, meine Süße, du bleibst hier und hilfst mir!« Der Nachsatz galt Kais jüngerer Schwester, die prompt abwehrte.

»Aber ich habe vorgestern für Kai die Spülmaschine ausgeräumt und das Altpapier und Glas zum Container gebracht, als er um neun immer noch nicht da war.«

»Reg dich ab, du Gewitterhexe! Dann bin ich nächste Woche eben einmal mehr dran«, meinte Kai und ergriff gleichzeitig Janinas Hand. »Mein Zimmer ist oben. Kommst du?«

Mit Blick auf blühenden Flieder übten sie Spanisch. Ohne Schulbuch. »Am besten erzählen wir uns einfach was«, schlug Kai vor, »und ich helfe dir weiter, wenn du mit der Grammatik oder den Vokabeln nicht zurecht kommst.«

»Und du glaubst, das hilft?«

»Auf die Weise hab ich's selbst gelernt. Denk nur ja nicht, dass ich auch nur einen einzigen Tag stur nach dem Buch gepaukt hätte. Dafür bin ich viel zu faul. Aber vor drei Jahren auf Mallorca wollte ich mich partout mit ein paar einheimischen Jungs verständigen, so ging's los, und mittlerweile ...«

»... bist du das Spanisch-Genie in unserem Kurs.«

»Für dich bin ich gern ein Genie. Gleich mal auf Spanisch, los, versuch's!«

Janina radebrechte und redete mit Händen und Füßen, es ging um Schule und Freundschaft und Urlaub und das Wort »Knutschfleck«, bei dem sogar Kai passen musste. »Das weiß ich nicht, aber ich krieg's für dich raus.«

Noch ehe Janina gegen die Formulierung »für dich« in Zusammenhang mit Knutschen protestieren konnte, trommelte es gegen die Türfüllung, dann sprang die Tür auf, und Ellen lugte herein.

»Ich stör doch nicht?«, grinste sie scheinheilig.

»Wenn du nicht auf der Stelle Land gewinnst …!« Kai griff unter die Schlafcouch, auf der sie saßen, und hob einen Hausschuh in die Luft.

»Bitte! Wenn ihr keinen Kuchen wollt. Es gibt übrigens Bienenstich. Mama hat mich geschickt. Ich soll euch holen.«

»Bienenstich?« Kai sprang auf. »Warum sagst du das nicht gleich?«

Obwohl Janina bereits mehr zu Mittag gegessen hatte als seit Monaten und ihr Magen sich bestimmt entsetzlich rächen würde – von ihrer Figur ganz zu schweigen –, aß sie auch noch zwei Stücke Bienenstich, ofenwarm, in der Mitte eine dicke Puddingschicht. Gerade als sie den Mund proppenvoll hatte und genüsslich kaute, kam Kais Vater mit zwei Hunden herein.

Nie zuvor hatte sie ein solch komisches Gespann gesehen.

Der kleinere Hund – ein Dackel – sah aus wie eine schwarz lackierte, längliche Wurst mit hoch in die Luft gerecktem, haarlosem Schwanz. Er schoss wie eine Rakete auf Janina zu und kläffte sie an, vor Schreck fiel ihr die Kuchengabel aus der Hand und sprengte die Honig-Mandel-Kruste auf ihrem Teller. Wie peinlich! Und das wegen solch einem Giftzwerg. Zum Glück beachtete niemand ihr Missgeschick.

»Das ist Zorro«, erklärte Kais jüngere Schwester stolz und tippte sich gegen die für ihr Alter schon erstaunlich weit entwickelte Brust, »er gehört mir ganz allein.«

»Und Wedel gehört mir, wie man unschwer an seinem sympathischen Wedeln erkennt«, feixte Kai und streckte eine Hand aus, um dem Hund, der wie ein Bernhardiner auf Stumpenbeinen aussah, das Fell zu kraulen.

»Und ich bin die dumme Socke, die mit beiden Gassi gehen darf, wenn die stolzen Besitzer mal wieder keine Zeit haben.« Kais Vater streckte Janina eine Hand hin.

»Außer ›dumme Socke‹ hat Papa aber auch noch einen bürgerlichen Namen«, warf Kai ein und duckte sich blitzschnell, um der wohl mehr symbolisch gedachten Kopfnuss seines Vaters auszuweichen. Offensichtlich käbbelten die beiden sich gern, das merkte man ihnen an.

In diesem Stil ging es munter weiter, die Kuchenplatte leerte sich blitzschnell, zum Glück hatte Kais Mutter noch einen Marmorkuchen als »eiserne Reserve« gebacken, sie kannte ihre Pappenheimer. Zwischendurch klingelte es zweimal.

»Nur Nachbarschaft«, flüsterte Kai Janina zu, als zuerst ein etwa sechsjähriges Mädchen und wenig später eine Frau von Mitte bis Ende fünfzig die Küche betraten. Die Kleine kam vom Rollschuhlaufen und hatte bei sich daheim vor verschlossener Tür gestanden, wie selbstverständlich zog sie nun ihre Rollerblades aus und kletterte mit Socken an den Füßen auf die gemütliche Eckbank, auf der auch Kai und Janina saßen. Sie bekam Kakao, wogegen der älteren Frau kommentarlos Kaffee eingeschenkt wurde. Der Geräuschpegel steigerte sich noch um ein Erkleckliches, zumal irgendwann auch noch das Radio eingeschaltet wurde.

»Mal hören, wie hoch der 1. FC heute verloren hat«, meinte Kais Vater und gab damit den Auftakt zu einem neuen Geplänkel mit seinem Sohn.

Janina fühlte sich zunächst wie im Kino. So was bekam man sonst wirklich nur auf der Leinwand oder vielleicht auch noch im Fernseher – den die Anchors aus Prinzip nicht besaßen – zu sehen. Ihr Kopf flog hin und her, in ihrem Schädel brummte es. Obwohl sie gewöhnlich eher fröstelte, war es ihr bald so warm, dass sie kurzerhand ihr Sweatshirt über den Kopf zog. Niemand störte sich daran, dass ihr T-Shirt nicht mehr das beste und auch reichlich zerknittert war, es war eines von denen, die nur zum Unterziehen bestimmt waren. Irgendwann hatte sie Zorro auf dem

Schoß, sein Fell war seidenglatt, sie streichelte abwechselnd den Dackel und stippte die letzten Kuchenkrümel mit der Fingerspitze auf und machte sich gar nicht klar, wie unhygienisch das war. Dieser Nachmittag kam ihr vor wie ein Besuch auf einem anderen Stern, wo alle bisher gültigen Regeln außer Kraft gesetzt waren. Das galt auch für die Zeit. Beinahe hätte sie sich schon wieder verspätet. Es war Kai, der sie daran erinnerte, dass sie spätestens um acht zu Hause sein wollte.

»Aber es kann doch noch gar nicht so spät sein«, protestierte sie. »Wir haben doch gerade erst Kaffee getrunken.«

»Bei uns geht das Kaffeetrinken oft nahtlos ins Abendessen über«, erklärte schmunzelnd Bruno Weber, »besonders am Ende der Woche ist das so. Aber wenn du um acht zurück sein willst, wird es jetzt wirklich Zeit für dich.« Er stand auf, griff quer über den Tisch und schnappte sich die zappelnde Sechsjährige: »Für dich gilt das ebenfalls, junge Dame! Ab zu deinen Eltern, keine Widerrede!«

Doch die Kleine entwand sich ihm wie ein Aal und wollte partout zurück auf die Bank, um ein altes Puzzle von Kai fertig zu machen. »Nur noch dieses Puzzle!«, bettelte sie.

Kais Vater überlistete sie mit der Aussicht auf eine Autofahrt. »Wir fahren zuerst Janina heim, und dann bringe ich dich kleine Maus nach Hause.«

»Mit dem großen Auto?«

»Mit dem großen Auto.«

Im Freizeithemd und in Jeans, das Kind huckepack, die Haare zerzaust, gefolgt von den beiden Hunden – »Müsst ihr eigentlich überall hin mit?« –, ging es zu dem alten Chevrolet. Kai bestand darauf, ebenfalls mitzukommen, der Wagen bot genug Platz für alle. Janinas Einwand, das sei doch nicht nötig, wurde glatt überhört. Nicht mal ein Kindersitz fehlte.

»Sorgen die Eltern sich denn nicht, wenn ihre kleine

Tochter so lange nicht heimkommt?«, flüsterte Janina Kai ins Ohr.

»Die wissen längst Bescheid. Wir sind so was wie die Anlaufstelle Number One auf dem Heinzelmännchenweg, das war schon immer so, glaube ich. Aber Mama hat garantiert trotzdem kurz durchgeklingelt.«

»Und das ist wirklich immer so bei euch?«

»Ein wilder Haufen, was?«, strahlte Kai. Anscheinend kam er keine Sekunde lang auf die Idee, dieser »wilde Haufen« könnte einen Außenstehenden überfordern. Was er im Grunde auch nicht tat. Zu dieser Schlussfolgerung gelangte Janina, als der Wagen in ihrer eigenen Straße hielt. Wie konnte man überfordert sein und sich gleichzeitig kaum losreißen können? Schweren Herzens schob sie Wedels Schnauze fort – der große Hund saß auf der Bank hinter ihr und hatte seinen schweren Kopf auf ihre Schulter gebettet –, bugsierte vorsichtig Zorro von ihrem Schoß, winkte der Kleinen zu, die mit dem Daumen im Mund schon halb schlief, bedankte sich nochmals bei Kais Vater und stieg aus. Kai brachte sie bis zur Tür und wartete, bis sie aufgeschlossen hatte. Als sie sich noch einmal umdrehte, hupte es laut. Dreimal, dann fuhr der Chevrolet davon. Groß, altmodisch, ein schaukelnder Kasten, und innen drin ein »wüster Haufen«.

Als Ann-Katrin kurz nach sieben heimkam, platzte sie bald vor Mitteilungsdrang. Leider war ihre Mutter noch nicht da, folglich musste sie ihre Neuigkeiten vorläufig für sich allein behalten. Gegen halb acht tauchte Esther endlich auf, doch schien sie keineswegs gewillt sich anzuhören, was Janina so hinter ihrem Rücken trieb. Sie zog es vor, der Version Glauben zu schenken, die auf dem Zettel an der Pinnwand stand. Offiziell bereitete Janina sich an diesem Freitag für die nächste Klausur in Spanisch vor.

Ann-Katrin wusste natürlich auch schon vor Aufnahme ihrer heutigen Detektivarbeit, dass das erstunken und erlogen war. Seit wann übte man mit einem leidlich hübschen Jungen über fünf Stunden lang Spanisch? Ganz so lange hatte Ann-Katrin allerdings nicht vor dem komischen Haus am Heinzelmännchenweg ausgeharrt, wo es wie in einem Bienenstock zuging. Hunde, ein Mann in einem Hemd fast so lang wie ein Kleid, eine alte Oma, ein Mädchen etwa so alt wie sie selbst und ein zweites mit Rollschuhen, das noch ein i-Dötzchen war. Ob die alle zusammen dort wohnten? Und wie neugierig die Leute in dieser Straße waren. Immer wieder war Ann-Katrin von wildfremden Menschen angesprochen worden. »Suchst du was, Kleines?« Kleines, Frechheit!

Oder: »Willst du zu Ellen? Dann musst du dort klingeln!« Fingerzeig auf die Haustür, hinter der kurz nach eins ihre ältere Schwester und der Junge verschwunden waren.

Wer in drei Teufels Namen war Ellen? Ann-Katrin kannte niemanden, der so hieß. Als ihr die Sache zu brenzlig und zudem die Zeit knapp wurde – ob Janina es etwa schon wieder riskierte, zu spät heimzukommen? –, hatte Ann-Katrin ihren Beobachtungsposten aufgegeben und war nach Hause gefahren. Im Bus hatte sie sich schon mal zurechtgelegt, wie sie ihre Mutter dazu brachte, die ganze unglaubliche Geschichte aus ihr herauskitzeln zu wollen. Dann war es nämlich kein Petzen. Auf gar keinen Fall wollte Ann-Katrin als Petze gelten. Es kam jedoch anders als geplant, dabei fing alles so gut an.

»Hallo, meine Süße! Ist deine Schwester auch schon da?«

Kopfschütteln, das machte neugierig.

»Nicht? Na, dann wird sie ja gleich auftauchen.«

»Oder auch nicht«, orakelte Ann-Katrin und bereitete solcherart sehr geschickt, wie sie fand, das Terrain vor. Ihre

Mutter kümmerte sich nicht darum, sondern steuerte die Pinnwand an, an der Janinas Zettel hing. Sie nickte zufrieden, offenbar kam sie keine Sekunde lang auf die Idee, die »Ich-übe-Spanisch-Ausrede« in Zweifel zu ziehen.

»Ich wollte schon mit Señor Torres reden«, meinte sie halblaut und mehr zu sich selbst, »aber wenn Janina jetzt doch Eigeninitiative entwickelt, sollte ich vielleicht besser das Ergebnis der nächsten Klausur abwarten.«

»Ich glaube, das kannst du dir sparen, Mama.«

»Was ist heute nur mit dir los, Ann-Katrin? Bist du mit deiner Schwester verkracht?«

»Dazu müsste ich sie ja erst mal zu Gesicht bekommen. Und ich habe sie außer heute Morgen gar nicht gesehen, nicht mal zum Essen war sie hier.«

»Das kann ja wohl nicht sein.« Esther zeigte auf die Pinnwand. »Oder ist Janinas Nachricht hierher geflogen gekommen? Heute Morgen war der Zettel nämlich noch nicht da.«

»Den musste ich für sie anpinnen. Damit du glaubst, alles wäre in Ordnung.«

»Ich bin überzeugt davon, dass alles in Ordnung ist. Und falls etwas nicht in Ordnung ist, wird Janina es mir schon selbst sagen.« Tonfall: »Thema beendet«.

Ann-Katrin wusste aus Erfahrung, dass es nichts brachte, jetzt weiterzubohren. Sie zuckte die Achseln und überlegte, wie sie das Thema von einer anderen Seite neu aufrollen konnte.

»Hast du eigentlich schon mal was von 'nem Heinzelmännchenweg gehört, Mama?«, fragte sie diplomatisch.

»Hört sich an wie ein Name aus dem Märchenbuch. Wieso?«

»Ich glaube, da wohnt ein Mädchen aus der 8b oder 8c.« Könnte sogar sein, dachte Ann-Katrin, diese Ellen war ihr vage bekannt vorgekommen.

»Und? Findest du sie nett?«

»Sie hat einen Hund. Oder besser gesagt: zwei. Einen schwarzen Dackel und einen Bernhardiner. Und das ist noch längst nicht alles.«

»So?« Esther lächelte freundlich, aber eine Spur genervt, weil das Thema Hund doch endgültig vom Tisch war. Per Gemeinschaftsbeschluss basierend auf lauter vernünftigen Argumenten. »Dann wohnt die Familie bestimmt in einem eigenen Haus mit Garten«, fügte sie hinzu.

»Hm.« Das spielte im Augenblick keine Rolle, obwohl das Haus schon ein Fall für sich war, besser gesagt, diese Straße. Um einen eigenen Hund ging es im Moment ebenfalls nicht. »Diese Ellen hat auch einen älteren Bruder, der in Janinas Stufe sein könnte«, sagte Ann-Katrin laut und betonte den »älteren Bruder«.

»Warum nicht?«

»Vielleicht hat er auch Spanisch.«

»Das fragst du deine Schwester wohl am besten selbst, wenn sie kommt.« Wie auf Verabredung hupte es draußen genau in diesem Moment dreimal, dann ertönten Schritte im Treppenhaus. Kurz darauf wurde die Korridortür aufgeschlossen und Janina kam hereingestürmt. Mit hochroten Wangen und glänzenden Augen, das Sweatshirt in ihren Rucksack gestopft, ein Ärmel hing heraus, ihr T-Shirt – eines von den ollen – war völlig verknittert, und an ihrer dunklen Hose hingen überall Hundehaare. Helle, und wenn man genau hinsah, auch dunkle. Ann-Katrin konnte nur den Kopf schütteln, ihre Schwester war ja so was von dämlich, schleppte das Beweismaterial selbst an, obendrein sah sie einfach grausam aus. Obergrausam.

»Na, fleißig geübt?«, fragte Ann-Katrin mit diesem Fuchslächeln, das ihre große Schwester auf den Tod nicht ausstehen konnte. Esther kam Janina zur Hilfe, sie tat so, als ob diese Frage gar nicht gestellt worden wäre, und platzierte sich zwischen die beiden Schwestern, legte jeder einen Arm um die Schultern, bevor sie fortfuhr: »Was haltet ihr davon, wenn wir rüber zu eurem Lieblingsitaliener gehen und uns verwöhnen lassen?«

Die Aussicht auf Pizza und hinterher Eis – das spendierte immer der Wirt – ließ Ann-Katrin zumindest kurzfristig alles andere vergessen. »Hipp hipp hurra!« Trotzdem fiel ihr auf, dass Janina an diesem Abend noch weniger als sonst aß, nicht mal ihren Salat rührte sie an. Sie zerpflückte lediglich ihr Seezungenröllchen und drapierte die Gemüsebeilage um. »Ich habe irgendwie keinen rechten Hunger!«, meinte sie und handelte sich ein hämisches Grinsen ihrer jüngeren Schwester und einen besorgten Blick ihrer Mutter ein.

Am Wochenende hatte Esther naturgemäß mehr Zeit für ihre Töchter als unter der Woche. Dann gab es keine Klienten und keine wichtigen Besorgungen, das Telefon blieb oft stundenlang stumm, nicht mal die treue Haushaltshilfe der Anchors, Gerda Kronen, störte das Familienleben. Sie waren gern unter sich. »Wir drei Mädels«, wie Esther gern halb im Scherz sagte. Das Wochenende begann für sie, wenn der letzte Klient am Freitag gegangen war. Deshalb machte sich auch jedes Mal leises Unbehagen in ihr breit, wenn Ann-Katrin und Janina an diesem Tag zu ihrer Mutter fuhren und erst am Samstagmittag heimkamen.

Ihr kluger Kopf mochte ihr tausendmal etwas anderes sagen und tat es auch: beispielsweise, dass die beiden Mädels gern mal woanders übernachteten und das Tennisspiel einen zusätzlichen Anreiz für die beiden bot und Oma Ruth alles war, was ihren Töchtern an Familie zweiten Grades blieb. Auch für sie selbst, respektive ihr Liebesleben, war es vermutlich nur von Vorteil, wenn sie im Schnitt zwei-, manchmal sogar dreimal im Monat einen Teil des Wochenendes kinderlos verbrachte. Wie gesagt, vom Verstand her war Esther das alles klar, weshalb sie sich auch hütete, diese Ausflüge zur Oma in irgendeiner Weise schlecht zu machen.

Es mochte an den jüngsten Äußerungen ihrer Mutter liegen – hinter ihrem Rücken wohlgemerkt –, dass Esther für dieses Wochenende für ihre Töchter abgesagt hatte. Unter einem Vorwand, den jemand mit der Intelligenz einer Ruth Kühl leicht durchschauen und hinterfragen konnte, wenn er nur wollte. Der Umstand, dass ihre Mutter darauf verzichtet hatte, sprach Bände und reizte Esther zusätzlich. Sie war tags zuvor drauf und dran gewesen, ihre Mutter ganz unverblümt zu fragen, wie sie das denn bitteschön neulich gemeint hatte?

Oma Ruth findet es falsch, wenn man Kindern immer nur das erlaubt, was man selbst gut findet. Oder Männern. Wortwörtlich hatten die Mädchen den Kommentar ihrer Oma wiedergegeben, noch fünf Tage später regte Esther sich insgeheim darüber auf, im Geist hatte sie bereits alle möglichen Retourkutschen ausprobiert. Etwa: »Und du findest es wohl gut, mich hinter meinem Rücken vor meinen Töchtern schlecht zu machen?« Oder: »Wie wär's, Mutter, wenn du zur Abwechslung mal vor deiner eigenen Tür kehren würdest? Du bist ja nie in die Verlegenheit gekommen, deine Toleranz beweisen zu müssen, weil du mich als Kind lieber gleich ganz zu den Großeltern gegeben hast.«

Sätze, die sie nur andenken musste, um Bitterkeit zu spüren. Laut ausgesprochen, mochten sie zum Sprengsatz werden, dann gab es womöglich kein Zurück mehr, solch ein Gespräch konnte leicht auf einen völligen Bruch hinauslaufen. Das Risiko war einfach zu groß. Ihre Töchter brauchten keinen Vater oder Vaterersatz, der den Alltag mit ihnen teilte, davon war Esther mehr denn je überzeugt. Sie wollte mit keiner dieser angeblich so wunderbar intakten Familien tauschen, bei denen pausenlos alles Mögliche unter den Teppich gekehrt wurde und mehr Neurosen als Staubkörner durch die Luft wirbelten. Aber etwas Familie brauchten auch ihre Mädels, schon um mit den anderen Kindern mithalten zu können. Der Gruppenzwang war nicht zu unterschätzen.

Aus diesem Grund beschloss Esther denn auch, ihren Ärger für sich zu behalten und lediglich die Besuche bei Oma Ruth und deren Hampelmann vorübergehend etwas einzuschränken. Mit diesem Wochenende ging es los. Sie hatte sich bereits sorgfältig überlegt, was man in der gewonnenen Zeit alles gemeinsam unternehmen könnte.

Der Besuch beim Italiener am Freitagabend bildete den Auftakt. Für Samstag und Sonntag standen abwechselnd Fitness, Faulenzen und Kultur auf dem Programm. Joscha war bereits entsprechend von ihr instruiert worden. »Wir brauchen mal wieder ein reines Mädchen-Wochenende«, hatte sie verkündet, als sie am Freitag das Büro verließ, woraufhin er nur zerstreut nickte und wieder seine Blumen wässerte. Er war schon immer ein Blumenfreund, aber derzeit übertrieb er es etwas, fand Esther. In diesem konkreten Fall allerdings konnte es ihr nur recht sein, dass Joscha derart verständnisvoll reagierte und nicht mal versuchte, sie wenigstens zu einem gemeinsamen Spaziergang zu überreden.

Dieser Samstag sollte mit einem gemütlichen Drei-Mädel-Frühstück beginnen. Danach wollte Esther wie gewohnt mit Janina laufen, diesmal vielleicht die doppelte Runde, weil ihre Älteste letzte Woche nur ein einziges Mal mit im Studio war. Hinterher könnten sie zu dritt eine Radtour am Rhein entlang bis nach Bonn unternehmen. Oder mit der Fähre auf die andere Rheinseite nach Zons oder in die Groov übersetzen, das sollten die Mädels entscheiden. So viel zum Thema Gängeln! Abends könnten sie dann endlich ins Kino gehen, die Auswahl des Films überließ sie ebenfalls gern ihren Töchtern. Und zum Ausklang des Abends vielleicht noch ein Abstecher in die neue Cocktailbar, wo es auch ganz fantastische Drinks ohne eine Tropfen Alkohol gab. Die reinsten Vitaminbomben, davon konnte man gar nicht genug bekommen.

Während Esther Orangen filettierte und Kiwis, Ananas und Melone in Scheiben schnitt und zusammen mit den ersten Erdbeeren appetitlich auf einer Platte arrangierte, sah sie den so geplanten Tag wie einen schönen Film vor ihrem inneren Auge ablaufen. Ihr leises Befremden über Joschas Verhalten verblasste, sogar der Ärger auf ihre Mutter trat immer weiter zurück. Sie atmete tief durch, warf einen Blick durchs Fenster – der Himmel war ihren Plänen wohlgesonnen – und klopfte dann bei ihren Töchtern an die Tür: »Aufstehen, ihr beiden Langschläferinnen! Die Sonne scheint, und wir haben ganz viel vor!«

Doch ihre Planung sollte verpuffen, wie sich wenig später beim Frühstück herausstellte. Janina wollte weder laufen noch eine Radtour unternehmen. Damit ging es los.

»Auf mich müsst ihr heute wohl verzichten«, meinte sie und rührte emsig in ihrem Tee, in dem es gar nichts zu rühren gab, weil sie keinen Zucker mehr hineintat.

»Hört! Hört!« Ann-Katrin schwenkte ihren eigenen zuckerüberkrusteten Löffel durch die Luft, was Janina jedoch demonstrativ übersah, ebenso wie sie nicht weiter auf diesen Ausruf einging.

»Ich habe gestern Abend beim Italiener bestimmt was Falsches gegessen!«, sagte sie an Esther gewandt.

»Du hast gar nichts gegessen«, korrigierte Ann-Katrin, »nicht mal dein Grünfutter.«

»Jetzt reicht es mir wirklich! Kümmere dich gefälligst um deinen eigenen Mist!« Janina sprang auf und verschwand in ihrem Zimmer, die Tür knallte sie hinter sich zu, gegessen hatte sie wieder so gut wie nichts.

Fassungslos starrte Esther ihr hinterher, dann wandte sie sich Ann-Katrin zu. »Hör mal, so geht das nicht weiter! Da ist doch was im Busch. So kenne ich deine Schwester gar nicht. Wenn ihr euch gestritten habt, solltet ihr darüber reden.«

»Ich hab mich aber nicht mit ihr gestritten.«

»Sie wird ja wohl kaum wegen nichts so aus der Haut fahren.«

»Nicht wegen nichts, ganz bestimmt nicht. Aber du willst ja nicht, dass ich darüber rede.«

Esther fuhr sich über die Stirn, sie fühlte sich ratlos, was wahrlich nicht häufig vorkam, eigentlich nie. Was sollte sie in dieser heiklen Situation nur tun? Ann-Katrin dazu ermuntern, etwas preiszugeben, was sie über ihre ältere Schwester wusste oder zu wissen glaubte? Und damit dem gegenseitigen Anschwärzen Tür und Tor öffnen? Nein, entschied Esther, ihre Große würde schon ganz von selbst damit herausrücken, was ihr auf den Appetit schlug.

Vielleicht eine weitere versiebte Arbeit in Spanisch? Janina war so unglaublich ehrgeizig, dieses »ausreichend« vor den Osterferien hatte ihr sichtlich zugesetzt. Andererseits musste ihr klar sein, dass ihre Mutter die letzte war, die ihr deshalb Vorwürfe machte. Wenn schon, setzte Janina sich selbst unter Druck, das war schon immer so. Sie hatte eine Klasse überspringen und trotzdem gleich wieder zu den Besten gehören wollen, was ihr nach ein paar Monaten auch gelang, doch in der Zeit dazwischen war sie praktisch mit ihren Büchern verwachsen gewesen, wollte keinen Schritt vor die Tür setzen und futterte sich einen dicken Speckring an, von dem zum Glück nichts oder so gut wie nichts übriggeblieben war. Ob sie sich vielleicht gewogen und festgestellt hatte, dass die Waage wieder ein Kilo mehr anzeigte? War sie deshalb so empfindlich?

»Also was ist, Mama? Willst du nun wissen, was mit Janina los ist, oder nicht?«

»Ich will es von ihr selbst wissen.« Esther stellte die Teller und Tassen aufeinander und trug sie zur Geschirrspülmaschine. »Gibst du mir mal den Klarspüler, bitte?« Sie hoffte inständig, dass ihre Jüngste jetzt nicht die beleidigte Leberwurst spielte.

Ann-Katrin erhob sich widerwillig und kam der Aufforderung stumm nach, sie blieb auch einsilbig, als Esther sich nach ihren Fortschritten in Basketball und dem Termin für das nächste Auswärtsspiel erkundigte.

»Weiß nicht«, brummelte sie.

»Aber du hast doch bestimmt eine Liste, auf der die Termine alle drauf stehen.«

Ann-Katrin schüttelte den Kopf.

»Lass uns mal überlegen: Dein letztes Spiel außerhalb war in Leverkusen, das war an dem Samstag unmittelbar vor den Ferien. Ihr habt etwa alle vier Wochen solch ein Spiel, so gesehen könnte es sein, dass ihr heute wieder dran seid. Schau doch mal nach oder ruf jemanden an, der es genau weiß. Ich könnte dich mal wieder begleiten.«

»Ich denke, du willst laufen und so?«

»Ich bin flexibel. Wäre doch schön, wenn wir etwas zusammen unternähmen.«

Ann-Katrin schüttelte den Kopf. »Nö!«, sagte sie und fixierte die Flasche mit dem Klarspüler in ihrer Hand wie einen Intimfeind.

»Und warum nicht?«

»Weil ich nicht der Notstopfen für die liebe Janina bin. Für dich ist Janina ja so was wie 'ne Heilige, dabei ...«

»... dann eben nicht«, fiel Esther ihr ins Wort, ging aus der Küche in den Flur, schlüpfte in ihre Laufschuhe und verließ die Wohnung. Laufen machte den Kopf frei und vertrieb Aggressionen, zumindest hoffte sie das. Was war nur aus ihrem Wunsch geworden, wieder ein wunderschönes Wochenende zu dritt zu verbringen? Fast bedauerte sie, nichts mit Joscha ausgemacht zu haben. Ob sie einfach mal bei ihm vorbeilaufen und klingeln sollte? Es wäre schön, wenn sich wenigstens ein Mensch an diesem Morgen über ihren Anblick freute.

Joscha hatte Esthers Telefonat mit ihrer Mutter mit einem halben Ohr mitbekommen. Ein sehr kurzes Gespräch, und wenn er nicht zweimal die Anrede »Mutter« aufgeschnappt hätte, wäre er kaum auf die Idee gekommen, dass sie mit ihrer Mutter sprach. Sehr kühl, fast schon tiefgefroren, weil die Tür offen stand, hörte er zwangsläufig, dass die Mädels an diesem Wochenende ganz bei Esther bleiben würden. Angeblich, weil sie Ruhe brauchten. Ruhe, was für ein Wort bezogen auf zwei putzmuntere Teenager? Die schiere Wut hatte ihn gepackt, als er auf diese Weise erfuhr, dass an diesem Wochenende wieder kein Bedarf an einem gewissen Joscha Nideggen bestand. Nicht als Liebhaber und nicht mal als Freund der Familie. Wirklich reizend!

Zwar sagte er sich wie schon des öfteren, dass er im Grunde froh und zufrieden sein sollte, nicht hautnah mit den Problemen von zwei pubertierenden Mädchen konfrontiert zu werden, doch unterschwellig fühlte er sich zurückgesetzt. Bis dieser Anruf aus dem Tessin kam. Er hatte Blut und Wasser geschwitzt und sich so weit wie möglich hinter der einzigen Dekoration im Büro verschanzt, um seine Antwort zu dämpfen.

»Was sagst du da? Bist du von allen guten Geistern verlassen? Wieso sollte ich an einem Samstag zu Hause bleiben und auf dich warten?«

»Weil es wichtig ist und du mein einziger Freund bist.« Klick. Sabine hatte aufgelegt, und er hatte den Telefonapparat wie ein Mondkalb angestarrt, zumindest stellte er sich im nachhinein vor, dass er ausgesprochen belämmert aus der Wäsche geschaut hatte, als Esther hereinkam.

Was hatte sie mitbekommen?

War es wirklich Zufall, dass sie ihn just in diesem Augenblick offiziell über ihre Pläne für das Wochenende in Kenntnis setzte?

»Wir brauchen mal wieder ein reines Mädchen-Wochenende«, hatte sie verkündet, woraufhin er nickte, was blieb ihm anderes übrig? Aus lauter Verlegenheit hatte er schon wieder angefangen, die Blumen zu gießen, irgendwann ersäufte er sie noch, einmal die Woche reichte bei den meisten Pflanzen im Büro.

Diese Szene begleitete ihn in den Feierabend. Er hatte sich zum Essen bei seinen Eltern in Rheinbach angemeldet. Sie fragten schon gar nicht mehr, ob Esther ihn begleitete, zwischen ihr und seinen Eltern lagen Welten, das musste man akzeptieren. Ihm war es ebenfalls lieber, wenn sie nicht mitkam und in Höflichkeit erstarrte, während er sich ausmalte, was hinter ihrer Stirn vorging. Für sie waren seine Eltern die absoluten Spießer, sie sah es auch nicht gern, wenn ihre Töchter mitkamen. »Wozu? Damit sie den ganzen Tag vor der Glotze hängen oder mit deinem Vater in der Dorfkneipe Flipper spielen und sich animieren lassen, den Bierschaum abzutrinken?«

Ihm sollte es recht sein, auf die Art und Weise blieb er sein eigener Herr und konnte auch früher wieder fahren. Ganz so falsch lag Esther schließlich nicht, im Lauf der Jahre war ihm die Denkweise seiner Erzeuger ebenfalls immer fremder geworden. Trotzdem war es seine Sohnespflicht, sie mindestens einmal im Monat zu besuchen.

Auf der Hinfahrt versuchte er immer wieder, Sabine über Handy zu erreichen, um ihr zu sagen, dass er keineswegs am nächsten Tag zu Hause hocken und auf sie warten würde. Wozu? Wenn schon, sollte sie ihm gefälligst vorab sagen, was so lebenswichtig und brandeilig war. Hatte sie nun »wichtig« oder »lebenswichtig« gesagt?

Im Grunde spielte das keine Rolle, befand Joscha, weil Sabine ohnehin zu Übertreibungen neigte, wenn ihr etwas am Herzen lag. Was, verdammt, lag ihr am Herzen außer der Strelitzia, die er ihr geschenkt und für sie von der Terrasse in die Küche transportiert hatte? Mit Hilfe ihrer niedlichen kleinen Assistentin, doch davon konnte Sabine nichts wissen. Die Kleine kam, daran erinnerte er sich jetzt auch, aus Meckenheim. Um zu seinen Eltern zu gelangen, kam er an Meckenheim vorbei. Hier in der Voreifel war die Welt noch in Ordnung, zumindest behauptete das sein Vater, deshalb hatte er nach seiner Pensionierung unbedingt dorthin ziehen wollen. Und seine Mutter war es auch zufrieden, weil sie nun endlich keine vier Treppen mehr steigen und ihr eigenes Gemüse ziehen und ein Schwätzchen über den Gartenzaun hinweg halten konnte.

Jeder nach seiner Fasson, entschied Joscha und drückte erneut die Wiederholtaste. Immer dasselbe, Sabine meldete sich nicht. Sie wollte nicht, davon war Joscha mittlerweile überzeugt. Er fühlte sich ohnmächtig, daran änderte sich auch nichts, als er spät am Abend in seine eigene Wohnung zurückkehrte. Wann gedachte Sabine am nächsten Tag bei ihm aufzukreuzen? Nicht mal das hatte sie ihm präzise mitgeteilt, nur dass er ruhig einkaufen gehen könnte. Die Geschäfte schlossen samstags um vier, sie mochte am späten Nachmittag oder am Abend oder womöglich erst in der Nacht eintrudeln. Was bildete sie sich denn ein? Dass er kein Privatleben besaß? Was, wenn er ihr einfach nicht öffnete? Die Antwort lag auf der Hand: Dann suchte sie ihn womöglich, dreist wie sie war, bei Esther. Das wollte er auf gar keinen Fall. Lieber schon harrte er aus und nutzte die Gelegenheit, um ein für allemal klare Verhältnisse zu schaffen. Mit diesem Vorsatz schlief er endlich ein.

Von einer festen Verabredung konnte nicht die Rede sein. Janina hatte lediglich am Freitag erwähnt, dass sie die Gegend ums Müngersdorfer Stadion herum ganz gut kannte.

»Sag nur ja nicht, dass du heimlich ein Fan vom 1. FC bist?«, darauf Kai. Sie hatte klargestellt, dass man dort auch gut laufen konnte, nicht mehr und nicht weniger. »Prima! Dann kannst du ja mal vorbeigelaufen kommen, wenn wir trainieren. Am Wochenende trainieren wir immer von zehn bis zwölf.«

Kais Erwiderung ließ Janina nicht los, als sie am Samstagvormittag in ihrem Zimmer auf dem Bett lag und zu lesen versuchte. Immer wieder schoben sich die Worte: »Dann kannst du ja mal ...« vor die Geschichte, in der es um ein tapferes junges Mädchen ging, das sich zu seinem ausländischen Freund bekannte. Kai ist kein Ausländer, fuhr es Janina durch den Kopf, und wenn er einer wäre, wär's mir auch egal. Nach einer Weile hielt es sie nicht länger auf ihrem Bett, sie stand auf, schlich auf Zehenspitzen zur Tür und lauschte. Absolute Stille. Niemand mehr da!, frohlockte es in ihr.

Als Nächstes überlegte sie, was sie zum Laufen anziehen sollte. Den Trainingsanzug? Die Knie waren ziemlich ausgebeult, außerdem schien die Sonne, da reichte etwas Dünnes. Sie entschied sich für schwarze Leggings – die machten schlank – und ein Sweatshirt, das bis zur Mitte ihrer Oberschenkel reichte und sie spontan an Kais Vater denken ließ. Sein Freizeithemd war ähnlich lang gewesen, in der Leibesmitte stippte es leicht vor wie bei einer Frau im Frühstadium der Schwangerschaft, trotzdem gefiel er ihr. Ein netter Typ, dachte sie, so witzig und vor allem unkompliziert. Wetten, dass er nie im Leben eine Lektion in

»mentaler Fitness« brauchte? Was ist das denn?, glaubte sie ihn fragen zu hören, kann man das essen? Bruno Weber war wirklich urkomisch. Oder, wie sein Sohn sich ausdrückte, ein »saukomisches Urgestein«. Besonders, wenn er mit den Ohren wackelte. Hilft beim Denken, behauptete Bruno Weber.

Von der Wohnung der Anchors bis zum Stadion lief man etwa eine Dreiviertelstunde, die Strecke führte größtenteils durch Grünanlagen und war Janina bestens vertraut. Trotzdem beschloss sie, mit der Straßenbahn zum Stadion zu fahren, sie konnte ja noch immer zurücklaufen. Andernfalls begegnete sie womöglich ihrer Mutter, die dann unnötig beleidigt wäre, weil ihre Tochter doch ursprünglich im Bett bleiben wollte. Nur keine unnötigen Fragen provozieren, entschied Janina und musterte sich in der Scheibe der einfahrenden Bahn. Nicht übel, fand sie, das Käppi stand ihr und ließ sie frecher aussehen. Ihre Silhouette war auch okay, weder das Schnitzel mit Pommes noch der köstliche Bienenstich hatten Spuren hinterlassen.

Janina warf einen Blick auf ihre Uhr: erst fünf nach halb zwölf, Kais Training dauerte offiziell bis zwölf. Die Vorstellung, sich an einem Zaun – falls es dort überhaupt einen Zaun gab – die Beine in den Bauch zu stehen und den Eindruck zu erwecken, sie wäre ein Fan von was auch immer, gefiel ihr gar nicht. Fast war sie versucht, kehrtzumachen. Unfug!, ermutigte sie sich. Das Stadion war für alle da, außerdem musste man die Dinge erst mal auf sich zukommen lassen, das sagte ihre Mutter auch immer. Die letzten zweihundert Meter joggte Janina, schon um nicht geschwindelt zu haben. Kai sah sie sofort. Obwohl er gerade erst einen Ball gekickt hatte, kam er zu ihr gerannt und strahlte übers ganze Gesicht.

»Das nenne ich mir eine Überraschung.«

»Wo ich schon mal hier bin.«

»Und du bist tatsächlich von eurer Wohnung bis hierher gelaufen?«

»Ich laufe am Wochenende oft meine zehn Kilometer und mehr«, wich Janina aus.

»Alle Achtung! Dabei bist du nicht mal auch nur ansatzweise verschwitzt. Wie stellst du das bloß an?«

»Alles Training«, murmelte Janina und fühlte sich plötzlich gar nicht mehr wohl in ihrer Haut. »Manchmal beschummele ich mich auch selbst«, ergänzte sie.

»Uff! Hast du es plumpsen gehört?«

»Plumpsen? Wieso?«

»Weil mir gerade ein Zentnerstein von der Seele gefallen ist. Du bist ja wirklich ein Mensch aus Fleisch und Blut, wenn du sogar schon mal schummelst.«

»Mal ist gut! Mein Schummelregister ist ellenlang.«

»Glaub ich dir nicht.«

»Heute Morgen habe ich beispielsweise meine kleine Schwester an der Nase rumgeführt.«

»Das fällt unter Notwehr.«

»Hast du auch wieder Recht. Aber was ist mit Spanisch? Da habe ich gleich zweimal geschummelt, dass sich die Balken biegen.«

»Mit mir zusammen, da zählt für jeden nur die Hälfte. Außerdem verdienst du schon deshalb die Absolution, weil du bald nicht mehr zu schummeln brauchst. Ich bin mein Lebtag keinem Menschen begegnet, der so schnell kapiert wie du. Wenn du so weitermachst, überholst du mich in Spanisch in Nullkommanichts. Und dann gibt es nichts mehr, womit ich vor dir bestehen kann.«

»Doch!«, widersprach Janina spontan.

»Und was soll das sein? Als Verteidiger«, er zeigte auf den Platz, »bin ich nämlich auch nicht gerade das Gelbe vom Ei.«

»Du ...«, Janina überlegte fieberhaft, sie konnte ihm

doch unmöglich sagen, dass sie ihn für einen unglaublich netten Menschen hielt. Ihn und seine Familie. Dass sie sich selten so wohl gefühlt hatte wie tags zuvor am Heinzelmännchenweg. »Du hast einen netten Hund«, sagte sie hastig. »Wedel ist große Klasse, und Zorro auch.«

»Du hast nicht zufällig Lust, die beiden gleich mit mir Gassi zu führen? Heute bin ich nämlich dran, da beißt die Maus keinen Faden ab. Meine Eltern sind mit Ellen zu irgendeinem Bazar gefahren.«

»In meinen ollen Jogging-Klamotten?«

»In meinen ollen Fußball-Klamotten?«

Sie lachten alle beide. Alles Mögliche schwang mit, auch Verlegenheit.

»Dann sag ich mal rasch meinen Kumpeln Bescheid, okay?«

»Lass dir nur Zeit!«

»Nee, nachher läufst du mir weg. Und so fit, wie du bist, hol ich dich bestimmt nicht ein. In zwei Minuten bin ich wieder da.« Kai machte kehrt, einer der anderen Jungs rief ihm etwas zu, er winkte ab und kam mit seiner Trainingsjacke und einem Hollandrad zurück, auf dessen Gepäckträger ein Kindersitz montiert war.

»Das ist das Rad von meiner Mutter. Meins hat wieder mal einen Platten, die Reifen sind so empfindlich wie die Prinzessin auf der Erbse.«

»Und für wen ist der Kindersitz? Deine Schwester ist doch schon dreizehn.«

Kai grinste breit. »Du kennst eben meine Mutter nicht. Erst hat sie mich darin durch die Gegend kutschiert, dann Ellen und danach alle möglichen Kinder aus der Nachbarschaft. Immer wenn mein Vater den Sitz endgültig abschrauben will, wird er wieder für einen Notfall gebraucht. Meine Mutter scheint's zu riechen, wenn es wieder mal irgendwo brennt. Wir hatten sogar schon mal fünf Wochen ein Baby aus der Nachbarschaft zu Gast, als die Mutter dringend in Kur musste, und außerdem jede Menge Wellensittiche und Hamster und Katzen und stundenweise alle möglichen Blagen. Eins davon hast du ja gestern selbst kennen gelernt. Bei uns geht es zu wie in einem Taubenschlag. Versuch mal, ob du in den Sitz passt! Klappt bestimmt! Dann können wir fahren. Besser unbequem fahren als bequem laufen.«

Janina quetschte sich in den Kindersitz. Ihr Po hatte keinen Kontakt mit der Sitzfläche, die seitlichen Stützen schnitten ihr in die Hüften, doch sie hätte sich eher die Zunge abgebissen, als etwas zu sagen. Es war trotz der Schmerzen ein herrliches Gefühl, sich von Kai im Kindersitz durch die Gegend fahren zu lassen. Kein bisschen peinlich, nur lustig und so, als ob sie fest dazugehörte. Für Kai schien festzustehen, dass sie nach dem Ausführen von Wedel und Zorro noch mit zu ihm kam.

»Wenigstens auf einen Sprung, sonst wäre meine Mutter bestimmt enttäuscht. Sie findet dich sehr sympathisch. Bestimmt hofft sie, dass du einen guten Einfluss auf mich Faulpelz hast. Wenn wir mit den Hunden zurückkommen, müsste sie eigentlich schon wieder dasein.«

»Ich komme aber nur mit, wenn ich nicht wieder mit selbstgebackenem Kuchen verführt werde.« Janina spürte, wie sie vor lauter Verlegenheit über das Lob rot anlief, was Kai zum Glück nicht sehen konnte, weil er gerade das Rad zwischen zwei eng geparkten Autos durch auf den Bürgersteig lenkte, wobei der Kindersitz bedenklich ächzte und schwankte.

»Du kannst doch essen, so viel du willst«, rief Kai. »Du passt ja sogar noch in einen Kindersitz.« Er bremste unmittelbar vor dem Törchen der Webers und rief fröhlich: »Heinzelmännchenweg Nummer elf. Bitte aussteigen!«

Glücklicherweise sah Kai nicht hin, als sie sich aus dem

Sitz quälte, wohl weil er den Lenker festhalten musste. Sekundenlang fürchtete sie, stecken zu bleiben, malte sich bereits die Blamage aus, doch dann kam sie mit einem Ruck frei, das Rad schwankte bedenklich.

»Hoppla!«, meinte Kai und wandte sich zu ihr um. »Ich war gerade etwas unaufmerksam. Sieh dir das mal an!« Er zeigte auf das nach ihm benannte Häuschen im Vorgarten. Auf den ersten Blick sah es genau wie am Vortag aus, erst auf den zweiten Blick erkannte Janina, was Kai meinte. Jemand musste in dem Häuschen gewesen sein und vergessen haben, seinen Müll mitzunehmen. Die Verpackung von zwei Milchschnitten, eine leere Coladose und ein paar Buchstaben aus braun glasiertem Teig. Russischbrot.

»Da scheint einer eurer kleinen Gäste ein Picknick drin veranstaltet zu haben.«

Kai schüttelte energisch den Kopf. »Bestimmt nicht! Das tut keiner aus der Straße, und sonst kommt hier keiner hin. Ist ja 'ne Sackgasse. Wenn ich den erwische! In meinem Kinderhäuschen ...« Kai bückte sich und sammelte den Abfall ein, damit war das Thema fürs Erste vom Tisch.

Am Samstagmorgen wurde Joscha mit der Erinnerung an den Zwiebelrostbraten vom Vorabend wach. Der Geschmack lag ihm trotz Zähneputzen immer noch auf der Zunge, die überreichlich genossenen Zwiebeln – goldbraun in viel Fett ausgebacken – lieferten sich in seinem Magen ein Nachspiel. Zum Braten hatte es von Hand geschabte Spätzle und gemischten Salat in Sauerrahm mit einer Prise Zucker gegeben. Er war schwach geworden und hatte sich eine zweite Portion von seinem Lieblingsgericht aus Kindertagen aufnötigen lassen. Nun ja, aufnötigen war vielleicht nicht der richtige Ausdruck, schließlich war er ein freier Mensch und sehr wohl in der Lage, etwas abzulehnen, was ihm nicht gefiel oder nicht bekam. Letzteres schuf in seinem Kopf automatisch die Überleitung zu Sabine, die ihr Kommen in Aussicht gestellt hatte. Sabine live war für ihn noch viel schwerer verdaulich als die Hausmannskost seiner Mutter, die es immerhin nur gut mit ihm meinte.

Missmutig stand er auf, der Granitboden war eiskalt unter seinen nackten Füßen. Warum störte ihn das gerade heute Morgen? Junge, willst du nicht den schönen Teppich aus dem Gästezimmer mitnehmen? Das wird ja doch nicht mehr benutzt, seitdem du nicht mehr hier übernachtest. Frage seiner Mutter, gepaart mit leisem Vorwurf. Nur gut gemeint, sie sorgte sich bis heute um sein Wohlergehen und verstand einfach nicht, wie ein Mensch es auf Dauer ohne Teppiche und ordentliche Möbel aushielt.

Bei der Vorstellung, seinen edlen Steinboden mit einem groß geblümten Teppich zu verschandeln, schauderte es ihn erst recht. Mit ein paar Hüpfern war er im Bad, warf eines der flauschigen Handtücher – schwarz und weiß wie fast alles in seiner Behausung – auf den Boden und drehte die Heizung hoch. Einmal war keinmal, er war auch so abgehärtet genug.

Nach der heißen Dusche fühlte er sich gleich besser. Jetzt noch eine ordentliche Kanne Kaffee und dazu ein paar Scheiben Rosinenplatz, den seine Mutter ihm ebenso wie frische Eier von den eigenen Legehennen, zwei Töpfchen selbstgemachte Marmelade und ein ordentliches Stück grobe Leberwurst sowie saftigen Schinken von Metzger Froitzheim, der noch selbst schlachtete und wurstete, mitgegeben hatte. Isst du auch ordentlich, Junge? Du bist so dünn!

Er wusste genau, worauf sie anspielte. Aus Sicht seiner Mutter war Esther einfach nicht die passende Frau für ihn. Weil sie ihn nicht betuttelte und bekochte, das war und blieb nun mal aus Sicht seiner Eltern der Gradmesser für die Qualität einer guten Partnerin. Anscheinend hatten die beiden zu Sabines Zeit nie mitbekommen, dass er selbst der

Kümmerer gewesen war. Nun ja, er hatte dieses Thema aus einem gewissen Schamgefühl heraus auch nicht vertieft. Schnee von gestern, wie er sich sagte.

Während er die Dose mit Kaffee hinter dem grünen Tee, den Esther bevorzugte, hervorkramte, sich vier dicke Scheiben Platz abschnitt und zusätzlich drei Eier kochte – wenn schon, denn schon, seine Cholesterinwerte waren bestens –, überschlug er erneut, wann Sabine frühestens eintreffen konnte. Nicht vor dem späten Nachmittag, entschied er, ohne Frühstück setzte sie sich garantiert nicht ins Auto, und fliegen konnte man selbst mit Axels Porsche nicht. Im Klartext hieß das, er hatte alle Zeit der Welt.

In Ermangelung eines Fernsehers schaltete er das Radio ein, holte sich die Tageszeitung aus dem Briefkasten und widmete sich fast zwei Stunden lang Frühstückswonnen, für die Esther, wie er wohl wusste, nicht das geringste Verständnis zeigen würde. Normalerweise legte er größten Wert auf ihre Meinung, die zudem immer durch irgendwelche Experten abgesichert war. An diesem Wochenende jedoch bereitete es ihm nachgerade Vergnügen, all das zu tun, was angeblich oder tatsächlich total ungesund war. Er schlemmte jede Menge Fett und Süßes in Kombination mit hochschädlichem Koffein, las obendrein beim Essen und hörte auch noch Radio. Wenn er einen Fernseher besäße, würde er den jetzt ebenfalls einschalten.

Irgendwann wurde er schläfrig und beschloss, noch einmal zurück ins Bett zu kriechen und eine weitere Runde zu schlafen, bevor er sich rasierte, anzog und für die Begegnung mit Sabine wappnete. Gesagt, getan. Wohlige Wärme und ein keineswegs unangenehmes Gefühl von Schwere umfingen ihn, auch sein Magen hatte aufgehört zu rumoren, gleichsam, als ob er nur zu gern bereit sei, sich wieder auf die alten, wenig ernährungsbewussten Tage einzustellen.

Er träumte lauter wirres Zeug. Es ging um einen fliegenden Teppich mit roten und blauen Ornamenten, darauf lümmelte jemand mit seinem Gesicht und seiner Statur und warf mit Erdnussflips nach Menschen, die zum Teil fatale Ähnlichkeit mit seinen besten Klienten aufwiesen. Solche Flips hatte er zuletzt als blutjunger Student gefuttert, das war sogar noch vor Sabines Zeit gewesen. Kompletter Schwachsinn! Wer biss schon die Hand, die ihn fütterte? Und lachte sich dabei auch noch halbtot?

Der Mann, der wie er selbst aussah, setzte gerade mit schallendem Gelächter zum nächsten Bombardement von seinem fliegenden Teppich an, als es klingelte. Hartnäckig, unangenehm durchdringend, dieses Geräusch konnte unmöglich etwas mit durch die Luft wirbelnden Erdnussflips zu tun haben. Joscha schreckte im Bett hoch, sah sich verwirrt und schlaftrunken um, ortete das Klingeln: Jemand stand vor seiner Tür.

Paketpost? Jemand aus dem Haus? Ann-Katrin? Sie kam manchmal heimlich bei ihm vorbei, um ein paar Süßigkeiten abzustauben oder um über ihre große Schwester abzulästern. Aber nein, heute war doch bei den Anchors Drei-Mädel-Tag angesagt, und so leicht ließ Esther sich bestimmt nicht von dem Konzept abbringen. Sie selbst schied als Überraschungsbesuch generell aus, das war nicht ihr Stil. Und für Sabine war es noch viel zu früh. Wer immer da unten vor der Tür stand, war verdammt hartnäckig. Jetzt klingelte es nonstop, das war ja nicht zum Aushalten. Er sprang mit einem Satz aus dem Bett und drückte auf und wünschte sich Sekunden später, er hätte es nicht getan oder wenigstens zuvor seinen äußeren Menschen kontrolliert.

»Wie süß, Joschilein!« Sabine zwitscherte, was in Anbetracht ihres Alters ohnehin völlig unangemessen war. Außerdem konnte er in seinen eigenen vier Wänden ja wohl tun und lassen, was er wollte. Wenn sein Anblick ihr nicht behagte, durfte sie gern wieder kehrtmachen, liebend gern sogar. Er strich sich mit der einen Hand durch die verwuschelten Haare und zog mit der anderen seinen Bademantel zusammen.

»Ich habe so früh noch nicht mit dir gerechnet«, erwiderte er steif.

»So früh ist gut! Weißt du, wie spät es ist? Halb sechs! Du hast doch nicht etwa gestern die Nacht zum Tag gemacht, du Schlimmer?«

»Ich war bei meinen Eltern.« Völlig überflüssig, ihr das zu verraten, leider nicht mehr rückgängig zu machen, er kratzte sich wütend am Kopf. Ob es wirklich schon so spät war, wie sie sagte? Seine Armbanduhr lag neben dem Bett.

»Braver Junge! Lass mich raten! Du hast Zwiebelrostbraten mit Nachschlag gegessen und bist irgendwann heute Früh als reuiger Sünder wach geworden, hast dann aber noch mal vor der Proviantkiste von Muttern kapituliert und danach die Flucht ins Bett angetreten. Nach dem Motto: Wer schläft, sündigt nicht! Dabei erinnere ich mich noch sehr genau, wie süß ...«

»... es war keine Kiste«, fiel Joscha ihr ins Wort, ehe sie womöglich delikate Themen anschnitt. »Außerdem geht dich das nichts mehr an.«

»Sag doch so was nicht! Übrigens finde ich es unglaublich niedlich, dass du sogar meinem Bademantel die Treue gehalten hast. Und das, obwohl er nicht mal zu deinen neuen Farben passt.«

»Er ist warm und bequem, das ist alles. Weshalb bist du überhaupt hier?«

»Das wollen wir doch nicht zwischen Tür und Angel bereden, Joschilein. Willst du mich nicht hereinbitten?« Sie ließ ihm nicht mal die Chance, sich zu äußern oder gar zu protestieren, sondern drängte sich einfach an ihm vorbei. So dicht, dass sich sein Bademantel verschob. Voller Panik zog er an den Aufschlägen und hielt sie sich oben am Hals zusammen.

»Nur keine Bange, Joschi! Ich will dich doch nicht überrumpeln.« Ihre Hand tätschelte seine unrasierte Wange. Raue Stoppeln, die letzte Rasur lag mehr als vierundzwanzig Stunden zurück, sie wusste genau, was das bedeutete. Ihr Lächeln sprach Bände. Die Nacht von Freitag auf Samstag hatte ihm wirklich nichts als eine doppelte Ration Rostbraten gebracht, denn andernfalls hätte er sich abends noch mal rasiert. Er rasierte und duschte sich vorher immer, darin war er höchst eigen ...

»Können vor Lachen«, erwiderte er unwillig und schlug ihre Hand weg.

»Autsch! Seit wann bist du denn so grob zu Frauen?«

»Kommt immer auf die Frau an. Also, was ist?«

»Zuerst bräuchte ich einen Cognac, glaube ich. Wie wär's mit einem Schluck für uns beide zur Feier unseres Wiedersehens.«

»Ich habe keinen Cognac im Haus, außerdem ...«

Sie fiel ihm ins Wort. »Kein Problem, ich habe vorgesorgt!«

»Was hast du?« Ungläubig sah er zu, wie Sabine ihren Beauty-Case aus Aluminium aufklappte und triumphierend eine Flasche herausholte. »Hab ich mir doch fast gedacht, dass du bei Esther nicht mal mehr einen Cognac trinken darfst. Dabei war das für uns beide doch immer das gewisse Extra zu Beginn eines gemütlichen Abends. Unsere Lieblingsmarke, wie du siehst, jetzt brauchen wir nur noch Gläser.«

»Ich ...«, krächzte er nicht mehr, es verschlug ihm buchstäblich die Sprache. Unter seinem Bademantel trug er lediglich einen Slip, dieses Mistding von Bademantel rutschte obendrein ständig auseinander, halbnackt war es so gut wie unmöglich, seiner Exfrau klarzumachen, dass er es ernst meinte, wenn er sie zum Teufel wünschte. Ob er etwa noch träumte? Dann war's jedenfalls ein ungemein realistischer Traum.

Erst lief sie trippeltrappel an ihm vorbei in die Küche, es klirrte leise, dann kehrte sie mit seinen beiden einzigen Cognacschwenkern zurück. Darauf seine und ihre Initialen, die beiden Gläser waren eines der ersten Geschenke von Sabine, sie hatte ihn sozusagen in die Welt der Spirituosen eingeführt. Geschenke behielt man, auch wenn man sich trennte. Hätte er die Gläser etwa wegwerfen sollen? Wo lief sie denn nun schon wieder hin? Quer durch den Wohnbereich steuerte sie zielsicher sein Bett an, ließ sich mitsamt Flasche und Schwenkern darauf fallen, fehlte nur noch, dass sie sein Bett mit Cognac taufte. Esther war tolerant wie nur sonst was, doch irgendwo hörte selbst die größte Nachsicht auf. Das nahm sie ihm einfach nicht ab, dass er solo mit einer Flasche Cognac und zwei Gläsern ins Bett gestiegen war ...

»Nun zier dich nicht! Wir kennen uns doch wirklich lange und gut genug.« Schwupps, schon saß, nein lag er neben Sabine, und sie amüsierte sich königlich. Dann drückte sie ihm die beiden Schwenker in die Hand, öffnete höchst professionell – ja, von Alkohol verstand sie wirklich was – die Cognacflasche, schenkte ein und betäubte ihn kurzfristig mit dem altvertrauten Bouquet. Er war wie paralysiert. Und jetzt? Was kam jetzt? Dabei war das für uns beide doch immer das gewisse Extra zu Beginn eines gemütlichen Abends. Von wegen gemütlich! Er richtete sich auf, prompt klaffte sein Bademantel und enthüllte seine nackte Brust, er schnappte nach Luft.

»Du hast es wirklich nicht leicht, armer Schatz! Komm, trink erst mal einen Schluck, dann fühlst du dich gleich besser. Salute!« Sie hob ihr Glas mit einem verheißungsvollen Lächeln, das ihm kalte Schauder über den Rücken jagte. »Auf alles, was uns verbindet!«

Er trank, was sollte er sonst tun? Den edlen Tropfen wegkippen? Er setzte das Glas an die Lippen und erst wieder ab, als es fast leer war. Der Cognac war hervorragend, seine Zunge erinnerte sich, nicht nur seine Zunge, dieser Tropfen gehörte zu den wenigen guten Erinnerungen, wohlige Wärme durchflutete ihn.

»Na siehst du, es geht doch.« Sanft, so unglaublich sanft, dabei war Sabine alles andere als das. Sie wollte ihn einwickeln. Nicht mit ihm.

»Nicht mit mir!« Er versuchte aufzustehen, mit Glas in der einen Hand und der anderen Hand am Bademantel gar kein so leichtes Unterfangen, zweimal fiel er zurück, erst beim dritten Anlauf landete er auf seinen beiden Füßen. »Ich will jetzt auf der Stelle wissen, was das soll! Was willst du von mir?«

»Aber liegt das nicht auf der Hand, Joschilein?« Ihr Blick glitt an ihm hoch und wieder hinab, rauf und runter, eindeutig unanständig, richtig verrucht. Ob sie schon vorher getrunken hatte? So was gab's doch nicht, nicht vier Jahre nach der Trennung und drei Jahre nach der einvernehmlichen Scheidung. Erst recht nicht, wenn man gerade von einer Romanze mit seinem Zahnarzt kam ...

»Hör sofort damit auf!«, verlangte er.

»Womit denn, Joschilein?« Sie stand ebenfalls auf, trotz Glas sehr viel eleganter als er, wenn man davon absah, dass ihr enger Rock bei diesem Manöver fast bis zum Höschen hoch glitt. Eindeutig keine Reisekleidung, sondern die pure Provokation. Alles deutete in dieselbe Richtung. Heilige Muttergottes, hilf!

»Esther kann jede Sekunde kommen.« Esther war der Rettungsanker, warum hatte er daran nicht schon viel früher gedacht? Sabine konnte nicht wissen, dass Esther für heute ihren Drei-Mädel-Tag anberaumt hatte. »Ich bin für ...«, vorsichtshalber sah er auf seine Armbanduhr, die auf der Konsole neben dem Bett lag, darauf war es fünf vor sechs, »... ich bin für sechs Uhr mit ihr verabredet.«

Sabine glaubte ihm nicht, das verriet ihr girrendes Lachen. Sie kannte ihn einfach zu gut, nach so vielen Ehejahren war das kein Wunder. Oder war sie vielleicht doch betrunken? Die Gedanken überschlugen sich in seinem Kopf, eine innere Stimme befahl ihm, Härte zu zeigen. Du kennst sie doch, jetzt nur ja nicht nachgeben, sonst wickelt sie dich wieder mit irgendeinem Schwachsinn ein. Er behauptete sich, zumindest glaubte er das, trieb sie in die Enge. Angeblich war sie lediglich hergekommen, um ihren Ersatzschlüssel zu holen.

»Was hast du denn gedacht, Joschilein?«

»Und was ist mit deinem richtigen Schlüssel?«

»Gestohlen. Im besten Ristorante von Lugano haben sie mir gestern die Handtasche geklaut, stell dir das vor! Zum Glück hatte ich nur das kleine Portmonee ohne Papiere und Kreditkarten dabei, dafür aber meinen Wohnungsschlüssel. Ich hab dich sofort angerufen, zum Glück hast du ja meinen Ersatzschlüssel in Verwahrung.«

»Wieso sollte ich?«, fragte er perplex.

»Wegen der Strelitzia. Du hast doch Anfang der Woche ...«

»... natürlich habe ich den Schlüssel sofort wieder zurückgegeben«, unterbrach er sie mit der Entrüstung eines ehrlichen Menschen, dem man eine Unkorrektheit anlasten wollte.

»Oh! Oh! Dann ist er jetzt im Büro.« Satt und zufrieden klang das, ihm schwante Böses.

»Dann fahren wir jetzt meinetwegen in dein Büro und holen den Schlüssel. Sekunde, ich zieh mir nur rasch was über.«

»Brauchst du nicht. Oder glaubst du, ich wäre mit Büroschlüssel verreist?«

»Okay«, sagte er zwischen zusammengepressten Zähnen, in seinen Fingerspitzen juckte es, dabei war er alles andere als ein aggressiver Mensch. »Wer hat sonst noch alles einen Schlüssel zu deinem Büro?«

»Seitdem mir mehrfach Disketten und Druckerpatronen geklaut worden sind, nur noch Kiki. Kiki ist meine Assistentin.«

Beinahe hätte er »Ich weiß« gesagt, was fatal wäre, weil Sabine es verstand, aus einer Maus einen Elefanten zu konstruieren. Kikis Adresse wusste er hingegen wirklich nicht. »Und wo wohnt sie?«

»Bei irgendeiner anderen Studentin, frag mich nicht, bei welcher. Kiki fährt sowieso jedes Wochenende zu ihren Eltern irgendwo in der Eifel und erholt sich von den bösen Buben in der Großstadt. Sie ist nicht nur eine grundehrliche Haut, sondern obendrein ziemlich keusch gestrickt. Vor Sonntagabend kommt sie nie zurück.«

»Und wie stellst du dir das bis dahin vor?« Falsche Frage, er hätte sie auf der Stelle zu ihrem ältlichen Lover schicken sollen, wo war der überhaupt abgeblieben? Oder in ein Hotel, immerhin verdiente sie genug. Einen Schlüsseldienst gab's auch noch.

»Ich bleib halt so lange bei dir«, antwortete sie, noch ehe er seinen Fehler korrigieren konnte. »Was ist schon dabei?«

»Ich habe dir doch gerade erklärt, dass Esther kommt. Eigentlich müsste sie längst hiersein.«

»Weißt du, was ich glaube, Joschilein? Ich glaube, du flunkerst mich an. Wenn du Esther erwarten würdest, sähest du anders aus, ganz anders.«

Er brauchte nicht länger auf einer Lüge zu beharren. Er musste sich auch keine neue Ausrede einfallen lassen. Das war der Augenblick, in dem es klingelte. An der Tür; in seiner Verwirrung drückte er ohne zu zögern auf, dachte, alles sei besser, als weiter mit Sabine allein zu bleiben. Falls er überhaupt noch zu einem klaren Gedanken fähig war. Sekunden später wusste er, welch katastrophaler Fehler ihm unterlaufen war.

Esther betrat die Wohnung, mit einem Blick erfasste sie die Situation: Sabine, die sich zurück aufs Bett hatte fallen lassen. Die Cognacflasche. Die beiden Cognacschwenker. Er selbst halbnackt. Noch ehe er aus seiner Erstarrung erwachte und zu einer plausiblen Erklärung ansetzen konnte – sofern es eine gab – machte sie auch schon wieder kehrt.

»Ich wollte nicht stören.« Klick, fiel die Tür ins Schloss, nicht mal laut, ebenso wenig wie ihre Stimme, die Joscha kühl und distanziert im Ohr nachklang. Ich wollte nicht stören! Und er stand da wie angewachsen, mit hängenden Armen, bis Sabine sich bemerkbar machte.

»Oh! Oh!« Zurückgelehnt auf seinem Bett, als ob sie dorthin gehörte, die Arme aufgestützt, die Beine neckisch übereinander geschlagen, von der Tür aus sah man nicht mal mehr, dass sie überhaupt einen Rock trug.

»Raus!« Er sah rot. Im nachhinein hätte er nicht mehr sagen können, ob sie freiwillig aufgestanden war, oder ob er sie von seinem Bett gezerrt hatte. Es spielte keine Rolle. Hauptsache, sie verschwand. Er musste Esther so schnell wie möglich erreichen und ihr alles erklären, schließlich war ihr nichts Menschliches fremd, und Frauen wie Sabine waren nun mal unberechenbar.

Esther war bis kurz vor zwölf gejoggt, dabei hatte ihr Kopf sich wie erhofft gelichtet. Als sie wieder vor ihrer Haustür stand, war sie so weit, über sich selbst lächeln zu können. Du meine Güte, sie wusste doch genau, wie unausgeglichen Teenager nun mal waren. Das Wechselspiel der Hormone würde kaum vor ihren Töchtern Halt machen, nur weil das Klima bei den Anchors deutlich freier war. Der größte Fehler wäre, jetzt überzureagieren. Am besten tat sie gleich so, als ob nichts gewesen wäre. Dann unternahmen sie halt keine Radtour und besichtigten nichts, sondern faulenzten einfach ein paar Stunden, bis es auch den beiden zu viel wurde. Wetten, dass sie spätestens am Nachmittag einlenkten und das Thema Kino auf die eine oder andere Weise anschnitten?

Doch als Esther die Korridortür aufschloss, empfing sie lediglich ein weiterer Zettel an der Pinnwand. »Brauche frische Luft!«, stand darauf in Janinas Handschrift zu lesen und klein gekritzelt, fast unleserlich, darunter: »Ich auch!« Esther atmete tief durch. Nur ja nicht aufregen! Es war ja keineswegs so, als ob sie allein nichts mit sich anzufangen wüsste. Im Zeitungsständer türmten sich die noch nicht gelesenen Wochenmagazine, es war jedes Mal ein befreiendes Gefühl, diesen Stapel bis Sonntagabend abgearbeitet zu haben.

Sie brühte sich eine Kanne grünen Tee auf und widmete sich ihrer Lektüre. Sie las sehr gründlich, wie es ihre Art war, lediglich bei einem Artikel über die geheimen Wünsche von Teenagern war sie versucht, rasch weiterzublättern. Ärger hatte sie für heute wirklich genug gehabt. Nicht zu fassen, und so was nannte sich ernsthafte Berichterstattung! Glaubten die Presseheinis wirklich, was sie da schrieben?

Die Jugendlichen seien wieder treuer, stand dort zu lesen, die romantische Liebe rangiere bei den Vierzehn- bis Achtzehnjährigen neuerdings sogar noch vor Klamotten und Fernsehen. Man hatte eine Umfrage in dieser Altersgruppe gestartet und in Statistiken übersetzt, die unter anderem darüber informierten, wie viele Zungenküsse ein Mädchen bis zu seiner Volljährigkeit mit wie vielen Jungen tauschte. Dasselbe zu Petting und Sexualverkehr, heraus kam der besagte Trend zu mehr Treue. Im Durchschnitt hatte ein Mädchen in diesem Zeitraum jetzt nur noch einskommasieben feste Freunde, bei den Jungs war der Verschleiß etwas höher. Na super! Und was war mit jenen, die klug genug waren, vor dem Laufen das Gehen zu lernen, sprich nicht gleich als Tandem loszubrettern? Null feste Freunde waren offenbar nicht vorgesehen. Unsere Kids träumen von Zärtlichkeit!, hieß es ultimativ, das ganzseitige Foto unter dieser Headline zeigte eine Lolita inmitten von lauter Wohlstandsmüll, dem sie sich schmusend mit einem Jungen entwand.

Und wie wär's, dachte Esther an die Adresse des Redakteurs gerichtet, wenn man die Allmacht von Handys und Play-Station-Konsolen und »In«-Klamotten und Seifenopern und was sonst noch als unverzichtbar galt, statt mit Zungenküssen & Co über gute Gespräche knackte? In den meisten Familien wurde heutzutage nicht mehr miteinander gesprochen, da lag der Hund begraben, stattdessen hockte man vor der Glotze oder am Joystick. Stumm wie die Fische, beim Knutschen war's kaum anders.

Was bitteschön brachte es, wenn man von der einen Sprachlosigkeit in die andere verfiel? Zumal in diesem Alter? Man ließ ja auch kein Kind Klavier oder Barockflöte spielen, bevor der Handspann groß genug war. Niemand buk einen Kuchen, bevor er alle Zutaten beisammen hatte. Keiner installierte eine Heizung, ohne sich zuvor in dieser Disziplin schlau gemacht zu haben. Beispiele, die sich beliebig fortsetzen ließen, und wenn erwachsene Paare und Eltern nach wie vor nach Gutdünken herumstümperten, so war das erst recht kein Grund für die nachwachsende Generation, diesen Teufelskreis nachzuahmen. Es war keineswegs romantisch, sich schon als Teenager in die Liebe zu stürzen. Das war lediglich dumm. Die größte Dummheit, die man begehen konnte.

Bei der Vorstellung, ihre Töchter könnten dazu benutzt werden, die Defizite eines x-beliebigen Knaben auszugleichen, wurde Esther regelrecht übel. Dann wäre ihre ganze Erziehungsarbeit mit den vielen guten Gesprächen, ohne Fernseher und ohne »Warte, bis dein Vater heimkommt!« zum Teufel.

Keine Panik, beschwichtigte sie sich selbst, klappte das Magazin zu und ließ es ganz zuunterst in dem Zeitungsstapel verschwinden. Dann besann sie sich anders, holte es wieder hervor und trug es in die Küche zum Altpapier. Nur ja keine schlafenden Hunde wecken! Im Gegensatz zu vielen Gleichaltrigen las zumindest Janina nämlich nicht nur regelmäßig die Tageszeitung, sondern auch solche Magazine.

Als Esther sich bückte, gluckerte es in ihrem Bauch, ein ziemlich hohl klingendes Geräusch, was nicht weiter erstaunlich war, wie sie nach einem Blick auf die Uhr feststellte. Halb drei, gewöhnlich aß sie mittags eine Portion Obst. Ein Apfel wäre nicht schlecht, sie griff in die Obstschale, holte ein Messer aus der Schublade und begann, noch immer in Gedanken vertieft, zu schneiden. Sie konnte nicht gut in einen Apfel hineinbeißen, das verursachte ihr Gänsehaut, deshalb teilte sie Äpfel und anderes Kernobst stets zuvor in Spalten und arrangierte diese hübsch auf einem Teller, schließlich aß auch das Auge mit. An diesem Samstagnachmittag hingegen schnitt sie keine Spalten, sondern eine Apfelkrone mit spitzen Zacken, so wie ihre Mädchen das am liebsten hatten, als sie noch klein waren.

Mama, mach mir eine Krone! Mama, bin ich jetzt eine Prinzessin? Mama, kommt der Prinz immer auf einem weißen Schimmel angeritten?

Schimmel sind immer weiß, glaubte Esther sich verbessern zu hören, auch hatte sie versucht, ihren Töchtern den Unterschied zwischen Märchen und Wirklichkeit zu erklären. »Im Märchen gibt es Frösche, die durch einen Kuss zum Prinzen werden«, hatte sie gesagt, »aber in echt funktioniert das nicht, da muss man schon selbst dafür sorgen, dass man es schön hat.« Manchmal war es ihr damals so vorgekommen, als ob Janina und Ann-Katrin über diese Auskunft enttäuscht gewesen wären, aber das mochte auch Einbildung sein. Das Interesse an Märchen hatte jedenfalls zunehmend nachgelassen, und als Janina aufs Gymnasium kam, war auch mit dem Verkleiden Schluss. Janina hatte begriffen, worauf es im Leben ankam, davon war Esther überzeugt. Sie war ebenso ehrgeizig wie ihre Mutter und deren Mutter, zumindest in dieser Hinsicht ähnelten sie sich alle drei.

Ob Janina vielleicht zu Oma Ruth gefahren war? Der Macht der Gewohnheit folgend oder weil diese in Esthers Abwesenheit angerufen und gefragt hatte, ob ihre Enkelinnen sie an diesem Wochenende tatsächlich nicht besuchen wollten. »Esther hat gemeint, ihr braucht mal eure Ruhe«, glaubte Esther ihre Mutter sagen zu hören, was zweifelsfrei Verwirrung stiftete oder möglicherweise sogar eine Trotzreaktion hervorrief. Das würde auch erklären, warum beide Mädchen ausgeflogen waren. Und die Formulierung »frische Luft schnappen« auf dem Zettel an der Pinnwand war dann die Retourkutsche für Esthers Behauptung, die beiden brauchten mal ihre Ruhe. Unter diesem Aspekt ergab plötzlich alles einen Sinn.

Esther seufzte tief, es war ihr alles andere als angenehm, ihre Mutter anzurufen. Das war wie das Eingeständnis einer Lüge oder zumindest Halbwahrheit, dabei war der Auslöser eindeutig von der anderen Seite gekommen. Sei nicht feige! Bring es hinter dich! Also wählte sie, bereits nach dem dritten Läuten meldete sich die kühle Stimme, die einem sogar am Telefon das Gefühl vermitteln konnte, sich in einem Gerichtssaal zu befinden. Frau Staatsanwältin lässt grüßen, dachte Esther und meldete sich in der Hoffnung, alles Weitere ergäbe sich von selbst.

»Esther? Du?«, lautete die Gegenfrage. »Wir trinken gerade Kaffee, Mirko hat einen Erdbeerkuchen gekauft.«

Einen ganzen Erdbeerkuchen kaufte Mutters Hampelmann nie und nimmer für zwei Personen, und die Mädchen liebten Erdbeeren über alles, letztes Jahr hatten sie gar nicht genug davon bekommen können. Erleichterung machte sich in Esther breit.

»Dann sind die Mädels also doch bei dir. Bei euch«, verbesserte sie sich hastig in dem Wunsch, nicht unhöflich zu sein.

»Wieso sollten sie? Du hast doch gesagt, dass sie an diesem Wochenende ihre Ruhe brauchen.«

»Aber der Erdbeerkuchen ...«

»Ich habe versäumt, Mirko rechtzeitig über deine Absage zu informieren.«

»Und du hast auch nicht mit Janina oder Ann-Katrin telefoniert?« Fehlanzeige, dachte Esther und verwünschte sich, weil sie völlig umsonst diesen peinlichen Anruf gestartet hatte. Wetten, dass Frau Staatsanwältin sie jetzt ins Kreuzverhör nahm und in ihrem Abschlussplädoyer gehörig auftrumpfte. Das hat man davon, wenn man seine eigenen Kinder nur tun lässt, was man selbst für richtig hält. Dann machen sie sich heimlich davon.

Sätze, die jedoch nicht mal sinngemäß fielen. Ruth Kühl machte es ihrer Tochter leicht, vielleicht sogar zu leicht. Kein noch so leises Triumphieren, nur Anteilnahme und der Versuch, sie zu beschwichtigen. »Mach dir da mal keine Sorgen, Esther, die beiden sind bestimmt Freunden begegnet und haben sich verquatscht.«

»Aber Ann-Katrin hat praktisch keine Freundin, sie ist nach wie vor eine Einzelgängerin, so wie ich früher. Sie ist sich selbst die beste Gesellschaft, wenn sie nicht gerade Basketball spielt oder mit Janina zusammen ist. Und das ist sie heute bestimmt nicht, die beiden sind plötzlich wie Hund und Katz, irgendwas ist da im Busch.«

»Vielleicht hat Janina ja Gefallen an einem Jungen gefunden und will nicht, dass die kleine Neugiernase Wind davon bekommt? Statistisch gesehen ist Janinas erste Liebe sogar überfällig.«

Alle guten Vorsätze waren vergessen. Esther protestierte laut und konnte sich nicht verkneifen zu sagen, dass ihre Mutter wirklich keine Ahnung hatte, was in ihren Enkelinnen vorging. »Nur, weil die Magazine voll mit diesem Unfug sind und du es in deinem Beruf alle naselang mit frühreifen Früchtchen zu tun hast, heißt das ja noch lange nicht, dass Janina genauso dumm ist.«

»Mit frühreif hat das nun wirklich nichts zu tun. Janina ist sechzehn. Du warst nicht viel älter, als du deinen Mann kennen gelernt hast.«

»Das war etwas anderes.« Jetzt schrie sie beinahe. Wie konnte ihre Mutter es nur wagen, diesen Vergleich anzustellen? Jürgen Anchor war ihre einzige Chance gewesen, von den Großeltern wegzukommen. Mit knapp achtzehn hatte sie ihn in einem romantisch verklärten Licht gesehen. Er war ihr Retter, ihr Mentor, ihr Verlobter, später ihr Ehemann und der Vater ihrer beiden Töchter. Bei Jürgen war sie vom Regen in die Traufe gekommen, auch wenn er kein Staatsanwalt, sondern Richter war. Doch wie sollte das eine Achtzehnjährige ahnen, die von zwei alten Leuten aufgezogen wurde? Gemessen an ihrem Großvater war Jürgen jung und dynamisch gewesen. Nach der Hochzeit änderte sich das. Alles musste nach Jürgens Pfeife tanzen. Als er tödlich verunglückte, war ihre Trauer nicht sehr tief gegangen, dafür schämte sie sich manchmal. Andererseits: Konnte man von einer Frau, die mit 37 Jahren ihr eigenes Leben zu leben begann, ernsthaft Trauer erwarten? Ihre Mutter wusste all dies, sie hatte Esther damals sogar vor dieser Ehe gewarnt. Überleg dir das gut! Jürgen ist sehr viel älter als du und ausgesprochen dominant! Aber eine Frau, die ihre eigene Tochter abschob, bevor sie den ersten vollständigen

Satz sprechen konnte, war nicht in der Position, sich einzumischen ...

»Da magst du Recht haben«, antwortete Ruth Kühl. So leise, dass Esther sie kaum verstehen konnte, das galt auch für den Nachsatz »Es tut mir Leid!«

Noch als die Verbindung längst unterbrochen war, sann Esther diesem »Es tut mir Leid!« nach. Was tat ihrer Mutter Leid? Was bedauerte sie? Etwa dass sie ihre kleine Tochter weggegeben hatte? Oder nur, dass Esther ihren klugen Rat Jürgen betreffend nicht befolgt hatte? Später war man immer schlauer, im Übrigen verdankte Esther dem Verstorbenen außer der Erkenntnis, was sie nie mehr haben wollte, immerhin zwei wunderbare Töchter.

Wo steckten sie nur?

Esther klappte das Verzeichnis mit privaten Telefonnummern auf, sehr viele waren es nicht, dort standen die Nummern der wichtigsten Ärzte und einiger Bekannter, dazu der Taxi-Ruf und Fleurop und die Nummer von Joschas Eltern in Rheinbach. Die weitaus meisten Eintragungen stammten von Janina und bezogen sich auf deren Lehrer und Klassenkameradinnen aus der Mittelstufe. Ann-Katrin hatte lediglich notiert, wo ihr Basketballtrainer privat und tagsüber im Büro zu erreichen war. Esther begann zu wählen, auch hier ging sie systematisch vor, die Auskunft war überall dieselbe: Niemand hatte eines der Mädels an diesem Samstag gesehen.

Zuletzt rief Esther bei Joscha an, bereits nach dem dritten Läuten meldete sich sein Anrufbeantworter. Sie legte leise fluchend auf, zog erneut ihre Laufschuhe an, zog sich den nächstbesten Pulli über den Kopf, steckte ihr Handy ein, hinterließ gut sichtbar eine Nachricht am Dielenspiegel und machte sich erneut auf den Weg. Die Unruhe in ihr drohte sich zur Hysterie zu steigern, dabei war es noch nicht mal sechs Uhr. Sie kam nicht dagegen an. Was war nur heute mit ihr los? Sie begann zu laufen und kam erst wieder zu sich, als sie atemlos und verschwitzt vor Joschas Haustür stand. Joscha, dachte sie, nur seinen Namen, dann drückte sie auf den Klingelknopf.

Keine zweihundert Meter von dem Haus entfernt, in dem Joscha wohnte, lief Esther ihrer jüngsten Tochter in die Arme. Sie war in die falsche Richtung gerannt, völlig verwirrt, auch gedemütigt. Beinahe hätte sie ihr eigenes Fleisch und Blut nicht erkannt.

»Mama, was machst du denn hier? Willst du auch zu Joscha?« Regelrecht aufgekratzt war Ann-Katrin, deshalb fiel ihr wohl auch nichts an Esther auf. Eine leicht verworrene Geschichte, mit der sie ihre Mutter überfiel, von Hunger und ekelhaftem Russenbrot und einer besseren Hundehütte namens Casa Kai, aus der dieses Gebäck verschwunden war, war die Rede. »Ich hatte vorhin solch einen Kohldampf, dass ich einfach alles gegessen hätte, da ist mir das Russischbrot wieder eingefallen, aber es war futsch. Und bei dir war ständig besetzt, da hab ich mir gedacht: Fahr mal bei Joscha vorbei und frag ihn, ob er was zu futtern hat. Er hat bestimmt was auf Lager. Kommst du mit?«

Esther schüttelte den Kopf. »Joscha ist beschäftigt.« Ihre Stimme klang belegt, als sie das sagte, hinter ihrer Stirn überschlugen sich die Bilder: Sabine auf Joschas Bett, beide halbnackt, Cognac trinkend, wenn sie es nicht mit eigenen Augen gesehen hätte ...

»Aber ich hab Hunger! Und Durst!« Wieder Ann-Katrin, leicht schmollend, dann schien ihr etwas einzufallen, ihr Mienenspiel erhellte sich. »Oder lädst du mich zu McDonalds ein? Einmal ist keinmal, und die Milchshakes sind sogar richtig gesund.«

Esther gab nach. Hauptsache, sie entfernte ihre jüngste

Tochter aus dem Dunstkreis dieser Wohnung. Es ging ihr nicht um Treue, schließlich hatten sie und Joscha sich keine Treue gelobt und waren auch nicht miteinander verheiratet, sie hatten ihre Liebe auf eine freiwillige Basis gestellt. Jeder sollte selbst entscheiden, was er tat, keiner besaß den anderen. Doch das, was sie gerade eben mit eigenen Augen gesehen hatte, war geschmacklos, stillos, würdelos, peinlich ohne Ende.

Esther fühlte sich wie eine Marionette, als sie wenig später Ann-Katrin ihre Geldbörse in die Hand drückte und sich auf einen Stuhl im Burgerparadies fallen ließ, sich in der Spiegelwand erst gar nicht erkannte, so schrecklich sah sie aus. Völlig aufgelöst, das Shirt klebte ihr am Körper, die Haare strähnig, unter den Augen dunkle Schatten, sie sah wie eine uralte Frau aus, sogar älter als Sabine, die noch sehr vorteilhaft wirkte, wenn sie entsprechend zurechtgemacht war. So wie eben ...

»Mama, ist was mit dir?« Ann-Katrin schob ein Plastiktablett auf den winzigen Tisch, der penetrante Geruch von Fritten und gebratenem Hackfleisch stieg Esther in die Nase. Sie wandte den Kopf zur Seite.

»Nichts. Wahrscheinlich bekommt mir nur dieser Geruch nicht.«

»Ich hab dir einen Vanilleshake mitgebracht, der ist okay für dich. Tut dir bestimmt gut, versuch mal!«

Esther probierte, das war leichter als eine Diskussion über die Bestandteile dieses Shakes. Im Grunde schmeckte sie nichts außer Wut und Beschämung, sie saugte voller Ingrimm an ihrem Strohhalm, bis es nur noch gurgelte.

»Du hast aber einen Zug am Leib«, meinte Ann-Katrin und grinste auf ihre leicht fuchsige Art. »Nicht, dass wir am Ende alle drei umkippen.«

»Wieso umkippen? Und wieso alle drei? Wo steckt Janina überhaupt? Ich habe euch beide gesucht. Ich habe überall herumtelefoniert, aber kein Mensch hat euch gesehen.«

»Hast du den Zettel an der Pinnwand nicht gesehen?«

»Schon, aber der war ohne Orts- und Zeitangabe. Ihr müsst vor circa acht Stunden losgezogen sein, und ich habe noch immer keine Ahnung wohin.«

»Ich sage nur Heinzelmännchenweg.« Dazu wieder dieses breite Grinsen.

Allmählich langte es Esther, was hatte es nur mit dieser Straße auf sich? »Kannst du mir mal bitte erklären ...«

Doch Ann-Katrin konnte oder wollte nicht, zeigte auf ihre ausgestopften Backen, mit vollem Mund redete man nicht, Esther konnte schlecht ihre eigenen Regeln außer Kraft setzen. Mit wachsender Ungeduld sah sie zu, wie die Vierzehnjährige genüsslich ein Kartoffelstäbchen nach dem anderen in Ketchup aus dem Tütchen stippte und sich langsam in den Mund schob, dazwischen biss sie immer wieder mal in ihren doppelten Hamburger und nuckelte an ihrer Coke.

»Kann ich bitte noch ein Softeis haben?«, fragte sie mit einem wohligen Seufzer, nachdem das letzte Fitzchen aufgegessen war.

»Zuerst möchte ich wissen, was mit Janina ist!«

Abfällige Handbewegung. »Um die brauchst du dir echt keine Sorgen zu machen. Eben hat sie Fernsehen geguckt und dabei in einem fort gefuttert. Sah aus wie Schokokekse, aber so ganz genau kann ich das nicht sagen. Jedenfalls schätz ich mal, dass sie wieder später heimkommt, vielleicht hat sie dir ja was auf den Anrufbeantworter oder die Mailbox gequasselt.«

Mit dieser Vermutung traf Ann-Katrin ins Schwarze. Esther traute ihren Ohren nicht, der Text passte so gar nicht zu ihrer Großen, sogar der Tonfall war anders, sehr salopp, fast schon lax. »Hallo Mama, Nina hier, ich würde gern noch etwas länger bleiben, okay? Spätestens um zehn bin ich zurück. Wenn's nicht okay ist, ruf an!« Gedämpftes Tuscheln, es folgten sechs Zahlen, dann war die Nachricht beendet.

»Sie haben zur Zeit keine weiteren Nachrichten auf Ihrer Mailbox. Wenn Sie …«

Esther drückte die fremde Stimme weg. In ihrem Schädel drehte es sich, sie begriff rein gar nichts mehr, bleierne Müdigkeit überfiel sie, am liebsten verkröche sie sich auf der Stelle in ihrem warmen Bett und würde erst wieder wach, wenn jemand sie an der Schulter rüttelte und ihr versicherte, dass alles nur ein Traum war. Im Traum war es fast normal, dass lauter Dinge passierten, die bei Tageslicht betrachtet keinen Sinn ergaben.

»Und? Was sagt sie?«, erkundigte sich Ann-Katrin. »Kommt sie später?«

Esther nickte bestätigend.

»Siehste!«

»Deine Schwester hat eine Telefonnummer hinterlassen, unter der ich sie erreichen kann. Anscheinend hat sie ihr Handy nicht dabei.«

»Und? Rufst du sie an?«

Esther versuchte es. Ohne Erfolg, weil ständig besetzt war. Sie würde es später noch mal probieren. Hauptsache, ihren Töchtern ging es gut. Das war doch das Wichtigste, wie sie sich immer wieder sagte. Außerdem konnte sie sich im Grunde nur gratulieren. Sie beglückwünschte sich dazu, vor drei, vier Jahren nicht denselben Fehler zum zweitenmal gemacht zu haben. Gleichgültig, was Joscha tat oder nicht tat, es hatte keinen Einfluss auf den Alltag der Anchors. In ihrem Alltag kam er nicht vor, im Job ließen sich die Dinge leicht trennen, und was das Private betraf, nun, darüber musste sie sorgfältig nachdenken. Später, wenn sie nicht mehr so unglaublich müde war.

Daheim angekommen, fand sie kaum noch die Kraft, sich auszuziehen. Sie brauchte dringend eine Dusche. Gleich, sagte sie sich, nur erst eine Minute ausruhen. Sie setzte sich auf ihr Bett, Sekunden später schlief sie fest und hörte auch nicht, als Janina Punkt zehn Uhr die Wohnung betrat.

Alles kommt anders

Joscha verbrachte die Nacht von Samstag auf Sonntag auf Polstern, die er so weit wie möglich von seinem Bett entfernt aufgeschichtet hatte. Im Schlaf rutschten die Polster immer wieder auseinander, doch das war längst nicht der Hauptgrund dafür, dass er so lausig schlief. Wenn er Esther wenigstens erreicht hätte!

Mehr als zwei Stunden hatte er vor ihrer Haustür gewartet und zwischendurch immer mal wieder geklingelt, auch angerufen hatte er zigmal. Ergebnis negativ, sie war nicht da oder wollte nicht mit ihm reden, anscheinend waren nicht mal die Mädchen zuhause gewesen. Kurz nach acht hatte er aufgegeben, zumal er das Gefühl nicht loswurde, die Leute schauten ihn schon komisch an. Oder mitleidig? Verachtungsvoll? Dabei hatte er sich nicht wirklich etwas zuschulden kommen lassen, sondern war lediglich Sabine in die Falle getappt.

Von seinen Polstern schielte er zu dem bequemen Bett hin. Es war leer, was hatte er denn gedacht? Dass Sabine über magische Kräfte verfügte oder sich heimlich einen Nachschlüssel zu seiner Wohnung hatte machen lassen und sich jetzt schadenfroh lächelnd drüben im Bett räkelte und ihm zuwinkte. Hi, Joschilein!

Er blinzelte, um das Schreckensbild zu vertreiben, das sich vor ihm aufbaute. Nackte Schenkel, die Nylons wären zumindest auf diese Entfernung nicht zu erkennen, der Rock auch nicht. Rock? Das war nur noch ein Lendenschurz, hochgeschoben wie bei einer heißen Nummer. Glaubte Esther das wirklich? Konnte sie wirklich und wahrhaftig annehmen, er würde sich zu so etwas hinreißen lassen? Aus dieser Perspektive musste alles noch viel schlimmer, als es war, ausgesehen haben, dazu die Cognacflasche ...

Er hatte den guten Cognac sofort nachdem er Sabine vor die Tür gesetzt hatte, in den Ausguss gekippt, in seiner Wut hatte er sogar die beiden teuren Gläser weggeworfen, sich dabei in den Handteller geschnitten, die Wunde schmerzte bei jeder Bewegung. Auch dass er dieses Bett gemieden hatte wie der Teufel das Weihwasser, war ein klares Zeichen. Esther müsste nur hinsehen, um zu wissen, dass er sie nicht belog oder gar betrog. Aber sie wollte nicht, gab ihm nicht die kleinste Chance, dabei gestand man selbst dem schlimmsten Verbrecher zu, dass er sich verteidigte. Wo blieb denn da ihr Gerechtigkeitssinn? Dabei war sie von Haus aus Juristin. Im Zweifel für den Angeklagten!, lautete das Credo jedes guten Anwalts.

Trotz wallte in ihm auf. Dann eben nicht, dachte er und stand auf, was leichter gesagt als getan war. Jeder Knochen tat ihm weh, sein Kopf brummte, und als er sich in der Küche ein Glas Wasser holen wollte, um ein Aspirin zu nehmen, wehte ihm gleichsam zum Hohn der Geruch des ausgekippten Cognacs in die Nase. Der Teufel sollte seine Exfrau holen! Er ließ Wasser nachlaufen und riss das Fenster auf, ignorierte die Kälte und beschloss, Sabine nicht mal mehr als Gedanken zuzulassen. Weg mit dir! Er musste lediglich auf die Kraft seiner Gedanken vertrauen, im Job funktionierte das schließlich auch, dieser Überschreibmodus kam in jedem Textverarbeitungsprogramm vor. Man überschrieb etwas, was man nicht mehr wollte, mit etwas

Positivem. Das Positivste in seinem Leben war zweifelsfrei Esther, warum nur ließ sie sich so leicht irritieren?

Er sah zum Telefon hinüber, wog das Für und Wider eines weiteren Versuchs ab. Neben dem Telefon lag ein Schlüssel. Nicht seiner, so viel stand fest, seine eigenen Schlüssel hingen sauber gebündelt an einem Ring, den eine Münze des Heiligen Johannes zierte. Seine Mutter schwor auf den positiven Einfluss von Namenspatronen, ihr zuliebe hielt er dem Ring die Treue. Misstrauisch steuerte er den schwarzen Lackkasten an, auf dem sich sein Telefon und dieser ominöse Schlüssel befanden. Er nahm ihn in die Hand, kaum dass seine Finger das kühle Metall umschlossen, kam die Erinnerung zurück.

Als er von seiner erfolglosen Odyssee zu Esthers Wohnung zurückgekehrt war, hatte er diesen Schlüssel in seinem Briefkasten vorgefunden. Dabei ein Briefchen von Sabines Assistentin, aus dem hervorging, dass seine Exfrau ihn auch, was den Zugriff auf ihren Ersatzschlüssel betraf, angelogen hatte. Kiki alias Katharina war längst nicht jedes Wochenende bei ihren Eltern in der Eifel. Sabine hatte sie tags zuvor in Köln angerufen und gebeten, den Schlüssel kommentarlos in seinen Briefkasten zu werfen.

Wann war dieser Anruf erfolgt? Vor dem Überfall auf ihn? Oder hinterher, um ihm erneut auf die Pelle rücken zu können? Nein, das traute sie sich nicht! Er würde sie achtkantig rauswerfen, gar nicht erst reinlassen würde er sie, er würde sie ...

Das Läuten des Telefons unterbrach seine Gedankenkette. Sabine, dachte er, die Galle kam ihm hoch, dementsprechend barsch meldete er sich auch. Zunächst erkannte er die Person gar nicht, die sich daraufhin entschuldigte, gar nicht mehr damit aufhören wollte. Dann dämmerte ihm, dass es sich nur um Kiki handeln konnte.

»Sie können ja nichts dafür«, sagte er und befahl sich,

ruhig durchzuatmen. Allmählich kam er in das Alter, in dem Männer Probleme mit dem Herzen bekamen. Und was seine Exfrau ihm zumutete, hielt die stärkste Pumpe nicht aus.

»Aber sicher kann ich was dafür, wenn ich so schusselig bin. Mein Gott, ist mir das peinlich. Aber als Sie mir meinen Ersatzschlüssel zurückgegeben haben, habe ich ihn einfach in meine Manteltasche gesteckt, und den Schlüssel von Sabine habe ich später in dieselbe Tasche gesteckt, und dann habe ich die beiden Schlüssel gestern, als Sabines Anruf kam, prompt wieder vertauscht.«

»Wollen Sie damit sagen, dass Sie Ihren eigenen Ersatzschlüssel bei mir eingeworfen haben?«

»Ganz genau, es ist mir wirklich schrecklich unangenehm, das können Sie mir glauben. Was muss Sabine jetzt von mir denken?«

»Gar nichts, weil der Schlüssel noch unangetastet bei mir liegt. Wissen Sie was? Ich stecke ihn in einen Umschlag und gebe ihn spätestens morgen Früh bei Ihnen im Büro ab.« So früh, ergänzte er stumm, dass eine gewisse Sabine hundertprozentig noch nicht anwesend ist. »Sabines Ersatzschlüssel können Sie übrigens einfach wieder im Büro deponieren, das reicht«, ergänzte er hastig.

»Könnte ich nicht lieber kurz bei Ihnen vorbeikommen? Ich kann nämlich nicht mehr in meine Wohnung rein, ich hab mich wieder mal ausgesperrt, und meine Mitbewohnerin kommt erst irgendwann diese Nacht heim, wenn überhaupt.«

Bei ihm vorbeikommen? Joscha sah an sich hinab, bis auf das Muster seines Slips sah er haargenau so aus wie tags zuvor, als Sabine bei ihm aufkreuzte. Halbnackt, die Haare verwuschelt, auf Sabine musste sein Anblick wie die sprichwörtliche Aufforderung zum Tanz gewirkt haben. Nie mehr, schwor er sich, er hatte seine Lektion gelernt.

»Nein!«, sagte er laut, fast schon schrie er.

»Nein?« Eingeschüchtert. Dieses verzagte Stimmchen, dabei konnte sie doch wirklich nichts dafür.

»Ich habe einen anderen Vorschlag«, sagte er betont freundlich. »Wir treffen uns in einer halben, nein, sagen wir besser in einer dreiviertel Stunde in dem hübschen Lokal, wo wir neulich zusammen gefrühstückt haben. Ich bin Ihnen sowieso noch eine Gegeneinladung schuldig. Also, bis gleich!«

Auf die Weise, dachte er, bekomme ich wenigstens etwas in den Magen und falle Esther nicht ohnmächtig vor die Füße, wenn ich sie endlich erwische. Im Augenblick würde er nicht darauf vertrauen, dass sie die Samariterin für ihn spielte. Vielleicht war es sogar besser, er wartete mit dem klärenden Gespräch bis zum nächsten Tag im Büro, dort war die Atmosphäre sehr viel sachlicher, bis dahin mochte sie sich wieder halbwegs abgekühlt haben, aufgeschoben war nicht aufgehoben. Ihm war deutlich leichter zumute, als er wenig später mit der Aussicht auf ein Frühstück in Gesellschaft eines Mädchens, das so herzerfrischend unkompliziert war, seine Wohnung verließ.

Als Esther am Montagmorgen das Büro betrat, stach ihr als Erstes der Strauß Rosen in die Augen. Weiß, unschuldig, jede Rose wie gemalt. Sie ignorierte die Blumen, hängte ihren leichten Trenchcoat an die Garderobe und sah auf ihre Armbanduhr. Nur noch wenige Minuten, dann musste der erste Klient kommen. Sie war absichtlich erst auf den letzten Drücker erschienen, quasi als ob sie geahnt hätte, dass Joscha sie als Rosenkavalier weich stimmen wollte. Was immer sie sich vorgestellt hatte, diese Nummer enttäuschte sie zusätzlich.

Was glaubte er denn? Ein paar Rosen, und alles war vergeben und vergessen? Diese Tour funktionierte vielleicht bei einer langjährigen Ehefrau, die allein schon deshalb die abenteuerlichsten Erklärungen ihres Ehegespons schluckte, weil sie auf sich allein gestellt keine Perspektive für sich und ihre Kinder sah. Zum Glück, sagte Esther sich, ist das bei mir völlig anders. Joscha sollte das wissen.

Mit einem kühlen »Guten Morgen!« in Richtung der halboffenen Tür, die in sein Büro führte, nahm sie an ihrem Schreibtisch Platz, zog die vorbereitete Mappe für den ersten Termin aus der obersten Schublade, schlug sie auf und tat so, als ob sie nicht merkte, dass Joscha sich näherte. Mittlerweile trennten ihn keine zwei Meter mehr von ihr, er räusperte sich, auch das war nicht unbedingt originell. Beim dritten Räuspern sah sie auf.

»Ist was?« Kühl, sachlich, eine Seite zum Umblättern angehoben, das Papier raschelte, signalisierte, wozu sie hier war, dass sie ihre Pflicht kannte.

»Esther, du kannst doch jetzt nicht ewig und drei Tage die Eisprinzessin spielen. Lass uns darüber reden, du wirst sehen ...«

»Sorry, aber ich muss unbedingt noch etwas nachlesen.«

»Das nehme ich dir nicht ab. Tu doch nicht, als ob es dich brennend interessierte, was bei Hinz und Kunz im Argen liegt, wenn zwischen dir und mir dieses dumme Missverständnis steht.« Sehr nah jetzt, Joscha hatte beide Hände auf ihren Schreibtisch gestemmt, sein Gesicht rückte über den Flachbildmonitor auf sie zu.

Die halbnackte Sabine auf seinem Bett als dummes Missverständnis zu bezeichnen, war schon mehr als dreist. Er konnte von Glück reden, dass sie sich am Wochenende dazu durchgerungen hatte, die Situation nicht zusätzlich aufzuheizen und in keinem Fall die gemeinsame Arbeit leiden zu lassen. Abstand, schoss es ihr durch den Kopf, ich brauche erst mal Abstand. Sie lehnte sich in ihrem Ledersessel zurück und stieß sich mit den Füßen vom Boden ab, dank der Rollen fiel es ihr leicht, den ursprünglichen Sicherheitsabstand wiederherzustellen.

»Von ›so tun als ob‹ kann zumindest bei mir keine Rede sein. Hinz und Kunz heißt übrigens korrekt ...«, sie blätterte auf die erste Seite zurück, »... Benno von Schade. Er gilt als Macher, scheut vor keiner Dreckarbeit zurück, deshalb hat man ihn jetzt vermutlich auch in die Geschäftsleitung geholt. Der einzige Haken ist, dass er sich dort wie ein Fisch auf dem Trockenen fühlt. Damit das nicht seine Erfolgsaura trübt, sind wir gefragt.«

»Ich habe meine Hausaufgaben ebenfalls gemacht. Trotzdem ist es mir im Augenblick völlig gleichgültig, was Herrn von Schade plagt. Das Hemd sitzt einem bekanntlich näher als der Rock, und mich plagt einzig und allein ...«

»... der Türgong«, fiel Esther ihm ins Wort.

»Ich pfeife auf ...«, weiter kam Joscha nicht, weil nun Esther ihrerseits ihn unterbrach, gleichzeitig stand sie auf.

»Es wäre schade, wenn wir jetzt auch noch unsere gemeinsame berufliche Existenz aufs Spiel setzen würden.« Mit diesem Statement rauschte sie an ihm vorbei, um selbst die Tür zu öffnen.

»Auch noch ...«, klang es Joscha in den Ohren, das ließ ihn nicht los. Fast hasste er Esther, als sie Minuten später scheinbar völlig unberührt in die Rolle der erfolgreichen Mentorin zurückschlüpfte, exakt die richtigen Fragen stellte, genau dann schwieg, wenn es vonnöten war, nicht den winzigsten Fehler beging und am Ende der Sitzung einen neuen Fan besaß. Nicht ihn, für ihn machte sie sich nicht so viel Mühe. Weil er kein Manager war und keine Tausender für ihr Mitgefühl hinblätterte? Ungerecht, mochte sein, doch was war mit ihr? War es gerecht, ihn derart abzuschmettern und zu verängstigen? Darauf lief es hinaus. Sie spielte mit seiner Not.

Er versuchte es noch einmal, als sie wieder allein waren.

»Die Rosen sind übrigens für dich.«

»Hat Sabine sie nicht haben wollen? Sorry, das geht mich nichts an. Wir sind schließlich zwei freie Menschen und können tun und lassen, was wir wollen. Nur solltest du dir darüber im Klaren sein, dass ich kein Notstopfen bin. Ich schlage vor, wir beide gönnen uns eine Auszeit, um herauszufinden, was wir wirklich wollen.«

»Aber ich weiß genau, was ich will. Ich will ...«, das leise Zuschnappen des Türschlosses schluckte sein »dich«, Esther wollte es nicht hören und noch viel weniger glauben. Sie war gegangen. Sie hatte ihn wie ein unartiges Kind stehen gelassen. Genauso fühlte er sich: Wie ein Kind, das für etwas bestraft werden sollte, was es nicht getan hatte.

In seiner Empörung nahm er die Rosen aus der Vase, trug sie zum Papierkorb und drückte sie hinein. Auf dem Boden vor Esthers Schreibtisch blieb eine feuchte Spur zurück, er kümmerte sich nicht darum.

Esther besaß Erfahrung darin, ihren Kummer in sich hineinzufressen, derlei verlernte sich nicht in vier Jahren. Vier Jahre im Verhältnis zu den vier Jahrzehnten davor, in denen sie nach außen hin prächtig funktioniert hatte und innerlich beinahe vor die Hunde gegangen wäre. Dabei war es ihr nie wirklich schlecht gegangen, sie hatte sowohl bei den Großeltern als auch während ihrer Ehe stets ein Dach über dem Kopf und genug zu essen und zu trinken und hübsche Kleider gehabt, sie durfte studieren und ging regelmäßig ins Theater und bekam sogar eine Haushaltshilfe, als Janina geboren wurde.

Die Hilfe, Gerda Kronen, war geblieben, auch wenn sie nun nicht mehr täglich kam. Esther arbeitete mehr denn je, das machte ihr nichts, es verschaffte ihr eine tiefe Befriedigung, mit anzusehen, wie harmonisch sich das Leben mit ihren beiden Töchtern ohne Vater entwickelte. Ohne Vater, ohne Ernährer, ohne jemanden, der sich mit ihr zusammen rund um die Uhr kümmerte oder zumindest vorgab, dies zu tun.

Trotzdem war das Leben der Anchors nicht mannlos, von Jahr zu Jahr gehörte Joscha mehr dazu, das spürte Esther nach dem Eklat in seiner Wohnung mehr denn je. Ohne ihn, ohne sein liebevolles »Du hast ja schon wieder Eisfinger, wie machst du das nur mitten im Mai?«, ohne seine Küsse und ohne sein Drängen auf das nächste Rendezvous blieb da ein Loch, ein Vakuum, das sich mit nichts anderem füllen lassen wollte. Das ärgerte und irritierte sie, weil sie nichts dagegen machen konnte, ohne sich selbst untreu zu werden und zu kapitulieren. Gleichgültig, wie sie die Dinge drehte und wendete, Joscha traf sich hinter ihrem Rücken mit seiner geschiedenen Frau. Wenn er wenigstens zu Sabine hingegangen wäre, aber nein, er trieb es mit ihr in dem Bett, das für Esther mit ganz wunderbaren, einzigartigen Erinnerungen verknüpft war.

In diesem Bett hatte sie zum ersten Mal erfahren, was es hieß, ganz loszulassen und sich ohne Scham oder die Angst, es später zu bereuen, einem Mann hinzugeben. Nun aber bedauerte sie ihre Hingabe doch. Immer wenn ihr Verstand eine denkbare Entschuldigung für Joschas Verhalten konstruieren wollte, sah sie diese Bilder vor sich, auf denen sie sich auslieferte, ihrer Gier freien Lauf ließ, Dinge tat, von denen sie nie für möglich gehalten hätte, dass eine so beherrschte Person wie sie dazu überhaupt fähig wäre.

Bildete Joscha sich deshalb ein, sie mit ein paar Rosen zurückgewinnen zu können? Oder mit der Frage nach dem gemeinsamen Urlaub. Ein Köder, davon war sie überzeugt, trotzdem hätte sie beinahe angebissen.

»Esther«, hatte Joscha am Ende der Woche gesagt und sie einfach festgehalten, als sie wie in den Tagen zuvor an ihm vorbeischlüpfen wollte, »wir müssen über den Urlaub reden, das sind wir schon den Mädels schuldig. In ein paar Wochen beginnen die Sommerferien.«

»Na und? Ich werde schon noch etwas Geeignetes für die Mädchen und mich finden, lass das nur meine Sorge sein!« Reserviert, abweisend, leicht gefallen war ihr das nicht.

Dreimal waren sie nun zusammen verreist, wider Erwarten hatte die Nähe ihrer Beziehung nicht geschadet, im Gegenteil war sogar manchmal der Wunsch in Esther wachgeworden, diesen Zustand über die drei Wochen Urlaub hinaus zu verlängern. Ein Wunsch, den sie zum Glück nie laut ausgesprochen und kraft ihres Verstands dann auch rasch überwunden hatte, wenn sie wieder daheim waren.

Joscha war mit ihnen in den Dolomiten gekraxelt und durch Schottland und die norwegischen Fjorde getourt, sogar zum Schwimmen im offenen Meer und zum Tauchen hatte er sich ihnen zuliebe überwunden, dabei waren ihm Fische größer als ein Goldfisch einfach nicht geheuer. Noch viel ausgeprägter war seine Furcht vor Giraffen, Löwen oder Elefanten. Und dann sagte er es. Auf ihre schroffe Zurückweisung hin sagte er etwas, was sie mitten ins Herz traf und weicher als eine ganze Wagenladung Rosen stimmte.

»Du wolltest doch für dein Leben gern mal mit den Mädels auf Safari gehen. Ich habe mir gedacht ... also, ich habe mich schlau gemacht ... wir könnten die Safari mit einem Badeurlaub koppeln, Schnorcheln inbegriffen, das hat Nina und Anneken doch so gut gefallen. Es gibt zwei Abreisetermine, die prima hinkämen, du musst dich nur entscheiden. Schau!«

Damit hatte er sie beinahe eingelullt. Eine Safari war ihr Traum, doch allein mit ihren Töchtern war ihr die Verantwortung zu groß, alles Mögliche mochte passieren, und sie hatte auch nur ein Paar Augen und Hände. Joscha hatte drei Jahre lang keinen Hehl daraus gemacht, dass hier der Spaß für ihn aufhörte. »Lieber mache ich gar keinen Urlaub«, hatte er verkündet, »als freiwillig einer Wildkatze die Tatze zu schütteln.« Und nun das.

»Ich ...«, hatte sie angesetzt und gespürt, wie ihr die Tränen in die Augen schossen, auch ihre Stimme war blockiert, hörte sich ganz fremd an, heiser: »Ich muss darüber nachdenken. Danke.« Das »Danke« leise nachgeschoben, möglicherweise hatte Joscha es gar nicht mehr gehört. Ihr Verlassen des Büros an jenem Freitag hatte einer Flucht geglichen, und das gesamte Wochenende über war sie von seinem Angebot verfolgt worden.

Nahm das ein Mann auf sich, der lediglich auf sein Vergnügen aus war und ihre Würde mit Füßen trat? Nein, das passte nicht zusammen, immer wieder war sie versucht gewesen, Joscha anzurufen und ihm ein Treffen vorzuschlagen. »Wenn du willst, komm halt auf einen Sprung zu uns rüber!«, wollte sie sagen, hätte sie gesagt, wenn Mirko nicht angerufen und um ihre Unterstützung gebeten hätte. Ihre Mutter war über seinen Tennisschläger gestolpert und hingefallen, unglücklich mit dem ohnehin geschädigten Arm aufgeschlagen, alles blitzeblau und geschwollen, doch sie wollte sich partout nicht in die Ambulanz fahren lassen.

Esther hatte in aller Eile ihre Töchter instruiert. Steno: »Kein Tennis, Oma Ruth ist hingefallen, ich muss sofort hin.«

Zumindest Janina schien nicht gerade traurig zu sein, dass an diesem Wochenende schon wieder das Tennisspiel ausfiel und auch ihre Mutter keine Zeit für sie hatte. Noch immer behielt sie für sich, was es mit dem Heinzelmännchenweg auf sich hatte, wenn überhaupt etwas an Ann-Katrins Gerede dran war. Janina aß weiterhin wie ein Vögelchen, von Naschorgien konnte gar keine Rede sein. Ins

Studio und zum Laufen begleitete sie ihre Mutter allerdings nicht mehr, angeblich übte sie ständig für die nächste Klausur in Spanisch, so auch an diesem Sonntag, zumindest behauptete sie das.

Ann-Katrin hingegen musste sich gelangweilt und deshalb Joscha besucht haben. Überraschend, sie war völlig aufgekratzt von dem, was sie dort erlebt hatte. Noch bevor Esther erzählen konnte, was es mit dem Sturz von Oma Ruth auf sich hatte, legte sie los. Und als Ann-Katrin fertig war, verspürte Esther nicht mehr die geringste Lust, Joscha anzurufen oder gar mit ihm auf Safari zu gehen. Er konnte ihr gestohlen blieben. Was für ein Heuchler!

Was tat man, wenn es am Sonntagmorgen Sturm klingelte und man in Gedanken noch halb bei seiner Herzensdame war, die zum erstenmal wieder einen Hauch von Gefühl gezeigt hatte. »Danke«, dieses winzige Wort hatte Joscha in den Schlaf begleitet und beim Aufwachen – er schlief noch immer auf den Polstern – begrüßt und mit den Strahlen der Morgensonne gewetteifert. Er traute sich nicht aus dem Haus vor lauter Sorge, er könnte Esthers Anruf verpassen, dabei besaß er schließlich auch noch ein Handy, über das sie ihn jederzeit erreichen konnte.

Ich muss darüber nachdenken! Und dann dieses süße, verheißungsvolle kleine Wort »danke«! Eine innere Stimme sagte ihm, dass Esther sich an diesem Wochenende bei ihm melden und alles wieder gut werden würde, deshalb ging er wie auf Wolken – noch etwas tapperig, zugegeben, aber immerhin! – und hätte die ganze Welt umarmen mögen. Deshalb brachte er es auch nicht übers Herz, dieses Häufchen Elend fortzuschicken.

»Ich wusste einfach nicht, wo ich sonst hingehen sollte.« Völlig verzweifelt, schon begannen die Tränen zu fließen, kullerten über Kikis noch kindlich runde Wangen, die eher mageren Schultern zuckten wild, die unter den Arm geklemmte Tasche trudelte zu Boden, es regnete unzählige kopierte Blätter, Schnellhefter, ein Mäppchen, wie er es zuletzt bei seinen Schülern gesehen hatte, und Wäsche. Ein Paar weiße Söckchen mit gelber Spitze umsäumt, ein quittengelbes T-Shirt, ein blau und gelb geblümtes Höschen mit Mausezähnchen. »Und jetzt ist auch noch alles durcheinander, ich glaub, ich bring mich um, dabei schreibe ich am Montag die Klausur.«

Joscha bückte sich, sammelte ein, dankte Gott im Himmel, dass niemand ihn beobachtete, und verzichtete auf den Hinweis, dass man sich unmöglich umbringen und hinterher eine Klausur mitschreiben konnte. »Kommen Sie erst mal rein!«, sagte er mit dem Stapel kreuz und quer stehender Blätter auf dem Arm und hielt ihr die Tür mit dem Fuß auf, das Aufsammeln der Wäschestücke hatte er dem Mädchen überlassen.

»Danke. Danke vielmals. Sie sind ja so nett. Wenn Sie nicht so nett wären, hätte ich mich auch nie im Leben getraut, einfach so herzukommen. Auch, weil Sie gesagt haben, dass ich Sie ruhig in Anspruch nehmen darf, wenn ich mal Hilfe brauche. Viele Leute sagen das ja nur so dahin. Jedenfalls brauche ich wirklich Hilfe, allein weiß ich einfach nicht mehr weiter, und zu meinen Eltern kann ich auch nicht, weil die dann nur wieder meinen, dass Köln nichts für mich ist und ich heimkommen soll. Aber das will ich nicht. Das Studium gefällt mir ja, und Köln auch, es ist nur wegen Sonja.«

Als ob dieser Name »Sonja« Schleusen öffnen könnte, verdoppelte sich der Tränenstrom, das damit einhergehende Schluchzen und Schniefen erinnerte Joscha nachgerade an Ann-Katrin mit zehn, elf Jahren, damals war Esthers Jüngste noch verdammt nah am Wasser gebaut gewesen. Ganz unwohl war ihm bei diesem Anblick jedes Mal geworden, und er war heilfroh gewesen, dass Esther nicht von ihm erwartete, in die Vaterrolle zu schlüpfen. Trotzdem hatte er in jenen Monaten halbwegs gelernt, wie man mit weinenden kleinen Mädchen umging, das kam ihm nun zugute.

»Das wird schon wieder, ganz bestimmt, und die Klausur schaffen Sie doch spielend, so klug, wie Sie sind. Worum geht es denn darin? Um Goethes ›Wahlverwandtschaften‹?« Dieser Titel war ihm mehrfach von den Kopien, die er eben aufgesammelt hatte, ins Auge gesprungen, er gehörte zum Standard im Germanistikstudium. Den »Faust« und den »Werther« kannte jeder, die »Wahlverwandtschaften« blieben den Insidern vorbehalten, daran hatte sich offenbar nichts geändert. Mit Hilfe von zwei Stofftaschentüchern, einem Glas Milch und weiteren tröstenden und zugleich ablenkenden Worten gelang es ihm endlich, das eigentliche Problem einzukreisen. Für den kommenden Tag war die über Kikis Vornote im Examen entscheidende Klausur anberaumt, ursprünglich hatte sie seit letztem Wochenende intensiv dafür üben wollen, doch mit Sabines Anruf wegen ihres Ersatzschlüssels war der Ärger losgegangen und riss seitdem nicht ab.

»Sabine ist seit ihrer Rückkehr aus dem Tessin mit nichts zufrieden und lässt mich alles doppelt und dreifach machen, so hab ich sie noch nie erlebt, total biestig. Und wenn ich endlich heimkomme, ist dort Halligalli bis in den frühen Morgen, kein Mensch kann da einen klaren Gedanken fassen. Und die Präsenzbibliothek macht jetzt schon um acht dicht und bleibt am Wochenende ganz geschlossen, weil dann keiner Aufsicht führt. Was soll ich nur machen? Erst wollte ich zu einer anderen Kommilitonin gehen, die mir mal angeboten hat, ich könnte jederzeit kommen und sogar bei ihr übernachten, aber da hat erst gar keiner aufgemacht. Dann hab ich versucht, im Park zu arbeiten, doch das geht auch nicht, ständig pustet mir der Wind alles durcheinander. Dabei hab ich fest darauf gesetzt, dass Sonja am Wochenende auf Achse ist, sonst ist sie das praktisch immer, dann habe ich unsere Wohnung für mich allein. Ausgerechnet diesmal muss sie zu Hause bleiben, und dazu dieser Radau. Sie können sich gar nicht vorstellen, was für einen Lärm die beiden nebenan machen, es ist ja nur eine dünne Wand zwischen Sonjas und meinem Zimmer, jeden Ton bekomme ich mit.«

Halligalli. Radau. Lärm. Die beiden. Diese Sonja musste ja ein Früchtchen sein. »Aber zwischendurch«, meinte Joscha vorsichtig, »muss doch mal eine Weile lang Ruhe sein.« Er war keine zwanzig mehr, doch so lange war das noch nicht her, dass er die Einsatzbereitschaft eines voll im Saft stehenden Jungmannes nicht mehr realistisch einschätzen könnte. Stundenlang hintereinander war kaum möglich.

»Keine Sekunde lang«, schluchzte Kiki, »höchstens wenn Sonja mal aufs Klo muss.«

»Aber das ist ja nicht mehr normal.«

»Sonja findet schon. Sie sagt, das wäre absolut notwendig für sie, wenn sie es schaffen will.«

Schaffen? Was schaffen? Was war denn das für eine Nummer? Vorsichtshalber nahm Joscha seine Hand von Kikis Schulter und rückte ein Stück von ihr weg. Hatte Kikis Wohngenossin vielleicht den Ehrgeiz, in dieser Disziplin ins Guinessbuch der Rekorde aufgenommen zu werden?

»Vielleicht sollte man darüber mal mit dem Hausbesitzer reden«, schlug Joscha vor.

»Dem ist das egal, Hauptsache, die Miete kommt pünktlich rein. Und unter uns ist ein Supermarkt und direkt über uns ein alter Herr, der halb taub ist, und ganz oben wohnt eine Familie mit fünf kleinen Kindern, die sind manchmal sogar noch lauter als Sonjas Bratsche.«

»Bratsche ...«, echote Joscha.

»Ja, hab ich das nicht gesagt? Sie studiert Musik und muss nächste Woche in ihrer praktischen Prüfung vorspielen, deshalb übt sie ja jetzt auch mit Kurt wie ein Weltmeister. Kurt kann nur am Wochenende, er ist ihr Tutor oder ihre Muse, sie nennt ihn immer ihre Muse, er mag das, glaube ich. Sonja darf auf keinen Fall noch mal durchfallen, dann bezahlen ihre Eltern nämlich keinen Penny mehr. BAföG hat man ihr sowieso gestrichen, weil sie schon seit fast zehn Jahren an der Uni rumhängt. So eine existenzielle Sache hat Vorrang vor meiner läppischen Klausur, findet sie. Aber wenn ich die nicht schaffe, ist für mich auch alles vorbei, meine Eltern sind nun mal anders als ihre, und ich bin's auch. Ich will endlich fertig werden und keinem mehr auf der Tasche liegen und vor allem meine eigene Wohnung haben.« Sehnsüchtig glitt Kikis tränenumflorter Blick durch Joschas zugegebenermaßen sehr große Junggesellenwohnung. »Das muss einfach himmlisch sein, so viel Platz ganz für sich allein zu haben. Auch wenn es etwas kühl wirkt, aber das lässt sich ja ändern, Rom wurde schließlich auch nicht an einem Tag erbaut, oder?«

War es ihr tapferer Versuch, trotz ihrer misslichen Lage zu scherzen, der ihn zu seinem Angebot bewog? Oder ein Anflug von Beschämung, weil er so viel und sie so wenig besaß? Dabei hatte er mal im »Republikanischen Club« mitgemischt und sogar für die Umverteilung des Wohlstands in der Welt demonstriert. Was immer es war, er bot ihr an, sich für ihre Klausur bei ihm vorzubereiten.

»Fühlen Sie sich wie zu Hause«, sagte er mit einer weit ausholenden Bewegung, »ich werde voraussichtlich sowieso noch weggehen.« Zu Esther, ergänzte er stumm und gestattete sich sekundenlang eine Vision, die ihn in ihrer Wohnung zeigte.

Zuerst zu viert am Tisch sitzend, die reinste Familienidylle, vor sich die Urlaubsprospekte, die er besorgt und

Esther mitgegeben hatte. Eifrig blätterten sie darin, begeisterten sich, aller Ärger war vergessen, irgendwann ließen sie etwas vom Italiener kommen, nichts Gesundes, nur leckere Sachen, sogar Esther beteiligte sich an dem Lustmahl. Und dann, wenn den Mädchen die Augen zufielen, gestand er ihr ganz nebenbei, was für eine gute Tat er an diesem Sonntag getan hatte. »Meine Wohnung ist besetzt«, wollte er sagen, »du wirst mich doch jetzt nicht auf eine Parkbank schicken?« Natürlich tat sie das nicht, sondern lud ihn in ihr eigenes Bett ein, in dem er noch nie hatte schlafen dürfen. Wegen der Kinder nicht, sie sollten nichts Falsches denken.

Musste man denn über alles und jedes erst großartig nachdenken?

Nein, entschied Joscha, an dieser Stelle berührten sich Fantasiereise und Wirklichkeit. Nein, er würde einfach der Stimme seines Herzens folgen und Esther klarmachen, dass es falsch war, die Liebe wie ein Strategiespiel anzugehen. Auf der Stelle würde er ihr das sagen, ehe ihn wieder der Mut verließ oder er vergaß, wie absolut wunderbar diese Bilder in seinem Kopf waren.

»Ich glaube«, sagte er an Kiki gewandt, »ich gehe jetzt mal. Falls ich nicht zurückkomme, gehört die Wohnung bis morgen Ihnen. Sie können tun und lassen, was Sie wollen, und für die Klausur wünsche ich Ihnen schon mal viel Erfolg. Wenn Sie gehen, ziehen Sie einfach die Tür hinter sich zu, das genügt.«

Gerade als er dabei war, Rasierzeug und frische Wäsche und halt das Nötigste für den nächsten Morgen einzupacken, ertönte der Türgong. Esther, dachte er. »Ich bin's, Ann-Katrin«, ertönte es durch die Sprechanlage. Er drückte auf, überlegte, ob Esther wohl ihre kleine Tochter vorschickte? Zu spät merkte er, wie zweideutig sich das geblümte Höschen zwischen Kikis Arbeitsmaterial ausnahm.

Viel zu spät, da war Esthers jüngste Tochter bereits wieder gegangen. Ein mulmiges Gefühl machte sich in ihm breit, und der Besuch bei Esther, den er sich in den buntesten Farben ausgemalt hatte, fiel nun ebenfalls ins Wasser.

Esther war gar nicht daheim; ihre Mutter war wieder mal gestürzt; Ann-Katrin hatte sich beim Skaten die neue Jeans aufgeratscht und ihn aufgesucht, um den Riss wenigstens notdürftig zu reparieren. Wenn das mal gut ging! Vor lauter Aufregung fiel ihm auch noch der Nähkorb aus der Hand, als er ihn wieder wegräumen wollte. Dutzende von Röllchen, von denen sich Fäden in allen Regenbogenfarben abspulten und bunten Regenwürmern gleich über seinen puristischen Granit krochen. Er hätte heulen mögen. Die Anwesenheit des fremden Mädchens hinderte ihn daran. Insgeheim wünschte er Kiki zum Teufel.

Janina drückte das schlechte Gewissen, weil sie ihrer Mutter immer noch keinen reinen Wein eingeschenkt hatte. Andererseits, sagte sie sich, schien es Esther ja auch nicht gerade brennend zu interessieren, was ihre Älteste den lieben langen Tag über trieb und warum sie jetzt so selten zu Hause war. Selbst wenn ihre Mutter wirklich glaubte, sie übte woanders in einem fort Spanisch, könnte sie etwas mehr Anteil nehmen. Doch das tat sie nicht, fast schien es Esther lieb zu sein, sich um nichts und niemand außer um sich selbst kümmern zu müssen. In der zurückliegenden Woche war sie wirklich verdammt komisch drauf gewesen, fand Janina und leitete daraus eine gewisse Rechtfertigung für ihre eigene Geheimniskrämerei ab. Trotzdem fühlte sie sich alles andere als wohl in ihrer Haut, das galt insbesondere dann, wenn Esther in ihrer Nähe war.

Deshalb war Janina zunächst auch durchaus happy gewesen, als ein Anruf von Mirko das sonntägliche Familienleben ebenso wie das für den frühen Nachmittag anberaumte Tennisspiel kappte. Dabei war der Grund hierfür doch keineswegs lustig. Sollte nicht die Sorge um Oma Ruth vorrangig sein? Der Zwiespalt ihrer Gefühle musste sich in ihrem Gesichtsausdruck stärker gespiegelt haben, als Janina das für möglich gehalten hätte, denn im Verlauf dieses Sonntags wurde sie gleich mehrfach gefragt, was denn mit ihr los sei.

Kai machte natürlich den Anfang, er war mit Abstand der sensibelste Junge, den Janina jemals kennen gelernt hatte. Und als seine Mutter am späten Nachmittag, während sie alle zusammen einträchtig vor dem Fernseher saßen und diese unglaubliche Sendung über Tiere guckten, die ein neues Zuhause suchten, nachhakte, war das Wasser auf Kais Mühle.

»Hab ich sie auch schon gefragt«, erklärte er mit vollen Backen kauend. Vor ihnen auf dem Tisch stand alles, was lecker und kalorienhaltig war, lediglich die Johannisbeeren hätten Esthers Zustimmung gefunden. Neben der Schüssel mit den Beeren stand allerdings ein Zuckerstreuer, der sich in Nullkommanichts leerte. Ein bauchiges Glasgefäß mit Riffeln und chromglänzender Schnute, an dem feucht gewordene Zuckerkörner eine immer dicker werdende Kruste bildeten. Janina fixierte den Streuer mit möglichst ausdruckslosem Gesicht, während sie erneut beteuerte, dass eigentlich nichts mit ihr los sei.

»Also doch«, trumpfte Kai auf.

»Wieso doch?«, sie sah ihn zugleich aufgebracht und schuldbewusst an.

»Weil du ›eigentlich‹ gesagt hast. Das sag ich auch immer, wenn ich das Gegenteil meine und meine Umgebung ablenken will.«

»Aber es gibt nichts abzulenken. Mit mir ist wirklich alles okay.« Janina betonte das Wörtchen »mir« vielleicht einen Touch zu stark, schon schnappte Kai danach, dabei ließ er sich sonst keine Minute von diesem TV-Spektakel entgehen, bei dem alles vom Hausschwein bis zur Ratte gestreichelt und wie lauwarmes Bier angepriesen wurde: »Rex ist vom Naturell her sehr dominant und die mittlere von drei Hausratten, er ist auch sehr zärtlich (streichel-streichel) und sucht dringend eine neue Heimat, in der keiner ihm mehr die Zuwendung stiehlt (streichel-streichel-streichel).« Diese Sendung war unfreiwillig komisch, darüber waren die Webers und Janina sich einig. Was war das für eine Welt, in der man eine Sandwich-Ratte bedauerte und Kinder verkommen ließ? Jedenfalls schien Kai von jetzt auf gleich jegliches Interesse am Frust von Ratte Rex und sogar an seinen Lieblingskeksen zu verlieren. Er legte den angebissenen Keks auf die Tischplatte zurück und stippte einen Finger gegen Janinas Brustbein.

»Allmählich nähern wir uns des Pudels Kern. Nicht du hast ein Problem, sondern jemand anders. Geht dir wieder mal deine kleine Schwester auf den Senkel? Du weißt doch, das ist so gut wie normal.«

»Das nimmst du sofort zurück!«, verlangte Ellen und sprang derart ungestüm auf, dass sie beinahe die Schüssel mit den Johannisbeeren vom Couchtisch gefegt hätte. Es war ihrer Mutter zu danken, dass die Schale nur einen halben Meter über die Tischplatte schlitterte.

»Wozu? Wenn's doch stimmt«, beschied Kai seiner Schwester und wandte sich erneut Janina zu: »Also noch mal von vorn! Ist was Akutes mit Ann-Katrin?«

Wieder unterbrach Ellen die Aushorchaktion ihres Bruders, was Janina ausnahmsweise gelegen kam. Andererseits fragte sie sich, was dieses Kichern und die nachfolgenden Worte des Backfischs, der Ann-Katrin nicht mal persönlich kannte, bedeuten sollten. Woher wollte Kais Schwester bitteschön wissen, worunter ihre eigene Schwester seit über einer Woche litt?

»Hör auf, dich wichtig zu machen!«, befahl Kai denn auch, »du weißt ja nicht mal, wer Janinas Schwester ist.«

»Weiß ich doch!« Die folgende Beschreibung ließ keinen Zweifel am Wahrheitsgehalt dieser Worte, sowohl Ann-Katrins Äußeres als auch ihre Gier auf Süßes wurden höchst präzise geschildert.

Vorübergehend vergaß Janina völlig, was sie wirklich bedrückte, hier tat sich eine völlig neue Gefahr auf. Ob ihre kleine Schwester sie etwa bespitzelte? Darauf lief es hinaus. Ann-Katrins »akutes Problem« entpuppte sich als eine Jeans, mit der sie vor nicht mal einer Stunde in Kais altem Kinderhäuschen, wo sie sich vor der unverhofft auftauchenden Nachbarin verstecken wollte, hängen geblieben war. »Du weißt schon, an dem rostigen Nagel, der Riss geht quer über den Po, ich konnte sogar ihre Unterhose sehen.« Und direkt an Janina gewandt: »Hat deine Schwester 'ne weiße Unterhose mit grünen Basketballschlägern drauf?«

Janina nickte. Sie war sprachlos. Die Basketballschläger hatten sie überzeugt. Wie durch einen Nebel bekam sie mit, wie Ellen von ihrer Mutter ob ihrer Neugier getadelt wurde, auch Bruno Weber fand, seine Jüngste könnte sich ruhig etwas mehr Zurückhaltung auferlegen.

»Aber wenn es doch stimmt!«, maulte Ellen.

Kai funkelte sie an. »Wenn ich mit allem über dich rausrücken würde, was stimmt, hättest du dich längst ins nächstbeste Mauseloch verkrochen oder einen Monat lang Hausarrest. Los, verschwinde!«

Diesmal widersetzte Ellen sich nicht, sie schien sogar froh zu sein, das Zimmer verlassen zu dürfen. Kais Eltern folgten ihrem Beispiel. Bruno Weber murmelte, er würde mal wieder mit den beiden Kötern Gassi gehen. Marlies Weber trug das gebrauchte Geschirr in die Küche und zog die Tür hinter sich zu.

»Babyzicke!«, knurrte Kai seiner Schwester nach, bevor er sich erneut Janina zuwandte. Diesmal endgültig. Nicht mal mehr vom Fernsehprogramm war eine Unterbrechung zu erwarten, die Werbung hatte begonnen, der Ton wurde abgestellt.

»Tut mir echt Leid, dass unsere kleinen Schwestern uns bespitzeln«, meinte er leise. »Du hättest mir einfach sagen sollen, dass du etwas witterst.«

»Aber ich hatte keinen blassen Schimmer«, widersprach Janina.

»Und was plagt dich dann?«

»Na ja, plagen ist vielleicht zu viel gesagt.« Janina zupfte mit den Zähnen an ihrer Unterlippe, bevor sie zögernd fortfuhr: »Heute Morgen hat Mirko angerufen, das ist der Freund von meiner Oma Ruth.«

»Der Tennis-Freak?«, vergewisserte sich Kai.

»Exakt.« Sie überlegte, wie viel von ihrem Dilemma sie preisgeben sollte und ob Kai sie dann womöglich für kindisch hielt.

»Und er hat gesagt, dass Tennis heute ausfällt«, half Kai ihr weiter, ein schelmisches Grinsen zog über sein Gesicht, als er fortfuhr: »Worüber ich offen gestanden gar nicht unglücklich war.«

»Ich ja auch nicht«, stimmte Janina ihm hastig zu. »Es ist nur so, dass der Grund nicht besonders erfreulich ist. Meine Oma Ruth ist nämlich wieder gestürzt, ausgerechnet auf ihren schlimmen Arm.«

»Und jetzt machst du dir um deine Oma Sorgen«, ergänzte Kai. »Warum sagst du das nicht gleich? Warum hast du sie nicht längst angerufen, um zu hören, wie es ihr geht? Wenn du willst, können wir auch hinfahren, es ist ja noch ziemlich früh.«

Janina schüttelte den Kopf. »Meine Mutter und Mirko sind bei ihr, das reicht fürs Erste. Oma Ruth hasst es, wenn man Wirbel um sie macht, zumal sie ja eigentlich gar nicht in die Ambulanz wollte, deshalb hat Mirko auch meine Mutter um Unterstützung gebeten.«

»Gut, dann ruf halt deine Mutter übers Handy an!«

»Wenn sie noch im Krankenhaus sind, geht das sowieso nicht, weil man sein Handy dort ausschalten muss.«

»Die Mailbox nimmt trotzdem Nachrichten an, dann weiß deine Mutter immerhin, dass du in Gedanken bei ihr und deiner Oma bist.«

»Ich glaube«, platzte Janina heraus, »meiner Mutter ist es im Moment völlig wurscht, wo ich mit meinen Gedanken bin. Seit einer Woche läuft sie wie durch den Wind geschossen in der Gegend herum und sieht förmlich durch mich durch, als ob es mich gar nicht gäbe. Sie will nicht mal wissen, was aus meinen Schwierigkeiten mit Señor Torres geworden ist.«

»Vielleicht hat sie einen geheimen Kummer, mit dem sie dich nicht belasten will?«

»Nö, meine Mutter hat immer alles voll im Griff, genau wie Oma Ruth.«

»Und wenn sie Liebeskummer hat?«

»Du meinst mit Joscha?«, Janina musste unwillkürlich lachen, diese Vorstellung war einfach zu komisch. »Bestimmt nicht! Joscha küsst den Boden, über den sie geht, genau wie Mirko das bei Oma Ruth tut. Mama braucht nur mit den Fingern zu schnipsen, und schon ist er zur Stelle.«

»Magst du ihn nicht? Diesen Joscha, meine ich?«

Janina zog die Stirn kraus und wog ihre Worte ab, es war gar nicht so leicht, auf diese Frage zu antworten. »Im Grunde kenne ich ihn ja kaum. Wenn ich ihn einmal die Woche für ein, zwei Stunden sehe, ist das schon viel. Außer im Urlaub, da sind wir dann drei Wochen am Stück zusammen, da ist er total nett.«

»Und warum ist er so selten bei euch?«

»Weil meine Mutter das nicht will. Weil sie glaubt, jede Beziehung ginge kaputt, wenn man sich ständig sieht.«

»Ich denke, deine Mutter und Joscha arbeiten sogar zusammen?«

»Das ist was anderes. Meine Mutter kann Job und Privates perfekt trennen, sie ist überhaupt unglaublich perfekt. Sie isst nichts Falsches und tut nichts Falsches, zumindest nichts, wo man den Finger drauflegen kann. Sie macht einem auch so gut wie nie Vorwürfe, trotzdem ist es ein Scheißgefühl, wenn man was macht, was sie nicht gut findet. Deshalb macht man's dann besser heimlich.« Janina zeigte auf die fast leere Packung mit den Schokokeksen und von dort auf den Fernseher, der noch immer ohne Ton weiterlief. »Glaub mir, der Schlag würde sie treffen, wenn sie mich so sähe. Vor der Glotze und naschend und eben als sprichwörtliche Couchpotatoe, so was ist ihr in tiefster Seele suspekt.«

»Heißt das, sie weiß gar nichts von uns?«

Janina zuckte die Schultern. »Sie hat eure Telefonnummer, die hab ich ihr ja neulich auf die Mailbox gesprochen, und den Namen eurer Straße kennt sie auch. Aber sonst ...«

»Schämst du dich wegen uns?« Kai bewegte sich keinen Zentimeter von der Stelle, trotzdem schien er von ihr abzurücken, dabei sah er sie unverwandt an. Weder vorwurfsvoll noch kritisch, nur ungewohnt ernst.

»Nein, bestimmt nicht! Ihr seid eine tolle Familie, ich mag euch alle unglaublich gern, Zorro und Wedel und sogar deine verrückte kleine Schwester inbegriffen. Ich fühle mich einfach pudelwohl bei euch, das musst du doch spüren.«

Kai nickte bedächtig. Seine Finger spielten an einem der vielen gemütlichen Kissen. »Hm!« Und noch einmal: »Hm!«

»Und was heißt ›Hm!‹ zu Deutsch?«, erkundigte Janina sich und beugte sich vor, um einen Tennisball unter ihrem Platz hervorzufischen. Durchgekaut, noch feucht von Speichel, es war noch nicht allzu lange her, dass Dackel Zorro ihn wieder mal unter dem Sofa gebunkert hatte. Wedel war viel zu groß und tolpatschig, um etwas unter der tief durchhängenden Couch – ob sie deshalb so unglaublich bequem war? – hervorzuholen.

»Hm heißt, dass ich dich jetzt besser heimbringe.«

»Willst du mich quitt werden?«

»Nö, ganz bestimmt nicht. Ich will nur auf gar keinen Fall, dass deine Mutter sauer auf mich ist, bevor sie überhaupt weiß, dass es mich gibt. Fang einfach mit Spanisch und Señor Torres an, das ist ein guter Ansatz, finde ich, der Rest ergibt sich dann von selbst. Bestimmt ist sie stolz auf dich, jede Mutter wäre stolz auf eine Tochter wie dich, meine sagt das auch. Sie hält dich sogar Ellen als leuchtendes Beispiel vor Augen.«

»Kein Wunder, dass ich bei Ellen total verschissen habe.«

»Hast du nicht. Oder glaubst du, sie wäre dann so scharf drauf, dass du in den Sommerferien mit uns nach Mallorca kommst? Meine Familie findet die Idee bombastisch, jetzt musst du nur noch dafür sorgen, dass deine Mutter mitspielt.«

Nur ist gut, dachte Janina und erhob sich widerstrebend von dem herrlich bequemen Sofa. Mit sicherem Griff fischte sie ihre Schuhe aus dem Latschengebirge in der Diele, grub ihre Jacke unter Winteranoraks und dicken Steppmänteln hervor – anscheinend hatte mal wieder jemand auf der Suche nach einem bestimmten Teil alles runtergeschmissen und in der verkehrten Reihenfolge zurückgehängt – und rief Kais Mutter ein »Tschüss! Danke auch!« zu, bevor sie mit Kai zusammen das Haus verließ.

Marlies Weber kam ihnen in der Schürze nachgelaufen, an ihren Händen und den Ponyfransen klebte Teig. »Willst du nicht wenigstens noch zum Essen bleiben, Janina? Es gibt Dampfnudeln mit Kompott und Vanillesoße.«

Kai antwortete an Janinas Stelle. »Geht nicht, Mama, ich erklär es dir später!«

»Wie schade! Dann nimm wenigstens eine Portion mit, Janina. Die Dampfnudeln haben dir doch neulich so gut geschmeckt. Warte eine Sekunde, ich bin gleich zurück.« Was Janina sich wenig später in die Hand drücken ließ, war viel mehr als nur eine einzige Portion.

»Aber das ist doch viel zu viel, Frau Weber.«

»Papperlapapp, es ist genug da. Lass es dir schmecken, Janina.«

Janina kam kaum dazu, sich zu bedanken, weil Kai sie nun energisch bei der Hand fasste und weiterzog. »Los, gib Gas, die Bahn kommt in drei Minuten.«

Als Esther heimkam, war bereits der Tisch fürs Abendessen gedeckt, es roch intensiv nach Vanille, ihre Älteste hatte sogar daran gedacht, eine große Kanne grünen Tee für sie aufzubrühen. Der Tee dampfte noch.

»Perfektes Timing!« Esther strahlte Janina an und nahm einen Schluck, noch einen zweiten, sie stöhnte genüsslich. »Das tut gut.« Sie spürte, wie der Stress der hinter ihr liegenden Stunden von ihr abglitt. Jetzt brauchte sie nur noch etwas zu essen, dabei konnte sie behutsam das Thema Safari anschneiden. Der Jubel war vorprogrammiert, und bei Joscha würde sie halt später anrufen, wenn die Mädels schliefen. Man musste flexibel sein, das predigte sie doch ihren Klienten in einem fort! Sie war's.

»Und was hast du da Leckeres für uns gekocht?« Esther lupfte den Deckel der Steingutform, die offenbar zu den Irrläufern gehörte, zu denen sich niemand bekannte. Nach jedem Schulfest blieben solche Schätzchen übrig, dieses war oval, feuerfest und mit Wildrosen versehen. Normalerweise hätte sie nachgefragt, wann denn diese grauenhafte Form den Weg in den Haushalt der Anchors gefunden hatte, doch selbst dazu war sie zu erschöpft. Wärme schlug ihr entgegen, der Duft von Vanille verstärkte sich, offenbar eine Mehlspeise, höchst appetitlich anzuschauen, das reinste Kunstwerk.

»Alle Achtung! Ich wusste gar nicht, dass du so etwas kannst, mein Herz. Riecht ja köstlich.«

»Es ist süß, Mama«, warnte Janina.

»Was soll's? Heute haben wir uns eine kleine Sünde ehrlich verdient, finde ich. Erst geht unser gemütlicher Sonntag zu dritt den Bach runter, dann nimmt deine Oma die Ambulanz von Hohenlind auseinander, du hättest sie erleben sollen, als ob die Oberärztin und alle anderen lediglich ihre Lakaien wären. Aber wozu rege ich mich auf? Wo steckt überhaupt Ann-Katrin? Dann erzähle ich euch beim Essen alles hübsch der Reihe nach, und hinterher ...«

»Das wüsste ich auch gern, wo meine liebe kleine Schwester steckt.«

Als ob Janina damit das Stichwort gegeben hätte, wurde Sekunden später die Korridortür aufgeschlossen, dann huschte blitzschnell jemand an der halb offenen Küchentür vorbei. Ann-Katrin machte nicht mal Halt, um guten Abend zu sagen. Man hörte sie in ihrem Zimmer rumoren, Schuhe polterten zu Boden, eine Schranktür knarrte und wurde unsanft wieder zugeknallt, es dauerte keine zwei Minuten, und Esthers Jüngste gesellte sich mit blitzenden Augen und hochroten Wangen zu ihnen.

»N'Abend! Ihr glaubt ja nicht, was ich heute so alles erlebt habe. He, ist das was Süßes?« Ann-Katrin beugte sich vor und rückte mit dem Gesicht so dicht an die feuerfeste

Form, dass etwas von der locker gebackenen Teigmasse an ihrer Nasenspitze kleben blieb.

»Ferkel!«, schimpfte Janina. »Und davon sollen wir noch was essen.«

»Musst du ja nicht! So lecker, wie das riecht, schaff ich das auch ganz allein.«

»Zufällig habe ich die Dampfnudeln organisiert. Außerdem gibt's auch noch Mama.«

»Mama mag so was sowieso nicht. Höchstens noch Joscha, aber der ist im Moment mit was anderem beschäftigt.«

»Bist du ihm wieder mal auf die Nerven gefallen?«, stichelte Janina.

»Fehlanzeige! Ich bin nur kurz bei ihm reingesaust, weil ich mir ganz in der Nähe die Hose aufgerissen habe. Beim Skaten, ich hab so was wie 'nen doppelten Salto hingelegt, fast akrobatisch. Kriegt nicht mal Zorro hin. Zorro ist ein Dackel«, das bekannte fuchsige Griemeln flog zu Janina hinüber, während Ann-Katrin fortfuhr: »Aber das weißt du ja!«

Janina sah aus, als ob sie explodieren wolle, doch sie beherrschte sich. Dabei war ihr gerade die passende Retourkutsche eingefallen. Sie könnte dieses kleine Aas beispielsweise fragen, seit wann sich der Heinzelmännchenweg in der Nähe von Joschas Wohnung befand. Doch dann entschied sie, dass es klüger war, nichts dergleichen zu sagen. Es brachte nichts, wenn sich ihre Wut auf Ann-Katrin, die ihr nachspionierte, mit dem Thema »Die Webers« vermischte. Um ihre kleine Schwester würde sie sich später kümmern.

»Deine neue Hose?«, erkundigte Esther sich teilnahmsvoll. Die Jeans hatte ihre Jüngste sich selbst zusammengespart.

»Ja, aber man sieht buchstäblich nichts mehr von dem

Riss, obwohl er ziemlich riesig war. Joschas Besuch näht besser als 'ne gelernte Schneiderin, und nett ist sie auch, nur ihre Unterwäsche sieht Scheiße aus. So was mit Blümchen und Mausezähnchen.«

»Unterwäsche?«, wiederholte Esther. Die Safari rückte in weite Ferne, ihr Herz schlug wie verrückt, es trieb ihr die Schamesröte ins Gesicht. Von wegen Joscha meinte es ehrlich! Was immer er ihr als Wahrheit aufgetischt hätte, wenn es heute zu einem Gespräch gekommen wäre, es wäre gelogen gewesen. Er mochte von Versöhnung und gemeinsamem Urlaub und sogar von Liebe reden, er könnte sogar die Straße vor ihrem Haus mit unschuldsvoll weißen Rosen pflastern, nichts, keinen Ton würde sie ihm mehr glauben.

»Sabine hat dir also deine Jeans geflickt«, sagte sie mühsam beherrscht.

»Sabine?«, wiederholte Ann-Katrin und häufte sich einen und noch einen Löffel Dampfnudeln auf ihren Teller. »Ob sie Sabine heißt, weiß ich nicht, Joscha hat sie jedenfalls anders gerufen. So wie den Wellensittich von seinen Eltern, jedenfalls kommt sie auch aus der Nähe von Meckenheim, hat sie mir erzählt.«

Esther vergaß, dass sie ihre Töchter auf gar keinen Fall mit Joschas Betrug belasten wollte, das würde lediglich deren Männerbild zerstören. Zuerst ein Vater, der glaubte, immer und überall die erste Geige spielen zu müssen. Und dann ein Freund, der die Dolchstoßlegende mit neuem Leben erfüllte.

»Das ist gelogen!«, platzte sie heraus.

»Die sah aber nicht aus, als ob sie lügen würde. Irgendwie total naiv.« Ann-Katrin hangelte quer über den Tisch nach der Vanillesoße, goss reichlich davon auf ihren Teller und füllte die winzige noch freie Ecke mit Kompott.

Hach! Esther hätte aufspringen und in die Form mit den Kitschrosen schlagen mögen, bis die Dampfnudeln an die

Decke sprangen. Wovon aber letztlich nur sie selbst den Schaden hätte, wie sie sich in letzter Sekunde sagte. Vor ihrem inneren Auge entstand ein Bild, auf dem Joschas Exfrau zur Abwechslung das unschuldsvolle Hascherl spielte, perfekt nachempfunden bis zur Blümchenwäsche mit Häkelsaum, lediglich die Falten einer Frau von über fünfzig passten nicht zu dieser Staffage. Sie holte tief Luft, erlegte sich Mäßigung auf, trotzdem konnte sie den Hinweis nicht unterdrücken, dass keine Frau, welche die fünfzig passiert hatte, noch den Anspruch auf totale Unschuld erheben konnte. Und Sabine am allerwenigsten, ergänzte sie stumm und verstieg sich wortlos zu Beschimpfungen, von denen sie bislang nicht mal gewusst hatte, dass sie zu ihrem Wortschatz gehörten.

»Nö!« Ann-Katrin schob sich einen Löffel in den Mund und verdrehte begeistert die Augen, es dauerte ein paar Sekunden, bis sie zum eigentlichen Thema zurückfand. »Nö«, wiederholte sie sehr bestimmt, »Joschas Übernachtungsbesuch ist nie im Leben so alt.«

»Zufällig habe ich damals die Scheidung von Joscha und Sabine durchgeführt und weiß auf den Tag genau, wie alt sie ist.«

»Dann war's eben nicht seine Ex. Glaub ich sowieso nicht! Warum sollte er sonst Kiki zu ihr sagen? Jetzt hab ich's wieder: Joscha hat sie Kiki genannt. Außerdem hab ich mitgekriegt, dass sie im sechsten Semester studiert, irgendwas mit Verwandtschaften, und Joscha sagt, dass er ihr dabei hilft.«

Nannte man das jetzt so? Blind vor Wut und Enttäuschung und um sich selbst daran zu hindern, vor ihren Töchtern etwas zu sagen, was sie hinterher bedauern würde, häufte Esther sich nun gleichfalls eine ordentliche Portion von der Mehlspeise auf ihren Teller und begann zu essen. Kauen, schlucken, die Wut mit runterwürgen, zwischendurch ein bisschen Tee, damit es besser flutschte. So war das also. Joscha, der wunderbare und grundanständige Joscha, trieb es nicht nur heimlich in seiner Junggesellenbude mit seiner Exfrau, sondern obendrein mit einer Studentin, die so blutjung war, dass sie sogar aus der Warte einer Vierzehnjährigen wie ein Mädchen wirkte. Was für ein Morast! Niemals hätte sie so etwas für möglich gehalten. Alles, was sie jemals über Freiheit als Nährboden jeder wirklich guten Beziehung gedacht hatte, verkehrte sich in diesem Augenblick ins genaue Gegenteil. *Das* hatte sie nicht gemeint, so hatte sie es sich ganz bestimmt nicht vorgestellt, wenn zwei einander in Liebe verbundene Menschen darauf verzichteten, sich gegenseitig anzuketten.

»Du musst aber Kohldampf haben, Mama!«

Die Stimme ihrer Jüngsten erreichte Esther von weit weg. Sie starrte auf ihren Teller, der blitzblank war. »Ja«, sagte sie mechanisch und stützte beide Ellbogen auf den Tisch, drückte die Stirn in die Handmulden, ganz fest, um die Überlegungen daraus zu vertreiben, die allesamt um Joscha kreisten. Er hatte es nicht verdient, dass sie auch nur noch einen müden Gedanken an ihn verschwendete.

»Hast du Kopfschmerzen, Mama?«, erkundigte sich Janina.

»Ja. Nein. Es war wohl alles etwas viel heute. Dabei wollte ich ursprünglich mit euch beiden über unseren Urlaub reden. Ich finde, allmählich wird es Zeit, dass wir uns Gedanken darüber machen, wo es diesen Sommer hingehen soll.« Esther schluckte schwer und massierte sich mit dem Handballen die Stirn, drückte so fest, dass es weh tat. »Was schwebt euch denn so vor?«, fuhr sie gepresst fort und dachte bei sich: Die Safari kann ich jetzt endgültig ad acta legen, ohne Joscha ist mir das viel zu riskant. Schon wieder Joscha. Der Teufel sollte ihn holen!

»Wie wär's mit Spanien?«, schlug Janina vor und widmete sich angelegentlich ihrem leeren Löffel, hielt ihn gegen das Licht der Pendelleuchte, als ob sie ernsthaft erwöge, ob sie ihn sauber abgelutscht zurück in die Schublade räumen könne.

»Spanien?«, fragte Esther erstaunt. »Du meinst Andalusien?« Ihr Hirn griff gierig nach dem Wort Andalusien, ein geografischer Begriff und folglich unverfänglich, in Andalusien war sie auch noch nie mit Joscha zusammen gewesen, Andalusien war neutral. Ihre Älteste konnte nur Andalusien meinen, wenn sie Spanien sagte, dabei war sie doch sonst so präzise. Oder ob sie etwa an eine Städtereise dachte? »Für Barcelona und Sevilla und Madrid ist es nämlich zu heiß«, ergänzte sie vorsichtshalber, »im Landesinneren wirst du im Juli und August praktisch gekocht, dorthin kann man höchstens mal einen Tagesausflug unternehmen. Von Andalusien aus ist das kein Problem, da gibt es noch wunderhübsche, idyllische Fleckchen, warum eigentlich nicht?«

»Ich meine nicht Andalusien. Ich meine überhaupt nicht das Festland. Ich ...«, jetzt wurde der Löffel mit der Serviette nachpoliert und nochmals ausgiebig begutachtet, »... ich meine Mallorca.«

Bei dem Wort »Mallorca« fiel Esther ihr eigenes Besteck aus den Händen, und Ann-Katrin sprang johlend von ihrem Stuhl auf. »Alle mal herhören!«, kreischte sie fröhlich und formte ihre Serviette zum Trichter, »meine superkluge, superkultivierte große Schwester will an den Ballermann fahren. Wollen wir mal raten, warum? Oder besser gesagt mit wem? Ich sage nur ›Heinzelmännchenweg‹.« Der Rest ging in ohrenbetäubendem Gekreische unter, es passierte, was schon viele Jahre lang nicht mehr vorgekommen war: Die Schwestern fielen übereinander her, kratzten und rissen sich gegenseitig an den Haaren und waren kaum auseinander zu bekommen.

»Aufhören!«, befahl Esther. »Sofort aufhören! Jede geht bitte sofort in ihr Zimmer!« Eine Aufforderung, der die beiden Mädchen erst Folge leisteten, nachdem Esther ihnen in ihrer Verzweiflung einen Krug Leitungswasser übergekippt hatte. Das brachte sie zur Besinnung, begossenen Pudeln gleich machten sie sich davon, und Esther ließ sich auf ihren Stuhl zurück sinken, schob die feuerfeste Form mit den Wildrosen beiseite und fragte sich, ob das alles wirklich an einem einzigen Tag passiert sein konnte.

Dann begann sie zu weinen, zwischendurch leerte sie die Form und den Krug mit Vanillesoße und obendrein die Schüssel mit Kompott. Jetzt war ihr auch noch übel. Speiübel. Wenn sie nur alles ausspucken könnte! Wenn es nur mit ein bisschen Speien getan wäre! Dieses »Ich meine Mallorca« schlug dem Fass den Boden aus. Ausgerechnet Janina zog es auf die Putzfraueninsel. Einfach grauenvoll. Noch viel grauenvoller als das Dekor dieser Form keine Handbreit von ihr entfernt.

Esther konnte sich nicht erinnern, jemals blau gemacht zu haben. An diesem Montag aber tat sie genau das, sofern man unter blau machen verstand, dass jemand eine Krankheit simulierte, die er gar nicht hatte. Sie rief die beiden Klienten an, die sich für diesen Tag angemeldet hatten, und sagte deren Termine wegen eines grippalen Infekts ab. »Es sei denn«, fügte sie jeweils hinzu, »Sie nehmen mit Herrn Nideggen allein vorlieb.« Das war nicht der Fall, beide Herren protestierten ohne zu zögern, was ihr gut tat, soweit einem noch etwas gut tun konnte, wenn man den Kopf unter dem Arm und das Herz in Streifen trug.

Als Nächstes sprach sie in dem Büro, das sie sich mit Joscha teilte – Wie lange noch? Konnte man wirklich auf Dauer Job und Privates trennen? Durfte man mit einem solchen Schurken überhaupt noch Geschäfte machen? –, auf den Anrufbeantworter. So früh konnte sie sicher sein, dass Joscha noch nicht da war und womöglich abhob und sie zu einer persönlichen Stellungnahme zwang. Falls er überhaupt den Mut, die Dreistigkeit dazu hätte und nicht selbst auflegte, sobald er ihre Stimme hörte. In den Sekunden, die verstrichen, bis sich ihre eigene Bandstimme mit »Anchor & Partner« meldete, malte sie sich aus, dass Joscha ihren Anruf entgegen aller Wahrscheinlichkeit doch annahm, dabei brach ihr der Schweiß aus, ihre Hände wurden so glitschig, dass sie kaum noch den Hörer halten konnten.

»Anchor & Partner!«, tönte es in ihr Ohr. Kühl, beherrscht, sehr selbstsicher, sauber akzentuierend, eine Stimme, der nichts und niemand etwas anhaben konnte. Sie zuckte zusammen, etwas polterte, das Telefon landete neben ihrem linken Fuß auf dem Parkett. Jetzt erschrak sie schon vor ihrer eigenen Stimme! So weit hatte Joscha sie also gebracht. Dabei hatte sie sich nach Jürgens Tod geschworen, sich nie mehr von einem Mann so sehr vereinnahmen zu lassen, dass er sie völlig aus der Bahn werfen konnte.

Wer war denn hier aus der Bahn geworfen? Sie doch nicht! Nicht wegen so was! Wenn etwas mit den Mädels wäre, dann schon, ihre Töchter verdienten nur Gutes, gerade das Allerbeste war gut genug für sie, für die beiden würde sie kämpfen wie eine Löwin. Um einen Mann würde sie nicht kämpfen, kein Mann war das wert, den Beweis dafür hatte sie soeben wieder mal erhalten. Gemessen an einem ausgewachsenen, studierten, eheerfahrenen Mann – sie vermied bewusst den Namen Joscha – war ihre sechzehnjährige Tochter geradezu ein Ausbund an Vernunft und Ehrlichkeit.

Und was war mit Mallorca? Was trieb eine vernünftige, blitzgescheite, grundehrliche Sechzehnjährige zur Putzfraueninsel der Nation?

Stress, beruhigte Esther sich, ihre Älteste stand schlicht unter Strom. Auch der Grund hierfür lag auf der Hand, dieser Señor Torres machte Janina zu schaffen. Es war unverantwortlich, dass sie als Mutter nicht längst einen Termin mit Janinas Spanischlehrer vereinbart hatte. Kein Wunder, wenn ihre Große unter dem übergroßen Druck ausrastete und sich sogar zu Handgreiflichkeiten mit ihrer jüngeren Schwester verstieg. Auch dieses »Mallorca« war nichts weiter als ein Hilfeschrei, sie als halbe Psychologin musste das doch durchschauen. Jede gute Mutter durchschaute derlei.

Wenn eines ihrer Kinder früher mal Kummer gehabt hatte, schob es ja auch etwas anderes vor und machte beispielsweise mit »Mama, Bäuchlein weh!« auf sich aufmerksam. Die Botschaft dahinter lautete stets: »Mama, hilf mir!« Selbstverständlich würde sie Janina helfen, dafür war sie ja da. Im Übrigen sollte ihr auch klar sein, dass die eigene Unausgeglichenheit – was für eine Untertreibung! – stets auch Auswirkungen auf ihre kleine Familie hatte, das galt insbesondere für ein so sensibles Geschöpf wie Janina.

Nein, sie würde Janina und natürlich auch Ann-Katrin keine Vorwürfe machen und die gestrige Entgleisung nicht mal mehr erwähnen. Stattdessen würde sie auf der Stelle einen Termin mit Señor Torres ausmachen und außerdem im Reisebüro vorbeigehen und sich beraten lassen. Wäre doch gelacht, wenn sie den Karren nicht wieder zum Laufen bekäme. Dazu brauchte sie niemandes Hilfe, am allerwenigstens die von Joscha.

Nachdem Esther sich für die zweite große Pause bei Janinas Lehrer angemeldet und mit Gerda Kronen abgestimmt hatte, was es mittags zum Essen geben sollte und welche Arbeiten an diesem Tag vorrangig waren, machte sie sich als Erstes auf den Weg zum Friseur. Der äußere Mensch spiegelte bekanntlich den inneren Menschen wider und umgekehrt. Wenn sie sich im Spiegel nur ansah, bekam sie das kalte Grauen. Diese ungepflegten Zotteln auf ihrem Kopf waren symptomatisch, Schneiden und eine gute Packung und vielleicht auch ein paar helle Strähnen waren überfällig. Sie hatte noch gut drei Stunden Zeit, um dem Lehrer, der ihre Älteste piesackte, als eine Frau gegenüberzutreten, mit der niemand ungestraft Schlitten fuhr. Mit Rücksicht auf das schmal geschnittene Kostüm, für das sie sich ebenfalls in Hinblick auf Señor Torres entschieden hatte, ließ sie ihr Fahrrad stehen und nahm ein Taxi. Sie nannte die Adresse, lehnte sich zurück, verirrte sich in Gedanken erneut zu jenem Thema, das sie sich strengstens verboten hatte, und schreckte hoch, als der Fahrer »Da wären wir, macht genau neun Euro!« sagte.

Sie kramte einen Zehneuroschein aus ihrer Börse, sagte »Stimmt so!«, stieg aus, steuerte schwungvoll die Tür des Salons an und wurde unsanft gebremst. Die Tür blockierte. Eine völlig unangemessene Wut stieg in ihr hoch, am liebsten hätte sie der klemmenden Tür einen Tritt versetzt, beherrschte sich dann aber aus Rücksicht oder Scham und versuchte es erneut auf die zivilisierte Tour. Vergeblich. Sie holte tief Luft, zwang sich zur Ruhe und spähte durch die Glasscheibe ins Innere des Salons. Niemand stand hinter der Kasse, kein einziger Kunde war zu sehen, auch kein Friseur, nicht mal Licht brannte. Esther fühlte sich wie im falschen Film, bis ihr Blick auf den Kasten der »Bild«-Zeitung keine drei Meter von ihr entfernt fiel. Das Datum sprang ihr ins Auge, der Tag. Sie hatte tatsächlich vergessen, dass heute Montag war. Der Tag, an dem bekanntlich kaum ein Friseur offen hatte. Obwohl sie vor nicht mal einer Stunde den beiden für diesen Montag vorgemerkten Klienten abgesagt hatte, war ihr kurz darauf wieder entfallen, welcher Wochentag war. Klarer Fall von Verdrängung!

Im Schaufenster begutachtete sie ihre Frisur, die keine war, die ausgestellten Poster mit lauter perfekt gestylten Frauenköpfen weckten den Wunsch in ihr, umgehend heimzufahren und sich ins Bett zu verkriechen und erst anderntags wieder aufzustehen. Ein absolut kindischer Gedanke, den sie rasch wieder beiseite schob. Was sollte denn ihre Hilfe denken? Und erst die Mädchen? Mama, bist du krank? Du bist doch nie krank ...

Esther mied ihr Spiegelbild, als sie zielstrebig das nächste Reisebüro ansteuerte. Drehte sie ihren Zeitplan halt um! Die Reisefachfrau, die sie wenig später beriet, hatte selbst halbwüchsige Kinder und machte nicht den Eindruck, als ob Esthers Bedenken an ihr vorbeirauschten, sofern nur die Kasse stimmte. Die nicht mehr ganz junge, mütterlich wirkende Frau war auch ehrlich genug, die potenziellen Gefahren einer Safari einzuräumen, wenngleich diese, wie sie meinte, weniger von wilden Tieren, als vielmehr von verseuchtem Wasser und mangelnder Hygiene bei der notgedrungen oft primitiven Nahrungszubereitung unterwegs herrührten.

»Sie müssen ja nicht gleich auf Großwildjagd gehen«, riet sie. »Warum fangen Sie nicht mit Marokko an? Das dürfte für zwei gesunde Mädels im Alter Ihrer Töchter sowieso viel interessanter sein. Zuerst eine neuntägige Safari auf dem Kamel in einer kleinen Gruppe, die aus höchstens zehn durch die Bank weiblichen Teilnehmerinnen, einem deutschsprachigen Führer und fünf weiteren Betreuern, die Berber sind, aber außer Berberisch wenigstens Englisch und Französisch sprechen, besteht. Solch eine Tour ist ein unvergessliches Ereignis und nicht gefährlicher, als wenn Sie hier in Köln über die Straße gehen. Jeder entkeimt und filtert sein Wasser selbst, damit ist das einzige nennenswerte Risiko gebannt, wenn man mal von Muskelkater absieht. So ein Kamel ist nun mal nicht wie unsere Autos gefedert und gepolstert, dafür wächst es einem in den neun Tagen wie ein guter Freund ans Herz. Was glauben Sie, wie stolz Ihre Töchter sein werden, wenn sie ihren Freundinnen hinterher die Fotos zeigen, auf denen sie kaum noch von einem echten Wüstenbewohner zu unterscheiden sind? Das Tagelmust ist die Eintrittskarte in eine andere Welt, in ein Märchen.«

»Tagelmust?«, wiederholte Esther verwirrt.

»So nennt man das bis zu sechs Meter lange Vielzwecktuch aus luftiger Baumwolle, das jeder gleich bei der Ankunft in Zagora überreicht bekommt und mit dem man sich von Kopf bis Fuß verhüllt. Es gibt keinen besseren Atem- und Augenschutz, das Tagelmust – bei Männern heißt es übrigens Agelmus – schützt besser als jeder Panamahut und jede Baseballkappe gegen die Sonne, die Berber verwenden es obendrein als Wasserfilter und zum Trocknen der Hände und sogar um die Nasen ihrer Kamele zu reinigen.« Ein beifallheischender Blick traf Esther.

Esther nickte schwach und verscheuchte das Bild eines rotznäsigen Kamels, das man wie ein Kleinkind schnäuzen musste, aus ihrem Kopf. Jetzt nur ja nicht pingelig werden!

»Nach diesen neun Tagen Safari könnten Sie sich entweder noch die vier Königsstädte Rabat, Meknès, Fès und Marrakesch anschauen, das ist Tausendundeine Nacht pur, oder Sie begnügen sich mit einem Abstecher nach Casablanca oder Agadir und genießen zwölf Tage lang den blitzblauen Atlantik und kilometerlange, herrliche Strände«, fuhr die Expertin für Fernreisen fort. »Sie sollten sich allerdings sehr rasch entscheiden, weil diese besonders intensiv betreuten Safaris ausschließlich für weibliche Teilnehmerinnen verständlicherweise nur begrenzt angeboten werden können.«

Esther bedankte sich, verstaute die perfekt ausgearbeiteten Routen in ihrer Tasche und versprach, sich möglichst schon anderntags zu melden. Weil sie sich nicht allein auf die Angaben der Reisefachfrau verlassen wollte, suchte sie in der ihr bis zum Treffen mit Señor Torres verbleibenden Zeit eine Buchhandlung auf und deckte sich, da sie sich nicht entscheiden konnte, gleich mit vier Reiseführern ein. Bei einem Glas frisch gepresstem Orangensaft und einem Mehrkornkipferl – das Erste, was sie an diesem Tag zu sich nahm – an der Bar im Parterre blätterte sie schon mal in den Bändchen mit solch verheißungsvollen Titeln wie »abenteuer und reisen« oder »Einblicke in eine andere Welt« und war bald derart fasziniert, dass sie beinahe die Zeit vergaß. Jetzt musste sie schon wieder ein Taxi nehmen. Sei's drum! Sie fühlte sich jedenfalls trotz Zottelfrisur besser als vor ein paar Stunden, und was die Optik betraf, musste diesmal halt der innere Mensch nach außen strahlen.

Wider Erwarten empfing Janinas Spanischlehrer sie keineswegs so, wie Esther sich die Begrüßung der Mutter einer Schülerin mit solch schwachen Leistungen ausgemalt hatte. Der Mann kam ihr ausgesprochen freundlich entgegen und dachte offenbar nicht daran, sich negativ über seine Schülerin zu äußern. Nach fünf Minuten kam Esther dieses Drumherumgerede im wahrsten Sinn des Wortes Spanisch vor, schließlich konnte man kein Problem lösen, wenn man es totschwieg. Sie benutzte eine Sprechpause des Lehrers, um zur Sache zu kommen.

»Ich finde es ausgesprochen nett von Ihnen, Señor Torres, dass Sie so positiv über meine Tochter reden, andererseits ist mir sehr wohl bewusst, dass sie in Ihrem Fach erhebliche Schwierigkeiten hat. Solche Probleme hat sie nur in Spanisch, wie ich betonen möchte, und da fragt man sich doch als Mutter ...«, weiter kam sie nicht, weil der Lehrer ihr ins Wort fiel.

»Aber Señora, ich bitte Sie! In Anbetracht des Ergebnisses der letzten Klausur ...«

»... die voll daneben war, ich weiß«, unterbrach Esther ihn und fragte sich, als ihr Gegenüber sie daraufhin wie ein Mondkalb anstarrte, ob der Lehrer Janina womöglich mit einer anderen Schülerin verwechselte. So etwas kam vor, wie sie wohl wusste. Bevor sie den Namen ihrer Tochter einflechten konnte, ergriff jedoch erneut der Spanischlehrer das Wort. Was er erzählte, war schier unerklärlich. Angeblich hatte Janina inzwischen eine weitere Klausur mitgeschrieben, die über jeden Tadel erhaben war.

»Aber ...«, wandte Esther ein und verstummte, weil sie nicht laut fragen wollte, aus welchem Grund ihre Tochter ihr die erste gute Note in Spanisch verschweigen sollte. Dann konnte sie ja gleich ausposaunen, dass Janina ihr ganz offensichtlich nicht mehr vertraute.

»Falls Sie befürchten, Señora, dass es sich um einen positiven Ausrutscher handeln könnte, so kann ich Sie ebenfalls beruhigen. Ich habe Ihre Tochter jetzt mehrmals auch im Mündlichen überprüft, ihre Fortschritte sind wirklich erstaunlich, sehr erstaunlich, und das alles dank zwei Wochen Osterferien auf Mallorca. Die Baleareninsel war zweifelsfrei Anchors – ähm! Janinas – Aha-Erlebnis und hat ihr die Pforte zum Spanischen geöffnet. Ich kann nur sagen: Weiter so! Und jetzt muss ich zusehen, dass ich in meine nächste Stunde komme, Sie entschuldigen.«

Esther sah dem Lehrer hinterher, blickte auf ihre rechte Hand, hätte nicht mal sagen können, ob sie den Händedruck erwidert und etwas geantwortet hatte. Mallorca, hallte es in ihrem Kopf, Aha-Erlebnis, Pforte geöffnet ... sie verstand rein gar nichts mehr. Alles, was sie noch mit Sicherheit zu sagen vermochte, war, dass Janina weder in den Osterferien noch jemals sonst auch nur für einen einzigen Tag auf Mallorca gewesen war.

Sie wollte lediglich dorthin. Janina wollte nach Mallorca, um ihr Spanisch zu festigen, das laut Señor Torres plötzlich über jeden Tadel erhaben war. Wenn Esther nicht ganz genau wüsste, dass sie auf dem Korridor des städtischen Gymnasiums stand, Blick auf einen Schaukasten mit Linolschnitten und einen zweiten mit Masken, würde sie glauben, daheim in ihrem Bett zu liegen und soeben einen Alptraum zu erleben. Einen Alptraum, der auf dem basierte, was dieses Gespräch erst langfristig hatte bewirken sollen: einer guten Note in Spanisch.

Sehnsucht nach einem Alptraum

Janina hatte keinen Zweifel daran gelassen, dass sie auf Kamelreiten mit oder ohne »Tagelmust« und ebenso auf die vier Königsstädte und Sonnenbäder am Atlantik pfiff. Sie wollte nach wie vor in den Sommerferien nach Mallorca in eine dieser Clubanlagen fahren, wo das Tragen eines Plastikarmbändchens Pflicht war. Dort, wo die Webers hinfuhren. Es schien Janina auch nicht sonderlich zu beeindrucken, dass ihre Mutter sich von ihr hintergangen fühlte.

»Worüber beschwerst du dich?«, wollte sie wissen, als Esther sie nach dem Gespräch mit Señor Torres zur Rede stellte. »Wäre es dir lieber, wenn ich weiter schlecht in Spanisch wäre?«

»Darum geht es nicht. Es geht um unsere Basis, um unsere Vertrauensbasis. Wenigstens in der engsten Familie muss man sich doch darauf verlassen können, dass einer dem anderen die Wahrheit sagt.« Esther hatte die Tränen unterdrücken müssen, als sie das sagte.

»Wir sind ja gar keine richtige Familie«, konterte Janina.

Peng, das saß. Nie zuvor hatte Esther sich derart verletzt gefühlt, sie schüttelte nur schwach den Kopf, als ihre Älteste fragte, ob sonst noch etwas wäre. Wenig später fiel die Korridortür ins Schloss.

Und so blieb es. Man sah sich zu den Mahlzeiten und

verständigte sich über die Wäsche, den nächsten Termin für die Zahnprophylaxe oder fürs Tennisspielen und über andere Alltäglichkeiten, ansonsten machte Janina sich in den folgenden Wochen weitestgehend unsichtbar. Aus einem anhänglichen, rücksichtsvollen, weit über die Jahre hinaus verständigen Teenager war ein Nestflüchtling geworden. Es gab ja nicht mal wie andernorts einen Fernseher, um den sich die Familie versammelte, und Musik konnte jeder für sich im eigenen Zimmer hören. Wenn Esther ihre Älteste ansprach, antwortete diese höflich, solange die bewussten Reizthemen ausgespart wurden, dazu zählte neben Mallorca auch der intensive Kontakt zu dieser Familie am Heinzelmännchenweg. Alles, was Esther von Janina über die Webers erfuhr, war, dass diese eine »richtige Familie« waren. Pengpengpeng!

Gesprächen ihrer Töchter entnahm Esther weitere Hinweise auf die Webers, welche das Bild einer durch und durch spießigen Familie abrundeten, wo der Fernseher praktisch Tag und Nacht eingeschaltet blieb und der Kitsch – wie sonst sollte man Wildrosen auf dem Kochgeschirr und Hexenhäuschen im Garten einordnen? – regierte. Eine Familie, für die Cluburlaube mit Plastikarmbändchen auf Mallorca zweifelsfrei das Nonplusultra waren.

Erstmalig kamen Esther Zweifel an ihrem auf gegenseitiger Kameradschaft und Toleranz basierenden Erziehungskonzept. Es war, als ob ein Riese die Hand ausgestreckt und die wunderbaren Drei-Mädel-Frühstücke und Drei-Mädel-Abende und eben alles, was schön und wichtig und vor allem nah und vertraut gewesen war, in seiner Faust hatte verschwinden lassen.

Aber vielleicht, so Esthers nächster bitterer Gedanke, war all das ja gar nicht verschwunden, sondern lediglich verpflanzt worden. In eine »richtige Familie«, bestehend aus lauter Couchpotatoes. In Esthers Fantasie lümmelten sich die zweibeinigen und die vierbeinigen Bewohner jenes Hauses am Heinzelmännchenweg ohne nennenswerte Unterbrechungen auf dem Sofa vor der Glotze, stopften sich mit ungesundem Essen und Trivialitäten voll und infizierten ihre süße kleine Nina. Sie konnte nur infiziert sein.

Nicht nur sie, wie sich bald herausstellte.

Es ging damit los, dass auch Ann-Katrin nicht mehr länger als unbedingt nötig zu Hause blieb, dabei war sie doch sonst ein notorischer Stubenhocker. Und nach Afrika wollte Ann-Katrin ebenso wenig wie ihre ältere Schwester, dabei hatte sie noch vor kurzem davon geschwärmt, wie fantastisch es wäre, mal richtige Abenteuer zu erleben und im Urlaub nicht ewig und drei Tage nur zu angeln und zu wandern oder sich im Kanu zu verausgaben. Ausgerechnet sie, die außer für Basketball noch nie viel für sportliche Betätigung übrig gehabt hatte, gab nun ebenfalls einem Club den Vorrang, dessen einziger Vorzug alle möglichen Sportangebote waren. All inclusive wie auch drei große Mahlzeiten und beliebig viele Snacks zwischendurch und Getränke, so viel man wollte. Es war ja wohl kaum als weiterer Vorzug anzusehen, dass dieser Club fest in deutscher Hand war und von den deutschen Gästen eines auf Massentourismus spezialisierten Veranstalters im Vorjahr zum Lieblingsclub erkoren worden war.

Eine Begründung für ihren Meinungswechsel lieferte die Vierzehnjährige allerdings nicht. »Nur so«, meinte sie, »wird bestimmt lustig.«

Eines Tages, als Ann-Katrin vom Basketball zurückkam und auf die Frage, wie es war, nur etwas Unverständliches vor sich hin murmelte – sehr begeistert klang das wirklich nicht –, ergriff Esther die wie sie fand günstige Gelegenheit und wagte einen weiteren Vorstoß: »Was willst du denn in solch einem Club? Dir ist doch das Training zweimal die Woche schon zu viel.«

»Ich muss ja auf Mallorca kein Basketball spielen.«

»Sondern? Was willst du dann spielen? Tennis vielleicht? Das macht nur Sinn, wenn du regelmäßig trainierst, was im Übrigen für fast alle Sportarten gilt, die dort angeboten werden. Und soweit ich weiß, muss die Sportart erst noch erfunden werden, die dich mitreißt.«

Statt einer Antwort schleuderte Ann-Katrin ihren Sportbeutel an der Kordel rund, die Unterlippe war trotzig vorgeschoben, man könnte glatt annehmen, ihre ältere Schwester habe sie einer Gehirnwäsche unterzogen. Die beiden hatten sogar ihre ständigen Kabbeleien untereinander eingestellt. Nicht etwa, dass sie so unzertrennlich wie ganz früher wären, dafür verbrachten sie viel zu wenig Zeit miteinander. Trotzdem existierte eine Art Waffenstillstand zwischen den Geschwistern, vielleicht war es sogar mehr als das. In jedem Fall konnte Esther sich nicht ehrlichen Herzens über dieses wortlose Einverständnis freuen, das sie selbst ausschloss.

»Also?«, beharrte sie. »Was reizt dich wirklich an diesem Club auf Mallorca?«

»Andere Kinder«, nuschelte Ann-Katrin, »ich hab keinen Bock, ständig mit Großen zusammen zu sein.«

»Und woher willst du wissen, dass ausgerechnet dort Kinder, Mädchen sind, die du magst? In deiner Klasse sind siebzehn Mädchen, die alle in deinem Alter sind, trotzdem triffst du dich so gut wie nie mit einer davon. Und für Basketball gilt dasselbe.«

»Weil die alle blöd sind.«

»Und wie kommst du auf die Idee, ausgerechnet in diesem Club würdest du auf ein Mädchen treffen, das dir besser gefällt?«

»Weil ich's eben weiß. Warum lässt du Janina und mich nicht allein fahren, wenn du keine Lust auf 'nen Cluburlaub und Mallorca hast?«

»Weil Minderjährige noch gar nicht allein verreisen dürfen. Es muss wenigstens ein verantwortlicher Erwachsener dabei sein.«

»Die Webers machen das schon. Die haben gesagt, dass es ihnen nichts ausmacht, wenn Janina und ich auch noch mitkommen. Die sind einfach alle total unkompliziert, und gemütlich ist es bei denen, sogar irre gemütlich, so ist es bei uns nie. Du könntest ja in der Zeit was mit Joscha unternehmen, oder bist du noch immer mit ihm verkracht? Janina meint, du wärst eifersüchtig auf seine Exfrau, aber das wär total blödsinnig, weil das auf gar keinen Fall seine Ex ist, die jetzt immer bei ihm ist.«

Jetzt immer, immer, immer, das Echo in Esthers Kopf war der blanke Hohn. Kein Wunder, dass Joscha ihrem Wunsch, Privates eine Weile völlig auszuklammern, derart bereitwillig entsprochen hatte. Er traf sich also weiter mit der jungen Frau, die wie ein Wellensittich gerufen wurde. Kiki. Kein Mensch mit etwas Grips zwischen den Ohren ließ sich Kiki nennen. Aber wer sagte denn, dass Männer Wert auf Grips legten, wenn sie statt dessen Frischfleisch in geblümter Unterwäsche mit Mausezähnchen haben konnten?

»Ich werde euch ganz gewiss nicht mit einer wildfremden Familie verreisen lassen«, erwiderte Esther steif und wünschte sich, dass Ann-Katrin beide Arme um sie schlang und es sich wie früher auf ihrem Schoß gemütlich machte und wie ein Kätzchen maunzte, während ihre Mutter ihr sanft den Rücken streichelte.

Ann-Katrin tat nichts dergleichen. Statt dessen saugte sie geräuschvoll an ihrer Unterlippe. Als sie die Lippe wieder losließ, gab es ein schmatzendes Geräusch. »Dann lernst du die Webers eben kennen, die haben bestimmt nichts dagegen. Die sind für alles offen, die vertragen sich sogar mit der Ratte vom Sohn der Leute gegenüber.«

»Du redest von einer leibhaftigen Ratte?«, vergewisserte sich Esther und hatte eine Kloake vor Augen. Ratten lebten in Gullys, in Slums, übertrugen die Pest ...

»Logisch! Denkst du, jemand stopft sich 'ne Ratte aus? Tobby, so heißt der Junge von gegenüber, hat 'ne echte Ratte, mit der fährt er sogar Straßenbahn, bei ihm ist sie total zahm. Aber in die Grundausbildung als Soldat darf er die nicht mitnehmen, und seine eigenen Eltern fiesen sich davor, deshalb übernehmen die Webers das. Ich frag sie einfach, ob du auch mal mitkommen kannst, okay? Dann lernst du auch endlich Zorro und Wedel und natürlich Ellen kennen.«

»Ist Ellen die Ratte oder ein dritter zugelaufener Hund?«, erkundigte sich Esther.

»Mensch, Mama!« Ann-Katrin verdrehte genervt die Augen. »Ellen ist in meiner Parallelklasse, in der 8b, sie ist die Schwester von Kai. Ihre beste Freundin ist nach Hahnenwald gezogen, die Eltern haben sich dort so 'ne Prunkvilla gebaut, da geht's zu wie auf einem Schloss, sagt Ellen, fehlen nur noch die Filzpantoffel. Nach Mallorca fahren die natürlich auch nicht mehr mit. Nicht mal ihren Hund darf Ellen zu denen mitbringen, deshalb bleibt sie lieber ganz weg. Ellen ist echt cool, man muss nur erst richtig mit ihr warm werden.«

»Du triffst dich also neuerdings mit dieser Ellen?« Esther schnappte nach dem Sportbeutel, mit dem ihre Tochter noch immer herumspielte, zweimal hatte sie nur knapp das Selbstporträt von Anton Räderscheidt verfehlt. Eine Rarität. Esther zog den ungewöhnlich flachen Beutel einem Impuls folgend auf und nahm nacheinander Polohemd, Shorts, weiße Socken und Basketballschuhe heraus. Alles war sauber und ordentlich zusammengefaltet, wie Gerda Kronen das tat. Nie im Leben waren die Sachen an diesem Tag benutzt worden.

»Könnte es sein, dass du heute gar nicht beim Basketball warst? Dass du nur so getan hast als ob? Dass du mich genauso hintergehst wie Janina? Was glaubt ihr eigentlich, was ich für euch bin? Der Notstopfen? Jemand ohne Gefühle? Oder nur diejenige, die alles bezahlt und dafür sorgt, dass eure Wäsche in Ordnung ist? Versteht ihr das unter Familienleben? Ach nein, ich vergaß, wir sind ja in euren Augen gar keine richtige Familie. Hätte ich eurer Meinung nach vielleicht noch einmal heiraten und mir vielleicht auch noch zwei räudige Hunde und eine Gastratte zulegen sollen, die mir das Parkett zerkratzen?« Esther sagte noch mehr, schrie die Worte, keines davon meinte sie ernst, die Enttäuschung diktierte sie. Enttäuschung über ihre Mädchen oder über sich selbst, das konnte sie in diesem Moment unmöglich entscheiden. Sie wusste nur, dass etwas völlig außer Kontrolle geriet und sie Gefahr lief, auch noch ihre Töchter zu verlieren.

Nur das nicht! Eher ließ sie sich mit einem Plastikarmbändchen ums Handgelenk brandmarken. Zumal es nicht so aussah, als ob Joscha noch einmal die Kurve bekäme.

Esther verachtete sich auf der Stelle dafür, eine Versöhnung auch nur angedacht zu haben. Hatte sie das nötig? Wer war sie denn? Die Antwort gab sie sich nun Abend für Abend, wenn es nichts mehr zu tun gab und sie zu Bett ging und sich nicht mal dazu aufraffen konnte, in einem der vielen spannenden und anspruchsvollen Bücher auf ihrem Nachttisch weiterzulesen. Sie fühlte sich ausgelaugt und einsam. Sie war eine einsame Frau, die nicht gegen die Erinnerung ankam.

Joscha hatte, wie er fand, nichts unversucht gelassen, um sich mit Esther zu versöhnen. Doch sie war störrischer als ein Maulesel und vor allem stumm wie ein Stockfisch. Nach einer Woche gab er es auf und entsprach ihrer Bitte, zunächst einmal alles Persönliche zu meiden. Ohne sich dies offen einzugestehen, war es fast eine Erleichterung, nicht mehr ständig das Gefühl haben zu müssen, über ein Minenfeld zu gehen. Alle brisanten Themen wurden ausgespart, niemand mäkelte mehr an seiner Ernährung herum, fast trotzig bekannte Joscha sich erstmalig zu seinen Lieblingssnacks als da wären sämtliche auf dem Markt befindliche Schokoriegel und, falls ihm nach etwas Herzhaftem war, Mini-Salamis oder Partyfrikadellen. Es kam sogar vor, dass er einen Hauch Genugtuung verspürte, wenn Esther auf dem Weg zum Kopierer an seinem mit Snacks gespickten Schreibtisch vorbeimusste und demonstrativ den Kopf abwandte, als ob der bloße Anblick seines Proviants bereits ihre wunderschöne Taille oder gar ihre eiserne Disziplin zu sprengen vermochte. In manchen Momenten sehnte er sich danach, dass genau das passierte. Er war davon überzeugt, dass Esther nur einmal richtig loslassen musste, um auch in der Vertikalen und am helllichten Tag jene Frau zu sein, in die er sich damals unsterblich verliebt hatte.

In seinem Bett, das nun verwaiste, vermisste er Esther besonders heftig. Vielleicht hätte er längst weitere Vorstöße unternommen, wenn seine Abende und Wochenenden weiterhin derart trostlos geblieben wären und sein einziger zwischenmenschlicher Kontakt darin bestanden hätte, am Freitagabend seine Eltern in Rheinbach zu besuchen und an jedem verfluchten Wochentag im Schnitt ein bis zwei Klienten zu verarzten.

Leute, die ihm nebenbei gesagt immer unsympathischer wurden. Was vielleicht auch daran lag, dass die Distanz zu Esther ihm zunehmend bewusst machte, wie abhängig er in diesem Job von ihr war. Sie gab das Tempo und die Strategie vor, daran bestand kein Zweifel, von Anfang an war dies ihr »Baby«, sie hatte ihn lediglich dazugeholt. Weil es günstiger war, dem Klienten eine doppelte Projektionsfläche, sprich einen Bösen und einen Guten anzubieten – so ihre damalige Begründung – oder weil es ihr unangenehm war, einen kleinen Pauker zum Geliebten zu haben. Dieser Verdacht verdichtete sich nun in ihm zur Gewissheit und machte ihn erst recht wütend.

Die Einzige, die es derzeit verstand, ihn von seiner Hilflosigkeit und seiner Wut abzulenken, war Kiki. Er wollte nichts von ihr, ganz bestimmt nicht, vermutlich hätte er nie mehr auch nur einen einzigen Gedanken an die süße kleine Assistentin seiner Exfrau verschwendet, wenn er sich nicht aus lauter Langeweile und Frust auf sein unvollendetes Projekt besonnen hätte. Zig eng beschriebene Seiten, die erst mal sortiert und in den PC eingegeben werden wollten, wie sollte er das allein bewerkstelligen? Da war ihm eingefallen, dass Kiki händeringend einen Job suchte, bei dem ihr zwanzig Euro die Stunde angeboten wurden.

Was waren zwanzig Euro gemessen an dem, was er verdiente? Ein Klacks, und ohne fremde Hilfe würde seine wirklich gute Idee weiter Staub ansetzen und am Ende nie realisiert werden. Eins kam zum anderen, den Ausschlag gab Esthers Weigerung, das Thema Ferien zu viert auch nur anzuschneiden, seine Urlaubsprospekte hatte sie ihm wortlos auf den Schreibtisch geknallt. Was sollte er allein im Urwald oder in der Sahara oder auch nur wie im Jahr zuvor in einer skandinavischen Blockhütte? Lieber blieb er in Köln und sah zu, dass er mit einem Projekt weiterkam, von dem Esther nicht einmal ahnte, dass es überhaupt existierte.

Er hatte bewusst damit hinter dem Berg gehalten, hatte sie damit überraschen wollen, wenn alles fertig war. Und dann hatte er seine tolle Idee, die ihn im gesetzlich vorgeschriebenen Trennungsjahr, das er und Sabine unter einem Dach – ihrem Dach – verbrachten, davor bewahrte, entweder seine Frau oder sich selbst umzubringen, schon fast vergessen. Nun, wo er sich wieder darauf besann, sagte er sich, dass es vielleicht ein Glück war, dass er Esther nichts davon erzählt hatte. Was sie nicht kannte, konnte sie ihm auch nicht madig machen. Der letzte Gedanke war erst jüngst hinzugekommen und spiegelte seine momentane Gemütslage.

Kiki jedenfalls dachte nicht im Traum daran, seine Idee zu zerpflücken oder ihn gar zu belächeln, ganz im Gegenteil staunte sie ihn an wie den lieben Gott, und als er ihr statt zwanzig sogar fünfundzwanzig Euro die Stunde für ihre Mithilfe anbot, waren ihr doch tatsächlich die Freudentränen über die runden Bäckchen gekullert. Er hatte ihr ein Päckchen Papiertaschentücher in die Hand gedrückt und hastig begonnen, den Rahmen dieser Zusammenarbeit abzustecken.

Unter der Woche circa zwei Stunden am Vormittag, bevor er los musste, und zwei weitere Stunden am Abend, wenn er sowieso nichts mit sich anzustellen wusste. Bei Bedarf auch noch ein paar Stunden am Wochenende, sofern sie beide Zeit hatten. Kiki schien, nachdem alle Klausuren für das auslaufende Semester geschrieben waren, ständig Zeit zu haben, oft blieb sie, wenn er zur Arbeit ging. Und wenn er zurück kam, saß sie noch immer dort, hob fast schuldbewusst den Kopf und lächelte ihn verlegen an. »Es ist so spannend«, meinte sie dann, »außerdem genieße ich die himmlische Ruhe bei Ihnen.«

Die Bezahlung der unverlangt geleisteten Überstunden lehnte sie strikt ab. Natürlich stand für ihn fest, dass sie das Geld trotzdem bekäme, es stand ihr zu, er würde es einfach mit überweisen. Trotzdem war er gerührt, Kikis Begeisterung und ihre Gegenwart taten ihm gut. Was war schon dabei, wenn er sie fragte, ob sie noch zum Abendessen bleiben wollte?

Sie sagte niemals nein, so bürgerte sich auch das ein, bald empfing sie ihn mit einem fertig gedeckten Tisch. Die knallig bunten Sets hatte sie mitgebracht, ebenso wie den selbstgehäkelten Überwurf aus allen möglichen Wollresten, auf den sie offenbar sehr stolz war.

»Ehe Sonja den auch noch verkokelt«, meinte sie seufzend und verlängerte mit einer weiteren Anekdote das Sündenregister der jungen Musikerin, die unter dem Druck, ihr Examen diesmal unbedingt schaffen zu müssen, immer unangenehmer wurde, noch mehr rauchte, überall ihre glimmenden Zigaretten ablegte und oft genug vergaß. »Irgendwann fackelt sie uns noch die ganze Bude ab und nicht nur meine gute Decke.«

Weil Joscha Kiki nicht verletzen wollte, schwieg er zu dem kunterbunten Zeug, mit dem sie sein Monopol von Schwarz und Weiß torpedierte. Sie bezeichnete die Verteilung ihrer Mitbringsel als »gemütlich machen«. Na und? Es waren ja nur Kleinigkeiten, größtenteils Wolliges, sogar die Eierwärmer waren gehäkelt. Was Kiki leicht verlegen damit erklärte, dass ihre Mutter keinen Wollfaden wegwarf und sogar alte Pullis wieder aufribbelte und der Wollberg in ihrem Elternhaus demzufolge beständig wuchs. »Als arme Studentin nehme ich halt das, was nichts kostet.«

Außerdem war Kiki unglaublich verfroren. Joscha gewöhnte sich daran, die Heizung hochzudrehen, stellte gleichzeitig seine Freikörperkultur am offenen Fenster und das eiskalte Duschen ein und folgte auch beim Essen und Trinken nur noch seinen spontanen Gelüsten. Ohne schlechtes Gewissen. Warum auch sollte er ein schlechtes Gewissen haben? Er hatte sich nichts vorzuwerfen, nicht wirklich. An diesem Punkt seiner Überlegungen angekommen, brauchte er regelmäßig den nächsten Gaumenkitzel.

Ob Esther sich niemals fragte, warum Menschen stundenlang vom Essen schwärmten oder Schokolade als Aphrodisiakum ansahen? Dabei war die Antwort doch ganz simpel: Ein gutes Essen erzeugte ähnlich wie guter Sex

Wärme, Lustgefühle, ohne diese Ingredienzien war das Leben nur halb so viel wert. Wenn er schon auf Sex verzichten musste, brauchte er zumindest was Gutes auf dem Teller, das ihn von innen her wärmte.

Mit Kikis Kochkünsten war es allerdings nicht weit her. Nachdem sie ihn einmal mit reichlich schwarzen Bratkartoffeln zu Spiegeleiern mit Schinkenspeck – »Ich dachte, das ginge ganz leicht!« – und ein anderes Mal mit Ravioli aus der Dose empfangen hatte, übernahm er das Kochzepter, manchmal brachte er auch auf dem Heimweg etwas mit. Reibekuchen beispielsweise oder für jeden ein halbes Hähnchen oder auch Lasagne von seinem alten Italiener. Dazu trank er wie früher einen guten Vino und amüsierte sich königlich, als Kiki nach dem Genuss von einem einzigen Glas – er hatte sie aufgefordert, doch wenigstens mal zu kosten, dieses ständige Milch und Wasser trinken nervte ihn nachgerade – zu lispeln begann.

»Du kannst hier schlafen«, meinte er, weil er genau wusste, dass sie das Geld für ein Taxi ablehnen würde. Andererseits war er selbst nicht mehr nüchtern genug, um sich ans Steuer zu setzen und sie heimzufahren. Diese Lösung schien ihm die vernünftigste zu sein, zumal Esthers Jüngste auf gar keinen Fall noch so spät bei ihm läuten und neue Horrormärchen in Umlauf bringen würde.

Ann-Katrin schien die Einzige aus der Familie Anchor zu sein, die ihn gelegentlich vermisste. Dann klingelte sie, plauderte eine Runde mit ihm und verschwand wieder. Am auffälligsten war, dass ihre Gier auf Süßigkeiten jeder Art nachgelassen hatte. Was für Joscha wiederum bedeutete, dass sie um seiner selbst willen und nicht wegen der Aussicht auf einen Schokoriegel kam. Was Kiki betraf, tat Ann-Katrin so, als ob deren Anwesenheit in seiner Junggesellenbude die selbstverständlichste Sache der Welt sei, nur ab und zu verriet sie sich mit einem neugierigen Blick. Manchmal wünschte Joscha sich sogar, dass Esthers Jüngste daheim von Kiki erzählte. Irgendwas musste Esther doch aus der Fassung bringen, wenn er ihr nicht völlig gleichgültig war. Es stand Kiki ja nicht auf der Stirn geschrieben, dass sie lediglich seine Mitarbeiterin war.

In dieser Funktion stellte Kiki sich wirklich geschickt an. Ab und an kam ihm sogar der Gedanke, sie auch über die Semesterferien hinaus zu beschäftigen. Ein Gedanke, der sich unter dem Einfluss eines edlen Barolo und zweier ihn anhimmelnden Jungmädchenaugen mitunter zu Fantasien entwickelte, die ihn als Oberguru einer »So-trainiere-ich-spielend-mein-Gedächtnis«-Bewegung mit Kiki als persönlicher Assistentin zeigten. Was seine Ex wohl dazu sagen würde, wenn er ihr die Assistentin ausspannte? Eine köstliche Vorstellung, zumal Sabine ihn noch immer nicht in Ruhe ließ.

Im Vordergrund seiner Überlegungen stand selbstverständlich dieses hoffnungsvolle Projekt. Was sich schulmäßig anhörte, war das genaue Gegenteil, sein Konzept setzte ja gerade auf die Kopplung abstrakter Formeln mit eingängigen Bildern, Rhythmen, Berührungen. Ein Spiel, bei dem sich Denk- und Lernblockaden lösten, das für jede Altersstufe geeignet war und herausholte, was sich einem so gern und oft entzog. Wer sagte denn, dass sich daraus kein Geschäft machen ließ? Eines, das genauso gut lief wie Esthers Baby? Sollte sie ihr Ohr ruhig weiter irgendwelchen Top-Leuten leihen, für die ein Mensch erst begann, ein Mensch zu sein, wenn er im Jahr mehr verdiente als manch einer in seinem ganzen Leben. Joscha knüpfte lieber bei Herrn und Frau Jedermann an, das wurde ihm nun immer klarer.

Jeder kannte die leidige Situation, wenn er sich partout nicht an einen Namen oder eine Konto- oder PIN-Nummer erinnern konnte und schier verzweifelt »Aber ich hab's auf der Zunge« stöhnte.

Jeder wusste, wie schrecklich es war, mitten in einem

Gespräch oder womöglich sogar bei einem Vortrag oder einer Rede den Faden zu verlieren.

Dabei war es ganz leicht, sich zu erinnern, wenn man sich seiner »Denkmützen« bediente. Eselsbrücken nannte man das früher, er als Mathematiker entwickelte daraus nun mit Kikis Unterstützung ein Strategiespiel für alle Lebenslagen. Es musste nur fertig werden und allgemein verständlich rüberkommen und natürlich klappen.

Wenn sein Denkmodell in der Praxis funktionierte, und davon war er überzeugt, würde auch alles andere wieder ins Lot kommen. Esther war wie kaum eine andere Frau auf Erfolg abonniert. Wetten, dass auch sie, wenn seine Idee zündete, den Mann in ihm sah, der er war, der er sein wollte? Dann würde sie ihn endlich als gleichwertigen Partner ansehen. Erst dann? Fragte sich nur, was er bislang für sie gewesen war. Etwa eine Art Hampelmann wie der Freund ihrer Mutter? Mirko, dieser Hampelmann ..., er glaubte förmlich den verächtlichen Klang von Esthers Stimme zu hören. Keine sehr angenehme Vorstellung, mit Mirko in einen Topf geworfen zu werden ...

»Was denken Sie?« Schüchtern, die Stimme ein klein wenig piepsig, er brauchte einen Augenblick, um in die Gegenwart zu Kiki zurückzufinden. Sie saß ihm gegenüber, die dünnen Arme vor der kindhaften Brust verschränkt, ihre Vorliebe für Geblümtes spiegelte sich nicht nur in ihren Höschen, sondern auch in den leichten Blüschen, die sie nun meistens statt weiter T-Shirts und Sweatshirts trug. Ihre Haare waren heute wieder zum Pferdeschwanz frisiert, ein paar Ponyfransen fielen ihr in die Stirn und raubten ihr die Sicht auf ihn, sie pustete sie beiseite.

»Was ich denke?«, wiederholte er, um Zeit zu gewinnen. Er würde ihr ja wohl kaum auf die Nase binden, dass die große Liebe seines Lebens in ihm möglicherweise eine Art Hampelmann sah. »Nun«, meinte er zögernd, »ich denke, also ich denke, es wäre an der Zeit, dass wir das förmliche ›Sie‹ begraben, immerhin sind wir nun so was wie Kollegen, hm?«

Kiki wurde rot, was sehr herzig aussah. Die Röte vertiefte sich, als er eine Flasche Champagner öffnete und wie es sich gehörte mit ihr anstieß und ihr einen Bruderschaftskuss gab. Sie roch gut und sehr unschuldig. Der Schampus schien ihr besser zu schmecken als sein Wein, sie leerte ihr Glas, als ob Limonade darin wäre und ließ sich sogar nachschenken. »Huch, das kribbelt aber! Und warm wird mir auch.« Sie zog ihr Blüschen ein Stück vom Körper weg, pustete sich in den Ausschnitt und bemerkte gar nicht, dass sie dabei sowohl ihren Brustansatz als auch ihr nacktes Bäuchlein entblößte. Wenn sie es wüsste, davon war er überzeugt, würde sie sich in Grund und Boden schämen. Sie war kein bisschen kokett. Er konnte sich beim besten Willen nicht vorstellen, dass sie schon mal was mit einem Jungen, geschweige denn mit einem Mann gehabt hatte.

»Hast du eigentlich noch nie einen festen Freund gehabt?«

»Doch, schon, bei uns daheim, aber meine Mutter war ständig hinter uns her, sie ist halt so, sie meint es nicht böse.«

»Und hier? In Köln?«

»Da hab ich kaum Zeit.«

»Für mich hast du aber sehr viel Zeit.«

»Das ist was anderes.« Kiki sprang ungestüm auf. »Ich glaube, ich muss jetzt los, meine letzte Bahn fährt gleich.« Obwohl sie das sagte, blieb sie wie festgenagelt auf der Stelle stehen und sah ihn an.

»Wegen mir kannst du auch bleiben.« Diese Nacht verbrachte Joscha nicht auf den ständig verrückenden Sitzpolstern.

Solch ein Urlaub mit Plastikarmbändchen im Dunstkreis des Ballermanns mochte primitiv sein, billig war er jedenfalls nicht. Zuletzt argumentierte Esther praktisch nur noch über den Preis. »Ich sehe einfach nicht ein«, erklärte sie immer wieder, »dass ich ein kleines Vermögen dafür bezahle, rund um die Uhr von irgendwelchen Animateuren belästigt zu werden und mich obendrein mästen zu lassen. Dieser Urlaub würde uns doppelt so viel kosten wie die Ferien letztes Jahr, das ist geradezu lachhaft und steht in keiner Relation.« Ebenso energisch beharrte Esther darauf, ihre beiden Töchter auf gar keinen Fall allein mit den Webers verreisen zu lassen, wenigstens in diesem Punkt blieb sie eisern.

Es bedurfte Nerven aus Titan, um der nunmehr täglichen erfolgenden massiven Attacke standzuhalten. Bis zur Abreise der Webers waren es nur noch vierzehn Tage. Wenn sie noch zwei Wochen durchhielt, war das Schlimmste überstanden. Wie hieß es doch so schön? Aus den Augen, aus dem Sinn! Darauf vertraute Esther, an diese Binsenweisheit klammerte sie sich. Nur noch vierzehn Tage!

Natürlich war auch den Mädchen klar, dass der Countdown lief. Janina nannte das Verhalten ihrer Mutter »stur und unflexibel« und scheute auch nicht davor zurück, sich quasi als letztes Mittel auf Oma Ruth zu berufen, die das schon lange meinte und in gewisser Weise sogar den Bruch mit Joscha prophezeit hatte.

»Wer sagt denn, dass wir auseinander sind?«, wehrte Esther ab und hatte ein Gefühl, als ob ihr gerade endgültig der Boden unter den Füßen fortgezogen würde.

»Seid ihr's etwa nicht?«, fragte Janina schnippisch zurück. »Soweit ich weiß, hast du Joscha seit Wochen nicht mehr gesehen ...«

»Falsch!«, fiel Esther ihrer Ältesten ins Wort. »Ich sehe ihn jeden Tag.« Außer Samstag und Sonntag und am Feierabend, ergänzte sie stumm.

»Das zählt nicht, das ist Arbeit. Privat seid ihr jedenfalls nicht mehr zusammen, und warum? Weil Joscha ebenfalls die Nase voll davon hat, dass immer nur du vorschreibst, was gemacht wird. Auf Dauer hält das kein Mensch aus. Weißt du, was du bist? Die reinste Despotin.«

»Sind Despoten nicht immer ziemlich alt und hässlich?«, wandte Ann-Katrin ein.

»Vielleicht verwechselst du Despot mit Prophet, die haben obendrein einen Bart!«, hänselte Janina. »Außerdem ist sie«, ein anzüglicher Blick traf Esther, »so jung auch nicht mehr.«

»Kiki ist jedenfalls richtig jung, sie ist erst Anfang zwanzig.« Ann-Katrin kicherte, dabei begann ihre Zahnspange zu rutschen. »Joschas Kiki«, fügte sie hinzu, als ob es dieser Ergänzung bedurft hätte.

Esther konnte nicht länger an sich halten. »Ein für allemal: Ich möchte nichts über Joscha und seinen Umgang hören, was er mir nicht selber sagt.« Und was, fuhr es Esther durch den Kopf, wenn er kommt und mir gesteht, dass er jetzt eine andere liebt? Beispielsweise diese Kiki ...

»Da kannst du wahrscheinlich tausend Jahre warten, bis er freiwillig kommt und was sagt, was dir nicht in den Kram passt, und sich dafür von dir niedermachen lässt.«

»Ich käme nie auf die Idee, jemanden niederzumachen«, protestierte Esther.

Janina schnaubte verächtlich. »Nein, nicht solange wir alle brav nach deiner Pfeife tanzen. Aber ich sag dir was: Wenn ich nicht mit nach Mallorca darf, will ich auch sonst nirgendwo hin, und in Spanisch schreib ich ab sofort wieder nur noch schlechte Arbeiten, vielleicht mach ich das dann auch in Englisch und Französisch.«

»Ich auch!«, echote Ann-Katrin.

»Seid ihr denn von allen guten Geistern verlassen? Wofür lernt ihr denn? Etwa für mich? Habe ich euch jemals zu etwas gezwungen, was ihr nicht wolltet?«

»Man kann einen Menschen auch hintenrum zwingen, durch Manipulation. Du hast immer so getan, als ob wir was Besonderes wären, was Besseres als die ganz normalen Familien. Und warum? Weil du keinen mehr im Haus haben willst, der dir dazwischenfunkt und den Daumen draufhält, so wie Papa das immer getan hat. Jetzt machst du praktisch nichts anderes als er, nur nicht so offen. Du zeigst es nur, wenn man dir Kontra gibt, so wie jetzt. Das erträgst du nicht, du versuchst es nicht mal. Oma Ruth würde uns übrigens das Geld für Mallorca geben, aber natürlich würdest du A. K. und mich trotzdem nicht mit den Webers fahren lassen, das ist mir schon klar. Weil es nicht deine Idee ist und du die Webers nicht magst. Dabei kennst du sie nicht mal. Uns sagst du immer, man soll alles wenigstens mal probieren, aber das ist natürlich was anderes. Du willst sie nicht mögen, und wenn du was nicht willst, dann ist es halt schlecht oder primitiv oder weiß der Geier was.« Janina rannte aus dem Zimmer, die Tür knallte hinter ihr ins Schloss, neuerdings knallte sie häufig Türen und explodierte, früher hatte sie das nie getan. Ann-Katrin folgte ihr, wenn auch leise. Und wieder mal blieb Esther allein zurück. Mit einer Kriegserklärung ihrer Töchter und tausend widersprüchlichen Gefühlen.

War es der Umstand, dass ihre eigene Mutter hinter ihrem Rücken die Übernahme der Reisekosten zugesagt hatte, der Esther am nächsten Morgen im Reisebüro unterschreiben ließ? Oder die hinter ihr liegende Nacht, in der sie sich schlaflos von der einen auf die andere Seite gewälzt und jedes Wort von Janina hatte Revue passieren lassen? Oder beides zusammen? Nicht mal ihr Kostenargument hielt mehr stand. Die letzten im gewünschten Zeitraum verfügbaren freien Plätze in der Clubanlage auf Mallorca wurden mit einem Rabatt von vierzig Prozent verkauft.

»Sie haben den richtigen Riecher«, lobte sie der Besitzer des Reisebüros, in das sie diesmal gegangen war. »Die Meldung ist gerade eben erst bei uns reingekommen. Wetten, dass heute Abend alles weg ist? Sie können sogar noch von Köln aus fliegen.«

Esther lächelte mühsam. Die Lust aufs Lachen war ihr nachhaltig vergangen. Sie konnte sich auch nicht freuen, als Janina und Ann-Katrin ihr abends um den Hals fielen und so taten, als ob nichts gewesen wäre. Als ob sie wirklich die »beste Mama der Welt« für die beiden wäre. Esthers Selbstbild als Mama war kräftig ins Wanken geraten. Hatte sie tatsächlich so viel falsch gemacht? Selbst wenn sie Abstriche machte – und bei einem oder in diesem Fall sogar zwei Teenagern in der Pubertät durfte man nun mal nicht jedes Wort auf die Goldwaage legen – blieb eine tiefe Verunsicherung in Esther zurück. Dazu gesellte sich die Angst, wie sie dieser »richtigen Familie« gegenübertreten sollte. Wie hielt sie es nur drei geschlagene Wochen mit solchen Leuten in ein und derselben Clubanlage aus? Am besten nahm sie einen Koffer voller Bücher und auch noch was zum Arbeiten mit und verschanzte sich hinter einer Palme oder unter einem Sonnenschirm möglichst weit weg vom Pulk, den, soweit sie wusste, fast stündlich dieser oder jener Animateur auf Trab brachte. Sie würde sich jedenfalls von nichts und niemand zu was auch immer animieren lassen, nicht für Geld und gute Worte. Sie würde sich opfern und damit genug.

Kaum stand fest, dass es nach Mallorca ging, begannen Janina und Ann-Katrin mit den Reisevorbereitungen. Die beiden packten ihre Sachen allein, das war nichts Neues, sondern lediglich ein Beweis ihrer Selbständigkeit. In dem, was sie mitnehmen wollten, zeigten sich nun allerdings deutliche Unterschiede zum Vorjahr. Standen damals noch

Walkman, Bücher, Malutensilien und halt alles, womit man sich angenehm die Zeit vertreiben konnte, im Vordergrund, ging es nun primär um die passende Garderobe. Niemals hätte Esther für möglich gehalten, dass sich ihr Duo stundenlang den Kopf über Klamotten zerbrechen könnte. Die praktischen Schirmkappen sahen »Scheiße« aus, folglich durften sie nicht mit. Ähnliches galt für die noch vor kurzem heißgeliebten, weil zweckmäßigen und bequemen Bermudas, Windjacken mit eingearbeiteter Kapuze und Laufschuhe mit rutschfester Sohle. Aus geheimnisvollen Quellen tauchten plötzlich Panamahüte, Bikinis mit modischem Pareo, ganz bestimmt nicht rutschfeste Strandschuhe und bauchfreie Tops auf. Der Gipfel waren für den Strand völlig unpraktische Badetaschen aus einem durchsichtigen Material, oben offen. Einmal in Giftgrün, das andere Mal in Pink, je nachdem, wie man die Taschen hielt, wurden die Farben schwächer oder kräftiger.

»Könnt ihr mir bitte mal verraten, wovon ihr das alles bezahlt habt?« Eine Frage, zu der Esther sich verpflichtet fühlte. So viel Taschengeld konnten ihre Töchter gar nicht gespart haben, wie das alles kostete. Sie war fest entschlossen, ihre Töchter zur Rückgabe zu zwingen, falls die edlen Spender etwa dieser schrecklichen Taschen »Weber« hießen. So weit kam es noch, dass sie ihre Kinder von diesen Leuten ausstaffieren ließ.

»Haben wir ja gar nicht bezahlt«, grinste Ann-Katrin.

»Und gestohlen haben wir's auch nicht«, ergänzte Janina und fügte leicht boshaft hinzu: »Du kannst dich also wieder abregen! Das sind lauter milde Gaben von Oma Ruth. Sie meint, wo sie uns jetzt schon nicht die Reise spendiert, kann sie wenigstens dafür sorgen, dass man sich nicht für uns schämen muss. Der Club hat schließlich vier Sterne.«

Mit oder ohne Plastikarmbändchen?, wollte Esther

schon fragen, ließ es dann aber doch bleiben. Wenn man etwas allzu unverblümt attackierte, provozierte man lediglich Trotzreaktionen. Bei »unverblümt« musste sie automatisch an das Gegenteil, nämlich an die geblümte Unterwäsche einer gewissen Kiki denken.

Ob diese Kiki die Sommerferien mit Joscha zusammen verbrachte? Er blieb zu Hause, das hatte er erwähnt, mehr an ihren gemeinsamen Klienten als an Esther gerichtet. »Nein«, hatte er auf dessen Frage erwidert, »ich werde wohl dieses Jahr in Köln bleiben.« Beiläufig dahingesagt, als ob es die selbstverständlichste Sache für einen Menschen mit seinem Einkommen sei, auf Balkonien Urlaub zu machen. Zu beiläufig, wie Esther fand, sie kannte ihn gut genug, um zu wissen, wenn noch etwas anderes im Busch war. Eine Vorstellung, die ihr regelrecht übel werden ließ, und dazu dieses Affentheater ihrer Töchter.

Deren Modenschau hinterließ mittlerweile Spuren in der gesamten Wohnung und entlockte Gerda Kronen den Ausruf: »Mein Gott, sind die beiden groß geworden, die reinsten jungen Damen!« Dabei strahlte Gerda, als ob ihr gerade ein Kuchen besonders gut gelungen sei.

Was, fragte Esther sich, war so erfreulich daran, wenn eine Vierzehnjährige und eine gerade Sechzehnjährige sich sozusagen über Nacht in eitle junge Damen verwandelten? Nicht etwa, dass sie als Mutter etwas gegen Modebewusstsein und Stilgefühl einzuwenden hätte, doch das hier ging Esther entschieden zu weit. Bislang hatte sie unter den überall verstreut liegenden Reiseutensilien noch kein einziges Buch oder Gesellschaftsspiel gesichtet, dabei waren »Monopoly« und »Scrabble« und alle möglichen Kartenspiele doch unverzichtbare Requisiten eines jeden Familienurlaubs.

Vielleicht war ihr Widerwillen gegen das Verhalten ihrer Töchter der Grund dafür, dass Esther selbst bis zum vorletzten Tag so tat, als ob sie gar nicht in Urlaub führe. Weder legte sie wie gewohnt eine Liste der noch zu besorgenden Dinge an, noch brachte sie etwas in die Reinigung, sie ging nicht mal zum Friseur. Es war ihre Jüngste, die sie aus ihrer »Nur-nicht-dran-rühren!«-Haltung riss. Wie gewohnt nahm Ann-Katrin dabei kein Blatt vor den Mund. Zwei Tage vor der Abreise baute sie sich nach dem Abendessen vor Esther auf, legte den Kopf zur Seite, musterte ihre Mutter von oben bis unten und stieß einen zischenden Laut aus, dem ein »Uff!« folgte.

»Was ist? Habe ich Mozarella an der Nase?« Sonderlich wohl war Esther bei diesem prüfenden Blick nicht, normalerweise lief das umgekehrt und sie machte Ann-Katrin darauf aufmerksam, wenn sie wieder mal das halbe Essen im Gesicht oder am T-Shirt hatte.

»Nö, gekleckert hast du noch nicht.«

»Was heißt denn hier ›noch nicht‹?«

»Na ja, so wie du neuerdings rumläufst, kann's ja sein, dass du demnächst auch zu kleckern anfängst. Dabei hab ich bei Ellen wie sonst was mit dir angegeben. Die wird ganz schön geschockt sein, wenn sie dich so sieht. Von wegen wie aus dem Ei gepellt, besonders deine Haare sind echt grässlich.«

Automatisch hob Esther die Hand und tastete dorthin, wo gemeinhin eine pünktlich alle vier Wochen nachgeschnittene Frisur saß. Ohne Schnitt wurden ihre naturkrausen Haare binnen kurzem zu einem nussbraun wuchernden Brokkoli, der ihr schmales, immer leicht blasses Gesicht schmächtig und sogar kränklich aussehen ließ.

Seit dem Montag, an dem sie vor dem Gespräch mit Janinas Spanischlehrer vergeblich versucht hatte, bei ihrem Friseur unterzukommen, hatte sie sich nicht mehr um einen Termin bemüht. Ähnlich nachlässig war sie bei ihrem Make-up und ihrer Kleidung verfahren, sie schaffte es gerade noch, halbwegs passabel zurechtgemacht im Büro zu erscheinen. Diesen Triumph gönnte sie Joscha nicht, da legte sie schon lieber eine extradicke Schicht Make-up auf. Doch wenn sie das abwusch, sah ihre Haut untendrunter noch blasser und seltsam schuppig aus. Auch ihre Augen wirkten trüb, wie sie an diesem Abend bei einer gründlichen Musterung vor dem Badspiegel konstatierte. Ann-Katrin hatte Recht, auch wenn Esther das vorhin nicht hatte wahrhaben wollen.

Ausgerechnet am nächsten Tag, ihrem letzten Arbeitstag, hatte sie drei Klienten, was sonst so gut wie nie vorkam. Die längste Pause am Stück war von drei bis fünf. Verzweifelt versuchte sie, in dieser Zeit bei ihrem Friseur unterzukommen, doch der hatte eine Haarverlängerung angenommen, die kein anderer übernehmen konnte. »Tut mir wirklich Leid, Frau Anchor, aber ich dachte schon, Sie hätten gewechselt, so lange, wie Sie nicht mehr bei uns waren.« Esther murmelte eine Entschuldigungsfloskel, legte auf, schnappte sich das Branchenverzeichnis und suchte unter »W« wie »wechseln«. Wärmetechnik, nein danke! Wasserrohrbruch? Nein, hatte sie keinen, noch nicht, dafür hatte sie alles mögliche andere, was sie nicht wollte. Wieso war hier kein einziger Friseursalon aufgeführt?

Weil die mit »F« anfangen, Esther Anchor! Der Tonfall ihrer Mutter, bei kritischen Anmerkungen glaubte Esther gewohnheitsmäßig, die Stimme von Frau Staatsanwältin zu hören.

Sie blätterte zurück, glitt mit dem Finger über zig Spalten, in denen Friseure ihre Kunst anpriesen, die einen klein und bescheiden, die anderen fett gerahmt. Obwohl Ester geradezu allergisch gegen vollmundige Versprechungen war, wählte sie wenig später die Nummer eines Salons, der jeder Kundin einen absolut typgerechten Schnitt versprach. Diesmal war auch ihre Zeitwunsch kein Problem.

Um fünf nach drei betrat sie den Salon, um zwanzig nach fünf verließ sie ihn mit geducktem Kopf und um ein kleines Vermögen ärmer. Ein Irrer hatte sich mit der Rasierklinge an ihr vergangen, das war die einzig denkbare Erklärung. Es sei denn, ihr wahrer Typus hieß »zerrupfter Vogel«.

»Oh!«, war alles, was Joscha bei ihrem Anblick äußerte, in seinen Augen las sie etwas wie Mitleid. Sie wollte sein verdammtes Mitleid nicht. Dann begannen seine Mundwinkel zu zucken. Von wegen Anteilnahme! Er machte sich über das Fiasko auf ihrem Kopf lustig. Wer den Schaden hat, braucht für den Spott nicht zu sorgen! Zähneknirschend schob sie ihn aus dem Weg, rannte an dem längst wartenden Klienten vorbei zur Toilette, hielt die sündhaft teure Pracht unters Wasser und gesellte sich wenig später zu den beiden Männern. Joscha hatte bereits angefangen, dafür musste sie ihm auch noch dankbar sein. Im Wissen um ihr schauderhaftes Aussehen – völlig verschnitten, die Länge variierte zwischen streichholzlang und zündkopfkurz, keine Haarspitze wie die andere – musste sie Joscha sogar dankbar dafür sein, dass er diesmal die Regie übernahm.

»Vielleicht versuchen Sie es mal mit einer Denkmütze!«, hörte sie ihn einmal sagen, dann übermannte sie wieder das Mitleid mit sich selbst. Warum sie? Warum ausgerechnet sie? Warum immer nur sie? Sie wusste nicht, wie sie die Zeit bis zum Feierabend überstand, in ihrem Kopf drehte es sich, und sie hatte noch kein Stück gepackt und nicht mal ihre Spezialsonnencreme gekauft. Ihre Haut war hochempfindlich und neigte zu Irritationen, das galt vor allem, wenn sie mit Sonne in Berührung kam. Es war anzunehmen, dass auf Mallorca im Sommer die Sonne schien oder sogar knallte.

Wäre ich doch nur statt zu diesem durchgedrehten Figaro zu meiner Hautärztin gegangen, dachte sie. Wäre, wäre, wäre, höhnte es hinter ihren Schläfen.

»... und pass gut auf dich auf!«, sagte eine Stimme von weit weg.

Können vor Lachen ohne meine Sonnencreme und mit den Webers an der Hacke, dachte Esther voller Ingrimm und blickte auf, sah in Joschas leicht verlegenes Gesicht, er stand mit vor der Brust verschränkten Armen vor ihr. Als ihre Augen seine Arme fixierten, löste er sie hastig voneinander, hob sie an, in ihre Richtung, dann ließ er sie wieder fallen und pendeln, was sehr tollpatschig aussah. Ob ihn etwa das schlechte Gewissen plagte?

»Klar pass ich auf mich auf«, erwiderte sie mit belegter Stimme, räusperte sich, redete weiter, die Worte verselbständigten sich, hinterher hätte sie das Gesagte liebend gern wieder zurückgenommen: »Du lässt ja wohl lieber auf dich aufpassen, wie ich gehört habe.« Die Schamröte stieg ihr ins Gesicht, noch ehe das letzte Wort verklungen war.

Sie stürmte aus dem Büro, ohne sich weiter darum zu kümmern, ob Joscha auch richtig abschloss. Sie hatte sich nicht mal vergewissert, ob er in den nächsten drei Wochen auch wirklich alle paar Tage vorbeikam, um nach der Post zu sehen, E-Mails abzurufen, den Anrufbeantworter abzuhören und seine geliebten Blumen zu wässern. Bei dem Gedanken an die Grünpflanzen, die Joscha in jüngster Zeit vor lauter Zuwendung bald ersäufte, stolperte sie, schlitterte etliche Stufen treppab und wurde erst in der Kurve, welche die Treppe beschrieb, vom Geländer gestoppt. Toll! Sie sah sich schon blau und grün und völlig ramponiert – zumindest auf der rechten Körperhälfte – im Bikini am Pool entlanggehen und alle Blicke auf sich ziehen. Schaut mal, die ist bestimmt von ihrem Alten vertrimmt worden! Sollte sie nach einem Megafon verlangen und kundtun, dass es in ihrem Leben nicht mal mehr einen »Alten« gab, der sie vertrimmte?

Auf der Heimfahrt im Taxi handelte sie sich mehrere verstohlene Blicke des Fahrers ein. Die Reaktion ihrer Töchter war weniger diskret. »Du meine Güte, Mama! Was haben sie denn mit dir gemacht?«

Esther versuchte es mit Galgenhumor. »Zuerst hat mich ein Verrückter mit einem Rasiermesser attackiert«, sie zog an den kreuz und quer stehenden Haarspitzen, die so kurz waren, dass sie sich nicht mal mehr kringeln konnten. »Und dann hatte ich eine sehr intensive Begegnung mit Mister Granit.«

»Auf 'ner Holztreppe wäre dir das nicht passiert«, befand ihre jüngste Tochter. »Die Webers haben so 'ne Holztreppe, da bin ich schon zweimal drauf ausgerutscht, und hab mir nix getan.«

Esther flüchtete ins Bad. Was zu viel war, war zu viel. Sie begutachtete ihre Prellungen, betupfte sie mit Heilsalbe und begann zu packen. Systemlos, lustlos, wen interessierte schon, wie sie aussah?

Im Flugzeug wurden rote Schirmkappen mit dem Aufdruck des Reiseveranstalters an die Kinder verteilt. Auch Janina und Ann-Katrin bekamen je eine. Sie stopften sie achtlos in ihre Rucksäcke. Solche blöden Kappen brauchten sie nicht, ihre Oma hatte sie ja mit Panamahüten versorgt.

Als das Flugzeug fast pünktlich landete, wurde geklatscht. Schmerzgepeinigt verzog Esther das Gesicht. Ob sie mal fragen sollte, ob diese Klatscher auch ihrem Busfahrer oder Lokomotivführer Beifall spendeten, wenn er sie sicher ans Ziel brachte? Sie tat nichts dergleichen, weil sie just in diesem Augenblick der Blick eines besonders engagierten Klatschers streifte. Dieser Blick verweilte wie magnetisiert bei ihrer Frisur, die keine war, dann kümmerte sich der Mann angelegentlich weiter um das Handgepäck seiner Lieben. Alles, was man so brauchte: Videokamera, Fotoapparat und eine knisternde Plastiktüte mit Proviant, oben sah eine große Packung »Prinzenrolle« heraus.

Fehlt nur noch die Dauerwurst von Aldi, dachte Esther gehässig. Als ob der Besitzer der Provianttüte Gedanken lesen könnte, drehte er sich just in dieser Sekunde auf dem schmalen Gang zu ihr um und schenkte ihr einen letzten Blick, den jede Billigsalami als Beleidigung empfunden hätte. Rasch zerrte sie eine der roten Schirmkappen aus der Vordertasche von Janinas Rucksack und setzte sie sich auf. Immer noch besser als das Stoppelfeld auf ihrem Schädel.

»Guck mal! Irre, die holen uns extra ab.« Ann-Katrin stürmte los, dicht gefolgt von Janina, dann begann ein sinnentleertes »He!« und »Ho!« und »Ist ja fett! Voll fett!«, das mehr als peinlich war. Esther mochte gar nicht hinsehen.

Dabei waren ihre Töchter noch tags zuvor bei den Webers gewesen, um sich zu verabschieden und den Transfer der beiden Hunde zu Nachbarn zu begleiten. Am liebsten hätten die Mädels den Webers auch noch Geleitschutz zum Flughafen gegeben, doch das scheiterte zum Glück auch ohne Esthers Einspruch an der Flugzeit. Die Webers waren mit der ersten Maschine geflogen und in aller Herrgottsfrühe in Palma de Mallorca gelandet. Mittlerweile hatte die Sonne ihren Höchststand erreicht.

»Mama, nun komm schon! Wo bleibst du denn?«

Esther wollte nicht. Was sind das für Leute, fragte sie sich, die sich einem derart aufdrängen. Keine Spur von Benehmen oder gar Taktgefühl! Das waren mentale Holzfäller, sie hatte es ja von Anfang an gewusst.

»Soll ich Ihnen den Koffer abnehmen, Frau Anchor?«

Die Schirmkappe verdeckte Esther die Sicht auf den Sprecher, lediglich ein Paar Schuhe rückten in ihr Blickfeld. Freizeitschuhe, mindestens Größe 44, die reinsten Boote. Esther sah auf, notgedrungen. Ein hübscher Junge stand vor ihr, die Bewegungen noch etwas schlaksig, doch die Stimme war bereits die eines jungen Mannes. Sehr tief. Und höflich, ergänzte Esther stumm und fühlte sich beschämt. Wozu? Es gab keinen Grund, sich zu schämen. Sie nötigte keinem anderen Menschen etwas auf, was ihm in tiefster Seele widerstrebte.

»Nicht nötig«, erwiderte sie steif.

»Aber ich tu's gerne«, versicherte der Junge, von dem sie bereits wusste, dass er Kai hieß und nicht davor zurückschreckte, seinen armen Spanischlehrer an der Nase herumzuführen. Ein anderer Ausdruck dafür wäre Betrug. Janina wäre aus eigenem Antrieb nie so weit gegangen, davon war Esther überzeugt, wollte es sein.

»Er klaut dir schon nicht deine Preziosen«, zischte Janina und sah ihre Mutter auf eine Weise an, die keiner Mutter gefallen würde. So, als ob Janina älter und ihrer Mutter haushoch überlegen wäre.

»Da ich keine eingepackt habe, kann man sie mir auch nicht klauen«, konterte Esther. »Die einzigen Preziosen in meinem Koffer sind Bücher, insgesamt neun Stück, drei für jede Woche.«

»Er liest auch«, stichelte Janina. Nicht eben leise, es schien ihr völlig gleichgültig zu sein, ob der Junge, der mit Esthers Koffer in der einen und Janinas Koffer in der anderen Hand vor ihnen herging, etwas von diesem Schlagabtausch mitbekam.

»Pssst!« Esther besann sich auf ihre Höflichkeit.

»Warum soll ich den Mund halten, wenn du meinem Freund indirekt unterstellst, dass er ein Dieb und ein Kulturbanause ist?«

»Das habe ich nie gesagt.«

»Nein, aber du hast es gedacht und höflich, wie du nun mal bist, dezent durchschimmern lassen. Ich finde das noch viel schlimmer, als wenn einer offen heraus sagt, was ihm stinkt. Dann kann der Betreffende sich wenigstens wehren.«

»Ich habe nicht die Absicht und auch nicht das Recht, mir ein Urteil über deine Freunde zu bilden.«

»Dann tu's auch nicht, okay? Wir sind auf Urlaub, Mama. Kannst du nicht einmal, ein einziges Mal so tun, als ob du 'ne ganz normale Mutter wärst?«

Eine Antwort auf diese Frage erübrigte sich, weil Esther nun den Bus erreicht hatte. Sie stieg ein und setzte sich aus Angst, keine ihrer Töchter könnte den Platz neben ihr einnehmen, auf den einzigen Einzelsitz. Das fing ja gut an! Da tat sie alles, um ihre Damen bei Laune zu halten, und dann war das auch nicht genehm und sie durfte nicht mal mehr denken, was sie wollte.

Die Fahrt zum Club führte zunächst vom Meer weg ins Landesinnere, anfangs passierten sie noch recht idyllische Olivenhaine und Ortschaften, in denen die Zeit stehen geblieben zu sein schien. Doch das änderte sich bald, sie durchfuhren ein trostloses Industriegebiet, an das sich ein gigantischer Supermarkt anschloss, dahinter begann der touristische Rummel, den Schildern nach zu urteilen aufgeteilt in nationale Sektionen. Hier die Engländer, dort die Holländer und allüberall die Deutschen, unter denen die Bayern wieder eine eigene Sektion bildeten. Voller Abscheu ließ Esther die unzähligen meist handgeschriebenen – und von Fehlern wimmelnden – Aufforderungen zum Verzehr von Spanferkel, Jägerschnitzel, Brühwürstchen mit Mostrich oder Weißwurst und Kaiserschmarren an sich vorbeigleiten.

Esther schloss die Augen. Das war noch schlimmer, als sie es sich ausgemalt hatte. Als sie die Augen wieder aufschlug, sah sie das Meer, Dünen und daraus aufragend bunt blühende Vierecke. Erst auf den zweiten Blick entdeckte sie, dass es sich um bepflanzte Flachdächer handelte, von denen eine Treppe hinab in die Häuser führte, die mal kleiner und mal größer waren. Der bei weitem größte Bungalow lag unmittelbar am Meer und beherbergte das Restaurant und die Aufenthaltsräume.

War es der Wunsch, die Begegnung mit dem Ehepaar Weber so lange wie möglich hinauszuzögern, der Esther dazu verleitete, die ersten beiden Stunden in der Colonia de Sant Jordi auf einer Sonnenliege zu verbringen? Gut möglich, wie sie hinterher, als es bereits zu spät war, entschied. Zu spät deshalb, weil sie die Kraft der Mittagssonne unterschätzt hatte, gegen die keine Palme und kein Sonnensegel und erst recht keine rote Schirmkappe ankamen.

Der für die drei Anchors reservierte Mini-Bungalow musste noch von den Spuren der Vorbewohner befreit werden, so ging es los. »Macht nichts«, meinte daraufhin Kai, der weiterhin Esthers Koffer blockierte und natürlich auch mit zur Rezeption gekommen war und dort mit seinem Spanisch glänzte. Noch ehe Esther dazu kam, ihn zu fragen, wie er so etwas in ihrem Namen behaupten konnte, schob er auch schon selbst die Erklärung nach. »Es gibt nur noch eine halbe Stunde lang Essen, dann wird das große Büffet abgeräumt, und man bekommt bis abends nur noch alle möglichen Snacks. Die sind zwar auch nicht zu verachten, aber halt eher mickrig, gemessen an dem, was zu den Hauptmahlzeiten aufgefahren wird. Das ist einfach gigantisch. Gehen wir also am besten alle erst was essen, danach ist euer Bungalow garantiert fertig. Meine Eltern sitzen bestimmt auch schon in den Startlöchern und wetzen das Besteck.«

Die Vorstellung, als Nächstes einem vor lauter Fressgier mit Gabel und Messer fuchtelnden Paar die Hand reichen, Smalltalk absondern und womöglich noch am selben Tisch Platz nehmen zu müssen, entlockte Esther die Behauptung, nicht den geringsten Appetit zu verspüren.

»Aber wir haben Hunger!«, protestierte Ann-Katrin. »Das bisschen im Flieger war nur was für den hohlen Zahn, stimmt's?« Dabei sah sie ihre ältere Schwester an.

Woraufhin Janina, die monatelang bis abends mit zwei, drei Scheiben trockenem Knäckebrot und ein paar Mohrrüben ausgekommen war, zustimmend nickte.

»Dann geht halt allein!« Ganz tief in ihrem Inneren hoffte Esther zu diesem Zeitpunkt noch, ihre Töchter würden einlenken. Der gemeinsame Urlaub zeichnete sich seit jeher dadurch aus, dass man so viel wie möglich gemeinsam unternahm, für die Einnahme der Mahlzeiten galt das praktisch ausnahmslos.

»Und was machst du so lange?«, wollte Janina wissen. Die Frage klang nicht sonderlich interessiert, sondern eher genervt, von Familiensinn und Loyalität konnte keine Rede sein. Janinas Tonfall signalisierte, dass es ihr peinlich war, wenn ihre Mutter aus der Reihe tanzte. Aus der Weberschen Reihe, wohlgemerkt.

»Ich?« Gedehnt. Stumm zählte Esther bis drei, bevor sie fortfuhr: »Ich suche mir so lange ein schattiges Plätzchen, und für heute Abend reserviere ich uns dreien einen schönen Tisch.« Sie betonte das »uns dreien«, um erst gar kein Missverständnis aufkommen zu lassen.

»Man kann hier nicht reservieren«, tönte Kai.

Was war das denn für ein Hotel, wo man nicht mal reservieren konnte? Esther hielt nicht mit ihrer Meinung hinterm Berg und handelte sich daraufhin ein weiteres »Macht nichts!« ein. Die diesmal gelieferte Begründung war erst recht dazu angetan, sie zu vergraulen. Offenbar verreisten die Webers seit Jahr und Tag im Pulk und schickten abwechselnd jeweils einen aus ihrer Runde vor, um den größten Tisch freizuhalten.

Die Erwiderung, die Esther bereits auf der Zunge lag, bekam Kai jedoch nicht mehr mit, weil ihrer Ältesten offenbar Böses schwante und sie blitzschnell dazwischenfunkte. Viel zu laut und hektisch drängte Janina zum Aufbruch Richtung Speisesaal, Kai wurde förmlich von ihr mitgezerrt. Und wer machte schon einem sich entfernenden Rücken seinen Standpunkt klar? Niemand, der noch halbwegs bei Sinnen war, entschied Esther und steuerte mit ihrer Handtasche – die Koffer wurden im Gepäckraum zwischengelagert – die Außenanlage des Clubs an.

Der große, nierenförmige Pool war leer, nur vereinzelt machte sie eine Gestalt auf einer der in drei Reihen aufgestellten zahlreichen Liegen ringsum aus. Doch die auf den ersten Blick freien Liegen waren nicht wirklich frei, auf den meisten fungierten Handtücher und manchmal auch Bücher als Besetztzeichen. Wie sie das liebte! Esther ging rasch weiter, hinter dem Pool gruppierten sich in einem Halbkreis die bepflanzten Bungalows, die sie von der höher gelegenen Straße kommend als schwebende Gärten ausgemacht hatte. Dazwischen Dünen und ganz hinten ein Zipfel glitzerndes Blau, auf dem sich etwas bewegte. Ein Surfbrett. Surfen war ebenfalls im Preis inbegriffen, doch die Fressgier schien momentan zu überwiegen. Esther hatte die Bucht, die sie wenige Minuten später barfuß erreichte – ihre Schuhe baumelten nun zusammengeknotet über ihrer Schulter – fast für sich allein. Dabei gab es auch hier eine mit Kokos gedeckte Snackbar, vereinzelt Palmen sowie Sonnensegel und Polsterauflagen, die jedem Clubmitglied all inclusive zur Verfügung standen, wie ein Schild in Spanisch und Deutsch verkündete.

Sie zählte dazu. Leider, wie sie sich mit einem Blick auf ihr Handgelenk sagte. Auf ihren Bungalow musste sie noch warten, auf dieses blaue Plastikanhängsel nicht.

»Señora?« Der Rest kam auf Deutsch, offenbar sah man ihr das Deutschtum meilenweit an, sofern hier nicht generell nur Deutsche hinkamen. Fast trotzig bedankte sie sich auf Spanisch für die Polsterauflage und das Aufspannen des Sonnensegels und das mit Eisstückchen und Zitrone servierte Mineralwasser. Viel mehr als »Danke!« und »Guten Tag!« beherrschte sie ohnehin nicht, Spanien hatte halt noch nie zu ihren Reisezielen gehört. »De nada!«, erwiderte der Strandjunge, was wohl so viel wie »Keine Ursache! Gern geschehen!« bedeutete. Sie nickte schwach, leerte ihr Glas in einem Zug, lehnte den Kopf zurück, schloss die Augen, widmete einen letzten Gedanken ihrer nicht vorhandenen Sonnencreme und ließ sich auch schon vom Rauschen des Meeres – lediglich unterbrochen vom leisen Knattern eines Segels – einlullen.

Esther schreckte erst hoch, als um sie herum die Hölle ausbrach. Die Hölle gewandet in winzige Bikinis und dazu passende Pareos, die Herren trugen durch die Bank lässige Shorts mit poppigen Aufdrucken, beide Geschlechter waren sich einig in Hinblick auf die Notwendigkeit von Kopfbedeckung und Sonnenbrille, wobei die Modelle in diesem Fall erheblich differierten. Auffällig und brandneu waren sie aber alle. Noch schriller waren allerdings die Stimmen, die Esther umbrandeten. Nordrhein-Westfalen und Bayern waren eindeutig in der Überzahl, dazwischen sächselte und schwäbelte es, Berliner Töne hörte sie ebenfalls heraus. Und alle schienen nach einem ausgiebigen Mittagessen nur das eine anzustreben: eine Siesta mit Blick auf das Meer, das inzwischen seinen Rückzug angetreten hatte.

Kann man dem Meer nicht verübeln, fuhr es Esther durch den Kopf, dann schwang sie ihre Beine von der Liege und stand auf. Die Jeans klebte an ihrer Haut, Ähnliches galt für ihr kurzärmliges T-Shirt, und wo die nackte Haut hervorlugte, kribbelte es sie nun, als ob jemand sie heimlich in einen Ameisenhaufen gesetzt hätte. Dies war der Moment, in dem ihr zum ersten Mal der Gedanke kam, sie hätte wohl doch besser zuerst wie alle anderen die Futterkrippe gestürmt und sich erst wieder an die Sonne getraut, wenn diese wie jetzt – es war nun kurz nach vier – deutlich tiefer am Himmel stand.

Mit der Handtasche unterm Arm und tief in die Stirn gezogener Reiseveranstalterkappe kehrte sie erneut zur Rezeption zurück, wo sie zusammen mit drei Zimmerkarten den Hinweis erhielt, dass in dieser Anlage ein Deutsch sprechender Arzt seine Sprechstunde abhielt. Täglich.

»Mein Gott, wie siehst du denn aus, Mama?«, rief Janina, als sie ihrer Mutter ansichtig wurde. Fast schon war es ein Kreischen, mit dem sie die Entfernung von der Poolbar bis zum Beckenrand, an dem Esther zwangsläufig vorbei musste, überbrückte. Etwa vier Meter Wasser trennten sie voneinander, die Bar lag in der Mitte des Pools, man konnte sie schwimmend oder über eine künstliche Landzunge erreichen.

»Echt grausam!«, schrie Ann-Katrin kaum weniger laut. Die beiden Schwestern umlagerten zusammen mit den jungen Webers und einem Esther unbekannten Mann die Bar, die Arme auf die äußere, tiefer gelegte Theke für Wasserratten aufgestützt, von der Taille abwärts befanden sie sich im Wasser.

Esther verspürte den brennenden Wunsch, ihre Töchter zu ohrfeigen. Patsch, patsch, dabei war sie eine entschiedene Gegnerin von körperlicher Züchtigung und hatte sich nicht mal, als die beiden im Trotzalter waren und ihr mitunter den letzten Nerv raubten, zu einem Klaps hinreißen lassen. Jetzt hingegen ... Wenn das die Früchte ihrer Erziehung waren! Sie beschleunigte, wurde aber von dem Elektroauto gestoppt, das beladen mit dem Gepäck der Anchors vor ihr herfuhr und nun angehalten hatte.

»Ihre Töchter, Señora?«, fragte der noch sehr junge Fahrer mit leuchtenden Augen.

»Fahren Sie weiter!«, fauchte Esther und schob ein verspätetes »Por favor!« hinterdrein.

Wenig später durfte sie sich in dem ihr zugewiesenen Bungalow persönlich in Augenschein nehmen. Auch das Bad hatte ein Fenster, die Nachmittagssonne war noch unglaublich hell, und was sie enthüllte, war schlicht grausam und rechtfertigte jeden Schrei des Entsetzens.

Ihr Gesicht war mittlerweile fast zugequollen und außerdem rot gesprenkelt, die Sprenkel überzogen auch Dekolletee, Unterarme sowie Fußrücken. Ihre Allergie ließ grüßen. Aus leidvoller Erfahrung wusste Esther, wie rasend schnell das ging. Als Jürgen noch lebte, war sie damit insgesamt dreimal am Tropf gelandet. Ihr Hausarzt hatte damals den massiven Verlauf ihrer angeknacksten Psyche angelastet, das erklärte auch, warum alle späteren Heimsuchungen sehr viel glimpflicher abliefen. Und nun das! Esther beugte sich vor, berührte beinahe den Spiegel, schrak zurück.

Da war noch etwas. An ihrer Lippe bildeten sich Bläschen. Wie paralysiert tastete Esther nach ihrer Oberlippe. Plack, jetzt bekam sie auch noch Plack. Wer einmal mit Herpes zu tun gehabt hatte, konnte ihn immer wieder bekommen. Jetzt hatte sie ihn. Zig Jahre Ruhe, fast schon hatte sie diese Plage vergessen, nun kam sie zurück, hervorgelockt durch die Sonne und ihren Leichtsinn, sie war ja selber schuld.

»Hallo, Frankenstein!« Sie schnitt sich selbst eine Grimasse, was äußerst schmerzhaft war. Der Hotelarzt fiel ihr ein. Sie raste zum Telefon, wählte wie vorgeschrieben die Ziffer eins für die Rezeption, eine freundliche Stimme meldete sich auf Deutsch, diesmal war ihr das nur zu recht.

»Ich brauche den Hotelarzt«, stammelte sie, »sofort. Schicken Sie mir bitte gleich den Hotelarzt in Bungalow Nummer 33.«

»Ein Sonnenstich?«, lautete die besorgte Gegenfrage.

»Nein, ich glaube nicht, eher eine Sonnenallergie. Und dazu Plack, der reinste Bilderbuchplack, ich sehe wie ein Monster aus.«

»Plack?«, wiederholte die fremde Stimme verständnislos.

»Jawohl, Plack, kennen Sie etwa keinen Plack? Dann seien Sie froh, das ist nämlich eine Geißel, die Sie in Nullkommanichts wie Frankenstein aussehen lässt.«

»Frankenstein hat Plack? Was ist Plack?«

»Nein, nicht Frankenstein, sondern ich.« Kostbare Sekunden vergingen, bis Esther ihre fünf Sinne so weit beisammen hatte, dass sie das umgangssprachliche »Plack« zurück in Herpes übersetzte und die Metapher »Frankenstein« ersatzlos strich. Kostbare Sekunden deshalb, weil der Hotelarzt zwar offiziell bis siebzehn Uhr praktizierte, aber auch schon mal früher ging, wenn nichts mehr anstand. So heute. Nach einer endlos erscheinenden Wartezeit – »Un momento, Señora!« – wurde Esther mitgeteilt, dass der Doktor die Anlage gerade eben verlassen hatte.

»Dann holen Sie ihn zurück! Ich brauche ihn.«

»Das wird nicht gehen, Señora. Er kommt aus Palma, meistens fährt er aber erst zu seiner Freundin nach Campos.«

»Dann rufen Sie ihn über Handy oder bei seiner Freundin an«, flehte Esther. Vergeblich, weder die eine noch die andere Nummer waren bekannt, im Ernstfall blieb nur noch der Abtransport in die Klinik nach Palma.

»Sollen wir eine Ambulanz bestellen, Signora?«

Esther lehnte ab. So weit kam es noch, dass sie sich im Rettungswagen zurück nach Palma kutschieren ließ. Sie besann sich auf ihren vorsichtshalber mitgeführten Vorrat an Calciumbrausetabletten, nahm gleich drei auf einmal und strich Zahnpasta auf die Lippenbläschen, angeblich half das. Dann begann sie ihr glühendes Gesicht mit nassen Waschlappen zu kühlen, die Klimaanlage drehte sie voll auf. Kühlen, hämmerte es hinter ihren Schläfen, immer schön kühlen, nur nicht damit aufhören! Nach kurzer Zeit war ihr so eisig kalt, dass sie den mechanisch eingepackten dicken Pullover und die Skisocken anzog. Damit hatte sie im Vorjahr am Abend den niedrigen Temperaturen in einer am Fjord gelegenen Blockhütte getrotzt.

Doch trotz Winterpulli und Socken schüttelte es Esther noch immer, als ob der sibirische Winter soeben auf der Baleareninsel Einzug gehalten hätte. Einem Häufchen Elend gleich hockte sie auf ihrem französischen Bett und wünschte sich zurück nach Köln in ihre Wohnung.

Und dann, dachte sie, soll Joscha reinkommen und mich in den Arm nehmen und mir sagen, dass er mich auch noch liebt, wenn ich wie Frankenstein persönlich aussehe. Als ihr einfiel, dass Joscha sie möglicherweise nicht mal mehr ohne Herpes und ohne Sonnenallergie liebte, begann sie zu schluchzen. So fanden ihre Töchter sie vor. Die beiden kamen nicht allein.

»Sie können ruhig reinkommen«, hörte sie Janina sagen. Sie, damit war eindeutig ein Erwachsener gemeint. Etwa doch der Arzt? Esther sah nicht eben viel von Janinas Begleitung, ihre Augen waren jetzt nur noch winzige Schlitze, eingebettet in aufgedunsene Lider, der Tränenschleier und die Scham über ihre eigene Dummheit taten ein Übriges. Sie sah so gut wie nichts. Alles, was sie wenig später registrierte, waren die Nähe eines warmen Körpers und eine mitfühlende, tröstende Stimme.

»Na, na, na, das kriegen wir schon hin! Nur nicht entmutigen lassen, da hab ich schon ganz andere Sachen gesehen.« Dicht, ganz dicht bei ihr.

»Sehen ist was anderes als es haben«, schniefte Esther.

»Stimmt auch wieder. Aber ich habe Ihnen etwas mitgebracht, das hilft bestimmt. Sie haben, wie's ausschaut, eine sehr empfindliche Haut.«

»Empfindlich ist die Untertreibung des Jahres! Ich bin hochgradig allergisch gegen intensive Sonnenbestrahlung, immer schon, und meine Haut ist meine Achillesferse. Und da lege ich blöde Kuh mich uneingecremt in die pralle Mittagssonne, so ein Sonnensegel hilft da auch nicht viel, besonders nicht, wenn man einnickt und nicht mal merkt, wie die Sonne weiterwandert und einem auf einmal prall ins Gesicht scheint. Ins halbe Gesicht.« Esther deutete auf die Gesichtshälfte mit dem Plack, ohne jedoch etwas zu berühren. »Können Sie sich so was Schwachsinniges vorstellen?«, schob sie erschöpft nach. Die Worte waren einem Wasserfall gleich aus ihr herausgeplätschert, plötzlich erleichterte es sie, ihre eigene Dummheit auszumalen. Dieser Fremde hatte etwas ungemein Tröstliches, das fing bereits bei seiner Aussprache an. Typisch Rheinländer, bestimmt wusste er auch, dass mit Plack Herpes gemeint war.

»Versuchen Sie das mal!« Der Mann hielt ihr etwas unter die Nase, sehr angenehm roch es nicht, und als er mit einem Holzspachtel in der Masse rührte und diesen dann hochhielt, musste Esther automatisch an Kleister denken.

»Das hat Frau Weber extra für dich gemixt«, tönte Janina und erinnerte ihre Mutter solcherart daran, dass es sie auch noch gab.

Wieso Frau Weber?, schoss es Esther durch den Kopf. Neben ihrem Bett stand ein Mann, darauf schwor sie jeden Eid. Vielleicht nicht der schönste und auch nicht der größte Mann, aus ihrer Perspektive wirkte er jedenfalls kaum größer als Janina. Für eine Sechzehnjährige waren ein Meter siebzig okay, für einen Mann hingegen war das eher klein. Egal, was spielte die körperliche Größe schon für eine Rolle, wenn menschliche Anteilnahme gefragt war.

»Janina redet von meiner Frau«, erklärte die sympathische Männerstimme. »Sie hat mich geschickt, weil sie nicht vom Telefon wegkommt. Sie hat nur kurz den Hörer aus der Hand gelegt, um das hier für Sie zusammenzumixen. Ihre Mittelchen helfen praktisch immer, wahrscheinlich war Marlies in ihrem früheren Leben mal Kräuterhexe und gute Fee und halt so alles, was man braucht, wenn man schlecht drauf ist. Gegen Plack hilft dieses Zeug meistens auch, und wenn nicht, lassen wir uns halt was anderes für Sie mixen. Aber erst mal kümmern wir uns um Ihr armes Gesicht, einverstanden?«

Esther nickte. Sie zog auch brav den dicken Strickpulli aus, über den ihre Jüngste sich im Hintergrund amüsierte, woraufhin Janina ihr ein »Klappe!« zuzischte, das Esther gut tat. Meine Große nimmt mich in Schutz, dachte sie und schloss die Augen, als der klebrige Spachtel näher kam.

»Am besten legen Sie sich ganz bequem aufs Bett zurück«, empfahl ihr Helfer. »Ja, so ist es gut! Das Zeug fühlt sich erst mal etwas kalt und glitschig an, sobald es zu trocknen beginnt, spannt es leicht, das ist normal. Nach etwa zwei Stunden sollten wir dieselbe Prozedur wiederholen, und das so oft, bis die Haut sich wieder normalisiert.« Der Spachtel fuhr sacht über ihre Stirn, den Nasenrücken, die Wangen und verharrte an der Kinnspitze. »Oh weh! Ihr Halsansatz hat ja auch ordentlich was abbekommen, Sie Ärmste! Janina, lauf rasch mal zu meiner Frau rüber und sag ihr, wir brauchen Nachschub. Und mach fix, damit Frau Anchor vor dem Abendessen etwas zur Ruhe kommt.«

Esther wollte protestieren. Doch mit dieser klebrigen Masse im Gesicht war das praktisch ein Unding, dazu gesellte sich ihre Erschöpfung. Mein Gott, war sie groggy. Natürlich würde sie nie im Leben so, wie sie aussah, einen Fuß in den Speisesaal oder auch nur aus diesem Bungalow heraus setzen. Die bloße Vorstellung, sich von einem Pulk fremder Menschen begaffen zu lassen, bewirkte eine Gänsehaut.

»Sie schnattern ja vor Kälte! Moment, ich drehe erst mal die Klimaanlage runter, im Schrank müsste auch noch eine Wolldecke sein, die Bungalows sind, soweit ich weiß, alle gleich ausgestattet. Ann-Katrin, schau doch mal nach. Und dann besorgst du deiner Mutter noch zwei oder besser drei große Flaschen Mineralwasser, sie sollte jetzt viel trinken. Bestimmt hat sie auch Fieber.« Eine Hand griff nach Esthers Handgelenk, ertastete ihren Puls. »Hm! Kein Wunder, dass Sie bibbern, Ihr Körper wehrt sich mit Händen und Füßen. Aber das kriegen wir schon wieder hin, keine Bange. Jetzt schlafen Sie erst mal 'ne Runde, Schlaf ist die beste Medizin. Hinterher sieht die Welt gleich wieder anders aus.«

Worte, die sich um Esther schmiegten, sie kam sich vor wie ein kleines Kind, das von seinen Eltern liebevoll versorgt wurde, wenn es krank war. Beides hatte sie nie erlebt. Wenn sie sich als Kind mal nicht wohl fühlte, hatte sie das runtergespielt, schon um ihre Großeltern nicht unnötig zu belasten. »Mir geht's gut! Alles halb so wild!« Durch ihre Erinnerung waberten Worte wie »eiserne Gesundheit« und »sie ist genauso zäh wie ihre Mutter«. Esther wollte nicht zäh sein, diesmal nicht. Sie konnte es nicht.

Nachdem ihre Große mit dem erbetenen Nachschub zurückgekommen war und dieser ebenfalls ungemein behutsam auf Halsansatz, Arme und Fußrücken aufgetragen worden war, ging der Mann, von dem sie nun wusste, dass er Bruno Weber war. In Esthers Kopf passierte etwas höchst Seltsames, dieser Name spaltete sich von jener unliebsamen Familie ab, die ihr in den letzten Wochen so viel Kummer bereitet hatte, und wurde zum Namen ihres Retters.

»Janina«, hörte sie ihn noch flüstern, »am besten setzt du dich leise nach nebenan und sagst Bescheid, wenn deine Mutter etwas braucht oder das Fieber steigt. Ich lege das

Thermometer hier hin, du brauchst es nur ans Ohrläppchen zu halten. In anderthalb Stunden komme ich sowieso wieder, um die Paste neu aufzutragen. Vielleicht kann Marlies bis dahin auch selbst kommen, sie wird ja nicht ewig und drei Tage telefonieren, davon heilt der Bruch unserer Nachbarin auch nicht schneller. Ich klopfe nur leise, okay?«

Esther hörte, wie ihre Älteste zustimmend murmelte. Sie verspürte etwas wie Bedauern, ein Gefühl, das sie nicht einordnen konnte und vielleicht auch nicht wollte. Alles, was sie sich wünschte, war, weiter so liebevoll gepflegt zu werden. Mit diesem Gedanken schlief sie ein.

Mit ohne Frau

Der Bungalow, den die Webers bewohnten, hätte gut und gern als Zwilling der Nummer 33, wo die Anchors untergebracht waren, durchgehen können. Dies allerdings nur in Hinblick auf Grundriss, Möblierung und Lage. Der Wohnraum war hier wie dort mit zwei über Eck stehenden Sofas, die man zum Bett für die Kinder ausklappen konnte, ausgestattet und sah aufs Meer hinaus, wogegen man vom Schlafzimmer jeweils auf den hinteren Teil des Pools blickte. Zur Dachterrasse gelangte man von einem mit Schränken bestückten Zwischenraum über eine Wendeltreppe.

Während bei den Anchors noch alles ziemlich unbewohnt wirkte, weil Esther nicht mal dazugekommen war, ihren Koffer auszupacken, ließ einen das Durcheinander bei den Webers fast automatisch an deren Zuhause am Heinzelmännchenweg denken. Überall Kleidungsstücke, Taucherbrillen, Schwimmflossen und sogar ein aufblasbares Paddelboot zwischen Schlafcouch und Fernseher, auf dem zur Seite geschobenen Couchtisch machten sich Kekse, Limoflaschen, ein angebissener Käsetoast – einer der vielen kostenlosen Snacks – sowie Bücher und Ellens heißgeliebte »Bravo« breit. Die neueste Ausgabe, druckfrisch, Ellen saß mit untergeschlagenen Beinen auf ihrer Schlafcouch und blätterte darin, ab und zu sah sie zur Eingangstür hin. Als es klopfte, sprang sie auf und bewahrte ihr

Lieblingsmagazin in letzter Sekunde davor, auf dem pitschnassen Paddelboot zu landen.

»Na endlich!«, rief sie beim Anblick ihrer neuen Freundin.

»Ich kann doch nichts dafür, dass meine Mutter so doof ist, sich in die Knallsonne zu legen und ich auch noch Wasser für sie holen muss. An der Bar stehen sie Schlange, und weil ich gleich drei Flaschen auf einmal holen sollte, aber immer nur eine Flasche pro Person ausgegeben wird, musste ich die Runde machen.« Ann-Katrin hob eine Hand und zählte an den Fingern mit: »Einmal die Bar an der großen Terrasse ganz vorn, dann die am Pool und zuletzt die am Strand. Ich glaub, ich beantrage Kilometergeld.«

»Ja, deine Mutter sah ziemlich übel aus«, meinte Ellen. »Wenn du mir nicht erzählt hättest, dass sie normalerweise wie Ally McBeal mit Locken aussieht, hätte ich sie glatt für jemand aus der Rocky Horror Picture Show gehalten, wie sie da eben am Pool lang gedackelt kam.«

»Sie ist allergisch.« Ann-Katrin zuckte die Schultern und suckelte gleichzeitig an ihrer Oberlippe. »Aber das wird schon wieder, meint dein Vater. Wo steckt er überhaupt?«

Ellen wies mit dem Kinn in die Richtung, wo sich die Verbindungstür befand, die in den Vorraum mit Einbauschränken rechts und links und von dort weiter ins Bad beziehungsweise ins Schlafzimmer ihrer Eltern führte. »Bei meiner Mutter.«

»Ich denke, deine Mutter telefoniert in einem fort? Mit wem quatscht sie eigentlich ständig?«

»Mit Anja. Du weißt schon, unsere Nachbarin, die das Kiosk an der Ecke hat.«

»Wo die Mäusespeck und Fruchtschnuller verkaufen?«

Ellen wiegte bedenklich den Kopf, was sehr putzig aussah. »Im Moment verkauft Anja rein gar nichts, weil sie mit 'nem Gipsbein und 'ner Gehirnerschütterung im Krankenhaus liegt.«

»Gehirnerschütterung und sich die Haxen brechen ist Scheiße«, stimmte Ann-Katrin zu. »Ist mir auch mal passiert, da bin ich vom Barren geflogen, weil die Hilfestellung gepennt hat. Meine Mutter hat sich vor lauter Sorge bald umgebracht. Aber 'ne Woche später war ich schon wieder putzmunter und mit Krücken fast so schnell wie ohne.«

»Ja, du. Aber Anja ist schon alt, und Gustav – das ist ihr Mann – fällt ebenfalls aus.«

»Hat er sich auch was gebrochen?«

»Nö, gebrochen nicht. Der ist nur instabil.«

»Was ist er?«

»Du hast schon richtig gehört, auch wenn's ein verdammt komisches Wort ist. Meine Mutter hat es eben benutzt. Der Gustav ist jetzt extrem instabil, hat sie gesagt.«

»Hört sich an, als ob ein Tisch wackelt, weil ihm ein Bein abgebrochen ist oder so«, meinte Ann-Katrin.

»Na ja, ist wohl auch so was Ähnliches. Der Gustav eiert jedenfalls rum, seit Anja heute Morgen das uralte Rollgitter vom Kiosk hochschieben wollte – es klemmt ewig und drei Tage – und dabei das Gleichgewicht verloren hat und voll hingeknallt ist. Jetzt hat sie 'nen Gips und 'nen Brummschädel und Angst, sie gingen Pleite, wenn sie nicht arbeiten kann.«

»Und Gustav kann's nicht, weil er instabil ist«, kombinierte Ann-Katrin und beschloss, dieses Wort unverzüglich in ihre Fremdwörtersammlung aufzunehmen.

Ellen senkte die Stimme und rückte ihr Gesicht möglichst nah an Ann-Katrins Ohr. »Mein Vater hat noch 'ne andere Bezeichnung dafür. Er sagt, alles was Gustav plagt, ist der Suff.«

»Du meinst, er ist ein Säufer?«, vergewisserte sich Ann-Katrin und überlegte, ob sie jemals zuvor die Bekanntschaft eines echten Säufers gemacht hatte. Dieser Gustav hatte ihr immerhin schon des öfteren Brause, Lakritz und natürlich Mäusespeck und Fruchtschnuller das Stück zu nur drei Cent verkauft, bei zehn Stück gab es zusätzlich eins extra. Ann-Katrin hatte das Bild vor Augen, wie der alte Mann leicht tattrig versuchte, das Gewünschte aus den bauchigen Glasbehältern zu fischen, manchmal vergaß er, die lange Zange zu nehmen, dann rief seine Frau ihn umgehend zur Ordnung. »Gustav, nimm sofort deine Griffel aus den Süßigkeiten! Was glaubst du, wozu die Zange gut ist? Oder willst du unbedingt wieder Ärger mit dem Gesundheitsamt kriegen?«

Ellen nickte bedächtig. »Hm, ich glaube schon.«

»Und was wollen die beiden jetzt von deiner Mutter?«

»Dass sie ihnen hilft, weil sie halt jedem aus der Straße hilft.«

»Aber wie soll sie helfen, wenn sie doch die nächsten drei Wochen hier auf Mallorca ist?«

»Das ist ja genau der Punkt, über den sie ...«, wieder deutete Ellens Kinnspitze Richtung Verbindungstür, »... sich streiten. Tun sie sonst nie, sie kabbeln sich höchstens schon mal, aber diesmal haben sie beide Türen zugemacht, das ist verdächtig.«

»Wenn sie sich streiten, kann deine Mutter aber nicht gleichzeitig telefonieren.«

»Ich glaube, mein Vater hat aufgeknallt. Dann ist es ganz kurz ganz laut und dann total leise geworden, richtig unheimlich, so sind die sonst nie ...«

Würde man Kollegen, Freunde und Nachbarn von Bruno Weber fragen, was seine hervorstechendste Eigenschaft war, so würden die meisten vermutlich seine Friedfertigkeit nennen. Es war unglaublich schwer, wenn nicht gar unmöglich, sich mit Bruno zu streiten. Diese Fähigkeit hatte ihn an seinem Arbeitsplatz schon vor Jahren zum gefragten Vermittler zwischen Geschäftsleitung und Kollegen gemacht, es gelang ihm fast immer, eine kritische Situation mit einem humorigen Spruch zu entschärfen und schließlich gemeinsam eine Lösung anzusteuern, die zugleich fair und wirtschaftlich war.

»Nun macht mal halblang!«, sagte er gern, wenn die eine oder andere Seite überzogene Forderungen stellte. »Was habt ihr davon, wenn ihr euch heute als King fühlt und morgen einer wie der andere über die Klinge springt?« Bruno galt allgemein als bodenständiger Verfechter einer friedlichen Koexistenz.

Privat verhielt er sich kaum anders. Er regte sich weder über bei jedem Sonnenstrahl grillende Nachbarn noch über den Blätterregen, der viel zu nah an seinen eigenen Zaun gepflanzten Birke nebenan auf und tolerierte erst recht all jene zweibeinigen und vierbeinigen Hausgäste, die seine Frau anlockte wie der Honig die Bienen. Selbst wenn er Marlies gelegentlich mit ihrer karitativen Ader aufzog, war das nie böse gemeint und im Grunde sogar ein Kompliment. Er wusste schließlich, dass er selbst von der Herzensgüte seiner Frau ebenso wie alle anderen profitierte, vielleicht sogar noch etwas mehr.

Nur diesmal platzte ihm der Kragen.

Bruno hatte sich wie wahnsinnig auf den gemeinsamen Urlaub mit seiner Familie gefreut. Hinter ihm lagen anstrengende Wochen, es galt, diverse Entlassungen in der Druckerei zu verhindern oder diese zumindest mit einer akzeptablen Abfindung zu versüßen; hinzu kam, dass er sich allmählich ernsthaft Sorgen um Marlies machte. Seitdem sie auch noch halbtags in dem Reisebüro um die Ecke arbeitete, endete für sie praktisch kein Tag mehr vor zehn, elf Uhr abends, und morgens war sie als Erste wieder auf den Beinen. Sie war einfach unermüdlich. Während alle anderen gemütlich vor dem Fernseher saßen, bügelte sie nebenbei oder besserte etwas aus oder kochte schon mal für den nächsten Tag vor. »Dabei erhole ich mich genauso!«, behauptete sie und tat, als ob ihr niemals die Kraft ausgehen könne.

So ging das nicht weiter! Bruno hatte auf diese drei Wochen dolce far niente in der Colonia Sant Jordi gesetzt, und nun das. Wegen eines unverbesserlichen Säufers wollte Marlies den gemeinsamen Urlaub aufs Spiel setzen. Er fasste es einfach nicht. Als er aus dem Bungalow von Esther Anchor zurückkam, hatte seine Frau ihn sehr ruhig und gefasst mit auf dem Schoß gekreuzten Händen empfangen und es ihm gesagt.

»Ich nehme den nächsten Flieger zurück nach Köln«, hatte sie ihm eröffnet und ihn bittend angesehen. Diesmal verfehlte dieser Blick seine Wirkung.

»Was tust du?«

»Ich muss, Bruno, verstehst du das nicht?«

»Das versteht niemand. Du willst deine Familie im Stich lassen, weil Gustav es nicht schafft, wenigstens so lange trocken zu bleiben, bis Anja aus dem Krankenhaus entlassen wird?«

»Er war ja so gut wie trocken. Anjas Sturz hat ihn erst wieder aus der Bahn geworfen, er ist nun mal extrem instabil ohne sie. Ohne Anja ist er hilfloser als jeder Säugling.«

»Ich kenne keinen einzigen Säugling, der keinen Schritt ohne Flachmann vor die Tür setzt.«

»Sei nicht zynisch!«

»Ich bin nur ehrlich. Wieso trägt er einen Flachmann mit sich herum, wenn er angeblich trocken ist?«

»Der ist nur für Notfälle.«

»Verstehe! Deshalb musste er sich ja wohl auch noch auf der Fahrt mit dem Krankenwagen volllaufen lassen. Wundert mich, dass sie nicht ihn statt Anja in den OP geschoben haben. Was hat er noch mal den Chirurgen gefragt? Ob der auch einen Schluck will? Vor der Operation an seiner eigenen Frau, das musst du dir mal wegstecken. Der Mensch gehört aus dem Verkehr gezogen, alles was dem noch hilft, ist eine Entziehungskur.«

»So was dauert wochenlang, oft monatelang.«

»Umso besser.«

»In der Zeit wären die beiden pleite. Mit dem Kiosk halten sie sich sowieso nur noch mühsam über Wasser.«

»Dann sollen sie es halt verkaufen und das Geld anlegen und ihre Rente damit aufbessern. Sie sind schließlich alle beide über sechzig.«

»Sie bekommen keine Rente, sie sind ja selbständig und haben nie eingezahlt. Und die Lebensversicherung wird erst in drei Jahren fällig, so lange will Anja durchhalten, nur noch so lange. Deshalb ist sie ja jetzt so verzweifelt.«

»Hast du vielleicht vor, die nächsten drei Jahre ...«, weiter kam Bruno nicht, weil schon wieder das Telefon anschlug. Allmählich begann er dieses Geräusch zu hassen. Er kam Marlies zuvor, nahm den Hörer ab und drückte ihn gegen seine Brust. »Jetzt rede ich mit ihr.«

»Das tust du nicht!«

»Tu ich doch.« Er meldete sich, wollte schon loslegen, doch am anderen Ende meldete sich statt seiner Nachbarin eine ihm fremde Stimme. Jemand vom Flughafen, die Person teilte ihm fröhlich zwitschernd mit, dass er Glück habe und noch heute zurück nach Köln fliegen könne. Das Ticket liege abholbereit am Schalter, Flugnummer und ähnliche Daten folgten.

»Ich will kein Ticket«, blaffte er zurück. Da riss Marlies ihm doch tatsächlich den Hörer aus der Hand. »Danke«, hörte er sie sagen, sie sagte noch mehr. Dass sie natürlich fliegen wolle und pünktlich am Flughafen eintreffen werde, dann wurde die Leitung unterbrochen. Von ihm, er hatte in seiner Wut die Zuleitung aus der Wand gezogen, jetzt war Funkstille. Jedenfalls so lange, bis Marlies ihn anschrie, er solle sich nicht wie ein verzogenes Kind benehmen. Er schrie zurück, es ging hin und her, bis im Bad nebenan die WC-Spülung rauschte, da hielten sie beide erschrocken inne.

»Ann-Katrin, oh Gott!«, keuchte Marlies. »Was muss sie jetzt nur von uns denken?«

Seine Wut fiel in sich zusammen wie ein Kuchen, an den Zugluft gekommen ist. »Es tut mir Leid«, murmelte er zerknirscht. »Ich hätte mich besser beherrschen müssen. Aber mir sind einfach die Pferde durchgegangen bei der Vorstellung, dass du uns hier allein zurücklassen willst.«

»Ich will ja nicht. Ich muss. Nicht wegen Gustav, wahrscheinlich liegst du da sogar richtig. Er ist ein Säufer und muss wohl erst vornüber mit der Nase im Dreck landen, damit er endlich die Kurve kriegt. Aber mit Anja ist das was anderes.« Marlies stockte, als sie weitersprach, war ihre Stimme sehr leise, fast ein wenig zittrig. »Weißt du noch, wie es war, als ich mit Kai schwanger war und er eine Woche vor dem errechneten Termin unbedingt raus wollte und nur Anja bei mir war. Möglicherweise hat sie unserem Sohn sogar das Leben gerettet, schließlich hatte er die Nabelschnur um den Hals. Sie hat alles richtig gemacht und mich obendrein davor bewahrt, durchzudrehen, als der Notarzt nicht kam.«

»Das ist bald achtzehn Jahre her«, wandte Bruno halbherzig ein und glaubte erneut das Bild vor sich zu sehen, als er an jenem Spätnachmittag heimgekommen und in einem Schlachtfeld gelandet war. Überall Blut, die weißen Laken waren blutdurchtränkt gewesen, sekundenlang hatte er geglaubt, Marlies wäre tot. Bis er sie »Es ist ein Junge!« keuchen hörte. »Ein strammer Junge«, hatte die Nachbarin ergänzt, »der wiegt locker seine acht Pfund.«

»Ja, das ist bald achtzehn Jahre her, und nun haben wir endlich die Chance, uns zu revanchieren. Was sind drei Wochen Urlaub gegen ein Menschenleben, gegen Kais Leben? Kannst du dir ein Leben ohne unseren Kai vorstellen?«

Bruno wandte den Kopf zur Seite, weil ihm die Tränen in die Augen schossen. »Okay«, sagte er, »okay, wann geht's los?«

»Zum Glück reist noch jemand aus unserer Anlage ab. Planmäßig. Der Bus holt uns in knapp einer Stunde ab.«

»Ich komme mit!«

»Sei nicht dumm! Bitte, ich will, dass du hier bei den Kindern bleibst, gerade am ersten Tag. Esst wie jedes Jahr schön miteinander zu Abend und schaut euch hinterher noch das Clubprogramm an oder spielt Billard zusammen oder ...«

Bruno fiel ihr ins Wort. »Ich glaube, unsere Kinder spielen dieses Jahr lieber mit den beiden Anchors. Das könnte der erste Urlaub sein, in dem du und ich mal ganz viel Zeit nur für uns beide hätten.« Was er sagte, stimmte, das machte das Vernünftigsein nicht eben leichter für ihn. Viel lieber wäre er jetzt unvernünftig, verbohrt, egoistisch.

»Mach's mir nicht unnötig schwer.« Marlies griff nach seinen Händen, zog daran, zog ihn näher zu sich heran. »Nun komm schon! Du wirst es auch ohne mich schön haben. Wie wär's abends mit einer Partie Schach mit einem der Männer – dafür bin ich doch immer viel zu kribbelig – oder ein, zwei Stündchen an der Bar oder was auch immer?«

»Oder was auch immer?«, wiederholte Bruno. Er kam einfach nicht so schnell gegen die Enttäuschung in seinem Herzen an. Einsicht war das eine, Gefühle das andere. Es kam ihm vor, als ob jemand sein Inneres mit Schmirgelpapier aufgeraut hätte, jeder Gedanke hatte Widerhaken, er wollte sich nicht so rasch trösten lassen. »Das könnte gefährlich werden«, fuhr er fort und bemühte sich, seiner Stimme einen dramatischen Tonfall zu geben.

»Gefährlich?«, wiederholte Marlies und zog eine Augenbraue hoch.

»Gefährlich«, bestätigte er und hatte den Verdacht, dass sie ihn einfach nicht ernstnahm. »Ich könnte mich beispielsweise sinnlos betrinken.«

»Das würde nicht funktionieren, weil du auf der Stelle einschläfst, wenn du auch nur ein Glas mehr als üblich süppelst. Weißt du noch: Karneval in der Kneipe? Ringsum Humba Humba und Kölle Alaaf, und du schlummerst selig wie ein Engelchen am Tresen.«

»Hm! Und was ist, wenn mich irgend so ein süßes Gift anbaggert und ich vor lauter Einsamkeit schwach werde?«

»Wirst du nicht!« Marlies schlang ihre Arme um seinen Hals und drückte so fest, dass er kaum noch Luft bekam. Sie war eine sehr kräftige Frau, äußerlich betrachtet. Innen war sie weich wie zerlaufene Butter und zart wie ein frisch geschlüpftes Küken, niemand wusste das besser als er.

»Nicht, wenn du mich vorher umbringst!«, konterte er, lockerte ihren Griff und massierte sich bewusst wehleidig den Hals.

»So was tätest du weder tot noch lebendig.« Sie legte den Kopf zur Seite und grinste ihn fröhlich an.

»Und woher willst du das wissen? Hast du das Lieblingslied unserer Tochter schon vergessen? Männer sind Schweine. Ich bin auch ein Mann. Oder bestreitest du, dass ich einer bin, nur weil ich nicht der Längste und Schlankste bin?«

»Du bist der Beste. Und du bist der einzige Mann, den ich jemals geliebt habe und je lieben werde.« Diesmal glänzten ihre Augen verdächtig feucht, und als er sie küsste, schmeckte es salzig nach Tränen. Und nach Liebe, dachte er. Marlies hatte Recht. Er taugte nicht zum Schürzenjäger. Nicht mal, wenn sie ihn drei Wochen lang allein in einem Urlaubsparadies inmitten leicht geschürzter Frauen zurückließ.

Der Bus kam pünktlich. Bruno winkte, bis seine Frau nur noch ein winziger sonnengelber Punkt war. Sie trug das gelbe Leinenkleid, das er so gern an ihr mochte und das für ihn untrennbar mit den Urlauben auf Mallorca verbunden war. Sie hatten das Kleid vor ein paar Jahren zusammen in Palma gekauft, es war nicht mal teuer gewesen, sonst hätte Marlies sich vermutlich auch gesträubt. Kleidung war ihr noch nie sonderlich wichtig gewesen, gewöhnlich trug sie ihre Jeans und dazu je nach Witterung Pulli oder Polohemd. Kleider und Röcke waren die absolute Ausnahme und Festen, Theaterbesuchen oder halt dem Urlaub vorbehalten.

Nun verschwand auch der gelbe Punkt aus seinem Blickfeld, alles, was zurückblieb, war eine Staubwolke, er senkte den Arm. Hoffentlich holt sie sich in dem dünnen Kleidchen im Flieger nicht den Pips, dachte er besorgt und wandte sich um. Die ersten Gäste steuerten bereits den Speisesaal an, vorwiegend Leute mit kleinen Kindern, die zu fortgeschrittener Stunde gern quengelig wurden. Er stieß einen Seufzer aus und kehrte in seinen Bungalow zurück, der ihm schon jetzt verwaist vorkam. Das galt sogar für das Badezimmer. Ausnahmsweise keine Strümpfe und Höschen und Schwimmsachen, die im Waschbecken einweichten oder über der Duschstange zum Trocknen baumelten.

Auch im Urlaub forderte Marlies unerbittlich Tag für Tag die Schmutzwäsche ein, sie hielt nichts davon, einen Wäscheberg aufkommen zu lassen. Was in den nächsten drei Wochen garantiert der Fall sein würde, selbst wenn er sich jetzt fest vornahm, in die Fußstapfen seiner Frau zu treten. Er würde es wieder vergessen, weil er nicht daran gewöhnt war. Das galt ebenso für die Erinnerung ans Eincremen alle paar Stunden, in punkto Kopfbedeckung verhielt es sich ähnlich. Man musste ständig hinter den Kindern her sein.

»Zieht euch was auf den Kopf! Oder wollt ihr partout einen Sonnenstich bekommen und den Rest des Urlaubs im Bett verbringen?« Stehende Redewendung von Marlies, mahnend, aber nie barsch, aus allem, was sie sagte und tat, sprach ihr gutes Herz. Hoffentlich, dachte er, bekommt keines der Kinder unter meiner Obhut einen Sonnenbrand oder Querelen mit dem Darm oder sonst etwas, was auf mich zurückfällt. Grässliche Vorstellung, Marlies könnte anrufen und er müsste ihr gestehen, dass Kai oder Ellen das Bett hüteten.

Ein Bild, über das sich augenblicklich das Bild einer wirklich und wahrhaftig Kranken schob. Meine Güte, jetzt hätte er doch beinahe Esther Anchor vergessen. Nicht so Marlies, trotz Abreisestress hatte sie daran gedacht, ihm einen ordentlichen Vorrat ihres Zaubermittelchens für die Mutter von Janina und Ann-Katrin zu mixen. »Damit kommt sie drei Tage hin, wenn es bis dahin nicht erheblich besser ist, muss sie wirklich zum Arzt. Ich stelle alles in die Minibar, dort bleibt es schön kühl.«

Bruno steuerte die Minibar an, füllte eine Portion von der kleisterartigen Masse in einen Pappbecher, nahm einen neuen Holzspachtel aus der Reiseapotheke, verließ seinen eigenen Bungalow und klopfte an die Nummer 33, von der ihn lediglich ein paar Schritte trennten. Janina öffnete ihm, sie wirkte verschlafen, eine rote Strieme zog sich über ihre Wange, die langen, krausen Haare waren völlig verwuschelt.

»Und?«, fragte er leise. »Wie geht es deiner Mama?«

»Besser, glaube ich, sie muss die ganze Zeit geschlafen haben.«

»Hast du Fieber gemessen?«

»Nö, ich ...«, Janina massierte sich verlegen die Schlafstrieme in ihrem hübschen Gesicht.

»Macht nichts! Dann schauen wir jetzt halt zusammen nach ihr, einverstanden?«

»Sie sind total nett, Herr Weber, wissen Sie das eigentlich?«

»Hm! Meine Frau sagt es mir jeden Tag, wenn sie mich nicht gerade zum Strohwitwer macht.«

»Verstehe ich nicht. Ihre Frau lässt Sie doch praktisch nie allein.«

»Diesmal schon.« Bruno hob seine Armbanduhr in Augenhöhe. »Sie müsste jetzt gleich in den Flieger nach Köln steigen.« In Kurzform informierte Bruno das Mädchen über die Ereignisse der letzten beiden Stunden. Mit den Worten »Aber was soll's, wir kriegen das Kind schon geschaukelt!« trat er durch die offene Tür in das Schlafzimmer, das als Zwilling seines eigenen Schlafraums hätte durchgehen können. Die zarte Gestalt wirkte in dem großen Bett sehr verloren, bei ihm würde das schon anders aussehen, seine Statur war deutlich kräftiger. Allein schlafen würde er aber in den nächsten Wochen ebenfalls, eine schauderhafte Vorstellung. Er schüttelte sich, zog eine Grimasse und merkte zu spät, dass ihn zwei aufmerksame Augen aus den beiden Kissen heraus musterten.

»Sehe ich noch immer so schlimm aus?«, hörte er Esther Anchor verzagt fragen.

Verlegen schüttelte er den Kopf. »Nein, tut mir Leid, ich war in Gedanken gerade völlig woanders.« Er trat noch einen Schritt näher an das Bett. Weil die Sonnenmarkisen geschlossen waren, herrschte ein diffuses Dämmerlicht im Raum. Mit einem »Ich darf doch?« knipste er die Nachttischlampe an. »Na, das sieht ja wirklich schon viel, viel besser aus. Die Pöckchen sind kaum noch zu sehen, die Haut ist nur insgesamt noch etwas rot und geschwollen«, er legte seine Hand auf ihre Stirn, »und Fieber haben Sie auch keins mehr, höchstens noch etwas erhöhte Temperatur. Was meinen Sie? Fühlen Sie sich fit genug, um uns zum Abendessen zu begleiten?«

»Nur ja nicht!«, wehrte Esther erschrocken ab und verspürte den dringenden Wunsch, noch ein wenig länger pflegebedürftig zu sein, was natürlich völlig paradox war. Vermutlich schlug ihr die Allergie jetzt auf den Verstand.

»Dann bringe ich Ihnen aber nachher etwas zu essen. Sie haben ja schon das Mittagessen überschlagen und müssen völlig ausgehungert sein. Haben Sie Lust auf etwas Spezielles?«

»Eine Kleinigkeit reicht mir. Ein Tee wäre gut, ich trinke gern Tee, am liebsten mit Kräutern oder noch lieber grünen Tee.«

»Sie wird noch mal zu grünem Tee«, ergänzte Janina.

»Wenn man davon solch eine Figur bekommt, sollte ich es vielleicht auch mal mit grünem Tee versuchen«, erwiderte Bruno. Es war unverkennbar, dass ihm Janinas Ausdrucksweise nicht gefiel.

»Sorry«, grummelte das Mädchen, »war nicht so gemeint. Ich geh mich jetzt umziehen. Wann gibt es Essen?«

»Sobald du fertig bist. Wir warten auf dich an der großen Bar. Und sei gefällig etwas netter zu deiner Mama, solch eine Sache schlaucht ganz gehörig. Sie braucht jetzt eine Extraportion Liebe.«

Eine Extraportion Liebe? Esther schloss die Augen und dachte: Ich wäre schon mit einer ganz normalen Portion zufrieden. Hauptsache, mich liebt überhaupt noch jemand. Nur mit Mühe konnte sie bei diesem Gedanken die Tränen zurückdrängen. Ob Joscha sich wohl mal meldete? Sie hatte ihre Urlaubsadresse im Büro hinterlegt. »Für alle Fälle«, hatte sie gesagt und Joschas Antwort nicht abgewartet. Aus Stolz oder Angst oder beidem ...

Es gab Zweiertische, viele Vierertische und einige wenige runde Tische, an denen bis zu acht Personen Platz fanden. In der Mitte des Speisesaals befand sich ein mit Palmen bepflanzter Innenhof, wo man ebenfalls essen konnte, diese Plätze waren besonders begehrt. Als Bruno mit den drei Mädchen den Speisesaal betrat, sah er seinen Sohn schon von weitem winken. Ausgelassen, triumphierend, Kai hatte es geschafft, draußen einen Tisch zu reservieren.

»Fünf Personen?«, vergewisserte sich der Saalchef.

»Eigentlich sechs«, erwiderte Bruno. »Ab morgen sind wir voraussichtlich wieder eine Person mehr.«

»Meine Mutter hat heute so was wie 'nen Sonnenstich«, kicherte Ann-Katrin.

»Oh, verstehe!« Die Miene des Hotelangestellten wurde schlagartig bekümmert. »Die Señora ist krank geworden, zu viel Sonne, und der Señor ist heute Abend mit allen Kindern allein.«

Ein Statement, dessen Bedeutung sich Bruno erst im weiteren Verlauf des Abends erschloss. Zunächst registrierte er lediglich, dass der Service noch aufmerksamer als in den Hotels war, in denen sie zuvor gewesen waren. Immer wieder kam jemand vorbei und wollte wissen, ob noch etwas fehlte, dabei war doch Selbstbedienung am Büffet angesagt. Das fiel sogar den Leuten an den Nachbartischen auf, die immer wieder zu ihnen hinsahen. Was natürlich auch daran liegen konnte, dass sie eine ausgesprochen fröhliche Truppe waren. Nicht mal Ellen zog mehr eine Flappe.

Ein Glück, dachte Bruno, dass sie endlich wieder eine neue Freundin gefunden hat. Die beiden Mädchen vertrugen sich einfach prächtig und waren genauso albern und voller Geheimniskrämerei, wie das bei Dreizehn- und Vierzehnjährigen nun mal sein musste. Und sein Sohn war erst recht glücklich. Janina war Kais erste Freundin, wegen ihr büffelte er sogar auf einmal für Fächer, die ihn bislang nicht die Bohne interessiert hatten. »Ich kann mich doch nicht vor Nina blamieren, sie ist einfach blitzgescheit und überall die Beste.«

Ob sie das Gescheitsein von ihrer Mutter hat?, schoss es Bruno durch den Kopf. Der Vater war tot, das hatte Kai ihm erzählt, doch solo war Esther trotzdem nicht. Ihre Töchter hatten wiederholt einen Mann namens Joscha erwähnt, der sonst wohl auch mit den Anchors in Urlaub gefahren war. Diesmal nicht. Warum nicht?

Sei nicht so neugierig, schalt sich Bruno, vielleicht ist dem Mann geschäftlich etwas dazwischengekommen, längst nicht jeder kann Urlaub machen, wie er will.

Fehlanzeige!, meldete sein Gedächtnis und erinnerte ihn daran, dass Esther Anchor und dieser Joscha zusammen arbeiteten. In einer eigenen Firma, die sogar nach ihnen hieß. Was die beiden dort taten, war Bruno allerdings noch immer nicht so recht klar. »Heute hat Mama mal wieder 'nen Oberbekloppten auf der Couch gehabt«, glaubte er Ann-Katrin sagen zu hören, worauf ihre ältere Schwester sie darauf hinwies, dass Esther ohne Couch auskam. Bruno konnte sich keinen rechten Reim auf solche Bemerkungen machen, bislang hatte ihn Esthers Beruf oder Privatleben allerdings auch nicht sonderlich interessiert.

Und warum interessierte es ihn jetzt?

Es ist nun mal etwas anderes, ob man jemanden persönlich kennt oder nicht, entschied er und stand auf, um allerlei Leckereien für Esther zusammenzusuchen, solange die Auswahl noch derart reichlich war. Er nahm alles, was er selbst gern mochte, und das war vieles. Er war nun mal ein Schleckermaul, wie Marlies gern sagte, sein Bäuchlein kam nicht von ungefähr. Sich kasteien war nicht Bruno Webers Ding, und obwohl er pickepacke satt war, lief ihm beim Anblick der von ihm zusammengestellten Köstlichkeiten bereits wieder das Wasser im Mund zusammen. Davon musste man ja gesund werden.

Esthers Töchter schienen jedoch anderer Meinung zu sein. »Das isst Mama nie!«, meinte Janina, und Ann-Katrin stimmte ihr zu: »Nie im Leben! Eher stirbt sie.«

»Mag eure Mama keine Meeresfrüchte?« Die waren nicht jedermanns Sache, wie Bruno wusste, obwohl es eine Sünde und Schande wäre, diese Riesengarnelen nicht wenigstens zu kosten. Und erst die Paella und das Arroz brut mit saftigen Stückchen von Schwein, Huhn, Karnickel und Rind, nicht zu vergessen den Schafskäse, die dicken Oliven und die Mandelküchlein.

»Wetten, dass sie da nicht widerstehen kann?« Bruno hob das Tablett ein Stück höher, damit ihm keines der vor dem Restaurant herumtollenden kleineren Kinder dagegenrannte, und machte sich auf den Weg zu Bungalow 33. Siegessicher und beschwingt von den Düften, die ihm in die Nase wehten.

Jeden Tag, wenn Joscha ins Büro kam, blieb er an Esthers Schreibtisch stehen und nahm die Karte mit ihrer Urlaubsadresse in die Hand. Ein Fremder hätte annehmen können, dass er versuchte, den Text zu entziffern, doch das war nicht der Fall. Die Adresse war gedruckt, es handelte sich um eine jener Karten, die Reiseveranstalter ihren Kunden schicken, damit diese Daheimgebliebene bequem über ihren jeweiligen Aufenthaltsort informieren können. Etwa die Nachbarn, die die Blumen gießen, oder besorgte Eltern oder auch nur Kollegen, denen man auf diesem Umweg zeigen will, dass man sich etwas Gutes leistet. In diesem Fall vier Sterne. Vier Sterne in einer riesigen Clubanlage und obendrein auf Mallorca. Alles, was Esther in tiefster Seele verhasst war, verkörperte diese Karte, die sie ihm »für den Notfall« zurückgelassen hatte.

Joscha war davon überzeugt, dass weder dieses beiläufig dahingesagte »für den Notfall« noch die abstruse Zielwahl Zufall waren. Esther wollte ihm unmissverständlich klarmachen, dass er verschissen hatte. Junge, sagte ihm diese Karte, du bist aus dem Rennen, so begreif es doch endlich! Lieber verbringe ich die schönste Zeit des Jahres mit Hinz und Kunz und Plastikarmbändchen, als mit dir zusammen auf der tollsten Safari aller Zeiten.

An diesem Punkt seiner Gedankenkette angelangt, stellte Joscha regelmäßig die Karte zurück, bis zum nächsten Tag. Und in der Zwischenzeit ertappte er sich immer wieder dabei, wie er die lange Nummer mit der spanischen Vorwahl vor sich hin murmelte. Zahlen, die er längst auswendig wusste, und das ohne Zuhilfenahme seiner Denkmütze.

Dabei gab es weit und breit keinen »Notfall«, der ihm einen Grund lieferte, Esther anzurufen. Oder sollte er ihr etwa mitteilen, dass eine seiner Topfpflanzen Läuse hatte? Oder dass der Himmel über Köln seit ihrem Abflug Trauer trug und es fast ohne Unterbrechung regnen ließ? Was sollte er ihr übers Telefon sagen, wenn er es nicht mal live geschafft hatte, die eisige Mauer zu durchbrechen, die sie um sich aufgebaut hatte?

Hinzu kam noch etwas anderes. Etwas, was er sich nicht eingestehen wollte und deshalb trotzig abwehrte, sobald es ihn wieder zu piesacken begann. In ihm tobte der berühmte Wettstreit, was zuerst da war, die Henne oder das Ei. Nur dass es bei ihm statt um Henne oder Ei um Esthers Tiefkühltechnik und seine eigenen Abwehrmaßnahmen ging. Das eine bedingte das andere. Esther hatte ihn mit ihrer Kälte provoziert, und er hatte sich gewehrt. Seine beste Abwehr war derzeit Kiki. Ohne sie wäre er innerlich vermutlich erfroren, trüge Frostbeulen an seinem Herzen, wüsste nicht mehr ein noch aus.

Zum Dank bot er ihr Unterschlupf, Verpflegung inbegriffen, manchmal wurde mehr daraus, aber das hatte nichts zu sagen. Für Kiki war er ein alter Mann, im Vordergrund stand für beide nach wie vor die gemeinsame Arbeit. Kein einfaches Unterfangen, je weiter er sich auf dieses Projekt einließ, umso deutlicher wurden die Schwierigkeiten bei der Übersetzung seiner Denkmützen in anschauliche, gut verständliche Trainingsprogramme für den Alltagsgebrauch. Joscha bewegte sich auf Neuland, manchmal verzagte er und war nahe dran, das Handtuch zu werfen. Dann baute Kiki ihn wieder auf.

»Du darfst jetzt nicht aufgeben, Joscha! Du bist einfach irre gut!«

»Vielleicht bin ich auch nur irre?«, darauf er. In dieser Situation spielte er gern den Advocatus Diaboli, und sei es, um weitere Gegenargumente aus ihr herauszulocken. »Was ist, wenn keiner was von meinen Denkmützen hören will?«

»Die Leute werden sich darum reißen.«

»Allein mir fehlt der Glaube! Und eine Geldspritze zum Startup fehlt mir auch!« Er stichelte und provozierte und hoffte.

Kiki enttäuschte ihn nicht.

»Und was ist, wenn ich dir sage, dass ich bereits einen Kontakt zu einer Bank hergestellt habe?«, fragte sie in einem Tonfall, der ihm verriet, dass das Gesagte eigentlich noch unter die Kategorie »top secret« fiel.

Er stellte sich dumm. »Zu einer Bank? Redest du von den Dingern im Park, die dringend mal wieder gestrichen werden müssten? Will wer die Patenschaft für eine Parkbank übernehmen?«

»Nein, natürlich nicht. Ich meine eine Bank, auf die die Leute ihr Geld tragen. So viel Geld, dass genug übrig bleibt, um etwas zu sponsern, was besonders ist. So besonders wie deine Denkmützen.«

»Ich wollte Geld damit verdienen und keine Almosen empfangen.«

»So 'ne Bank hat nicht nur das nötige Kleingeld, um dir den Start zu erleichtern, sondern obendrein die richtigen Connections. Du erzählst mir doch immer, dass Beziehungen in Köln die halbe Miete sind.«

»Und woher stammt deine Connection zu einem möglichen Gönner bei der Bank, wenn ich fragen darf?«

»Ich kenne einen aus der Presseabteilung, der immer im Café Fleur, wo ich mal gekellnert habe, gefrühstückt hat.«

»Als du dort gekellnert hast, konntest du noch gar nichts von meinen Denkmützen wissen.«

»Nein, aber der Typ ruft mich noch manchmal an.«

»Wo ruft er an? Du bist doch seit einer Ewigkeit nicht mehr in deiner Wohnung gewesen.«

»Dann habe eben ich ihn angerufen. Nur so, ist ja nichts dabei, und ehe du aufgibst. Ich meine, deine Idee ist einfach genial, und das fand Julian auch. Julian, so heißt er. Er kann zwar noch nichts versprechen, deshalb wollte ich dir auch eigentlich noch nichts sagen, aber Julian ist total davon überzeugt, dass sich da was machen lässt. Vorträge, Seminare und vielleicht sogar ein Begleitbuch, so 'ne Art Trainingsprogramm für zu Hause. Seine Bank hält die Mehrheit an einem kleinen Verlag. Klein, aber fein.«

»So, so! Warten wir mal ab, wie lange das Interesse deines Julian anhält.«

Damit war das Thema für Joscha vorläufig beendet, von sich aus wäre er wohl auch nie mehr darauf zurückgekommen, das hätte ihm sein Stolz nicht erlaubt. Kennt man doch, sagte er zu sich selbst und beschwor all jene ihm bekannten Fälle, in denen jemand aus einem Impuls heraus das Blaue vom Himmel versprochen hatte und im Endeffekt doch nichts als heiße Luft dabei herauskommen war.

So würde es vermutlich auch in diesem Fall sein.

Doch besagter Julian war weiterhin interessiert. Er blieb am Ball. Demnächst sollte es ein offizielles Treffen in der Bank geben. Eine Präsentation, bei der Joscha sein Konzept vorstellte. Dabei war noch so unglaublich viel zu tun. Ihm war gar nicht wohl bei dem Gedanken, etwas aus der Hand zu geben, was so lange im Verborgenen geschlummert hatte und in nur wenigen Wochen zu Papier gebracht worden war. Was, wenn man ihn auslachte? Oder wenn seine Denkmützen nur so lange von Interesse waren, wie das Sommerloch anhielt?

Lauter Einwände, die Kiki mit Engelsgeduld zerstreute. Und wie sie ihn dabei ansah. Noch nie hatte eine Frau ihn so angesehen. In solchen Momenten vergaß er jede Vorsicht, außerdem war er ein gesunder Mann mit gesunden Trieben, auch wenn Esther das nicht wahrhaben wollte. Esther, immer wieder Esther, und bald hatte sie Geburtstag. Vier Tage vor ihrer Rückkehr feierte sie ihren sechsundvierzigsten Geburtstag. Sie war im Sternzeichen des Löwen geboren.

Vor drei Jahren hatte er ihr einen silbernen Anhänger mit einer Löwin geschenkt, die einen Fisch umarmte. Er selbst war Fisch. Es war ziemlich mühsam gewesen, einen Goldschmied von diesem Entwurf zu überzeugen, obendrein in Silber. Für Gold hatte seine Barschaft nach der Scheidung nicht gereicht, jeder Pfennig war in seine neue Wohnung gewandert, allein die Kaution ...

Ob Esther den Anhänger noch trug? Ob sie ihn überhaupt mit nach Mallorca genommen hatte? Wozu sollte sie? Wütend knallte Joscha die Karte mit der Urlaubsadresse auf Esthers Schreibtisch zurück, eine Ecke knickte um, er kümmerte sich nicht darum und wandte sich wieder seinen Pflanzen zu. Als er das Büro verließ, schloss er zweimal ab, steuerte den Aufzug an, war schon unten angekommen, als er sich anders besann und noch einmal hochfuhr. Und wozu? Er sah sich um, als ob er fürchtete, jemand könnte ihn bei seinem unsinnigen Tun beobachten. Da stand er, ein erwachsener Mann, und streichelte die vorgedruckte Karte eines Reiseveranstalters, bis das Eselsohr an der einen Ecke verschwand. Nicht ganz, auch das empfand er als symptomatisch.

Löwin umarmt Fisch

Während die anderen beim Essen waren, hatte Esther geduscht, sich eingecremt und eine frische weiße Bluse zu der wadenlangen, grau-weiß geringelten Trikothose, die sie für den Fitnessraum eingepackt hatte, angezogen. Ihr Schüttelfrost war wie verflogen, und das Gesicht, das sie aus dem Spiegel ansah, war zwar noch immer ziemlich verquollen, ließ ihre feinen Züge aber immerhin wieder ahnen. Auch die Augen hatten schon fast wieder ihre natürliche Größe. Sie fühlte sich wirklich viel besser und widerstand nur mit Mühe der Versuchung, sich rasch die Haare zu waschen. Das wäre vielleicht doch etwas übertrieben, zumal sie nicht wusste, wann Bruno Weber ihr den versprochenen Tee und einen Happen zu Essen brachte. Um das Durcheinander auf ihrem Kopf wenigstens halbwegs zu bändigen, bediente sie sich an Janinas Gel, der Effekt war gar nicht mal so übel, die kreuz und quer stehenden Haarspitzen verwandelten sich in feucht glänzende Strähnchen. Nachdem sie auch noch einen Hauch bräunliches Lipgloss auf die herpesfreie Unterlippe getupft hatte, kehrte sie ins Bett zurück und horchte auf die Schritte und Stimmen draußen.

Vorwiegend Mütter, so schien es, die ihre noch kleinen Kinder zu Bett brachten. Dann knisterten Lautsprecher, eine Männerstimme meldete sich auf Spanisch und Deutsch zu Wort. Das Abendprogramm begann. Gleich muss er kommen, dachte Esther und schmiegte sich tiefer in ihre Kissen, wollte schon die Decke hochziehen und sich gemütlich einmummeln, als ihr die Bluse wieder einfiel. Reines Leinen, damit lehnte man sich besser nicht mal an, noch viel weniger kuschelte man sich mit einem solchen Textil ins Bett.

War sie eigentlich total bescheuert?

Esther sprang auf, hielt sich kurz am Nachttisch fest, ihr Kreislauf spielte noch immer verrückt. Tief durchatmen!, befahl sie sich. Mit Erfolg, nun drehte sich nichts mehr, hastig streifte sie die Bluse ab, warf sie achtlos in den Schrank, zog stattdessen eines der schlichten T-Shirts an, die sie gewöhnlich beim Training trug, und schlüpfte in ihr Bett zurück. Als Rekonvaleszentin musste sie schließlich keine Schönheitskonkurrenz gewinnen, und in Gegenwart eines glücklich verheirateten Mannes sollte es ohnehin keine Rolle spielen, wie sie aussah. Ein Ehemann, so ihr nächster Gedanke, der die nächsten drei Wochen in dieser Anlage als Strohwitwer verbrachte. Sie selbst war ebenfalls solo hier, und ihrer beider Kinder vertrugen sich prächtig ...

Passt, dachte Esther zufrieden.

Bildest du dir wirklich ein, dieser Bruno Weber würde auch nur noch einen einzigen Gedanken an dich verschwenden, wenn du wieder voll auf dem Damm bist?, hielt eine andere Stimme in ihrem Inneren dagegen und rief ihr ins Gedächtnis zurück, wie abfällig sie sich zuvor über alles und jedes geäußert hatte, was aus dem »Stall Weber« kam. Höchst unwahrscheinlich, dass er davon nichts mitbekommen hatte, oder? Sie war ja nicht mal heute Mittag mit ihren Töchtern im Speisesaal erschienen, um, wie es sich gehörte, »Guten Tag!« zu sagen und anstandshalber wenigstens ein Stück Obst oder eine Brühe mitzuessen. Das wäre das Mindeste gewesen. Jedem musste klar sein, dass sie nichts mit den Webers zu tun haben wollte.

Aber wenn er beleidigt gewesen wäre, hätte er sich auch nicht um sie gekümmert, als es ihr so dreckig ging. Ein Gegenargument, nach dem Esther nur zu gern griff. Bruno Weber war nun mal eine Seele von Mensch, das stand ihm in seinen warmen Braunaugen geschrieben, und taktvoll war er außerdem. Obendrein witzig und sogar charmant.

Esther schloss erneut die Augen, blendete so die Einrichtung des Schlafzimmers aus und gaukelte sich stattdessen eine Szene am Pool vor: wie Bruno Weber einen Sonnenschirm für sie aufspannte und ihre Sonnenliege zurechtrückte und sie eincremte, diesmal von Kopf bis Fuß. Seine Hände fühlten sich sehr angenehm an, auch seine Stimme war überaus sympathisch, er war einer jener Menschen, die man auf Anhieb gut riechen konnte, auch wenn seine Erscheinung nichts mit einem Adonis gemein hatte.

Passt, dachte Esther erneut.

Sie musste wieder eingenickt sein und wurde erst wach, als ihr der Duft von Essbarem in die Nase stieg. Zunächst hielt sie es nicht für ausgeschlossen, dass diese Düfte noch zu ihrem Traum gehörten, dann aber entschied sie, dass kein geträumtes Schmorfleisch so intensiv riechen und einem buchstäblich das Wasser im Mund zusammenlaufen lassen konnte. Sie vermochte nicht zu sagen, ob es sich um Huhn oder Lamm, Rind oder Schwein handelte, eigentlich roch es nach allem, was gut war. Und ungesund, da fett, meldete sich eine leise Stimme des Protests. Da schlug sie die Augen auf. Gerade noch rechtzeitig, um ihren Retter daran zu hindern, sich auf Zehenspitzen wieder hinauszuschleichen.

»Halt!«, rief sie. »Stopp!«

Bruno Weber drehte sich wieder zu ihr um, das Tablett in seinen Händen schaukelte bedenklich, ein jungenhaftes Grinsen überflog sein Gesicht.

»Gott sei Dank! Ich hatte schon Angst, ich müsste das

alles wieder mitnehmen. Es wäre eine Sünde und eine Schande, aber kalt schmeckt nun mal das beste Arroz brut nicht. Und die Garnelen oder das gefüllte Weinlaub verlieren auch enorm, wenn sie nicht mehr heiß sind.«

»Und was ist das: Arroz brut?«

»Das darf man nicht groß erklären, das muss man kosten. Sekunde, hier ist Ihr Besteck, nur die Serviette habe ich vergessen, aber ein sauberes Handtuch tut es auch, oder?«

Esther nickte benommen und verfolgte fasziniert, wie dieser Mann ihr Bett in eine Art Schlaraffenland verwandelte und nicht eher Ruhe gab, bis sie den Mund öffnete und den ersten Bissen kostete. Dabei sah er sie an, als ob sein Leben davon abhinge, ob es ihr schmeckte oder nicht.

»Nun?«, fragte er. »Habe ich übertrieben?«

»Nein, wirklich nicht.« Sie wollte hinzufügen, dass sie nichtsdestotrotz so gut wie nie Fleisch aß, erst recht nicht, wenn es gebraten war und in einer sämigen Soße schwamm, noch viel weniger so spät abends, was bekanntermaßen ungesund und dem Biorhythmus höchst abträglich war. Sie kam nicht dazu, denn schon rückte die zweite gefüllte Gabel auf sie zu, eine dritte folgte, und dazu sein Blick.

»Aber ...«, weiter kam sie nicht.

Bruno Weber fasste sich zuerst an die Stirn und griff dann nach der Halbliterflasche und dem Weinglas auf dem randvollen Tablett. »O mein Gott! Sie wollen natürlich etwas dazu trinken, entschuldigen Sie. Ich habe einen besonders leichten Rotwein für Sie ausgewählt, köstlich ist er trotzdem. Die Mallorquiner haben ganz vorzügliche Rotweine, Sie werden begeistert sein.« Er strahlte sie an, füllte das Glas und lächelte verzückt, als er es ihr in der Manier eines gelernten Sommeliers kredenzte.

Esther brachte es nicht übers Herz, ihn zu enttäuschen. Sollte sie ihn jetzt etwa mit der Bemerkung vor den Kopf stoßen, dass sie nur höchst selten Alkohol zu sich nahm und grundsätzlich keinen Roten wegen der darin enthaltenen Gerbsäure? Unmöglich! Also trank sie den Wein und aß den würzigen Fleischtopf direkt aus dem Tongefäß, der alles fantastisch warm hielt, kostete auch die riesigen Garnelen und die pikant gefüllten Weinlaubblätter und zuletzt den Schafskäse mit einem Stück Brot und ein paar eingelegten Oliven. Lediglich bei den Mandelküchlein streikte sie.

»Ich kann nicht mehr! Noch ein einziger Bissen, und ich platze.«

»Das wäre aber jammerschade!«

»Um mich oder um die Küchlein?«, frotzelte sie. Es war unfassbar, dass sie dazu nach dieser Völlerei überhaupt noch in der Lage war. Aber sie fühlte sich gut, sogar sehr gut ...

»Um beides«, darauf er.

»Die Küchlein könnten Sie ja für mich aufessen«, schlug sie vor.

»Hm! Aber nur, wenn Sie mich nicht bei meiner Frau verpetzen.«

Erschrocken richtete Esther sich in ihrem Bett auf. Seiner Frau? Das Tablett kippelte, sie fingen es zusammen auf, ihre Hände berührten sich dabei. »Aber ...«, meinte sie, »also ich dachte, Ihre Frau wäre wieder abgereist, wie soll ich Sie da verraten?«

»Stimmt, da haben Sie auch wieder Recht. So hat eben alles seine guten Seiten, jetzt darf ich drei Wochen lang die doppelte Portion vom Nachtisch verdrücken, wenn mir danach ist.«

»Und sonst sagt Ihre Frau etwas dagegen?«

»Nicht wirklich, wir werden alle beide gern schwach, wenn es um gutes Essen und Süßes geht. Ich hab mich sozusagen selbst unter Druck gesetzt und bei der Abreise gewettet, dass ich diesmal weniger zulege als sie. Letztes Jahr hatte ich nämlich nach dem Urlaub fünf Pfund mehr auf den Rippen, Marlies nur drei. Aber jetzt ist sie ja gar nicht mit von der Partie, sondern ackert in einem Kiosk und kümmert sich nebenbei noch um dessen Besitzer, da kommt sie bestimmt kaum zum Essen. Aber vielleicht schaffe ich es ja trotzdem, die Wette zu gewinnen, wenn Sie mir helfen.«

»Ich?«

Seine Augen glitten über sie, verweilten an ihrem vorstehenden Schlüsselbein und den halbnackten Armen und dem schlanken Bein in dem eng anliegenden Trikot, das unter der Decke hervorsah. Beim Essen war ihr sehr warm geworden.

»Sie sehen wie ein verhungerter Spatz aus, da könnten Sie mir doch gut bei meinen Portionen helfen. Und alles, was Sie futtern, schlägt schon mal nicht bei mir zu Buche. Und Sie macht es nur noch schöner.«

»Ich bin nicht schön. Im Moment bin ich sogar die absolute Horrorgestalt.«

»Quatsch mit Soße!« Das Stück Kuchen, das ihr in den Mund geschoben wurde, war frei von Soße und sehr aromatisch, es duftete intensiv nach Marzipan und beschwor Erinnerungen an Weihnachten.

Jetzt spinne ich total, dachte Ester. Im Hochsommer denke ich an Weihnachten. Sie schluckte kräftig. Vielleicht lag es ja auch an der Musik, die von der Freilichtbühne zu ihnen hinüberdrang. Sehr romantisch, vor kurzem hätte sie noch kitschig dazu gesagt. Den Rest der Küchlein teilten sie sich, dann wurden erneut ihr Gesicht, Unterarme, Fußrücken und Dekolletee verarztet. Das T-Shirt lag eng am Hals an, sie musste es ausziehen, dabei wandte sie sich zur Seite, er tat dasselbe, darüber mussten sie beide lachen. In ihrem schlichten BH kam sie sich trotzdem sehr nackt vor. Dabei war es ein ausgesprochen züchtiges Modell, jeder Bikini zeigte mehr. Zu züchtig, fuhr es Esther durch den Kopf, als Bruno Weber sich von ihr verabschiedete.

»Gute Nacht!«, sagte er, »morgen früh reserviere ich Ihnen gleich als Erstes eine Liege im Schatten!«

Janina und Ann-Katrin schliefen noch fest, als Esther am nächsten Morgen aufstand. Ihr Aussehen machte weiter gute Fortschritte, wenn man von der Schwellung an ihrer Oberlippe absah. Es gab wirklich keinen Grund, sich noch länger in ihrem Bungalow zu verstecken. Sonnenbrille und Sonnenhut würden ein Übriges tun. Sie machte sich in aller Ruhe zurecht, warf einen Blick auf den Pool, in dem zu dieser frühen Stunde lediglich eine Handvoll Gäste ihre Bahnen zog, auf und ab. Gut für die Muskulatur und die Kondition, dachte sie automatisch und beschloss, die Wiederaufnahme ihres Trainings auf gar keinen Fall auf die lange Bank zu schieben. Erst recht nicht nach der Völlerei vom Vorabend. Meine Güte, hatte sie zugeschlagen! Die Geräte im Studio würde sie sich gleich nach dem Frühstück ansehen. Angeblich gab es alles, wonach das Trimm-dich-fit-Herz nur verlangte, so stand es zumindest im Katalog. Ob sie schon ihre Sportkleidung anzog?

Sie begutachtete die geringelte Hose, die sie irgendwann in der Nacht ausgezogen hatte, weil sie ihr viel zu warm war. Unmöglich!, entschied sie. Auch den Sportdress in uni blau verwarf sie. Ihr war nach etwas Sommerlichem, Weiblichem. Sie trat vor den Einbauschrank, in dem sich ihre Sachen befanden. Janina hatte aus eigenem Antrieb für sie ausgepackt. Ein gutes Zeichen, fand Esther und sichtete, was auf den Bügeln hing. Nicht viel, wahrlich nicht, kein einziges Kleid war dabei, außer Jeans und Shorts gab es lediglich eine Windjacke, eine bequeme Schlabberhose mit Tunnelzug sowie drei helle Blusen, die vierte lag auf dem Schrankboden. Dort, wo sie selbst sie hingeworfen hatte.

Verdammt, und damit sollte sie drei Wochen lang auskommen? Was hatte sie sich nur gedacht, als sie dieses langweilige Zeug in den Koffer tat?

Sie entschied sich für die weite Hose und eine farblich passende Bluse in einem zarten Gelb. Mit frisch gewaschenen und geföhnten Haaren fand sie sich gar nicht so übel, zumindest nicht solange die Sonnemarkisen geschlossen blieben. Als sie jedoch probeweise die Markise im Bad hochzog und die Morgensonne durch das große Fenster schoss, stieß sie einen spitzen Schrei des Entsetzens aus. Die Schwellung mochte weiter zurückgegangen sein, doch ihre Hautfarbe erinnerte an ein rosiges Ferkel, nunmehr ohne rote Tupfen, sondern Ton in Ton. Was nun? Ein Hut!, dachte sie. Ein möglichst ausladender Sonnenhut musste her. Nur welcher? Alles, was sie besaß, war diese grässliche rote Schirmkappe mit Werbeaufschrift. Rot zu Rosa, schlimmer ging's gar nicht.

»Tut dir was weh, Mama?« Schlaftrunken von der Tür her, offenbar hatte der Aufschrei ihrer Mutter Ann-Katrin geweckt.

»Sieh mich an! Dann weißt du, was mir weh tut.« Esther stellte sich direkt vors Fenster.

»Hm! Ich finde, gestern hast du noch schlimmer ausgesehen.«

»Danke! Sehr liebenswürdig! Ich glaube, ich gehe wieder ins Bett und lasse alle Markisen unten.«

»Dann wäre der nette Kellner aber bestimmt enttäuscht. Und Ellens Vater auch.« Ann-Katrin kicherte, diesmal ohne Zahnspange, weil sie diese zu Hause liegengelassen hatte.

»Wieso enttäuscht? Und warum gackerst du so?«, Esther lag noch eine weitere Frage auf der Zunge, beispielsweise, woher ihre Jüngste wissen wollte, dass Bruno Weber enttäuscht wäre, wenn sie nicht zum Frühstück erschien.

»Na ja, weil nur für uns sechs ein Tisch im Innenhof reserviert ist. Normalerweise geht das nicht, aber die haben wohl Mitleid mit 'nem Mann, der ganz allein seine vier Kinder bändigen muss, bis die Mutter wieder kuriert ist. Die glauben nämlich alle, dass du die Mutter bist und er der Vater.«

»Und Herr Weber hat das nicht klargestellt?«

»Nö, ist doch lustig. Also, was ist nun? Kommst du gleich mit frühstücken oder nicht?«

»Nur wenn ich irgendwo einen anständigen Sonnenhut herbekomme.«

»Im Kiosk kriegst du alles, sogar die neueste ›Bravo‹. Wenn du willst, zieh ich mir rasch was über und kauf dir einen Hut.«

Esther bedankte sich und gab ihrer Tochter außer dem Geld genaue Instruktionen, was sie sich vorstellte. Schließlich war sie kein Teenager mehr und wollte sich nicht lächerlich machen. Ann-Katrin brauchte fast eine halbe Stunde, offenbar hatte sie noch einen Abstecher zum Bungalow der Webers eingeschoben, denn Ellen befand sich nun in ihrer Begleitung. Stolz präsentierten die beiden Mädchen Esther ein Gebilde, mit dem sie wunderbar in der Verfilmung eines Rosamunde-Pilcher-Romans hätte mitspielen können. Bast mit heller Krempe, die sich nach oben bog und mit hellgrünem Samt abgepaspelt war, zusätzlich flatterten ihr die Enden eines breiten Samtbands in derselben Farbe bis zwischen die Schulterblätter.

»So geh ich nicht vor die Tür. Keinen Schritt.«

»Aber du hast extra gesagt, es soll was nicht zu Flippiges sein.«

»Das hier ist was für eine angestaubte englische Juffer.«

»Du weißt auch nicht, was du willst, Mama. Ich finde, der Hut steht dir. Er lenkt jedenfalls prima von deinem Gesicht ab, und das wolltest du doch.«

Diesmal kam Janina, die mittlerweile ebenfalls angezogen war und wie der junge Frühling aussah, ihrer Mutter zur Hilfe. »So einen Hut würde nicht mal Oma Ruth aufsetzen«, entschied sie.

»Und was mache ich jetzt?«, fragte Esther erschöpft.

»Ich leih dir meinen Panamahut, bis du was anderes gefunden hast«, schlug Janina vor.

»Und was ist mit dir? Die Sonne hier hat's in sich, und ich will auf keinen Fall, dass du ihr nächstes Opfer bist.«

»Kai hat ein Leinenhütchen in Reserve, das mir prima steht, ich hab's schon gestern angehabt. Und jetzt sollten wir uns auf den Weg machen, mein Magen steht auf Empfang.«

Nicht nur ihr Magen, dachte Esther, als sie unmittelbar vor der Tür auf Kai trafen. Offensichtlich wartete er auf Janina. Ellen und Ann-Katrin waren ebenfalls zur Stelle, lediglich von Bruno Weber war weit und breit nichts zu sehen. Ob er etwa noch schlief? Oder gar früh morgens am Meer entlangjoggte, wie sie selbst das so gerne tat?

Ihr suchender Blick musste sie verraten haben, denn schon meinte Kai an sie gewandt: »Papa ist schon vorgegangen, um die beste Liege für Sie zu reservieren. Geht es Ihnen heute besser?«

»Viel besser«, antwortete Esther und bedankte sich vielleicht eine Spur zu überschwänglich für die Nachfrage.

Die Frage nach ihrem Wohlbefinden wurde wenig später wiederholt, diesmal stellte sie der Saalchef. Offenbar war er höchst zufrieden, als sie ihm antwortete, dass sie sich wieder sehr gut fühlte. Freute er sich etwa für Bruno Weber, der hier als Vater aller vier Kinder und ihr Ehemann galt, dass die Last der Erziehung nun wieder von ihm genommen oder zumindest halbiert war? Esther kam nicht dazu, den Irrtum zu korrigieren, weil ihr just in diesem Moment ein Glas Saft gebracht wurde.

»Frisch gepresst aus viererlei Früchten, das ist jetzt genau das Richtige«, erklärte Bruno Weber und verschwand auch schon wieder, um wenig später mit einem Brotkorb zurückzukehren. »Gerade geröstet, die nehmen hier ihr gutes Weißbrot statt des labbeligen Toasts, den es bei uns im Supermarkt gibt. Dazu Butter und frisches Rührei und ein, zwei Scheiben andalusischen Schinken. Das ist Labsal pur.«

Esther hatte das Gefühl, alle möglichen Augen richteten sich auf sie. Die des Saalchefs, der wieder am Durchgang zum Innenraum Aufstellung genommen hatte und breit lächelnd zu ihnen hinsah. Die der Gäste ringsum. Die der Kinder, sie blickten verschmitzt. Und natürlich die Augen des Mannes, der sie umsorgte. Sollte sie ihn etwa in aller Öffentlichkeit bloßstellen? Das schaffte sie nicht. Lediglich die Butter verweigerte sie mit dem Hinweis, grundsätzlich keine Butter zu nehmen. »Ich bevorzuge morgens leichte Kost, beispielsweise frisches Obst.« Hätte sie nur nichts gesagt! Erneut zog Bruno Weber los und kehrte mit einem Obstteller zurück, von dem die ganze Tischrunde locker satt würde. Ananas, Melone, Kiwi, Nektarine, Pfirsich, Aprikosen, frische Feigen, sogar Erdbeeren und Kirschen waren dabei.

»Ich hab mal von allem etwas gebracht«, meinte er treuherzig. »Wenn es zu viel ist, können ja die Kinder helfen.«

»Und Sie?«

»Er isst nie Obst«, trompetete Ellen dazwischen. »Das Schälen und Kleinschnippeln ist ihm zu viel Arbeit.«

War es Zufall oder nur eine kleine Entschädigung, dass Esther immer wieder ein mundgerecht geschnittenes Stück Obst zu Bruno Weber hinreichte? Er nahm es willig an, und wieder lächelte der Kellner, als ob er sagen wollte: »Sieh mal einer an, so was gibt es bei den Deutschen also auch. Ein Ehemann, der seine Frau verwöhnt. Und eine Ehefrau, die sich revanchiert.« Esther spürte, wie sie rot wurde.

Beim Hinausgehen nannte der Saalchef Bruno Weber Caballero. »Adios, Caballero!«, sagte er, es klang wie eine Ehrbezeugung. Bei dieser Anrede blieb es in den folgenden Wochen. Niemand sonst wurde so tituliert.

Winzige Bikinis allerorten, manche Frauen gingen sogar oben ohne. Appetitlich fürs Auge, was Bruno da zu sehen bekam, während er auf Esther wartete. Er wäre kein Mann, wenn er die so freizügig zur Schau gestellte Weiblichkeit nicht wahrnähme. Wie ein mehr oder weniger schönes Bild. Mit Marlies zusammen hätte er jetzt unweigerlich über jene Strandschönheiten gelästert, die den Poolbereich mit einem Laufsteg zu verwechseln schienen. Und dann diese Kriegsbemalung! Marlies schminkte sich so gut wie nie. Um ihm, wie sie einmal scherzhaft gemeint hatte, den Schock zu ersparen, wenn sie sich von einem perfekten Kunstprodukt zurück in die Frau verwandelte, die kochte, wusch, putzte, mit den Hunden tobte und auch kein Problem damit hatte, im strömenden Regen aufs Dach zu klettern und die ewig verstopfte Kalle zu säubern.

Was Marlies wohl zu Esther Anchor gesagt hätte?, fuhr es ihm durch den Kopf. Vorhin am Telefon hatte Marlies ziemlich gehetzt geklungen, offenbar war es ihr momentan wichtiger, Mäusespeck und Fruchtschnuller zu verkaufen, als sich mit ihm zu unterhalten. »Tut mir Leid, Bruno«, hatte sie rasch gesagt, »aber hier am Kiosk stehen sie schon Schlange. Lass uns später noch mal telefonieren.« Auf seine Frage, wann dieses »später« sein sollte, hatte Marlies ihm auch keine richtige Antwort gegeben. »Ich weiß nicht, versuch es einfach mal nach neun oder besser gegen zehn, hier geht alles ziemlich drunter und drüber, und ins Krankenhaus und mit den Hunden raus muss ich zwischendrin ja auch noch.« Seine Frage, wieso sie mit Wedel und Zorro Gassi gehen musste, wenn die beiden doch bestens bei den

Menscheneltern von Wedels heimlicher Liebe – einer Cockerspanieldame – untergebracht waren, ging im Freizeichen unter. Wütend hatte er aufgelegt, seine Badehose angezogen und die sorgsam mit Badetüchern und Zeitungen belegten Liegen angesteuert, wo er nun saß und das Treiben um sich herum in Augenschein nahm.

Es ist wohl besser, sagte er sich, wenn ich Marlies eine Weile aus meinen Gedanken ausklammere, sonst kommt mir bloß die Galle hoch. Meinetwegen bin ich ungerecht, aber es ist einfach zu viel, was sie mir zumutet. Wenn sie wenigstens gesagt hätte, dass sie mich vermisst und es ihr Leid tut, dass wir jetzt drei Wochen getrennt sind. Aber so!

Er schlug den nachgeschickten »Kölner Stadtanzeiger« vom Vortag so heftig auf, dass es sich wie ein Peitschenknall anhörte.

»Steht etwas Schlimmes drin?«, erkundigte sich Esther, die lange gezögert hatte, ob sie, wie ursprünglich geplant, etwas für ihre Fitness tun oder erst mal ein halbes Stündchen am Pool faulenzen sollte. Aus Höflichkeit, wie sie sich sagte, hatte sie sich für Letzteres entschieden.

Sie hatte Bruno Weber schon von weitem unter dem Sonnenschirm sitzen sehen. Ein wunderbarer Aussichtsplatz, den er gewählt hatte, sowohl die Schönheiten an der Poolbar als auch die kaum weniger leicht geschürzten jungen Frauen, die sich zum Aerobic oder Bogenschießen aufrafften, waren voll in seinem Blickfeld. Er schien allerdings nicht sonderlich viel für die holde Weiblichkeit übrig zu haben, denn sonst hätte er ja wohl kaum so energisch, fast wütend seine Zeitung aufgeschlagen. Ob er etwa einer von jenen Spießern war, die fürchteten, schon vom Hingucken blind zu werden?

»Wo drin?«, fragte Bruno Weber in diesem Augenblick zurück. Sichtlich irritiert.

»In Ihrer Zeitung natürlich.« Esther beugte sich vor und

tippte gegen das Blatt, dabei wurde sie sich ihrer Aufmachung erneut nur zu bewusst. Sie trug einen sportlichen Einteiler mit angeschnittenem Bein und Kreuzträgern im Rücken, dem weder Kraulen noch Kopfsprünge etwas ausmachten. Auf dem Weg am Pool entlang hatte sie sich gewünscht, wenigstens ein schickes Modell eingepackt zu haben. Es war ja nicht so, als ob sie nichts anderes besäße, und mit ihrer durchtrainierten Figur konnte sie problemlos die winzigsten Bikinis tragen. Jeder, der sie in ihrem braven Badeanzug sah, musste denken, sie hätte etwas zu verbergen. Schwabbel, Schwangerschaftsstreifen ...

»Keine Ahnung, was da drin steht.« Er sah hoch und sie an, er lächelte. Lachte er sie aus? Bemitleidete er sie, weil sie wie ihre eigene Mutter herumlief? Halt, ihre Mutter würde nie und nimmer die Gelegenheit versäumen, im Urlaub zu zeigen, dass auch Frau Staatsanwältin eine attraktive Frau war und sich zurechtzumachen verstand.

»Uraltes Modell«, murmelte sie und ließ sich rasch auf die freie Liege plumpsen. Am liebsten hätte sie das Badetuch um sich gewickelt. »Ich habe nicht damit gerechnet, dass hier so 'ne Art Cat Walk für Badenixen ist.«

»Mir gefällt's«, meinte er.

»Klar! Wenn ich ein Mann wäre, würde es mir vermutlich auch gefallen, was man hier so geboten bekommt.«

»Das meinte ich nicht.«

»Und was meinten Sie dann?«

»Dass Ihr Badeanzug mir gefällt. Ich meine, so ein Ding ist doch zum Schwimmen da, oder? Und ich finde es einfach verrückt, wenn Frauen sich am Pool oder Strand wie für 'ne Party aufbrezeln und vor lauter Angst, ihre Schönheit könnte aufweichen, höchstens mal ein bisschen im Wasser rumplanschen. Sie haben das nicht nötig.«

»Danke«, erwiderte Esther, weil ihr partout nichts Besseres einfiel, und beugte sich tief über ihre Badetasche, um ebenfalls etwas zum Lesen herauszuziehen. Das erste von neun Büchern.

»Und den dicken Schinken wollen Sie in diesem Urlaub auslesen?«

»Er hat noch acht Geschwister im Koffer. Sie lesen wohl nicht gern?«

»Doch, aber nicht am Wasser. Wenn ich Wasser vor mir sehe, träume ich lieber, da kommt man ja sonst das ganze Jahr nicht zu.«

»Hm! Sonderlich viel Wasser sehen Sie von hier aus aber nicht.« Esther zeigte mit der freien Hand auf den Pool zu ihren Füßen, wo es hoch herging.

»Die Leute denke ich mir einfach weg.«

»Wäre es nicht praktischer, zum Träumen ans Meer zu gehen?«

»Da ist es kaum besser. Da tummeln sich die Hotelgäste und die Touristen aus dem Landesinneren, die Einheimischen nicht zu vergessen, die fallen meistens mit dem ganzen Clan ein. Im Sommer, wenn alle Welt Ferien hat, ist hier Hochbetrieb.«

»Und warum fahren Sie dann nicht wohin, wo es leerer ist?«

»Die Kinder sind nun mal glücklich hier.«

»Weil es so viele Sportmöglichkeiten gibt?« All inclusive, ergänzte sie stumm und schämte sich im selben Augenblick, weil sie schon wieder ihre Vorurteile ausgrub.

»Nein, weil es so viele andere Kinder gibt. Kinder wollen dorthin, wo andere Kinder sind.«

»Und an sich selbst denken Sie nicht?«

»Träumen kann man überall, wenn man nur Muße hat, und die habe ich im Urlaub. Das ist die halbe Miete. Ein herrliches Gefühl, mich mal um nichts kümmern zu müssen.«

»Falsch!«

»Falsch?« Verduzt sah er sie an.

»Sie kümmern sich um mich. Damit verstoßen Sie gleich am ersten Tag gegen Ihre Urlaubsphilosophie.«

»Das ist was anderes!« Er wackelte mit den großen Zehen, die sehr lang und schlank waren, gemessen an seinem eher kräftigen Mittelstück hatte er ausgesprochen feingliedrige Hände und Füße.

»Und wieso ist das was anderes?«

»Weil man Sie weder mit einem von unseren Nachbarn am Heinzelmännchenweg und noch viel weniger mit den Leuten in meiner Firma vergleichen kann.«

»Und womit kann man mich vergleichen?«

»Ich weiß nicht, das lässt sich schwer sagen.« Er zuckte die Schultern und verschränkte die Arme hinter dem Kopf, sah in den Himmel hoch. »Sie sind wohl eher wie das, wovon man so träumt.«

»Und wovon träumt man?« Fishing for compliments, dachte sie, schämst du dich nicht, Esther Anchor?

»Von dem, was anders ist. Ich jedenfalls tue das. So, und jetzt dreh ich 'ne Runde im Pool. Kommen Sie mit? Ich spendiere Ihnen auch einen Drink, wenn wir's schaffen, bis zur Poolbar durchzukommen.«

»Spendieren? Ich denke, hier ist alles all inclusive?«

»Ja, aber dafür kann ich ja nichts, oder?« Schelmisch wie ein kleiner Junge.

»Ich schau Ihnen lieber zu.«

»Nur ja nicht. Meine Frau meint, ich schwimme wie 'ne bleierne Ente.« Er stand auf und schob die Zeitung unter seine Badetasche, dann verschwand er über die Böschung und benutzte brav die Treppe, um ins Wasser zu gelangen. Die wenigsten Männer taten das, wenn eine Frau ihnen zusah. Ob er tatsächlich nicht gut schwimmen konnte?

Esther schlief nicht wirklich. Wie sollte man auch schlafen, wenn es um einen herum in einem fort kreischte und jauchzte, ständig nach einem Kind gerufen wurde, immer wieder mal ein verirrter Beachball durch die Luft schwirrte und zuverlässig jede kostbare Minute der Ruhe von einem der den Pool abgrasenden Animateure aufgemischt wurde? Offenbar reichte es nicht, die 1001 angebotenen Aktivitäten des Clubs nach Altersklassen und Schwierigkeitsgrad gestaffelt am schwarzen Brett auszuhängen, nein, man musste diese auch noch stündlich laut ausposaunen. Der Rattenfänger von Hameln war schüchtern dagegen. Esther, die bei alldem mit geschlossenen Augen auf ihrer Liege lag – ihr Buch hatte sie längst in die Badetasche zurückgeschoben – hätte eigentlich triumphieren können, weil ihre schlimmsten Vorahnungen gleich an diesem zweiten Tag bestätigt wurden.

Noch naheliegender wäre es gewesen zu fliehen. Doch sie versuchte gar nicht erst, sich dem Trubel zu entziehen, sondern döste vor sich hin, bis es Zeit für die nächste Erfrischung – die Bruno Weber ihr mit den Worten »Sie sollten jetzt besonders viel trinken!« kredenzte – oder fürs Mittagessen war, und nach dem Essen döste sie weiter, weil sie sich nun noch träger als zuvor fühlte. Sie schreckte erst auf, als ein im Pool geführter Dialog ihrer jüngsten Tochter mit deren neuester Vertrauter Ellen zu ihr durchdrang.

»Irgendwie«, hörte sie Ellen sagen, »ist deine Mama ganz anders, als du sie beschrieben hast. Voll normal.«

»Normal würde ich das nicht nennen«, konterte Ann-Katrin. »Für Mamas Verhältnisse ist es eher krank, in einem fort nur zu faulenzen und zu futtern. Gibt's hier zufällig 'nen Bazillus Faulenzius, der durch die Luft schwirrt?«

»Vielleicht hat mein Vater deine Mama ja angesteckt. Der kann im Urlaub stundenlang Löcher in den Himmel stieren, ohne dabei auch nur mit dem dicken Zeh zu wackeln. Dann sieht er aus wie ein Buddha.«

»Hm! Dein Vater ist echt ’ne Nummer. So ’nen Vater hätte ich auch gern.«

»Was ist eigentlich mit dem Freund von deiner Mama? Ruft der wenigstens mal an oder so?«

»Glaub ich nicht! Joscha ist bei uns einfach kein Thema mehr.«

»Dann ist es also endgültig aus zwischen den beiden?«

Die Antwort ihrer Tochter auf diese Frage bekam Esther nicht mehr mit und wollte sie wohl auch nicht hören. Sie setzte sich so abrupt auf, dass ihre Badetasche von der Liege kippte und der Inhalt sich am Boden entleerte. Zwei Tuben Sonnencreme aus dem Bestand der Webers, die Taucherbrillen ihrer Töchter, Walkman, Buch, Geldbörse und Handy. Das Handy hätte sie genauso gut zu Hause lassen können. Nicht mal ihre Mutter hatte bis jetzt angerufen, noch viel weniger Joscha. Joscha ist bei uns einfach kein Thema mehr. Sie hielt das nicht aus, keine Sekunde länger!

Mit einem Blick zur Seite vergewisserte Esther sich, dass die Nachbarliege leer war und Bruno Weber folglich noch an der Bar Schlange stand, um ihren nächsten Drink zu organisieren. Ein Glück, so hatte er wenigstens nicht mitbekommen, was die beiden Mädels da eben verhackstückten. Hastig stopfte sie alles zurück in die Tasche, zog sich ihr fast bis zu den Knien reichendes Flatterhemd über, rückte Janinas Panamahut zurecht und machte sich auf den Weg zum Strand.

Es war nach fünf und somit ungefährlich, mit Hut und gut eingecremt am Meer entlangzulaufen. Schlagartig verspürte sie einen ungeheueren Bewegungsdrang. Nur laufen, laufen, laufen. Bewegung half immer. Fast immer. Und das Rauschen des Meeres und ihretwegen auch die Lärmkulisse der anderen Touristen würden die Stimmen in ihrem Kopf übertönen. Gehässige Stimmen, traurige, sie war voller Scham und Wut, als sie sich zwischen den Liegen durchschlängelte und immer schneller wurde und fast ausrutschte. Einmal glaubte sie, hinter sich jemanden ihren Namen rufen zu hören, doch sie hielt nicht inne, sondern forcierte ihr Tempo noch.

Diesmal wählte sie nicht wie am Vortag den mit Holzplanken und Stufen stabilisierten Pfad durch die Dünen, sondern suchte sich selbst ihren Weg zwischen hohen Sandbuckeln und Steinbrocken, dazwischen lagen Muscheln und Algen. Das Meer musste sich also gelegentlich bis hierher vorwagen. Nicht im Sommer, jetzt war es zahm und wich vor dem Ansturm der Menschen zurück, so kam es zumindest Esther vor. Es schien ihr, als ob das Meer, dem sie zustrebte, sich ihr immer wieder entzöge, stets noch eine weitere der teils unwegsamen Dünen vor ihr auftürmte, allmählich hatte sie es leid. Ohne weiter nachzudenken, wich sie dem nächsten Hindernis nicht mehr aus, sondern begann zu klettern. Eine rutschige Angelegenheit, zudem waren Sand und Felsen unglaublich heiß und brannten ihr unter den nackten Fußsohlen. Ihre Sandalen hatte sie ausziehen müssen, damit wäre sie hier keine zehn Meter weit gekommen. Keuchend erreichte sie den höchsten Punkt. Sie war weit abgekommen, die Strandbar war aus dieser Perspektive winzig klein, das galt erst recht für die Menschen dort unten.

Ob Bruno Weber sie bereits vermisste? Sich ärgerte, weil er sich völlig umsonst für sie an der Bar angestellt hatte?

Joscha würde sich daheim in Köln ganz bestimmt nicht ärgern, und falls ihm doch mal etwas nicht in den Kram passte, ließ er sich halt von dieser Göre trösten, die quasi schon bei ihm wohnte. Ob er vergessen hatte, was er Esther drei, fast vier Jahre lang mit treuem Augenaufschlag und im Brustton der Überzeugung versichert hatte? Und wenn er es nicht selbst gesagt hatte, so hatte er ihr doch immerhin beigepflichtet, was fast auf dasselbe hinauslief, weil Männer bekanntlich höchst mundfaul wurden, sobald es um Beziehungsthemen ging.

Nie mehr einem anderen rund um die Uhr auf der Pelle hocken, war ihrer beider Devise gewesen, weil das die größte Liebe und die harmonischste Partnerschaft tötete. Schnee von gestern, so viel stand fest, es hatte wohl nur »die Richtige« kommen müssen. Eine, die nicht davor zurückschreckte, das Weibchen herauszukehren und sich anschmiegsam zu geben.

Das Meer verschwand vor Esthers Augen, wurde überlagert von Szenen, in denen ein blutjunges Geschöpf um Joscha herumwieselte, ihn nach allen Regeln der Kunst verwöhnte, mit Küssen und Naschwerk. Früher war er mal ein ganz »Süßer« gewesen, erst dank Esthers energischem Einschreiten war er zur Besinnung gekommen. Drei Jahre lang, drei gute Jahre, jetzt begannen die schlechten, er würde sich noch wundern.

Aber dann ist es zu spät!, knirschte Esther mit zusammengebissenen Zähnen und stampfte wie ein ungebärdiges Kind mit dem Fuß auf. Nicht weiter tragisch, wenn man auf Sand lief, sollte man annehmen. Doch das Pech war ihr weiterhin hold, sie trat in eine Sägenmuschel. Es begann zu bluten, auf dem hellen Untergrund wahrlich kein schöner Anblick, es blutete kräftig.

Ich könnte verbluten, erschrak Esther, und niemand würde es merken. Wer schaut schon hoch, wenn irgendwo oben auf einem Dünenkamm eine Irre durchdreht? Es war verrückt, wie sie sich aufführte. Verrückt und krank, ihre Jüngste hatte völlig Recht. Am liebsten hätte Esther sich in ein Mauseloch verkrochen.

Bruno Weber hatte nicht eher Ruhe gegeben, bis Esthers Wunde desinfiziert und ihr Fuß bis zum Knöchel bandagiert war. »Mit so etwas sollte man nicht spaßen«, befand er und erkundigte sich noch einmal, ob sie auch wirklich und wahrhaftig ihre Tetanusimpfung aufgefrischt hatte. Wirklich beruhigt war er erst, als sie ihm ihren Impfpass zeigte.

An Sport war nicht mehr zu denken, jedes Auftreten tat weh, dabei handelte es sich um eine im Grunde lächerliche Schnittwunde. Wie es aussah, war sie vorläufig zum Nichtstun verdammt. Esther fügte sich in ihre passive Rolle und ließ sich weiter umsorgen und im Hintergrund vom Clubprogramm berieseln, der letzte Rest Elan wurde von der Hitze und den üppigen Mahlzeiten aufgesogen. Zu ihrer Verwunderung schlief sie trotzdem erstaunlich gut, was möglicherweise dem kräftigen Rotwein zuzuschreiben war, den sie abends tranken. Esther wehrte sich auch nicht mehr dagegen, für die Ehefrau des Caballeros und die Mutter der vier Kinder gehalten zu werden. Für die Kids war es, wie sie sich sagte, ein vergnügliches Spiel, und für sie selbst war es bequemer, als Dinge zurechtzurücken, die niemanden ernsthaft interessierten.

Ob es möglich war, dass eine gespielte Rolle einem binnen weniger Tage in Fleisch und Blut überging? Esther spürte selbst, wie sie sich veränderte, ruhiger wurde, auch anders redete, sich dem leicht nachlässigen Sprachstil der anderen anpasste. Allerdings hätte sie nicht geglaubt, dass diese Veränderung so augenfällig war, dass daraus ein Thema für ihre Töchter wurde. Es war Ann-Katrin, die sie eines Tages mit sichtlichem Vergnügen vor allen anderen darauf hinwies, dass sie schon wieder einen Satz nicht korrekt beendet hatte.

»Wir sind in Urlaub«, darauf der Vater von Ellen und Kai, den Esther längst beim Vornamen nannte. »Da muss man schon mal nachlässig sein, sonst ist es kein richtiger Urlaub.«

»Wenn das so ist«, griemelte Ann-Katrin, »hat meine Mutter vorher noch nie richtig Urlaub gemacht.«

»Dann wird es ja höchste Zeit. Was meinst du, Esther, gönnen wir uns noch 'nen Absacker an der Bar?« Bruno betonte das »'nen« statt »einen«, offenbar war ihm daran gelegen, ihr den Rücken zu stärken und sie zugleich aus der Schusslinie zu ziehen. Doch er hatte die Hartnäckigkeit ihrer jüngsten Tochter unterschätzt.

»Bis vor 'ner Woche«, trompetete Ann-Katrin, »hat sie nicht mal gewusst, was das ist, ein Absacker. Und noch viel weniger hätte sie was getrunken, was mehr Promille als ihr grüner Tee hat. Sie muss wirklich krank sein.«

»Ja, von deinem blöden Geschwätz«, zischte daraufhin Janina, schnappte ihre Schwester am Ärmel ihres Lieblings-T-Shirts und zog sie trotz Widerstand mit sich fort, dicht gefolgt von Ellen und Kai.

Wenig später sah man alle vier einträchtig den Tischtennisplatten zustreben, die bis Mitternacht bespielt werden durften. Als ob nichts gewesen wäre. Doch Esther kam so rasch nicht von der Charakterisierung los, die ihre Jüngste über sie abgegeben hatte. Was musste Bruno nur von ihr denken?

»Du musst mich für eine total moralinsaure Person halten«, sagte sie und kletterte auf den Barhocker, den Bruno für sie festhielt, dann griff sie automatisch in die nächstbeste Schale mit jenen Cashewkernen, die ihr noch einmal zum Verderben werden würden. In der Schlabberhose mit Tunnelzug oder in den Shorts, die sie tagsüber trug, fiel es ihr schwer, realistisch zu beurteilen, wie viel sie bereits zugelegt hatte. Und ihre engen Jeans lagen unbeachtet im Schrank, sie wären sowieso viel zu warm ...

»Ich habe nichts gegen Moral. Nimmst du Eis in deinen Drink?«

»Vielleicht sollten wir lieber nichts mehr trinken. Du willst doch bestimmt noch deine Frau anrufen?«

»Das kann ich auch noch später. Und wenn sie schon

schläft, ruft sie mich morgen früh sowieso an. Also keine Ausreden, unser Absacker muss sein, das ist schon Usus!«

»Hat sie eigentlich nichts dagegen, wenn Du jeden Abend mit einer fremden Frau verbringst?«, bohrte Esther weiter. Bislang hatte sie das Thema »Marlies Weber« ausgespart, ihr war selbst nicht klar, welcher Teufel sie an diesem Abend ritt.

»Du bist ja keine Fremde.«

»Eigentlich schon. Du kennst mich gerade mal eine Woche lang.«

Bruno schien zu überlegen, seine Stirn krauste sich, dabei wackelte er wie immer mit den Ohren, was total lustig aussah. »Außerdem bist du die Mutter von Ann-Katrin und Janina«, beschied er und bediente sich nun ebenfalls an der Schale mit den Nüssen.

»Also siehst du nur die Mutter von zwei Teenagern, die mit deinen Kindern befreundet sind, in mir?« Provozierend, auch kokett, getrieben von seltsamen Impulsen.

»Nein!« Er sprach undeutlich, das lag wohl an den Cashews.

»Sondern? Was siehst du sonst noch in mir?«

Bruno schluckte, räusperte sich kräftig, vielleicht hatte er sich verschluckt. »Außerdem«, meinte er gedehnt, »bist du eine Frau, von der ein dicklicher, kleinwüchsiger Kerl wie ich nur träumen kann. Und das ist gut so.«

»Und wieso ist das gut? Weil du in Wahrheit gar nicht schnell genug weglaufen könntest, wenn eine Frau wie ich dir zu nahe käme? Bist du etwa feige?«

»Ja«, sagte er und nickte. Nur dieses »Ja«, es klang nicht beschämt, sondern im Gegenteil erleichtert, fast schon fröhlich.

Auf Esther wirkte dieses »Ja!« wie eine eiskalte Dusche, trotzdem konnte sie einfach nicht aufhören weiterzusticheln, die Worte flogen ihr wie von selbst zu.

»Du bist der erste Mann, den ich kenne, der zugibt, feige zu sein, und es anscheinend auch noch gut findet.«

Ich finde es nicht gut, ergänzte sie stumm und wünschte sich, dass der Mann an ihrer Seite Mut schöpfte. Eingeständnis ohne Worte, beflügelt von der lauen Luft und der romantischen Musik, vielleicht hatte sie auch zu viel Wein beim Essen getrunken oder sich zu sehr an die Gegenwart dieses Mannes gewöhnt, der sie nun seit acht Tagen hofierte, falls »hofieren« das richtige Wort dafür war. Warum konnte er nicht einmal, nur ein einziges Mal, dieser Stimmung nachgeben? Nur ein Flirt, nicht mehr, sie wollte ja nichts weiter von ihm. Nur einmal spüren, wie es war, wenn er sie ohne die Sonnencremetube als Alibi in der Hand berührte? Nur einmal hören, dass er ihr ins Ohr flüsterte, wie hinreißend sie war. Nur einmal sehen, wie sein Blick zu brennen begann.

»Wo du Recht hast, hast du Recht.« Brunos Hand hob sich. Diesmal nicht, um die nächste Portion Nusskerne einzufahren, sondern um den Barkeeper auf sich aufmerksam zu machen. »Du hast mir übrigens noch immer nicht gesagt, ob du Eis in deinen Drink haben willst«, fuhr er fort, dabei sah er Esther nicht an, sondern fixierte weiter den Menschen hinter der Theke, als ob sein Seelenheil davon abhinge, dass dieser ihn endlich bediente.

»Ich pfeife auf den Drink.« Sie glitt von ihrem Barhocker, kümmerte sich nicht um die erstaunten Blicke des Barkeepers und der Leute, an denen sie vorüberlief. Am Pool vorbei, begleitet von den Schmachtfetzen der Band, die live spielte, dazwischen gedämpft das Klickklack der Tischtennisbälle, welche die Platte berührten. Immer weiter, bis sie am Kinderspielplatz ankam, der um diese späte Stunde längst verwaist war und nur von den Sternen am Himmel beleuchtet wurde. Ein klarer Himmel, ein Himmel zum Träumen und wie geschaffen für romantische Gefühle.

Phhh! Sie setzte sich auf die Schaukel und drückte sich ab, Sandkörner schoben sich in ihre offenen Sandalen, klebten an ihren Füßen, zwischen den Zehen, sie cremte sich allabendlich von Kopf bis Fuß sorgfältig ein. Sie schwang vor und zurück, den Kopf in den Nacken gelegt, dem dunklen Firmament mit den glitzernden Leuchtpunkten entgegen. Wünsch dir was!, hatte sie früher zu ihren Kindern gesagt und ihnen den »Wünsch-dir-was-Stern« gezeigt, das war immer der jeweils größte gewesen. Zu ihr selbst hatte das nie jemand gesagt, nicht als Kind und auch später nicht, vielleicht funktionierte das bei ihr ja deshalb nicht. Auch als Schritte aufklangen und dann vom Sand gedämpft wurden, sah sie weiter in den Himmel hoch, forcierte den Schaukelrhythmus noch, vor und zurück. Wie zum Hohn verschwand jener Stern aus ihrem Blickfeld, der mit Abstand der größte in dieser Nacht war.

»He? Warum machst du das? Was ist los mit dir?« Bruno trat hinter sie, seine Hände umfassten ihre Schultern, stoppten sie, aus dem wilden Schaukeln wurde ein sanftes Schwingen, sein warmer Körper berührte ihren Rücken.

»Du solltest mich nicht anfassen, wenn du keine Cremetube in der Hand hast! Das passt nicht in deine sauberen Schubladen vom Träumen und Muttersein und weiß der Geier was noch.« Sie sprach leise, so leise, dass er sie vielleicht nicht einmal verstand. Womöglich wäre das besser, sie verstand sich ja selbst nicht mehr. Und in ihr dieses diffuse Drängen: Sie brauchte sich nur fester an ihn zu pressen, er würde wohl kaum weglaufen, denn dann riskierte er, dass sie hinterrücks von der Schaukel fiel. Das lässt sein Beschützerinstinkt nicht zu, dachte sie, auf seinen Beschützerinstinkt ist Verlass. Hast du das nötig?, funkte eine andere Stimme dazwischen. War sie verdammt noch mal nicht attraktiv genug, dass sich ein Mann wenigstens ein paar Sekunden lang bei ihr vergaß? Zumal sie beide hier niemand sah, sie waren allein, nur sie beide und die Dunkelheit und der Wunschstern, der auf einmal wieder da war, zum Greifen nah ...

»Du reizt mich absichtlich!« Der Druck an ihren Oberarmen wurde fester, fast schmerzhaft.

»Tue ich das?« Ihr Hinterkopf schmiegte sich gegen seine Brust.

»Ja, und du solltest es lieber bleiben lassen, weil ich auch nur ein Mann aus Fleisch und Blut bin.«

»Und wenn ich nicht will? Wenn ich es nicht bleiben lassen will?« Heiser, eine Gänsehaut kroch ihr über die Haut, dabei fror niemand bei einer Temperatur von knapp unter dreißig Grad. Die Luft ein hitziges Streicheln, nur sein Atem dicht an ihrem Hals war noch heißer, begleitet von einem leisen Schnauben, fast schon ein Knurren ... weil ich auch nur ein Mann aus Fleisch und Blut bin ... Sie bewegte ihren Körper leicht zur Seite, nach rechts und nach links, sehr sacht, trotzdem entging ihr nicht, was sie anrichtete, dazu waren sie beide viel zu dicht auf Tuchfühlung.

»Dann steh Gott uns bei!« Es hörte sich an wie ein Hilfeschrei, war es wohl auch, doch niemand reagierte darauf.

Sie wandte sich um, sein Gesicht eine blasse Scheibe, sein Mund warm und fest, gar nicht mehr feige, sehr zupackend, nur die Schaukel wehrte sich noch. Diesmal bedurfte es keiner Worte, um ihn an einen Ort zu lotsen, der besser geeignet war. Diesmal war er es, der drängte und sie mitzog. Zielpunkt: jene Bungalows, von denen zwei ihnen gehörten. Noch knapp vierzehn Tage lang. Auszeit, hämmerte es hinter Esthers Schläfen. Nur einmal! Vergessen waren ihre Töchter und die fremde Frau und deren Kinder, die auch seine Kinder waren. Alles war vergessen, als sie die Dachterrasse der Nummer 33 erreichten, schwer atmend wie nach einem mühsamen Aufstieg stehen blieben, einander an der Hand haltend – fast schon war es ein Klammern – auf die Szenerie dort unten blickten. Eine Kulisse wie im Film, Hollywood ließ grüßen, vielleicht auch nur der Reiseveranstalter, alles sah aus wie im Prospekt, dazu der Duft von Oleander, Thymian, Geheimnissen, nur was geheim war, roch so.

Sie ging in die Knie, zog die Auflage der Liege mit, nicht besonders breit, trotzdem breit genug. »Komm!«, sagte sie.

Dabei hätte sie ihn nicht rufen, nicht locken müssen. Er kam aus freien Stücken, war schon da, umschlang sie und machte einen Traum wahr. So zärtlich, und dann wild, immer wilder, wie der Büchse der Pandora entsprungen, die, einmal geöffnet, ungeahnte Kräfte freisetzt.

Hinterher weinte er. Sie sah es nicht, ertastete lediglich die Feuchtigkeit in seinem Gesicht.

»Warum?«, flüsterte sie und spürte ein wehes Ziehen in der Brust. »War es nicht schön für dich?«

»Zu schön.«

»Wie kann etwas zu schön sein?«

»Schöne Träume sollten Träume bleiben, das ist besser so. Für Menschen wie mich ist das besser.«

»Besser?« Ratlos. Sie war ratlos. Sie verstand ihn nicht.

»Sicherer. Ich brauche meine Sicherheit. Und Marlies und die Kinder, sie sind mein Leben.« Er stand auf, der Zauber war gebrochen.

Scham kroch in ihr hoch, ihre Augen wurden feucht, ein heißes Brennen. Fang nur ja nicht auch noch zu heulen an!, befahl sie sich, doch es hätte wohl nichts genützt, wenn da nicht plötzlich Stimmen nähergekommen wären. Nur zu vertraut, viel zu laut für die späte Stunde. Man sollte Rücksicht auf die Gäste nehmen, die bereits schliefen, das hatte sie ihren Töchtern ausdrücklich eingeschärft, doch die hielten sich nicht daran. Diesmal war es ein Glück, dass sie so lärmten, alle vier. Sie nahmen keinerlei Rücksicht, schwätzten und lachten laut, Ellen und Ann-Katrin triumphierten, weil sie es geschafft hatten, an den beiden Türstehern vorbei in die Disko zu gelangen, in die man erst ab sechzehn durfte. Fest an den Boden des Flachdachs gepresst, verfolgten Esther und Bruno, was ihre Kinder keine drei Meter unter ihnen sprachen.

»Die haben uns echt für sechzehn gehalten«, kicherte Ann-Katrin.

»Mindestens«, echote Ellen.

»Von wegen!«, protestierte Janina.

»Und warum haben sie uns dann reingelassen?«, beharrte Ann-Katrin.

»Weil sie bestimmt geglaubt haben, ihr beiden Zwerge sucht nach Mami und Papi, weil ihr euch allein im Bettchen fürchtet«, hänselte Janina.

»Wo sind Mama und Bruno überhaupt? Ich hab sie nirgends mehr gesehen, und hier ist auch keiner, dabei ist die Haustür offen. Komisch, dabei vergisst Mama sonst nie abzuschließen.«

»Sie wollten doch noch einen Absacker an der Bar nehmen«, erinnerte eine dunkle Stimme. Fast schon eine Männerstimme. Kai.

»Das war vor 'ner Ewigkeit. Es muss schon nach drei sein, um drei macht die Disko dicht.«

»Dann sind sie vielleicht rüber in unseren Bungalow gegangen und haben sich verquatscht oder spielen Schach. Kommt, wir schauen mal nach!« Wieder Kai, sein Vorschlag wurde angenommen, die Schritte und Stimmen entfernten sich. Nicht allzu weit, aber doch weit genug, damit Bruno sich aus dem Haus Nummer 33 schleichen konnte.

Wie ein Dieb, dachte Esther und blieb auf ihrer Polsterauflage auf dem Boden des Flachdachs zwischen lauter Pflanzenkübeln liegen, bis ihre Jüngste sie entdeckte.

»Was machst du denn da auf dem Boden, Mama? Wir haben dich überall gesucht!«

»Morgen fahre ich nach Palma. Kommt eine von euch mit?« Keine Antwort und doch eine Antwort, eine, die kein Teenager verstehen konnte. Wegfahren, der Traurigkeit entfliehen, eine Zäsur schaffen, die es möglich machte, Bruno am Abend wieder ganz harmlos gegenüberzusitzen und sich zu bedanken, wenn er ihr das Glas auffüllte. Nur einen Absacker würde sie nicht mehr akzeptieren, er würde diesen Vorschlag wohl auch nie mehr wiederholen. Noch fast zwei Wochen, dachte Esther. Zwei lange Wochen, in denen wir uns aus dem Weg gehen werden.

Esther verließ die Clubanlage am anderen Morgen in aller Frühe. Es gab jeden Tag eine organisierte Tagestour zu den angeblich schönsten Plätzen der Insel, ihres Wissens stand an diesem Tag wieder die Hauptstadt Palma auf dem Programm. Esther hatte vergessen, nach dem Ziel zu fragen, als sie sich nach nicht mal zwei Stunden Schlaf an der Rezeption vergewisserte, dass noch Plätze frei waren. Um halb acht ging es los. Noch vor dem gemeinsamen Frühstück, das war gut so. Esther wollte nur einen Zettel für ihre Töchter hinterlassen, doch Janina war bereits wach.

»Heute Abend bin ich wieder da«, meinte Esther und legte Papier und Kuli wieder beiseite, »spätestens um zehn, sag das bitte auch ...«, ein winziges Zögern, »... Bruno.«

»Mach ich. Und pass auf dich auf, Mama!«

»Ich geh ja nicht auf Safari. Ich fahre nur nach Palma de Mallorca und schaue mir ein paar Sehenswürdigkeiten an und kaufe mir einen Sonnenhut, damit ich dir deinen endlich zurückgeben kann.«

»Pass trotzdem auf dich auf!«

»Okay.« Esther sah ihre Älteste an, blickte in sehr wache, wissende Augen. Oder bildete sie sich das nur ein?

»Ich hab dich lieb, Mama.« Leise.

»Ich dich auch, Nina. Sehr lieb sogar.« Und wieder stiegen Esther diese albernen Tränen in die Augen. Mein Gott, war das alles kompliziert. Und sie war schuld, sie allein, niemand anders als sie. Bruno hatte es nicht gewollt, sie schon, und dann ...

»Das wird schon wieder, Mama.«

Esther nickte. »Ich muss los, sonst fährt der Bus noch ohne mich ab.«

»Wenn du willst, komme ich mit nach Palma, ich kann in drei Minuten fertig sein.«

Esther schüttelte den Kopf, reden konnte sie nicht, trotzdem war sie fest davon überzeugt, dass ihre Tochter sie verstand. Kein Teenager mehr, von jetzt auf gleich eine Frau, deren feine Antennen auffingen, was in der Luft lag.

Verdammt!, schoss es ihr durch den Kopf. Warum musste man immer erst mal kräftig eins vor den Bug kriegen, damit etwas anderes funktionierte? Zwischen ihr und Janina stimmte es wieder, die Einbahnstraße konnte wieder in beide Richtungen genutzt werden, das war gut, sehr gut, vielleicht war das sogar das Wichtigste überhaupt.

Im Bus saßen an die fünfzig Leute. Paare, Familien und eine größere Clique, die sich lautstark über den Zwischengang hinweg nicht nur verständigte, sondern auch gegenseitig mit Reiseproviant versorgte, kaum dass der Bus sich in Bewegung gesetzt hatte. Am erstaunlichsten fand Esther, dass so viele kleine Kinder mit von der Partie waren. Kaum anzunehmen, dass diese Zwerge sich für die Kathedralen und Museen der Hauptstadt von Mallorca begeisterten, zumal bei diesen Temperaturen. In Palma sollte das Thermometer in der Mittagszeit auf vierzig Grad klettern. Arme Würmchen, dachte Esther und verdrängte den Gedanken, dass sie selbst eigentlich noch viel mehr zu bedauern war.

Esthers Mitleid mit den fremden Kindern erübrigte sich. Der Aufenthalt in Palma beschränkte sich auf eine gute Stunde, welche die meisten ihrer Mitreisenden nutzten, um in der Nähe des Bahnhofs, wo der Bus hielt, etwas zu trinken, ein Eis zu essen oder Postkarten zu schreiben. Esther schaffte es gerade, sich einen halbwegs passablen Sonnenhut zu kaufen – den Bikini, der ihr auf Anhieb gefiel, legte sie rasch wieder aus der Hand – bevor es mit dem »Roten Blitz« weiter nach Sóller ging. Sie hatte sich ganz eindeutig geirrt, was den Ablauf dieser Tagestour betraf. Nicht mein einziger Irrtum in letzter Zeit!, sagte Esther sich und war drauf und dran, erneut in ein Meer von Trübsal und Selbstmitleid abzutauchen.

Während die Anderen Ausrufe des Entzückens ausstießen und beim Einsteigen drängelten, um nur ja einen Fensterplatz zu ergattern, ließ sie selbst sich auf den nächstbesten Sitz fallen. Es interessierte sie auch nicht sonderlich, was die Reiseleiterin ihrer Gruppe über die Bimmelbahn, die es schon seit 1875 gab, erzählte. Schön für die Betreiber, dass diese Bahn pro Jahr um die neunhunderttausend Passagiere transportierte und angeblich als einzige Gewinne einfuhr, ihr persönlich brachte das wenig.

Mit 27 Stundenkilometern zockelte das altertümliche Gefährt quer durch Olivenhaine und Mandelplantagen, vorbei an Gruppen großer Johannisbrotbäume mit mächtig ausladenden Wipfeln und über schwindelerregende Viadukte. Das Innere der Bahn war nicht weniger antik, man saß auf braunen Ledersofas, die Gepäcknetze waren aus Ledermaschen, Deckenlampen und Aschenbecher aus Messing, die Wände mit Mahagoni getäfelt. Und dann lag nach etwa vierzig Minuten Fahrtzeit unversehens die Sierra de Alfabia vor ihnen.

»Hinter den Bergen ist Sóller«, hörte Esther die Reiseleiterin sagen, »dort erwartet uns nach einem Rundgang durch die Stadt ein original mallorquinisches Mittagessen am Hafen Port de Sóller, und dann ...«

Was dann folgen sollte, wurde von dem ersten Tunnel geschluckt, in den die Bahn ratternd und fauchend eintauchte. Das Licht ging aus, kam wieder, ging erneut aus, und so blieb es. Jeder einzelne der insgesamt dreizehn Tunnel erschien Esther wie ein gefräßiges, finsteres Maul, obendrein wurde ihr jedes Mal eisig kalt, nicht umsonst sprachen die Einheimischen vom »frigorífico«, vom Eisschrank, der der längste seiner Art zu sein schien.

Panik wallte in ihr auf, dabei kam sie sich unglaublich albern vor, sie war doch kein kleines Kind mehr. Trotzdem! Was gäbe sie jetzt nicht für eine Hand, die ihre Hand hielt, für eine feste Schulter, an die sie sich anlehnen konnte. Doch da war niemand. In ihrer Not griff sie nach dem silbernen Anhänger an dem dünnen Kettchen um ihren Hals, das Metall der kleinen Löwin erwärmte sich zwischen ihren zitternden Fingern. Die Löwin umarmte einen Fisch, der Fisch sollte sie an Joscha erinnern. Damals, als er noch versuchte, einen festen Platz in ihrem Herzen zu erobern. Damit du immer an mich denkst, auch wenn ich nicht bei dir sein darf! Am liebsten wäre ich immer mit dir zusammen, Tag und Nacht ...

Immer? Sie hatte seine Sehnsucht gedrosselt, ihre eigene hatte sie gar nicht erst zugelassen. Wenn man sich erst nach etwas sehnte, war man verletzlich, und ehe man es sich versah, lag man am Boden und hatte das Nachsehen. Sie nicht, sie hatte von Anfang an vorgesorgt, indem sie die Sehnsucht und die Freude aneinander begrenzte. Liebe in limitierter Auflage, garantiert frei von den Spinnweben des Alltags und männlichem Imponiergehabe, ein zukunftsträchtiges Modell, wie sie sich eingeredet hatte. Und nun? Nun war die Zukunft mit Joscha ein Auslaufmodell. Er würde nie zu jemandem sagen: »Esther und die Kinder, sie sind mein Leben!« So wie Bruno letzte Nacht zu ihr »Marlies und die Kinder, sie sind mein Leben!« gesagt hatte. Sie war niemandes Leben. Sie war für keinen Menschen, der erwachsen und damit frei war, der Mittelpunkt. Ihre Töchter hatten keine andere Wahl, als bei ihr zu bleiben. Könnten sie wählen, würden sie sich bestimmt für eine Familie wie die Webers entscheiden ...

Esther zuckte zusammen. Beifall ertönte. Gleißende Helligkeit schoss auf sie zu. Sie kniff die Augen zusammen, vor ihr lag im Sonnendunst die Stadt Sóller, dahinter ragte der Puig Major, Mallorcas höchster Gipfel, auf. Schön, wunderschön, nur nicht lebendig. Und niemand war bei ihr, mit dem sie die Schönheit teilen und sie solcherart zum Leben erwecken konnte. Sie war allein.

Das blieb so für den Rest des Ausflugs. Esther unternahm auch keine Anstalten, etwas daran zu ändern. Ihr lag nichts an oberflächlicher Geselligkeit. Während die anderen zu Mittag aßen, erkundete sie auf eigene Faust das Städtchen und den alten Hafen, von dem sie später mit einem Ausflugsboot ablegten, um eine idyllische Bucht anzusteuern, wo man baden und faulenzen konnte.

Mit der Idylle war es schlagartig vorbei, als sich die rund fünfzig Touristen in die Stille ergossen, später legte noch ein zweites Schiff an, und Esther wünschte sich weit weg. Ganz, ganz weit weg. Am späten Nachmittag wurden sie von ihrem Bus abgeholt, auf der Heimfahrt quer über die Baleareninsel gab es noch einen Zwischenstopp in Liucmajor, hier konnte man Souvenirs erwerben.

Nur das nicht! Esther vergewisserte sich, wann man weiterfuhr, und steuerte eine Bar in einer kleinen Seitenstraße an, wo sie vor dem Rummel auf der Laufmeile sicher war. Sie trank einen Milchkaffee, aß dazu eines der runden, üppigen Hefegebäcke namens Ensaimadas, sah auf ihre Uhr, ließ ihre Gedanken voreilen, sehnte sich nach ihren

Mädels und bemerkte zu spät, dass sie sich mit dem fettigen Gebäck ihre letzte saubere Bluse beschmutzt hatte. Auch das noch! Die verbleibende Zeit nutzte sie, um nach einem Laden Ausschau zu halten, in dem sie etwas halbwegs Tragbares zum Anziehen fand.

Ihre Suche führte sie immer weiter von der Hauptstraße weg. In den schmalen Gassen mit dem buckligen Pflaster schien die Zeit stehen geblieben zu sein, über ihrem Kopf baumelten Wäschestücke, die Haustüren standen offen, die Grenze zwischen privat und öffentlich verwischte, vielerlei Düfte und Töne überlappten einander, dazwischen spielende Kinder und Männer auf Motorrollern, die in Deutschland längst auf der Schrotthalde gelandet wären. Hier gab es auch alle möglichen kleinen Läden, die Kundschaft sprach Spanisch, nur die Ladenbesitzer flochten ein paar deutsche Wörter ein, als sie merkten, dass Esther keine Landsmännin war.

Plötzlich konnte sie gar nicht mehr aufhören zu kaufen. Außer zwei luftigen Kleidern, einer bestickten Batistbluse und ein Paar Riemchensandalen mit hohen Absätzen für sich selbst erstand sie viele kleine Figürchen für Ann-Katrins Setzkasten, eine Tasche nebst passenden Sandalen für Janina, ein mit Leder ummanteltes Taschenmesser für Kai, einen Silberring mit Koralle für dessen Schwester und einen Gürtel für Bruno. Es fiele auf, wenn sie ihn aussparte. Auch für Joscha kaufte sie etwas. Eine Hängematte.

Irgendwann einmal hatte er ihr von der Hängematte erzählt, die er als Junge besessen und zwischen zwei Apfelbäumen aufgespannt und sich hineingelegt und weggeträumt hatte. »In meiner Hängematte«, glaubte sie ihn sagen zu hören, »gab es keine schlechten Zensuren und keinen geplatzten Schlauch an meinem Fahrrad und keine Brille, wegen der ich gehänselt wurde. Leider hat meine

Mutter das gute Stück ausgemistet, als ich ausgezogen bin. Na ja, macht nichts, war bestimmt sowieso schon verrottet.«

Das Abendessen war vorbei, als Esther heimkam. Glücklicherweise, wie sie sich sagte, das bescherte ihr noch eine Galgenfrist bis zum nächsten Wiedersehen mit Bruno. Sie wusste einfach nicht, wie sie sich verhalten sollte, wenn sie ihm nach dieser denkwürdigen Nacht gegenübertrat, allein der Gedanke daran war ihr höchst peinlich. Auf einem Umweg an der Rückwand der Bühne vorbei steuerte sie ihren Bungalow an und begann gleich als Erstes auszupacken. So als ob sie sich vergewissern wollte, dass dieser Einkaufsrausch sie nicht lediglich in ihrer Fantasie überkommen hatte. Säuberlich reihte sie alle Mitbringsel auf ihrem Bett auf. Was die Mädels wohl dazu sagen würden? Wahrscheinlich, dachte Esther, fallen sie aus allen Wolken. Mama ist einfach nicht normal, glaubte sie ihre Jüngste erneut sagen zu hören. Seufzend hängte sie die für sie selbst bestimmten Kleider und die Bluse, die sich sehr fremd neben ihrer übrigen Garderobe ausnahmen, auf. Affektkäufe nannte man derlei wohl.

Esther verließ ihr Schlafzimmer und schloss die Tür fest hinter sich. Aus den Augen, aus dem Sinn! Als Nächstes schaltete sie den Fernseher ein und setzte sich auf die Couch, die Janina nachts als Bett diente. Es wäre schön, wenn ihre Große jetzt hereinkäme. Aber warum sollte sie das tun? Der Abend war noch jung, und ihre Töchter genossen das lange Aufbleiben in der Anlage. Bestimmt würde sie schon schlafen, wenn die beiden zurückkamen. Diesmal brauchte sie keine Angst zu haben, bei etwas Verbotenem überrascht zu werden.

Sie stand auf, um sich etwas zu trinken zu holen. Jeden Abend besorgte Bruno vor dem Abendessen drei Flaschen

Wasser für sie und die Mädels. »Damit ihr drei Hübschen nachts nicht verdurstet!« Erst auf halbem Weg zu dem Schrank, in dem sie diesen Vorrat immer deponierte, fiel Esther ein, dass Bruno wohl die längste Zeit so liebevoll für sie gesorgt hatte. Trotzdem ging sie weiter, zog die Schranktür auf und sah auf drei volle Flaschen und eine Tüte mit Cashewkernen. Tränen stiegen ihr in die Augen. Warum nur war sie neuerdings so nah an Wasser gebaut? Sie war die reinste Heulsuse! Und obendrein ein Couchpotatoe wie aus dem Bilderbuch. Joscha träfe der Schlag, wenn er sie so auf dem Sofa liegen und Nusskerne mümmeln und dabei durch die TV-Programme zappen sähe. Aber er konnte sie nicht sehen.

Vielleicht wäre dieser Anblick ja auch gar kein Schock für ihn? Vielleicht hatte Joscha sich ja insgeheim nach einer Frau gesehnt, mit der man sich auch mal zusammen gehen lassen konnte, die wenigstens ab und zu fünf gerade sein ließ. Papperlapapp! Energisch versuchte Esther, sich auf eine Reportage über gefährdete Gewässer und deren Bewohner zu konzentrieren. Ein ernstes Thema, das so gar nicht zu den Geräuschen draußen passen wollte.

An diesem Abend wurde im Club spanische Folklore geboten, immer wieder lenkte Esther das durchdringende Geräusch der Kastagnetten ab. Sie glaubte, die sich wiegenden Körper vor sich zu sehen, Lockruf und Abwehr, ein uraltes Spiel, und am Ende siegte immer die Leidenschaft, so oder so. Sie zwang sich, weiter die Geschehnisse auf dem Bildschirm zu verfolgen, jetzt war vom großen Fischsterben die Rede. Fische, sie tastete nach ihrem Hals, wo das Fischlein in den Armen seiner Löwin lag. Vor ihren Augen schummerte es. Litt sie jetzt schon an Halluzinationen? Aus dem Fischschwarm im Fernsehen löste sich ein einzelner Fisch, wurde größer und größer, schwamm direkt auf sie zu und fixierte sie mit Augen, die denen von Joscha zum Verwechseln ähnlich sahen. »Weg! Hör auf!« Sie presste beide Hände vors Gesicht, wollte nichts mehr sehen und hören, als die Haustür aufgerissen wurde und ihre Töchter hereingestürmt kamen. Vorneweg Ann-Katrin.

»Mensch, Mama, was machst du denn hier ganz allein? Bruno meinte, wir sollten mal nach dir schauen, weil die Familie mit den drei kleinen Kindern, die neben uns am Pool liegt, doch auch schon von der Tour zurück ist. Wenn du dich beeilst, bekommst du noch mit, wie sie sich auf der Bühne kriegen. Auf Spanisch.«

»Tut mir Leid, aber ich bin einfach groggy. Sagt allen schöne Grüße!«

»War's denn wenigstens schön in Palma?«, erkundigte sich Janina und setzte sich neben ihre Mutter, legte ihr eine Hand auf die Schulter.

»Wir waren nur ganz kurz in Palma, das war eher so was wie 'ne Kaffeefahrt quer über die Insel.«

»Kaffeefahrten sind doch diese Fahrten, wo man was kaufen soll, oder?«, Ann-Katrin quetschte sich zwischen ihre Mutter und ihre große Schwester, griff in die halbleere Tüte mit Cashews und fragte mit vollem Mund: »Hast du auch was gekauft?«

»Du solltest wissen, dass Mama grundsätzlich nichts kauft, wenn sie unterwegs ist«, belehrte Janina. »Weil man sich dann leicht was aufschwatzen lässt, was man in Wirklichkeit gar nicht braucht. Übrigens hab ich hier zuerst gesessen.«

»Hab dich nicht so!« Ann-Katrin stand trotzdem wieder auf, der Grund hierfür war aber weniger Einsicht als vielmehr der Anblick der leeren Einkaufstüten, die Esther noch nicht weggeräumt, sondern einfach neben der Eingangstür abgestellt hatte. »Außerdem hat Mama wohl was gekauft, sogar ziemlich viel.« Sie steuerte auf die Tüten zu, sah hinein und verzog enttäuscht das Gesicht: »Da ist ja gar nix drin.«

»Aber es war etwas drin«, beschwichtigte Esther sie.

»Und was?«

»Dein Mitbringsel liegt noch bei mir auf dem Bett, das von Janina auch ...«

Ann-Katrin stürmte los und kam Sekunden später strahlend und mit vollen Armen zurück. »Mensch, das sind aber viele Päckchen.«

»Aber es ist nur ein Einziges für dich«, dämpfte Esther den Überschwang ihrer Jüngsten und zeigte auf den in Geschenkpapier eingeschlagenen Karton. Darin befanden sich in Seidenpapier verpackt zwölf winzige Figürchen, darunter ein Seestern und die Kathedrale von Palma in der Größe eines Fingerhuts und sogar eine Miniaturausgabe jenes berüchtigten Eimers mit Strohhalm, aus dem man am Ballermann seine Sangria schlürfen konnte.

»Echt geil!«, kreischte Ann-Katrin. Auch ihre große Schwester jubelte beim Anblick der für sie bestimmten Sandalen nebst Handtasche. Es dauerte eine ganze Weile, bis auffiel, dass noch Päckchen übrig waren. »Nur eine Kleinigkeit für die anderen«, antwortete Esther und hatte keine Chance, ihre Jüngste aufzuhalten, als diese mit dem Ausruf »Ich hol sie! Die werden Bauklötze staunen!« davonstürmte.

Tatsächlich war die Freude groß. Entweder, weil Esther genau das Richtige ausgewählt hatte, oder weil es einfach schön für Brunos Kinder war, ebenfalls etwas mitgebracht zu bekommen. Wieder war es Ann-Katrin, die ein Thema anriss, das Esther lieber ausgespart hätte.

»Und was ist mit Bruno? Hast du für den auch was?«

Esther nickte leicht verlegen. »Ellen und Kai können es ihm ja mitnehmen, ich will heute wirklich ganz früh ins Bett gehen.«

»Kriegt Bruno zwei Päckchen?«, erkundigte sich Ann-Katrin.

»Keine Bange! Er bekommt auch nur eins. Das in dem grünen Papier mit der Bastkordel.«

»Und was ist mit dem ganz langen Paket?« Ann-Katrin spreizte die Arme soweit wie möglich.

»Sei nicht so neugierig! Außerdem übertreibst du wieder mal!«

»Ich will ja nur wissen, für wen es ist.«

»Wird nicht verraten. Übrigens habe ich mir auch etwas gekauft«, lenkte Esther ab und nickte Richtung Kleiderschrank. »Nichts Besonderes«, meinte sie, »halt was für den Urlaub.«

Die vier gaben keine Ruhe, bis sie alles vorgeführt hatte. »Warum willst du das denn nur im Urlaub anziehen?«, erkundigte sich Janina. »Die Kleider stehen dir echt gut, du solltest viel öfter Kleider anziehen, finde ich. Stimmt's, Kai?«

»Sie sehen echt klasse darin aus«, befand der Junge, »eher wie Ninas große Schwester. Wollen Sie wirklich schon ins Bett gehen? Das wäre doch genau das Richtige für die Disko. Oder wenigstens einen Drink an der Bar. Mein Vater sitzt garantiert schon in den Startlöchern und wartet darauf, dass Sie ihm die heilige Absolution für seinen Absacker erteilen.«

»Dafür bin ich nicht zuständig. Ich bin weder heilig noch katholisch, sondern nur sterbensmüde! So, und jetzt raus mit euch! Viel Spaß noch!« Spaß, summte es in ihrem Kopf, sie drehte sich vor dem großen Spiegel, ihr Kleid flatterte um sie herum, im Gegenlicht war der dünne Stoff fast durchsichtig. Gegen ihre Figur war nichts einzuwenden, auch wenn die sich abzeichnenden Hüften nun runder wirkten, das galt auch für ihre Brüste. Fast schon wollüstig. Leider fehlte der Abnehmer für die schwellende Pracht. Esther kippte sich die restlichen Nusskerne in den Mund und griff nach der Wasserflasche, um ihren Durst zu löschen. Dabei dachte sie an Bruno. Als ihr Blick auf das längliche Paket mit der Hängematte fiel, dachte sie an Joscha. Zwei Männer, dachte sie, und keinen richtig. Was für ein Elend! Das schlimmste Leid war wirklich das, was man sich selbst antat.

Die erste öffentliche Präsentation der »Denkmützen« war ein voller Erfolg gewesen. Kikis Bekannter aus dem Café Fleur hatte Wort gehalten und seine Beziehungen in der Presseabteilung der Bank, für die er arbeitete, spielen lassen, damit dieser Termin kurzfristig zustande kam. Und damit nicht genug, hatte er hervorragende Vorarbeit geleistet, um die Begeisterung für Joschas Projekt zu schüren. Warum der Bankangestellte sich derart ins Zeug legte, wurde Joscha allerdings erst Tage später klar.

Dabei hätte ihm eigentlich sofort auffallen müssen, wie der Mann Kiki mit Blicken verschlang. Kaum weniger auffällig war, dass Kiki an diesem Nachmittag in der Bank jedes Mal rot anlief, sobald Julian zu ihr hinsah oder sie ansprach, was ebenfalls ungewöhnlich häufig der Fall war. Aber hinterher war man ja meistens klüger, wie Joscha sich sagte, als ihm endlich ein Licht aufging.

Kiki war »frische Luft schnappen« gegangen. Ihr Bedürfnis, Joschas angenehm kühle Wohnung zu verlassen und durch die Sommerhitze zu rennen, die seit ein paar Tagen die Straßen auflud, war ebenfalls neu. Und jedes Mal kam sie mit hochroten Wangen zurück und stürzte sich auf den Abwasch oder sonst eine ungeliebte Tätigkeit. So auch an diesem Tag. Sie raste an ihm vorbei in die Küche und begann zu rumoren, sonderlich angenehm waren ihm dieses Scheppern und Klirren nicht. Er überlegte gerade, ob er etwas sagen sollte, als schon wieder das Telefon läutete. Er ignorierte das Gebimmel. Nachdem er sich im Lauf der letzten Stunde viermal gemeldet hatte und viermal wieder aufgelegt worden war, hatte er keine Lust mehr, sich an der Nase herumführen zu lassen. Bestimmt Kinder, hatte er gedacht, die dem »Mäuschen schellen« von früher eine moderne Variante via Telefon zugesellten. Doch er hatte die Rechnung ohne Kiki gemacht. Wie ein geölter Blitz schoss sie aus der Küche auf das Telefon zu.

»Das kannst du dir sparen!«, meinte er.

»Und wieso?« Eine Hand schon nach dem Apparat ausgestreckt, den Blick darauf fixiert, als ob sie auf ein Wunder wartete.

»Weil sich da irgend so ein Idiot seit einer Stunde in Telefon-Terror versucht. Am besten geht man 'ne Weile nicht dran, dann vergeht dem Störenfried hoffentlich die Lust.«

»Aber es könnte etwas Wichtiges sein.« Schwupps, hatte sie das Ding auch schon am Ohr, meldete sich, lauschte, wurde feuerrot, schließlich sagte sie: »Ja ... nein ... tut mir Leid ... ich habe gedacht ... ja, in zehn Minuten.« Dann legte sie das Mobilteil zurück, wollte es zurücklegen, verfehlte das Standgerät und ging in die Knie, um höchst umständlich das Telefon aufzuheben, obwohl sie sich nur hätte bücken müssen.

»Und?«, fragte er und beobachtete interessiert, wie die Röte sich über Kikis Nacken und Arme und vermutlich auch über ihre niedlichen kleinen Brüste, die er momentan nicht sehen konnte, ausbreitete.

Sie schoss wie von der Tarantel gestochen hoch, das Telefon blieb am Boden liegen. »Nichts und!« Trotzig dahingesagt, fehlte nur noch, dass sie sich einen Daumen in den Mund steckte und daran suckelte.

»Eigentlich wollte ich nur wissen, ob es wirklich etwas Wichtiges war. Aber die Frage erübrigt sich ja wohl.«

»Wieso erübrigt die sich? Das war meine Mama, nur meine Mama, sie wollte bloß wissen, ob ich am Wochenende komme.«

»Verstehe!« So langsam verstand er wirklich ...

»Da gibt's nichts zu verstehen, schließlich sind es meine Eltern. Sie sorgen sich um mich, das ist nur normal, früher habe ich sie jedes Wochenende besucht.«

Nicht mal das stimmte, wie Joscha wusste. Warum log sie nur immer weiter, statt klipp und klar mit der Sprache herauszurücken? Wie er das hasste.

»Ich wusste gar nicht«, meinte er gedehnt und stand auf, »dass das Wochenende schon in zehn Minuten beginnt. Nach meiner Zeitrechnung haben wir erst Mittwoch.«

»Du hast gelauscht.« Anklagend, eine Haarsträhne um den Finger gewickelt, ein Bein angezogen und auf dem anderen hin und her wackelnd, in dieser Pose und dazu mit ihren Söckchen sah sie erst recht wie ein Kind aus.

»Es handelt sich immer noch um mein Telefon«, erinnerte er sie.

»Ich will dein doofes Telefon gar nicht.«

»Und warum rennst du dann dran, als ob am anderen Ende der Leitung die Lottofee wäre?«

»Ich spiel überhaupt kein Lotto.«

»Aber vielleicht was anderes. Lass mich raten! Ja, ich glaube, ich hab's: Dein neuestes Spielzeug heißt Julian.«

»Er ist kein Spielzeug. Er ist ein sehr ernsthafter junger Mann, auch wenn er manchmal so rumblödelt und tut, als ob er an jedem Finger 'ne andere hätte. Aber das ist nur Show. In Wahrheit ist er sogar schüchtern.«

»Und du hilfst ihm, damit er seine Schüchternheit überwindet?«

Diesmal blieb Kiki ihm die Antwort schuldig. Ihre Augen hefteten sich auf den schwarz-weißen Boden, an dem es nichts Auffälliges zu sehen gab außer einem Telefon zu ihren Füßen. Ob sie glaubte, dass es zu ihr hochgeflogen kam?

»Du musst dich schon bücken«, meinte er sanft.

»Bücken?« Erschrocken, als ob sie mit einer Tracht Prügel auf ihren niedlichen Po rechnete.

»Um das Telefon aufzuheben. Und dann solltest du dich sputen, die zehn Minuten sind gleich um. Wir wollen doch nicht, dass dein Freund wieder in seine alte Schüchternheit verfällt, oder? Übrigens kannst du ihm bitte von mir ausrichten, dass er sich ruhig melden darf, wenn er mich am Telefon erwischt. Ich beiße nicht und bin auch sonst ein friedfertiger Mensch.«

»Aber ...«

»Kein Aber. Dir bleiben noch exakt zwei Minuten.« Joscha tippte auf das Zifferblatt seiner Armbanduhr.

»Und du bist nicht sauer? Ich meine ... also es kam alles ganz plötzlich ... und du bist ja sowieso nicht ernsthaft an mir interessiert, dazu bist du ja noch viel zu verliebt in die Mutter von dem kleinen Mädchen, na wie heißt es noch?«

»Du hast noch genau fünfzig Sekunden!« Joscha fand, dass es Kiki nichts anging, wie Esthers Töchter hießen. Noch viel weniger wollte er mit ihr über seine Gefühle für Esther reden.

Wie auch, wenn er sich nicht mal selbst darüber im Klaren war, was er noch für sie empfand, ob er überhaupt noch etwas wie Liebe für sie fühlte.

Wer liebte schon einen Kühlschrank?

Neulich, als er durchs Gerling-Carré gebummelt war und sich in den Geschäften umgeschaut hatte, in denen es überall nach frischer Farbe und Holzleim roch, hatte er in einem Laden mit lauter im Grunde unnützem Schnickschnack einen naturgetreu nachgebildeten Kühlschrank nicht größer als sein Handteller entdeckt und ihn spontan gekauft. Sogar die Marke stand auf der Außentür und noch einmal auf der inwendigen Klappe des Drei-Sterne-Fachs, es war ein im Kölner Raum sehr bekannter Name. Die Geräte wurden im Süden der Stadt produziert. Er hatte das in winzige Lettern gesetzte »Linde« zweimal durch »Esther« ersetzt. Es war eine Mordsarbeit gewesen, er war nun mal kein großer Bastler vor dem Herrn.

Sein Blick wanderte zu seinem Schreibtisch, auf dem der Zwergenkühlschrank nun stand und darauf wartete, was weiter mit ihm geschah. Joscha sah von dem silbern glänzenden Schriftzug »Esther« zu Kiki hin und wieder zurück. Kiki war vielleicht unerfahren, aber nicht blöd. Er konnte ihr wohl kaum verübeln, dass sie sich andernorts umgeschaut hatte.

»Nun lauf schon!«, meinte er. »Ihr beide seid ein hübsches Paar.«

»Danke!« Kiki kam auf ihn zu gewirbelt, fiel ihm um den Hals, gab ihm einen dicken Schmatz auf die Wange und stürmte zur Korridortür, wo sie noch einmal kurz stehen blieb, sich umwandte: »Darf ich trotzdem weiter mit an deinen Denkmützen arbeiten? Die sind nämlich wirklich klasse. Julian meint, damit könntest du noch richtig Furore machen. Am liebsten würde er selbst mit einsteigen, er hat da sogar eine Idee, wie man eine eigene Firma ...«

»Dingdong!«, Joscha hielt sein Handgelenk in Augenhöhe.

»Oh, verdammt!« Die Tür knallte ins Schloss. Dann Schritte auf dem Podest vor seiner Tür, dann Stille. Joscha grinste. Kiki liebte es, den Handlauf hinunter zu rutschen.

Ob er heute Abend mal wieder zu seinem alten Italiener ging? Kein übler Gedanke! Er fuhr den PC herunter, stellte sich unter die Dusche, zog sich um und strich im Hinausgehen noch einmal über den Miniaturkühlschrank auf seinem Schreibtisch. Vorsichtig, damit das aufgeklebte »Esther« nicht abging.

Es waren nur noch wenige Tage bis zu ihrem Geburtstag.

Esther ließ nichts unversucht, um Bruno so unauffällig wie möglich auszuweichen. Aber sie hatte keine Chance, zumal die vier Kinder wie auf ein heimliches Kommando hin zu seinen Helfershelfern wurden. Sie konnte ihnen ja schlecht die Wahrheit sagen, oder? Etwa: Liebe Kinder, euer Vater und ich hatten eine heiße Nummer miteinander, und es ist für alle Beteiligten besser, wenn wir uns fortan aus dem Weg gehen! Wobei diese Version insofern die Wahrheit verfehlte, als Bruno bereits in der Nacht klargestellt hatte, dass eine Wiederholung nicht für ihn in Betracht kam.

Warum kann er mich dann nicht in Ruhe lassen?, fragte Esther sich und stürzte sich kopfüber in die nächste Aktivität. Bruno hasste es bekanntlich, sich im Urlaub mehr als unbedingt nötig zu bewegen, folglich würde sie bis zur Abreise unermüdlich Wasserbälle, Federbälle, Tennisbälle, Golfbälle et cetera jagen. Nicht allein. Die Anwesenheit Dritter minderte zusätzlich die Gefahr, weiter von ihm bedrängt zu werden, so glaubte sie. Doch sie irrte sich erneut. Zwar nahm Bruno nicht aktiv an diesem oder jenem Gruppensport teil, doch irgendwie schaffte er es, überall rechtzeitig aufzutauchen, um ihr ein vergessenes Handtuch oder ein Glas Wasser oder ihre Sonnencreme anzureichen. Allmählich machte seine Hartnäckigkeit sie wütend.

Er will es nicht anders, sagte sie sich, als sie die Einladung ihres Partners vom Tennisdoppel annahm. Harry war die reinste Sportskanone, sie beide hatten das gegnerische Paar haushoch besiegt, und es lag nur nahe, einen solchen Triumph gebührend zu feiern. Harry hatte eine Tanzbar im Ort ausfindig gemacht, wo die Post abging. Punkt zweiundzwanzig Uhr, das war die verabredete Zeit, näherte sich Harry dem Innenhof, wo sie mal wieder die Letzten beim Essen waren. Ohne Tennisdress und Schweißband war er kaum wiederzuerkennen.

»Was will der komische Vogel denn?« Ann-Katrin zeigte

mit ihrem vollen Eislöffel auf Harry, der sich in Schale geworfen hatte. Topmodisch, das Sakko aus mokkabraunem Samt, dazu Hemd und Bundfaltenhose in der neuen Trendfarbe Apricot.

»Wie 'ne Aprikose, über die man Schokosoße gekippt hat«, ergänzte Ellen.

»Oder Hundekacke«, kicherte Esthers Jüngste.

»Wenn ihr nicht auf der Stelle aufhört!«, zischte Esther, stand auf und lächelte den Mann, der nun erleichtert auf sie zutrat, zuckersüß an. »Wäre es Ihnen recht, Harry, wenn wir uns in einer Viertelstunde an der Rezeption träfen? Wir sind noch nicht ganz fertig.«

»Aber selbstverständlich, Esther!« Eine Verbeugung, wie man sie sich nicht schöner denken konnte, schon machte ihr Kavalier wieder kehrt.

An seiner Figur gab es wirklich nichts zu bemängeln, kein Gramm Fett, überall feste Muskeln, was kein Wunder war, wenn jemand so eisern wie Harry trainierte. Da kann Bruno sich mal eine Scheibe abschneiden, dachte sie und vermied es, in seine Richtung zu sehen. Na los!, hetzte sie stumm, nun gib doch schon deinen Senf dazu! Doch Bruno schwieg beharrlich, dafür meldeten sich erneut ihre Töchter zu Wort. Sie nahmen kein Blatt vor den Mund, ausgesprochen peinlich war das.

»Mama, das kann doch nicht dein Ernst sein, dass du mit diesem Lackaffen ausgehen willst?«, insistierte Ann-Katrin.

»Der Lackaffe ist ein renommierter Zahnarzt aus Siegburg.«

»Suche Unfall«, murmelte Janina.

»Wie bitte?«, Esther sah ihre Große an.

»Na ja, das sagt man doch so zu Leuten mit 'nem Siegburger Kennzeichen. Und irgendwie sieht der Typ genauso aus wie jemand, der für 'ne Massenkarambolage gut ist.

Total billig, das hast du doch wirklich nicht nötig, Mama. Allein die Aufmachung!«

»Bestimmt ein sehr teures Stöffchen«, mischte Bruno sich ein. In Esthers Ohren hörte er sich wie der übelste Heuchler aller Zeiten an, auf seine Verteidigung war sie nun wirklich nicht angewiesen.

»Es spielt keine Rolle, was jemand trägt«, meinte sie steif, »sondern was er oder sie in ihrem Inneren ist.«

»Von innen stelle ich ihn mir ziemlich widerlich vor«, warf Ann-Katrin ein, »irgendwie matschig, so wie ein faules Ei. Dieser ölige Blick, eklig!«

»Ihr entschuldigt mich wohl!« Esther stand auf. Das hörte sie sich keine Sekunde länger an, und es war ihr auch vollkommen gleichgültig, dass der Saalchef sie wie eine Ehefrau musterte, die gerade öffentlich erklärt hatte, ihre Familie verlassen zu wollen. Es wurde wirklich höchste Zeit, dass sie diese Posse endlich aufklärte. Sie stoppte kurz neben dem Frackrock. »Übrigens, was ich die ganze Zeit schon sagen wollte ...«, weiter kam sie nicht, weil der Angestellte sie mit einem »Perdón, Señora!« stehen ließ und auf Bruno zueilte, um dem »Caballero« Wein nachzuschenken. Dabei war sein Glas noch zu einem Drittel voll.

Frechheit! In ihrer Empörung wäre sie beinahe an ihrem Kavalier vorbeigelaufen. »Nicht so stürmisch, meine Dame!« Harry bot ihr galant den Arm, damit sie auf dem gut beleuchteten und asphaltierten Weg zur Tanzbar »Moonlight« nur ja nicht stolperte. Überhaupt war er der höflichste Mensch, dem sie je begegnet war.

Als ob er den »Knigge« verschluckt hätte, dachte sie, als Harry schon wieder mit seinem Hinterteil hoch ruckte, und das lediglich, weil sie zum drittenmal auf »kleine Mädchen« musste. Sie trank zu viel und zu schnell, daran war die Wut in ihrem Inneren schuld. Nicht nur, dass Bruno keinen Hehl daraus gemacht hatte, was er von ihrer Verabredung hielt, nein, sogar ihre eigenen Töchter unterstützten ihn in seiner Hetzkampagne gegen einen unbescholtenen Menschen mit tadellosen Manieren. In ihr kochte es. Ihr Gesicht war rot gefleckt, sie trug eine neue Schicht Puder auf und nahm sich vor, fortan weniger zu trinken. Doch als sie zu Harry zurückkam, stand ein Eiskübel mit einer Flasche Champagner auf dem Tisch. Dabei hatte sie bereits drei angeblich harmlose Drinks nach Art des Hauses konsumiert. So, wie sie aussah und ging, konnte es aber mit der Harmlosigkeit nicht besonders weit her sein.

»Champagner? Meinst du nicht, das wäre etwas heftig?«, wandte sie ein.

»Für eine Frau wie dich ist das Beste gerade gut genug. Außerdem müssen wir das Du noch gebührend begießen. Auf uns!« Er reichte ihr ein Glas, sie stießen an, nach dem süßlichen Drink schmeckte ihr der Schampus ausgesprochen gut, ehe sie es sich versah, war ihr Glas leer.

»Mein Gott!« Sie deckte ihr Glas mit der Hand ab, als Harry umgehend nachschenken wollte. »Ich muss wirklich etwas aufpassen.«

»Nicht bei dieser Marke und solchen Zwergengläsern, da passiert nichts. Außerdem verfliegt der Champagner beim Tanzen im Nu. Darf ich bitten?« Mit Verbeugung wie gehabt, sie kicherte leise, als sie sich von ihm auf die winzig Tanzfläche geleiten ließ. Außer Schiebeblues war hier nicht viel möglich, das »teure Stöffchen« seines Sakkos drängte gegen sie, dafür konnte er nichts, es war halt eng, außerdem war sie keine »heilige Unschuld« mehr, was war nur mit ihr los? Sie wehrte sich nicht, als Harrys Hand an ihrem Rücken tiefer glitt, erst knapp über ihrem Po liegen blieb. Na und? Er war ein verdammt höflicher, sportlicher, gutaussehender, intelligenter und darüber hinaus erfolgreicher Mann, der wusste, was er wollte. Er war genau das, was sie jetzt brauchte.

Bei der nächsten Tanzrunde zog Harry sein Sakko aus und signalisierte ihr, dass er nichts dagegen habe, wenn sie ihre Arme um seinen Hals schlänge. Mit einem Blick zur Seite vergewisserte sie sich, dass dieser Tanzstil hier absolut nichts Ungewöhnliches war. »Okay«, meinte sie, das Wort hörte sich seltsam fremd in ihren Ohren an, als ob jemand es heimlich wie einen Kaugummi langgezogen hätte. Irre lustige Vorstellung, fast so witzig wie dieses »Wie 'ne Aprikose, über die man Schokosoße gekippt hat!«. Harrys Outfit war wirklich irre komisch. Leider scheiterte ihr Versuch, ihn an dieser Komik teilhaben zu lassen; plötzlich standen die einfachsten Wörter mit ihr auf Kriegsfuß, und an Tanzen war auch nicht mehr zu denken, weil sie buchstäblich über ihre eigenen Füße stolperte.

»Ich glaube, ich muss jetzt ganz schnell ins Bett. Bitte lass uns gehen!«

»Das ist eine vorzügliche Idee.« Wie Harry das meinte, dämmerte ihr allerdings erst, als sie eine Weile später vor einem Bett stand, das nicht ihr Bett war.

»Das ist nicht mein Bett«, stammelte sie.

»Nein, aber meins. Wir wollen doch nicht von deinen süßen Kindern überrascht werden, oder?«

Sie versuchte es noch einmal mit Worten, als das nichts half, biss sie ihn mit aller Kraft in die Hand, die sie eisern festhielt. Er schrie auf und ließ los. Sie rannte weg, aber weit wäre sie bestimmt nicht gekommen, weil sie statt der Tür, die hinaus ins Freie führte, die Tür zum Bad aufriss. Er kam ihr nach, von dem Kavalier alter Schule war nicht viel übriggeblieben, was er da von sich gab, war gemein und primitiv und beleidigend.

»Du kleine Schlampe, was bildest du dir denn ein? Dass du mich anmachen und dann einfach abhauen kannst? Nicht mit Harald Westerwelle, das sage ich dir.« Erneut rückten seine Gierfinger auf sie zu, sein Körper schob nach, sie versuchte ihn mit dem Türblatt abzuwehren, presste sich mit aller Kraft dagegen, doch sie hatte keine Chance. Ohne Bruno hätte sie keine Chance gehabt. Plötzlich war er da und räumte diesen widerlichen Kerl für sie aus dem Weg und trug sie auf seinen kräftigen Armen zurück in ihren eigenen Bungalow, zog ihr die Schuhe und auch das Kleid aus und mummelte sie bis zum Hals in ihre Bettdecke.

»So, Prinzessin, jetzt wird geschlafen.«

»Kann nicht«, stotterte sie wie ein Kleinkind, das der Sprache noch nicht mächtig ist, »schaukelt«! Das »Sch« gelispelt, die »S«-Laute waren am schwierigsten, das »ch« verschluckte sie ganz, und in ihrem armen Kopf drehten sich Sterne und Mühlräder und alles Mögliche, was dort nicht hingehörte.

»Das haben wir gleich! Warte, ich hole dir eine Tablette.«

Gehorsam leerte sie das Glas, in dem er die Tablette aufgelöst hatte, nachdem sie mehrfach versucht hatte, sie im Ganzen hinunterzuschlucken. Sie war so was von daneben. Erschöpft legte sie den Kopf zurück, doch als Bruno sich auf Zehenspitzen davon machen wollte, protestierte sie in ihrem beschwipsten Kauderwelsch. Er verstand sie trotzdem und blieb. Als sie am nächsten Morgen aufwachte, sah sie ihn in dem Sessel liegen, der eigentlich nach nebenan gehörte. Ihr treuer Wächter!

»Bruno?«, fragte sie leise.

Er richtete sich auf. »Alles klar, Prinzessin?«

»Es tut mir so Leid, Bruno!«

»Keine Ursache, wir sind doch Freunde.«

Und dabei blieb es. Sie waren Freunde, abends besiegelten sie ihre Freundschaft mit einem Kräutertee, den Bruno für sie beim Barkeeper orderte. Statt Champagner, weil sie keinen Schampus mehr sehen konnte. Überhaupt keinen Alkohol, zumindest im Augenblick nicht. Und keine Männer, das sagte sie sogar laut.

»Ich glaube, ich werde besser Nonne. Vielleicht bin ich ja zur Nonne bestimmt.«

»Das bist du ganz gewiss nicht, Prinzessin.«

»Sondern? Wofür bin ich dann bestimmt? Für den nächsten Kandidaten in einem teuren Stöffchen, hinter dem es nur faul und matschig und einfach eklig ist.«

»Es gibt auch andere Männer.«

»So? Dann zeig mir mal einen, der nicht schwul und nicht verheiratet und auch kein Mönch ist.«

»Hm! Diese Nacht hast du immer wieder nach einem Joscha gerufen. Klang nicht so, als ob dieser Joscha anders herum wäre oder im Zölibat lebte. Was das Verheiratetsein betrifft, bin ich natürlich überfragt.«

»Verheiratet ist er nicht mehr. Und schwul ist er hundertprozentig nicht. Noch viel weniger ein Mönch ...«

»Na siehst du!«

»Nichts na siehst du! Joscha hat längst 'ne andere, eigentlich hat er sogar zwei andere, wenn du seine Exfrau mitzählst. Er fährt gern mehrspännig, auch wenn er das drei Jahre lang höchst geschickt vor mir verborgen hat. Joscha ist passé.«

Bruno musterte sie nachdenklich. Wie ein Pfaffe bei der Abnahme der Beichte, dachte Esther mit einem leicht beklommenen Gefühl. Sie hatte nicht vor, noch mehr preiszugeben. Der Wortlaut dessen, was Bruno nun sagte, war ihr kaum weniger suspekt. Als ob er etwas wüsste, was sie noch nicht wusste. Oder wollte er sie mit seinem »Schauen wir mal! Magst du noch einen Tee?« nur ablenken.

»Da gibt es nichts zu schauen!«, erwiderte sie patzig. »Und der Tee schmeckt wie Hundepipi.«

»Ich denke, du trinkst so gerne Kräutertee.«

»Jetzt nicht mehr.«

»Siehst du!«

»Was meinst du denn damit schon wieder?«

Bruno blieb ihr die Antwort schuldig, seine Äuglein blitzten verschmitzt und auch ein klein wenig wehmütig, fast als ob es ihm Leid täte, dass er wirklich und wahrhaftig nur ihr Freund war. Doch vielleicht bildete sie sich das ja auch bloß wieder ein. Sie bildete sich so viel ein, allmählich verlor sie den festen Boden unter ihren Füßen, nicht mal mehr gesunder Tee schmeckte ihr.

Ob Küsse ihr wohl noch schmeckten? Ihre Hand tastete zu dem Kettchen und streichelte über den Anhänger, der verband, was nun mal nicht zusammenpasste: Löwin und Fisch.

»Kann ich sonst noch etwas für Sie tun?«, fragte die Stewardess.

Könnten Sie mich bitte einmal kräftig pitschen!, hätte Joscha darauf um ein Haar erwidert. Einfach damit er spürte, ob das hier live war und er tatsächlich im Begriff stand, mit einem riesigen Tortenkarton im Handgepäck nach Mallorca zu fliegen. Es hätte nicht viel gefehlt, und die Torte hätte auf deutschem Boden zurückbleiben müssen, denn privater Tortentransport war offiziell nicht statthaft. Er hatte sich den Mund fransig geredet, argumentiert und beteuert und zuletzt nur noch gebettelt. Bitte, haben Sie doch ein Herz! Und warum tat er sich diesen ganzen Stress an? Weil ein Wildfremder ihn tags zuvor angerufen und ihn gefragt hatte, ob ihm noch etwas an einer gewissen Esther Anchor läge.

»Vielleicht ein Tonic Water«, erwiderte Joscha unsicher.

Die hübsche Flugbegleiterin lächelte charmant und verschwand mit einem »Sofort!«, diesmal verspürte Joscha den dringenden Wunsch, sie an ihrer frisch gebügelten Bluse oder dem knappen Rock zurückzuhalten.

Nicht etwa, weil er von irgendwelchen Gelüsten aufs weibliche Flugpersonal übermannt worden wäre, sondern lediglich, um nicht schon wieder dem einsamen Grübeln über Sinn oder Unsinn seines Tuns ausgeliefert zu sein.

Jeder normal denkende Mensch musste ihn für verrückt erklären, so viel stand fest. Woher wollte er denn wissen, dass hinter diesem mysteriösen Anruf nicht lediglich ein übler Scherz stand? Es war ja nicht mal bewiesen, dass der Anruf tatsächlich aus Mallorca, geschweige denn aus der Anlage, in der Esther mit den Mädels den Urlaub verbrachte, kam. Und einen Bruno Weber kannte er auch nicht, wenngleich er sich vage erinnerte, dass Esthers Jüngste eine Familie erwähnt hatte, die so oder so ähnlich hieß. Wobei der Name »Weber« keinesfalls selten war. Auch der Umstand, dass dieser Bruno Weber über Esthers Geburtsdatum informiert war, besagte nicht sonderlich viel. Tausend Wenns und Abers, trotzdem hatte Joscha nach diesem Anruf Hals über Kopf ein Ticket für den Hinflug – für den Rückflug hatte man ihn auf die Warteliste gesetzt –, und dieses Tortenwunder in Nachtarbeit, dazu kam der Transfer mit dem Taxi zum Flughafen, geordert. Dann hatte er das Nötigste in eine Reisetasche geworfen und sich zu nachtschlafender Zeit auf den Weg zum Flughafen gemacht, wo man ihn nach Entgegennahme des gigantischen Kuchenkartons erst mal wie einen potenziellen Attentäter und dann wie einen Schwachsinnigen behandelte.

Falls Ihnen noch etwas an einer gewissen Esther Anchor liegt, sollten Sie sich schleunigst auf den Weg machen!, dröhnte es in seinen Ohren. Eine Frau wie Esther wird ihren Geburtstag ganz gewiss nicht allein feiern.

Was hatte er darauf erwidert? Hatte er überhaupt etwas gesagt? Er suchte in seinem Gedächtnis, Wortfetzen flogen ihm zu und entwanden sich ihm wieder, sehr viel näher war der unbändige Zorn, den er verspürt hatte. Der Wunsch, den unbekannten Rivalen zu packen und zu schütteln, ihn zu würgen, bis er freiwillig ...

Nein, nie im Leben! Er, Joscha, war ein Mensch, der gelernt hatte, sich verbal zu verständigen. Zivilisiert, auch das gehörte zu Esthers Doktrin, der er drei, bald vier Jahre lang bewundernd gefolgt war. Ihre Art, wie sie gestandene Männer, Topmanager, mit gezielten Worten zu dirigieren verstand, war schon einzigartig. Eine Kunst, die er selbst dann nicht so perfekt beherrschen würde, wenn er Tag und Nacht daran arbeitete.

Na und? Dafür hatte er jetzt seine »Denkmützen«! Sein ureigenes Baby. Was sie wohl dazu sagen würde? Immer vorausgesetzt, Esther gab ihm überhaupt eine Chance, ihr davon zu erzählen. »Und was ist, wenn sie mich gar nicht sehen will?«, hörte er sich erneut fragen. Darauf der Unbekannte am Telefon: »Tja, das ist Ihr Risiko! Aber wenn es Ihnen einen letzten Versuch nicht wert ist ...« Diese Worte hatten Joscha endgültig verstummen lassen.

Die Formulierung »letzter Versuch« grub sich in ihm fest, ließ ihn nicht mehr los, trieb ihn gegen jedes bessere Wissen vorwärts und war dafür verantwortlich, dass er jetzt in dieser hoffnungslos überfüllten Maschine saß, einen wichtigen Termin mit den Sponsoren seiner »Denkmützen« versäumte – er hatte nicht mal mehr angerufen und abgesagt – und drauf und dran war, sich lächerlich zu machen.

»Ihr Tonic Water!« Freundlich und trotzdem kühl, eine geschäftsmäßige Höflichkeit, weit entfernt von der Wärme, nach der er sich sehnte.

»Danke!«, murmelte er und setzte das Glas an die Lippen. Er mochte kein Tonic Water, hatte es noch nie gemocht, viel zu bitter, es war Esthers Getränk, wenn sie mal ausnahmsweise keinen Tee trank. Bildete er sich ein, ihr auf diese Weise näher zu kommen? Konnte man einem Kühlschrank, einer Eisprinzessin überhaupt jemals wirklich nahe kommen?

Eine Frau wie Esther wird ihren Geburtstag ganz gewiss nicht allein feiern.

Offenbar war es jemandem gelungen, in gut zwei Wochen jene Barriere zu überwinden, mit der Esther sich gewöhnlich vom Rest der Menschheit abschottete. Wem? Diesem dubiosen Anrufer? Unfug! Der Mann würde ja wohl kaum versuchen, sich selbst ein Hindernis in den Weg zu bauen, oder? Es sei denn, Esther hatte ihn, Joscha, als jemanden hingestellt, den niemand ernsthaft als Rivalen ansah. Eher als eine Lachnummer, als ein Weichei, das sich beliebig von hier nach dort schubsen ließ. Nein, Joscha, heute nicht, wir wollen doch keinen Alltagstrott riskieren! Sie, Esther, allein hatte definiert, was gut für ihre Beziehung war und was nicht.

Wäre er wirklich bereit, erneut auf alles zu verzichten, was für sich genommen vielleicht banal war, aber noch längst nicht hieß, dass er es nicht trotzdem brauchte? Er, Joscha Nideggen, brauchte wenigstens ab und zu eine kuschelige Nische, wo er seine Seele und seinen Körper baumeln lassen konnte. Er wollte sich nicht mehr ständig verstellen und so tun müssen, als ob ihm nichts an Fußball oder einem saftigen Schmorbraten nach Hausfrauenart oder einer Runde Nichtstun auf einem gemütlichen Sofa vor der Glotze läge. Das neue Sofa, ein Zweisitzer in einem warmen Terrakotta-Ton, war bereits geliefert worden, ebenso wie der Fernseher und zwei praktische Beistelltische. Alles war ausgerichtet auf ein Paar, weil es nun mal mehr Spaß machte, zu zweit statt solo zu faulenzen. Kaum vorstellbar, dass Esther sich jemals so weit herabließ, die Wonnen von Herrn und Frau Jedermann mit ihm zu teilen.

Mach kehrt!, sagte er sich. Mach kehrt, bevor sie deinen Stolz erneut mit Füßen tritt. Das hast du nicht nötig!

Aber wenn ich sie doch liebe? Hartnäckige Gegenstimme, Joscha wollte sie nicht mehr hören. Er schüttelte abwehrend den Kopf und wollte aufstehen, kehrtmachen, konnte es nicht, was ihn erst recht in Rage versetzte. Etwas hielt ihn fest. Der Sitzgurt, wie er Sekunden später feststellte und sich schämte, weil es eines ausgewachsenen Mannes einfach unwürdig war, wegen einer Frau, die ihm die kalte Schulter zeigte, selbst die elementarsten Dinge zu vergessen. Beispielsweise, dass man sich in einem Flugzeug anschnallte. Beim Start, bei der Landung, am besten auch zwischendurch.

»Darf ich Ihnen behilflich sein?« Eilfertige Hände rückten auf ihn zu, begleitet von dem obligatorisch freundlichen Lächeln. So weit kam es noch, dass er sich von einer wildfremden jungen Frau losschnallen ließ.

»Danke, nein!«, erwiderte er steif und ließ sich auf seinen Sitz zurückfallen. »Ich wollte nur mal ausprobieren, wie gut die Gurte im Ernstfall halten.« Eine ebenso kindische wie unnötige Erklärung, doch auch das ging ihm leider erst auf, als es schon zu spät war.

»Da brauchen Sie wirklich keine Sorge zu haben!« Fast mitleidig, beinahe wie eine Krankenschwester, blickte die Stewardess ihn an, wahrscheinlich glaubte sie, er litte an Flugangst. Während der restlichen eineinhalb Stunden Flugzeit kam sie immer mal wieder vorbei, um sich angelegentlich nach seinem Befinden zu erkundigen, die anderen Passagiere wurden schon aufmerksam.

Wie weit war es nur mit ihm gekommen? Er schalt sich einen Tor und einen Narren und wünschte sich, auf der Stelle umkehren zu können. Doch es gab, wie er wusste, in den nächsten vier Tagen keinen Rückflug, alles war ausgebucht. In einem Winkel seines Herzens war er froh, dass es so war. Wenigstens noch dieser letzte Versuch. Er würde es sich nie verzeihen, wenn er es nicht wenigstens probierte.

Esther wachte auf und wünschte sich, dass niemand von ihrem Geburtstag Kenntnis nähme. Warum konnte dies kein ganz normaler Urlaubstag sein? Und warum in drei Teufels Namen wurde sie nur das Gefühl nicht los, dieser sechsundvierzigste Jahrestag ihrer Geburt müsste ihr etwas ganz Außerordentliches bringen. Was denn, bitte schön? Vielleicht eine Liebeserklärung von Bruno, ihrem Ritter ohne Furcht und Tadel, der in den letzten Tagen nichts unversucht gelassen hatte, um sie aus ihrem Tief zu reißen?

Allerdings war Bruno nie so weit gegangen, dass er selbst erneut in die Schusslinie geriet, wenn es um ihr Liebesleben ging. Ehemänner blieben bei diesen Suchspielchen ebenso außen vor wie Homosexuelle und Mönche und »Feine Stöffchen«-Träger mit nichts dahinter. Wobei Bruno, das musste sie ihm lassen, sehr geschickt vorging. Wenn sie es nicht besser wüsste, könnte man glatt annehmen, er wäre derjenige, der sich einen Korb bei ihr geholt hatte, weil er ihr zu spießig war. So wie Bruno es darstellte, war sie nun mal nicht dafür geboren, wie er selbst und Millionen anderer Erdenbürger alles und jedes vom Einkaufszettel über die Wurmkur für die Hunde bis hin zum allabendlichen TV-Marathon zu teilen.

»Aber ich habe nichts gegen Hunde«, darauf sie. Ein besseres Gegenargument war ihr nicht eingefallen. Im Grunde war ihr nicht mal klar, warum sie sich mit Händen und Füßen dagegen wehrte, als eine Frau hingestellt zu werden, die es schaffte, dem Leben ihren eigenen Stempel aufzudrücken. War das nicht genau das, was sie seit dem Tod ihres Mannes anstrebte? Nie mehr im ewig selben Trott versinken und keinen Atemzug tun können, ohne dass jemand anders daran teilhatte, sich einmischte, wegen allem und jedem gefragt werden wollte.

Gab es denn etwas Schlimmeres?

Wohin sie auch sah, überall steuerten Paare früher oder später in dieselbe Falle, und das alles aus Liebe. Weil wer sich liebte, angeblich alles teilte, jeden Atemzug und jede Banalität und das Bett und die Wohnung sowieso. Welch ein Schwachsinn! Nein, das wollte sie nie mehr haben, mit niemandem. Aber warum wehrte sie sich dann gegen dieses Bild, das Bruno von ihr zeichnete? Weil es sich so grässlich kalt anhörte? So wollte sie auch nicht mehr sein, zumindest nicht nur. Es musste einen Mittelweg zwischen dem, was ihr kluger Kopf und die Erfahrung ihr sagten, und der neu erwachten Stimme ihres Herzens geben. Davon war sie überzeugt, man musste nur danach suchen.

Bruno hatte ihr die Suche nicht eben erleichtert. Bei der Beschwörung immer neuer Beispiele für all das, was angeblich nicht zu ihr passte, hatte er sich als ungemein erfinderisch erwiesen, das musste sie ihm lassen. Was passte denn überhaupt noch zu ihr? Wer?

»Hört sich an, als ob ich auf ein Fabelwesen warten sollte. Da kann ich eigentlich gleich in den Märchenwald verschwinden.« Mit diesen Worten hatte sie sich gestern Abend von Bruno verabschiedet.

»Vielleicht wartest du erst mal nur deinen Geburtstag ab, Prinzessin.«

»Welchen? Meinen achtzigsten?«

»Gedulde dich erst mal bis morgen, okay?« Und dann hatte er sie an sich gezogen und sie statt wie an den Tagen zuvor zart auf die Wangen mitten auf den Mund geküsst. Er schien Mühe zu haben, sich wieder von ihr loszureißen.

Lauter Ungereimtheiten, mit denen sie in der Nacht, die nun hinter ihr lag, und an diesem Morgen kämpfte. Warum konnte sie nicht einfach liegen bleiben und sich die Decke über den Kopf ziehen und sich so die Enttäuschung ersparen, die vorprogrammiert war? Das Spektakulärste an diesem Tag würde der Händedruck sein, den der Saalchef jedem Geburtstagskind zuteil werden ließ.

Es waren ihre Töchter, die dem quälenden Grübeln ein Ende setzten, als sie wenig später ganz leise die Zimmertür öffneten und auf Zehenspitzen näherschlichen.

»Bist du wach, Mama?«

»Nicht wirklich!«, grummelte sie. Vergeblich, denn schon legten die beiden los, sangen »Happy Birthday« und »Wie schön, dass du geboren bist«, und obwohl sie dagegen ankämpfte, schossen ihr die Tränen in die Augen, woraufhin Janina ins Bad lief und mit einem Kleenex zurückkam.

»Hier, Mama! So schlimm ist es doch wirklich nicht!«

»Für dein Alter siehst du echt noch ganz passabel aus«, ergänzte Ann-Katrin.

»Besonders, wenn du das neue Kleid mit den Spaghettiträgern anhast. Ich hab's dir schon rausgelegt, zusammen mit den neuen Riemchenschuhen.«

»Zum Frühstück ziehe ich ganz gewiss kein halb durchsichtiges Kleid mit Spaghettiträgern an, sondern meine bequeme Tunnelhose und dazu meine stinknormalen Sportschuhe.«

»Aber doch nicht, wenn du Geburtstag hast und ...« Ann-Katrin verstummte, als ihre ältere Schwester ihr einen bitterbösen Blick zuwarf.

»Und was?«, hakte Esther nach.

»Ähem«, Janina räusperte sich, »meine doofe kleine Schwester wollte sagen: Und wenn ... und wenn wir alle schon ganz gespannt sind, was du zu dem Geschenk von den Webers sagst.«

»Ein klasse Geschenk«, kicherte Ann-Katrin, »da fallen dir die Augen aus dem Kopf, Mama.«

»Meine Güte, das auch noch!«, stöhnte Esther.

»Nun komm schon, Mama! Sei nicht so muffelig! Soll ich dir ein Bad einlassen? Oder duschst du nur? Duschen geht schneller.«

Esther hatte einfach keine Chance. Sie fühlte sich getrieben, beobachtet, am Gängelband geführt, ihre Töchter ließen wirklich nichts aus, um diesen Tag als etwas Besonderes hinzustellen und sie schon von weitem als das Geburtstagskind des heutigen Tages – von wegen Kind! – für jedermann kenntlich zu machen. Alle mal hersehen! Hier kommt, aufgezäumt im Transparent-Look und auf hohen Absätzen, Esther Anchor, Prinzessin von eigenen – und vielleicht noch Bruno Webers – Gnaden, sie lebe hoch! Hoch! Hoch!

»Du siehst klasse aus, Mama! Fehlt nur noch der richtige Duft.« Janina rannte erneut los und kam ausgerechnet mit jenem Flakon zurück, das Esther jedes Jahr am Valentinstag von Joscha geschenkt bekam und warum auch immer eingepackt hatte.

»Das ist Parfüm und viel zu schwer für tagsüber«, protestierte sie.

»Es ist genau richtig, Mama. Bitte!«

Esther gab nach, darauf kam es jetzt auch nicht mehr an. »Seid ihr jetzt zufrieden?«

Ihre Töchter marschierten mit schief gelegtem Kopf und in seltener Eintracht um sie herum, schließlich nickten sie. »Perfekt!«

»Dann können wir ja endlich frühstücken gehen, oder?« Esther zeigte auf ihre Armbanduhr. »Mit eurem Schönheitsprogramm für mich sind wir jetzt schon eine Dreiviertelstunde über die Zeit, und wenn wir noch etwas Gutes zu futtern bekommen wollen ...«

»Nur noch einen winzigen Augenblick, Mama.« Der Augenblick dauerte geschlagene dreizehn Minuten, dann dudelte Janinas Handy in jener Melodie, die sie ganz allein

Kai zugeordnet hatte. »Und?«, hörte Esther sie atemlos fragen und dann aufatmen, als ob ihr eine Zentnerlast von der Seele genommen worden wäre. »Na endlich, und ich dachte schon ... okay, in genau fünf Minuten!«

»Könnt ihr mir mal bitte sagen, was der ganze Wirbel soll? Ich werde keine fünfzig, das ist ein stinknormaler Geburtstag, tut mir bitte einen Gefallen und ...«, weiter kam Esther nicht.

»Wir können«, Janina öffnete ihr die Tür, »bis zum Speisesaal brauchen wir circa drei Minuten, das passt.« Im Geleitzug, vorne weg Janina und hinter ihr Ann-Katrin, wurde Esther wenig später quer durch den Speisesaal in den Innenhof geführt, wo bereits Bruno, Kai und Ellen auf sie warteten. Auf den ersten Blick war nichts Außergewöhnliches zu erkennen, wie Esther erleichtert feststellte. Höchstens der Blumenstrauß in der Mitte des Tischs, doch das ließ sich verkraften, ebenso wie die etwas zu laut gesprochenen Glückwünsche. Egal, alles halb so schlimm, gleich würde sie wie gewohnt zum Büffet gehen und sich mit frischem Obst versorgen, das Toasten übernahm immer Bruno, er bezeichnete sich gern selbst als Toast-König ...

»Halt! Wo willst du hin?« Jemand hielt sie am Rockzipfel fest.

»Ans Büffet, wohin sonst?«

»Das geht nicht!«, erklärte Janina energisch und umklammerte weiter den dünnen Stoff von Esthers Sommerkleid.

»Wieso geht das nicht?« Esther starrte ihre älteste Tochter wie das Achte Weltwunder an, als sie keine Antwort erhielt, wanderten ihre Augen weiter zu Kai, der neben Janina saß, dann zu Bruno am gegenüberliegenden Kopfende. Niemand antwortete ihr. Kein Ton. Nichts.

Eine Antwort erübrigte sich auch, weil sich nun eine

Prozession näherte. Geleitet vom Saalchef, der alle dirigierte, säuberlich in Viererreihen, so viele passten gleichzeitig durch die aus dem Saal in den Innenhof führende Doppeltür. Wo hatte der Mann nur diese Massen rekrutiert? Und es hörte noch immer nicht auf. Zwanzig, dreißig, vierzig Clubangestellte, es wurden ständig mehr, ihre unterschiedliche Uniform wies sie als Kellner, Küchenpersonal oder Zimmerservice aus, Esther erkannte sogar die Jungen wieder, die jeden Morgen die Polster auf den Sonnenliegen verteilten und sie abends wieder einsammelten. Ein Ring strahlender Gesichter, die sich um sie herum gruppierten, sie förmlich einkesselten, dann hob der Saalchef in der Manier eines großen Dirigenten den Arm.

Ein Gratulationschor, laut und festlich und schön, die Worte auf Spanisch, das verstärkte den Zauber noch, dann wurde eine mehrstöckige Geburtstagstorte mit vielen, vielen brennenden Kerzen gebracht. Wie viele Kerzen waren es? Wirklich sechsundvierzig? Esther hätte es nicht sagen können, vor ihren Augen war nur noch ein aus unzähligen Lichtzünglein bestehendes Flackern.

Die Torte wurde vor ihr abgestellt. Wieder trat der Saalchef hinzu, auch ohne ein einziges Wort gelang es ihm, ihr zu verdeutlichen, was von ihr erwartet wurde. Sie sollte die Kerzen ausblasen, das war auf der Baleareninsel ebenso Brauch wie in ihrer eigenen Heimat. Angefeuert von lautem Klatschen und Zurufen machte sie sich ans Werk, blies und blies, bis da nur noch Pastelltöne waren. Marzipan in Hellgrün und Rosa und Gelb, insgesamt vier Etagen, darauf allerlei winzige Figürchen, gleichfalls aus Marzipan. Menschen und Tiere, große und kleine, das sah aus wie die komplette Besatzung der Arche Noah. Und ganz oben ein Paar, unverkennbar ein Liebespaar, das sich an Händen nicht größer als die Zündköpfchen eines Streichholzes hielt.

»Gott im Himmel!«, entrang es sich ihr. Etwas metallisch Blitzendes drängte sich in ihr Blickfeld, das war ein großes Messer, nun sollte sie die Torte anschneiden und jedem ein Stück auf den Teller legen. Dafür also waren die hohen Tellerstapel auf der Anrichte bestimmt. Wie in Trance umschlossen ihre Hände das Messer, setzten die Spitze zögernd an, drückten, doch sie schaffte es nur bis zur Mitte des unteren Kranzes aus mit Creme gefülltem Biskuit. Diese Torte war einfach zu gewaltig, auch fürchtete sie, das kunstvolle Gebilde zum Einsturz zu bringen.

»Darf ich dir helfen?« Die Stimme des Tortenträgers, den vorhin die Torte und das Flackern unzähliger Kerzen verdeckt hatten, sie erkannte den gestreiften Hemdärmel über der sich vorschiebenden Hand wieder. Der Mann trug als einziger keine Hoteluniform. Seine Stimme war ihr sehr nah, so nah, dass sie eigentlich keine Einbildung sein konnte. Andererseits: Warum sollte jemand aus der Crew des Hotels sie duzen und obendrein seine Hilfe auf Deutsch und in einer Stimme anbieten, die ihr nur zu vertraut war? Halluzinationen! Sie musste an Halluzinationen leiden. Teufelswerk, losgeschickt, um sie restlos zum Narren zu halten.

»Weiche, Satan!«, murmelte sie, während sie verbissen weiterschnitt.

»Ich heiße immer noch Joscha, und so machen wir dieses Meisterwerk nur kaputt, wäre doch schade drum, oder?« Ein Paar Hände legte sich über ihre Hände, führte sie sanft und zugleich bestimmt, zusammen schafften sie, was von ihr erwartet wurde. Das erste Stück, das zweite, sehr bunt und gewiss sehr süß, alles wurde gerecht verteilt, nur die Spitze nicht, die bekam sie selbst. Die Spitze der Torte mit den beiden Figürchen. Und erneut wurde geklatscht, als ob sie soeben etwas absolut Grandioses vollbracht hätte. Nicht sie allein ...

»Pitsch mich mal bitte ganz fest!«, flüsterte sie Joscha zu.

»Das hab ich heute in aller Herrgottsfrühe beinahe auch zu der Stewardess gesagt«, darauf der Mann, der wie Joscha aussah und wie Joscha sprach und trotzdem anders war. Anders als sonst. Draufgängerischer. Geheimnisvoller.

Lag es an der spanischen Luft? An dieser Torte? Esther kam das Fabelwesen in den Sinn, von dem tags zuvor die Rede gewesen war. Hört sich an, als ob ich auf ein Fabelwesen warten sollte! Da kann ich eigentlich gleich in den Märchenwald gehen, hörte sie sich erneut zu Bruno sagen und rief sich im selben Moment zur Ordnung. Wenn sie eines wusste, dann dass Joscha kein Fabelwesen, sondern allem Irdischen beinahe schon zwanghaft verbunden war, auch wenn er das drei Jahre lang erfolgreich vor ihr verborgen hatte.

»Du hast von der Stewardess verlangt, dass sie dich pitscht?«, wiederholte sie laut und mit einem wie sie hoffte spöttischen Unterton. »Das sieht dir ähnlich!«

»Ich hab's ja nicht wirklich getan.«

»Aber du hättest gern, gib es ruhig zu!«

»Lieber würde ich dich pitschen. Nur dich. Vorausgesetzt, du lässt mich.«

»Bist du deshalb hergekommen? Ziemlich aufwendiges Vergnügen, findest du nicht?«

»Für dich wäre ich wahrscheinlich sogar zu Fuß hergelaufen.«

»Denk dran, du bist ziemlich wasserscheu, und Mallorca trennt jede Menge Wasser vom Festland.«

»Du würdest mich doch bestimmt retten, oder? Du als brillante Schwimmerin?«

»Und warum sollte ich das tun?«

»Beispielsweise, weil ich dir eben beim Schneiden deiner

Geburtstagstorte geholfen habe. Und weil ich finde oder weil ich hoffe, ach verdammt, also warum geben wir uns nicht einfach noch mal 'ne Chance? Ich akzeptiere deine Macken und du meine, wenigstens bis zu einer gewissen Grenze, und zusammen versuchen wir, den gemeinsamen Durchschnitt zu erweitern, was hältst du davon?«

»Hört! Hört! Der Mathematikus spricht«, wollte Esther sagen, doch sie kam nicht dazu. Jemand schubste sie heimtückisch von hinten auf Joscha zu, und wenn sie nicht auf der fast leeren Tortenplatte mit dem Liebespaar aus Marzipan landen wollte, was eine Sünde und eine Schande wäre, musste sie wohl oder übel mit seinen Armen und seinem Mund Vorlieb nehmen.

»So was nennt man Dauerbrenner«, hörte sie ihre Jüngste sagen.

»Dauerbrenner sagt man schon hundert Jahre nicht mehr«, belehrte sie Janina mit dem Vorsprung einer Sechzehnjährigen gegenüber ihrer zwei Jahre jüngeren Schwester.

Und dann hörte Esther eine Weile rein gar nichts mehr, weil dieser Kuss sie nun vollkommen gefangen nahm und mitriss. Wohin auch immer, plötzlich war kein Halten mehr, selbst auf die Gefahr hin, dass sie gerade einer monumentalen Seifenblase erlag.

Aber wo stand denn geschrieben, dass sie, Esther Anchor, nicht auch noch für jede Menge Überraschungen gut war? Sie musste Joscha ja nicht auf die Nase binden, dass sie gelegentliche Ausflüge ins Reich der Normalos mittlerweile durchaus auch selbst zu schätzen wusste. Dank Bruno, der ein stinknormaler Ehemann war und erst ihren Appetit auf Hausmannskost geweckt hatte. Gedankenblitze, die ihr durch den Kopf schossen, während sie Joschas Kuss genoss. Als Liebhaber war er schon immer grandios gewesen, alles weitere würde sich finden, so oder so.

Sie öffnete ein Auge, fing Brunos Blick auf, der halb zufrieden und halb sehnsüchtig an ihr haftete, und zwinkerte ihm zu. Er war fortan ihr guter Freund. Und selber schuld, dass er jetzt dreinschaute wie Wedel, sein Lieblingshund, dem Dackel Zorro mal wieder einen besonders saftigen Knochen vor der Nase weggeschnappt hatte.

Ein halbes Jahr später

Wedel hatte die Abwesenheit seiner Menscheneltern genutzt, um wenigstens einmal in seinem Hundeleben Vaterfreuden zu genießen, womit er seinem vierbeinigen Hausgenossen und natürlichen Rivalen Zorro eindeutig etwas voraus hatte.

Der einzige männliche Welpe aus diesem Wurf wurde Amadeus getauft und kam zu den Anchors, wo er als alleiniger »Mann im Haus« zu einem liebenswerten und von allen drei Mädels verwöhnten Macho heranwuchs, dem man einfach nicht lange böse sein konnte, auch wenn er sich über die frisch belegte Erdbeertorte – er war ein ganz Süßer – hermachte und so lange fiepte, bis er mit der ganzen Familie auf dem nagelneuen Sofa am gleichfalls neuen »Pantoffelkino« teilhaben durfte.

Leider gab es da noch einen zweibeinigen Rivalen, der immer wieder mal hereinschneite und es schaffte, stundenlang und manchmal sogar nächtelang Frauchen Esthers gesamte Aufmerksamkeit mit Beschlag zu belegen. Dafür rächte Amadeus sich dann angemessen, indem er abwechselnd zu einem seiner beiden Nebenfrauchen ins Bett kroch, was eigentlich streng verboten war. Damit war er sogar diesem Joscha über, der immer nur in ein und dasselbe Bett durfte, und das auch nur an drei, höchstens vier Abenden in der

Woche. So gesehen war und blieb Amadeus, einziger männlicher Nachkomme eines abgebrochenen Bernhardiners und einer reinrassigen Spanieldame, der wahre Herr im Drei-Mädel-Haus.

Von Peter Ustinov sind in unserem Haus folgende Titel erschienen

Gott und die Staatlichen Eisenbahnen
Erzählungen

Der Intrigant
Zwei Novellen

Mit besten Grüßen
Kurzessays

Krumnagel
Roman

Was ich von derLiebe weiß
Beflügelte Weisheiten

Der Verlierer
Roman

Ich und Ich
Erinnerungen

Sir Peter Ustinov, geboren am 16. April 1921 in London, ist der Sohn eines russisch-französischen Künstlerehepaares, liberaler Kosmopolit, UNICEF-Botschafter und Multitalent. Zu Weltruhm gelangte das Allround-Genie durch Film, Fernsehen, Theater, Oper und nicht zuletzt als Romancier.

Der Mann, der es leicht nahm
Erzählungen

Peter Ustinovs geflügelte Worte
Aphorismen

Der Alte Mann und Mr. Smith
Roman

Econ | ULLSTEIN | List

A01